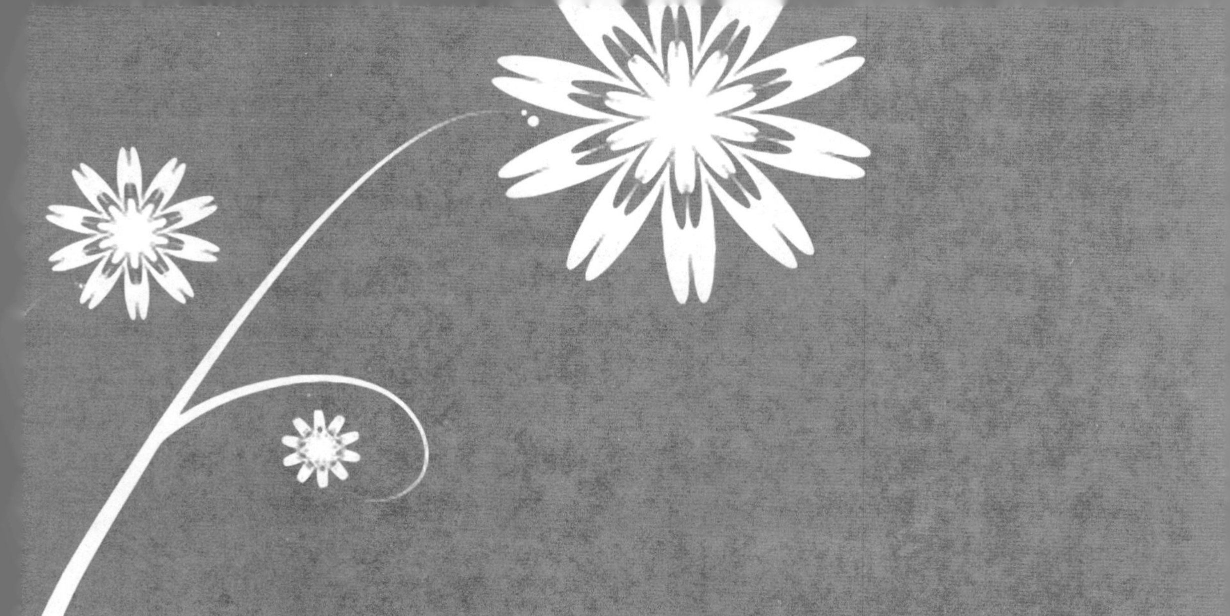

感动你一生的

杂文全集 最新版

◎主　编:高长梅　张采鑫

图书在版编目(CIP)数据

感动你一生的杂文全集:最新版/高长梅,张采鑫主编.
–北京:九州出版社,2009.9(2021.7 重印)
ISBN 978-7-5108-0162-4

Ⅰ. 感…　Ⅱ. ①高…②张…　Ⅲ. 杂文–作品集–世界
Ⅳ. I16

中国版本图书馆 CIP 数据核字(2009)第 162466 号

感动你一生的杂文全集(最新版)

作　　者　高长梅　张采鑫　主编
出版发行　九州出版社
地　　址　北京市西城区阜外大街甲 35 号(100037)
发行电话　(010)68992190/2/3/5/6
网　　址　www.jiuzhoupress.com
电子信箱　jiuzhou@jiuzhoupress.com
印　　刷　北京一鑫印务有限责任公司
开　　本　720 毫米 × 1020 毫米　16 开
印　　张　20.5
字　　数　275 千字
版　　次　2009 年 10 月第 1 版
印　　次　2021 年 7 月第 2 次印刷
书　　号　ISBN 978-7-5108-0162-4
定　　价　78.00 元

第一辑　你看见“拐弯儿”了吗

很多人都喜欢追寻生命的意义，殊不知，往往正是在这种追寻中，生命已经不知不觉地悄悄逝去。生命的意义有时原本就无需去探究，尽心尽力地完成人生的过程，体会每一个精彩的瞬间时，我们的生命就获得了意义和升华，我们的人生就已经与众不同。

第二辑　有没有能让人幸福的风水

有时候，幸福似乎很复杂，以至于要花费我们毕生的精力去苦苦追寻；而有时候，幸福又是那么的简单，换一个方向，变一种思维，幸福就会不期然地来到我们面前。上帝关闭了一扇门，同时也会推开一扇窗，透过那个窗口，我们仍然会看到幸福的风景。

第三辑　有一种爱,失去了永远不会再来

有一种爱,天高地厚;有一种爱,水乳交融;有一种爱,博大无私;有一种爱,刻骨铭心;有一种爱,它是一双眼睛,时刻注视着我们的人生之路;有一种爱,它是一双神奇的手,我们即将跌倒时,它就会搀扶;有一种爱,必须珍惜,因为它失去了,就永远不会再来。

第四辑　在爱前加上 IP 号

“关关雎鸠,在河之洲。窈窕淑女,君子好逑。”弹拨了千年的《凤求凰》,依然会拨动男人和女人的情丝和心绪。爱情,是一个亘古不变的话题;爱情,是一处让人流连忘返的风景;爱情,是一道复杂的计算题,答案呢,只有相爱着的那两个人才能给出。

第五辑　中国人,你为什么不生气

20世纪30年代,伟大的文学家鲁迅先生,用手术刀般的文笔,借阿Q这样一个人物,剖析了国人的劣根性。如今,《阿Q正传》这部小说,已经成为了文学史上的一座丰碑,但国人的"劣根性"依然存在。或许,手术还需要经常做,去除了顽疾,才能得到一个健康的身体。

第六辑　不去羡慕别人的生活

生活中常常打扰我们,让我们感到不安的,往往并不是我们自己,而是别人的生活和别人的模式。

总是羡慕别人的生活,就会给自己造成混乱和迷茫,甚至使自己不得

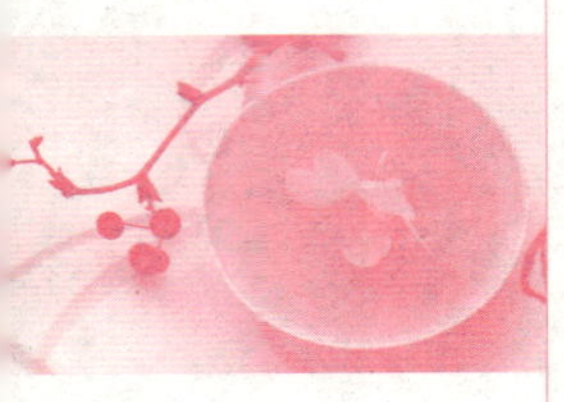

安宁。羡慕别人的代价，常常就是失去自己。不去羡慕别人，你的日子就会变得悠然平静，从容不迫。不去羡慕别人，你才会找到自己的生活，完成你自己的事业，达到你自己的目标，过好你自己的日子。

第七辑 英雄无须完美

古今中外的名人，演绎着一段段非凡而传奇的故事。粗略看来，这些故事，或许离我们普通人很远，但仔细想来，在他们身上发生的事，也有许多值得我们去记取和借鉴的地方。看名人的逸事，体会我们自己的人生，大概也算是为人的一种境界吧！

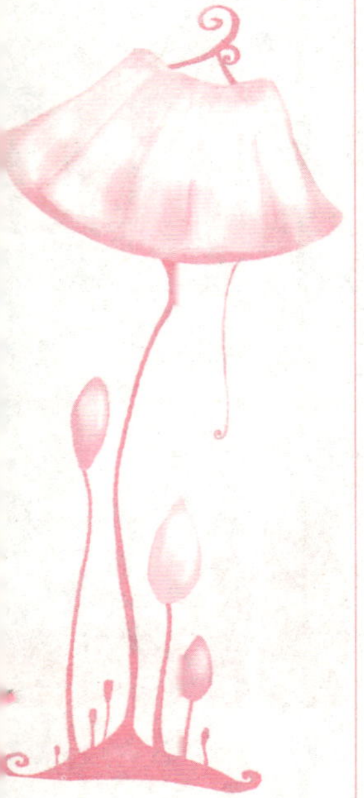

第八辑　一只鸟就这样耍弄了一个人

我们常说，动物是人类的朋友，但在很多时候，动物还是人类的榜样。动物不懂人类的语言，但同样能传达丰富的情感；动物不住高楼不会花钱，但却拥有属于它们自己的家园。动物是人类的对比，用它们简单直接的美好，映衬出人类的复杂和多变。

第九辑　一条醒世脱俗的毛毛虫

从《伊索寓言》里走出来的动物，其实已经拥有了人类的属性。它们像人一样地喜怒哀乐，也像人一样地思考和生活。它们展现出一种境界，展现出一种美好，展现出对现实的超越和反抗。在它们面前，人类往往会自愧不如，因为缺少它们的决心和勇气。

第十辑　失败的英雄

"滚滚长江东逝水,浪花淘尽英雄。"几千年的岁月流过,泥沙俱下,我们还能记住哪些名字,记得哪些故事?当历史的帷幕落下后,遥隔世纪的时空,重新去打量那些曾经叱咤风云的人物和纷繁复杂的往事时,相信我们一定会别有一番感觉和况味。

第十一辑　思想没有鼻子

笛卡儿说:"我思故我在。"透过事物表象看到的,或许才是世界的真相。剖析现实的过程,也许残忍又无情,但正是这种求根溯源的追问,才会让真理离我们越来越近。当真理现身,我们就会发现,在它面前,一切虚伪和假象,都将无处藏匿,无法逃避。

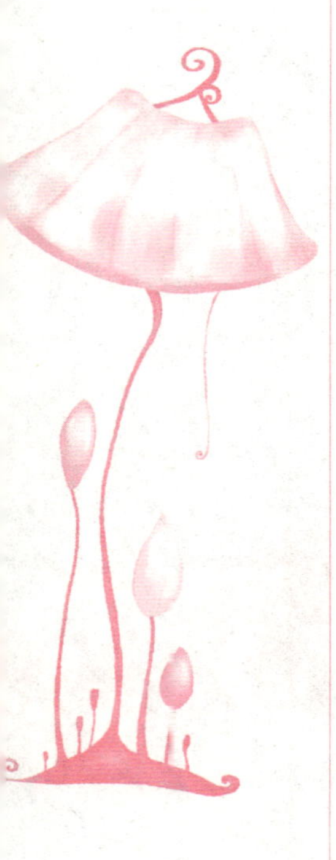

第十二辑　向一块尿片致敬

说起来有些奇怪,在我们头脑中能留下不灭印迹的,往往不是什么大事,而是一些微不足道的小事和细节。正是那些不值一提的小事,串联成了我们丰富多彩的人生轨迹。一件件小事,就像一滴滴水一粒粒沙,折射出的正是人生的微妙和真谛。

第十三辑　蒙娜丽莎在笑什么

人们常说,世事无常,人情冷暖,但往往忽略了一个简单的事实:每一个人,无不是这千奇百怪的世事的制造者和参与者。我们谁也无法纵身一跳,游离于人群之外,能做的或许就是尽自己的能力,让世界变得更加美好,让蒙娜丽莎不再对我们发出嘲讽的微笑。

第十四辑　智慧的头屑——生活感悟

一个启示，一点儿感悟，折射出的是人生的一个个侧面，推开的是一扇扇通向哲思的门。走进这一扇扇门里，我们不仅会看到一张张多彩的画面，还能够领悟到人生不同的境界。点滴的智慧，汇集在一起，就会变成思辨的海洋，托举起我们思想的航船。

第一辑 你看见『拐弯儿』了吗

很多人都喜欢追寻生命的意义，殊不知，往往正是在这种追寻中，生命已经不知不觉地悄悄逝去。生命的意义有时原本就无需去探究，尽心尽力地完成人生的过程，体会每一个精彩的瞬间时，我们的生命就获得了意义和升华，我们的人生就已经与众不同。

那一个个生命的逝去，已残缺为一块块记忆的碎片，捡拾这些碎片是对生的体味，对命的审视，是咀嚼一颗颗苦而有味儿的橄榄。

生命的碎片

叶广芩

我学医、行医加起来前后有20年，20年的时间里看到了不少生与死。生命的诞生大致相同，但生命的逝去则千态万状，让人刻骨铭心，难以忘却。我常想起那些与我擦肩而过又归于冥冥之中的生命，想起他们起步的刹那以及留给生者的思索，从而感到生与死连接的紧密与和谐。那一个个生命的逝去，已残缺为一块块记忆的碎片，捡拾这些碎片是对生的体味，对命的审视，是咀嚼一颗颗苦而有味儿的橄榄。

碎片之一

那时年轻，不知何为生死。我的班长与我是“一帮一，一对红”，我们常常坐在水泥池子的木板上谈心。我们谈的常是一些很琐碎的事情，诸如跑操掉队、背后议论人、梳小辫、臭美等。我们屁股下面的池子里，黄色的福尔马林液体中泡着三具尸体，两男一女，他们默默地听了不少我们之间的事情。

有一天，班长说，他将来死后要把遗体献给学校，为医学教育作贡献。我才突然觉得池子里面躺着的是三个“人”。

水泥池子上的木板很硬，很凉，药水的气味也很呛人。

“文革”时，他从八楼顶上跳下来，当时我恰巧从下面走过。他摔在我的面前。我下意识地奔过去，以为这是一个玩笑。他很平静地侧卧在地上。没有出血，脸色也相当红润。他看着我，想说什么，嘴唇动了一动。但只是两三秒的工夫，面部的血色便退尽，眼神也变得散淡，我随着那目光追寻，它们已投向了遥远的天边。

3 天后，我看见他从湖南赶来的老父亲默默地坐在太平间的台阶上，望着西天发呆，老人的目光与儿子的如出一辙。西面的天空是一片凄艳的晚霞。

碎片之二

她是个临产的产妇，长得很美，在被我推进产房的时候她丈夫拉着她的手，她丈夫很英俊。这是对美丽的夫妻，他们一起由南方调到这偏僻的山里搞原子弹。平车在产房门口受到阻滞，因为夫妻俩那双手迟迟不愿松开。孩子艰难地出了母腹，是个可爱的男婴，却因脐带绕颈而窒息死亡，母亲突然心衰，抢救无效，连产床也没有下……这一切前后不到两个小时……

我走出产房，丈夫正在门外焦急地等候，我把这个消息告诉他，他说我想躺一躺，我把他安排在医生值班室让他歇息。

半个小时以后，我看见他慢慢地走出了医院大门。

碎片之三

儿子在母亲的病床旁，须臾不敢离开，医生说就是这一两天的事。儿子才从大学毕业，是独子，脸上还带着未经世事的稚气。母亲患了子宫癌无药可治。疲惫不堪的儿子三天三夜没有合眼，母亲插着氧气在艰难地喘息，母子俩都怀着依依难舍的心紧张地等待着那一刻的到来。中午，儿子到食堂买饭，我来替他守护，母亲一阵躁动，继而用目光寻找什么，我赶紧到她跟前。那目光已在失望里定格。

儿子回来，母亲的一切都已结束，他大叫一声扑过去，将那些撤下

来的管子不顾一切地往母亲身上使劲插……

撒在地上的午饭深深地印在了我的脑子里。

碎片之四

我给这个6岁的男孩做骨髓穿刺的时候，孩子咬牙挺着，孩子的母亲却在门外哭成了泪人儿。粗硬的带套管的针头扎进嫩弱的髂骨前上脊，那感觉让我战栗。是作为医生不该有的战栗，我知道，即使打了麻药，抽髓刹那的疼也是难以忍受的，而孩子给我的只是一声轻轻的呻吟。取样刚结束，孩子的母亲就冲进治疗室，一把抱起他的儿子，把他搂得很紧很紧。孩子挣出他母亲的搂抱，回过身问我："这回我不会死了吧？"我坚定地回答："不会。"

半个月后，孩子蒙着白布单躺在平车上被推出病房，后面跟着他痛不欲生的母亲。临行前，我将孩子穿刺伤口的纱布小心取下，他在那边应该是个健康、完整的孩子。辚辚的车声消逝在走廊尽头，留下空空荡荡的一条楼道。

碎片之五

她是养老院送来的，她说她不怕死，怕的是走之前的孤独。我说我会在她身边的。她说，我怎么知道你在呢，那时候我怕都糊涂了。我说我肯定在。她说，都说人死的时候灵魂会与肉体分离，悬浮在空气中，我想那时我会看见你的。于是她就去看天花板，又说，要是那样我就绕在那根电线上，你看见那根电线在动，就说明我在向你打招呼呢。我笑笑，把这些看成病人的遐想。

她临终时我如约来到她的床前，她没有反应，其实她在两天前就已经昏迷。她死了，我也疲倦地靠在椅子上再也不想动，无意间抬头，却见电线在猛烈地摇晃。

窗外有风，还下着雨。

……

这样的碎片于每位医生都会有很多，它们并不闪光，它们也很平常，但正是在这司空见惯中，蕴涵着一个个你我都要经历的故事，我们无法回避也无法加以任何评论，我们只能顺其自然。生命是美好的，生命也是艰难的，有话说“未知生焉知死”，我想它应该这样理解：“未知死焉知生”。我想起1985年在日本电视里看到的一个情景，那年8月，由东京飞往名古屋的波音747飞机坠毁在群马大山，全机224人，220人遇难。飞机出事前的紧急关头，一位乘客匆忙中写下了一张条子：感谢生命。

人生悟语

如果说人生是篇文章，由每个人自己来书写，那么，“生”就是起笔的一个逗号，“死”便是结尾的那个句点。是将它标成圆满的句号、遗憾的问号，还是意味深长的省略号，这在于你怎样书写前文的内容。生命的诞生与终结，正如一棵草的萌芽与枯萎、一片叶的新生与飘落、一朵花的初绽与凋零，只因为有过阳光下最美的舒展，即便飘零也动人。

（朱晓华）

我能想到的幸福，就是用心享受面前的好茶，让此刻愉快的感觉更淳厚，而面前与我谈新叙旧的你们更是我的幸福之源。

幸福就在此刻

铁凝

去探望一位生病的友人，聊起很多从前的事情，计划很多未来的事

情，她忽然发问：对于你来说，最幸福的时刻是什么？

想了半天，竟然没有一个很适合的答案。

那阵子，经常携带这个难题去和人打交道，不管是新朋还是故友，聊到酣畅总是抛出这个问题冷场，当然，收获的答案也是五花八门——有人说，幸福的时刻就是加官晋爵时买房购车后身体无恙中；有人说，最幸福的时刻就是父母双全爱人平安孩子快乐领导待见粉丝忠诚仇人遭遣……

都对，但都不打动我。

直到有一天陪朋友去见一位来自台湾的朋友，朋友说：他的人和他的文章一样禅意幽深。

茶过三道，我忍不住继续兜售这个问题时，他微笑着给我一个意想不到的答案：

过去的事情来不及衡量是否幸福，将来的事情没必要揣测是不是幸福，所以，在你问我这个问题的时候，我能想到的幸福，就是用心享受面前的好茶，让此刻愉快的感觉更淳厚，而面前与我谈新叙旧的你们更是我的幸福之源。

我终于领会到了何谓醍醐灌顶。

生活中似乎有太多可以论证他这番话的例子。

曾经去国外参加文化交流，花了很多钱买过一件非常漂亮的衣服，因为太喜欢，却舍不得穿，除非参加什么重要的会议，或者出席需要表示自己诚意的场合时才上身。使用率太低，慢慢也就忘记了自己有这样一件衣服。换季的时候，家人帮我整理衣柜时，才想起自己原来有过这样一件衣服，因为躲过了水洗日晒的蹉跎，它依旧崭新笔挺，但是款式却已经过时，讪讪地也是自责地把它小心包好继续收进柜底，回味起当初对它的喜欢，忍不住感叹那些快乐都成落花流水了。

很年轻很年轻的时候，也曾经喜欢过什么人，一点一滴、一颦一笑都让我有无尽的话想要表达想要歌颂。但总是怯于启齿，小心翼翼把那些心事静静地窝在心里，折叠得整整齐齐，幻想着总有一天，会勇敢地站在他的面前扑啦啦地全部抖开。等啊，等啊，最终，这些情愫就像一粒种在晒不到太阳、又缺乏雨露的泥土里的种子，只能腐烂在密不透风的土壤里。

我们都太喜欢等，固执地相信等待是永远没有错的，美好的岁月就这样被一个又一个遗憾消耗掉了。

没有在最喜欢的时候穿上美丽的衣服，没有在最纯粹的时候把这种纯粹表达出来，没有在最看重的时候去做想做的事情，以为将来会收获的丰硕，结果全都变成了小而涩的果。

品尝这种酸涩时，我们唯一能做的就是自责：如果当初我多穿几次那件衣服，如果当初我有足够的勇气对他说……那会是多么幸福。

生命中的任何事物都有保鲜期。那些美好的愿望如果只是珍重地供奉在理想的桌台上，那么只能让它在岁月里，积满灰尘。

当我们在此刻感觉到含在口中的酸楚，也就应该在此刻珍重身上衣、眼前人的幸福。

人生悟语

人生中，有些东西需要等待与积蓄，譬如那一粒闯入蚌壳的沙子，只有在经历磨砺后，才能让层层珠泪裹成珍珠；有些东西却不能等待，譬如幸福，只有珍惜当下，把握住今天，才能让这份幸福长存心头！把握好生命中的每一程感动，它自会连缀成你丰满的人生！

(朱晓华)

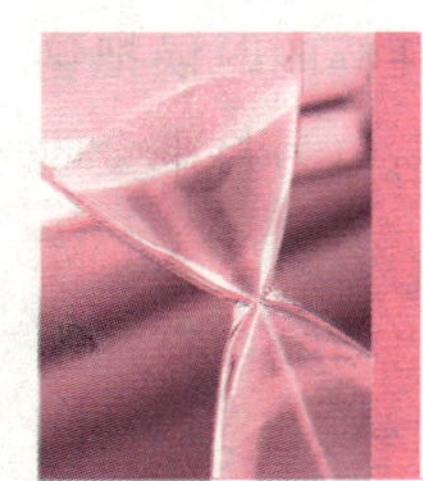

如果生活是一泓水的话，人就是水中的鱼，不一定每条鱼都游向大海，也不一定每条鱼都能游出最美妙的姿态，但鱼能自乐在水中，就已经是最美丽的生活了。

美丽生活

姚文冬

我常去一个叫博雅的书店，发现售书员经常换人。老板说书店利微，薪水不高，来做工的都没长远打算，找到好工作就走了，所以书店总在换人。有个女孩儿却一直在，她不算漂亮，但有种淡雅的书香气质。她为什么不走？她是老板的亲戚？或者老板给她的薪水高？

顾客多时，她就在书架间迎来送往，介绍书目；顾客少时，她就站在书店一角，微笑着看顾客挑选书籍，从容安静。老板说，女孩儿从临县来打工，才初中毕业，自己租房子住，除去房租衣食消费，挣的钱剩不下多少。可她却没想过走。老板又说，她是个好孩子，很想给她找份好点儿的工作，问我能否帮忙，接着就夸她如何知书达理，脾气好，容易满足。老板要帮自己的员工跳槽，我还是头次遇见。既然说她这么好，他怎么会舍得呢？

我给她找了一份加油站的工作，收入比书店多一倍。女孩儿惊讶地说，加油站？然后摇摇头说，我不喜欢。我说那可是轻松的活儿，挣钱又多，许多人都抢着去呢。女孩儿说，钱挣多少才算多呢？我在这儿挺好的。不想为了多挣钱，去做不喜欢的事。我劝她，你还年轻，你得为将来的生活打算。女孩儿说，将来的生活？现在的生活不是生活吗？

书店老板常去进货，或外出联系业务，书店就由他母亲看管。一次刚下过雨，还没有顾客登门，我一个人在静心选书，听见一个柔柔的声音问:"姥姥,《红楼梦》里,你是喜欢晴雯还是袭人呢?"抬头一看,是那个女孩儿,她居然在和老板的母亲讨论《红楼梦》。

倏然间,我的心豁然开朗,像被雨洗过的天空,清新而泛蓝。

我也常去一家小餐馆,是朋友的弟弟开的。当初餐馆刚开张没几个月,就因为那里拆迁关了门,等再找到这里重新开业,已过了一年多。而新餐馆的服务员和厨师,还是当初的那两个人。他说,其实他们在别的饭店做了一年多了,是我硬给撬过来的。

我不理解地问,这厨师手艺一般,服务员也不年轻,无疑这是餐饮业的一忌,你为什么不雇用更好的人呢?他说,雇用他们我心里踏实,有一种过日子的感觉。这哪像生意人说的话?我责怪他,你是做生意呢,还是过日子?他说,做生意不就是过日子吗?

有天我和朋友去吃饭,点完菜站在门口凉快。就见那个女服务员从后厨走出来,手里攥着什么东西,走到门前的树下,把手里的东西摁进树下土里。我问她做什么,她说是几粒南瓜子,配菜时从南瓜里抠出来的,种在这里可以长南瓜。我疑惑地问,能长成吗?她摇摇头说,不知道,但我知道,起码能长出点儿绿色来。

不知怎么,我听了心里有点暖洋洋,这就是那种过日子的感觉吗?

老梁当了20多年科长,一直没能升迁,也没有动过窝,也难怪他升不了动不得,他从来不跑关系,也不求上进,别人都忙着考经济师、会计师,唯独他,年轻时就清心寡欲,在这个没权没油水的部门固守多年。偶尔也跟风,比如同事都买了车,他也买了,却是一辆档次最低的夏利。我们笑他没品位,就像他那个鸡肋科长,清闲平淡。

单位规定,退居二线后可以不坐班,于是很多人都去兼职。比如,工会主席到一家企业当了办公室主任。有职称的人更抢手,有位老会计就被房地产公司高薪聘用了。我想等我退了二线,也要去找个肥差发挥余热,所以我现在日夜苦读,准备考个职称。

老梁二线后只能回家看孙子吧?既没本事又没情趣,他的后半生一定很枯燥。但谁也没想到,他竟到有关部门办了手续,当了的哥。莫非当初买夏利,就为走这步?有次我出差在车站广场瞥见他,他正和几个司机师傅玩扑克。他笑得很开心，甚至放浪，和他在机关相处了十几年，从没见过他这样开心过。这时有乘客用车，他也不和人争抢，还是那副与世无争的老样子。我没有打扰他，不是怕他难堪，相反，我怕难堪的会是自己。

不是每个人都被名利诱惑，活得手忙脚乱，总有一些人，以自己喜爱的方式生活。如果生活是一泓水的话，人就是水中的鱼，不一定每条鱼都游向大海，也不一定每条鱼都能游出最美妙的姿态，但鱼能自乐在水中，就已经是最美丽的生活了。

人生悟语

谁说苗圃里的牡丹，一定比旷野的杜鹃好看？谁说金丝笼里的雀鸣，一定比老树林里的鸟语动听？只要开放得自在，啼叫得婉转，便是一种美丽。生活也是如此，自由地舒展人生，以自己喜爱的方式生活，便是最美的姿态！（朱晓华）

你做了，就有成功的可能；不做，就永远只能看着别人成功。风险与收益向来都是成正比的，投资是这样，生活也是如此。

我只做没把握的事儿

王文华

从小学到中学，我从未当过学生干部，也觉得自己不是那块料。可是在进大学后，我被选为了学生议会的议员。这是我承担的最没把握的工作，我觉得自己肯定会干得一团糟。可是，做起来了，却没有想象中那么生疏和困难。当因为表现突出被提升为学生议长后，我醍醐灌顶——没把握的事情其实也能干好，那么，为什么非得等到时机完全成熟了再去干呢？很多事情，机会成熟的时候，也就是竞争激烈的时候，为什么不在旁人还在观望时自己先出发呢？

我很想写一本小说，然后把小说改编成剧本，再组织自己的剧团上舞台演出。写小说的时候，我开始学习剧本构造；改剧本的时候，我开始招募剧团成员；排练剧本的时候，我开始联系表演场地……写了半年、改了两个月、排练了一个月，一年之后，我组建的学生剧团在学校的大礼堂公演，大家都说这是个奇迹。

我也从未接触过西洋舞蹈，但我很想在舞台上扭动灵活的腰肢，漂亮地踢踏。刚开始学习时，我全身上下都是僵硬的，一个星期后，就有了新的感觉，再过 4 周，我已经可以自如地控制每一块肌肉每一个步伐，我就这样上了百老汇的舞台。

我说话有点口吃，家人想了无数办法都没能让我改过来，可是我自己在一个月内就纠正了这个不好的习惯。为什么？很简单，我加入了辩论团，而且要去参加国际性的大专辩论赛。我想当一辩，我嘴里含着小石头对着大操场疯狂地磨炼语速，只要有空就下意识地说绕口令。就这样，口吃自己跑了。

大学毕业，我申请斯坦福时，除了标准的申请表外，我还编了一本名叫 *Close-Up* 的杂志，用图、文把我大学的经历全部呈现出来，厚厚的一大本，翻开来，星光灿烂，全是我的得意之作。斯坦福有没有要求我做这个？没有。但我做了，我必须让他们知道，我是最善于把握这种没把握的机会的人。那一年，我成了斯坦福唯一一个来自台湾的 MBA，教授告诉我，台湾的考生数以万计，但最后偏偏录取了考试成绩在千名之外的我，打动他们的是那本 *Close-Up* 杂志，他们觉得我是一个具有成功潜质的人。

进入斯坦福后，我觉得除了学业，还有更多没把握的事情值得我去干。所以，我穿上黄马甲，成为华尔街的见习操盘手，成千上万的资金从我手里流进流出。我还进了微软、戴尔和通用汽车，虽然不是什么管理部门，但是我学习到了企业文化，掌握到了商业运作的整体流程。百姓看史书是嗟叹历史成败，枭雄看史书则是吸纳帝王之道——我正在学习商战中的帝王之道！

MBA毕业后，我觉得自己可以去当一个作家，于是我回到台湾开始写小说，很快就出版了十来本，我就这样成了著名作家。

后来，我想要过一种云游僧人的闲散生活。于是先到北京，随后走遍祖国大江南北，在上海滩的高级酒店吃过肥美的鹅肝，也在西藏同胞的帐篷里啃过干馕。不管日子是苦是甜，我都很快乐。

佛经上有一个故事：有两个和尚，一穷一富，都想去南海朝圣。富和尚很早就开始存钱，穷和尚却仅带着一个钵盂就上路了。过了一年，穷和尚从南海朝圣回来，富和尚的准备工作还没完成。富和尚问："尔困，何以往南海？"穷和尚答："吾不往，则终日癫狂，行一步，则安一分。尔稳重，故尔在！"翻译成白话文很精彩："我不去南海，就心里难受。我每走一步，觉得距离南海就近一分，心里就安宁一点。你这个人个性稳重，不做没有把握的事情，所以，我回来了，你却还没有出发。"

所谓十拿九稳的事情，往往是获得回报最少的事情。要做，就去做那些没把握的事儿——你觉得没把握，别人同样觉得没把握。但是你做了，就有成功的可能；不做，就永远只能看着别人成功。风险与收益向来都是成正比的，投资是这样，生活也是如此。

是的，我只做没把握的事儿。

人生悟语

世间所有成功的果实，并不是挂在树上待摘的红苹果，只有及早行动，播撒计划的种子、浇灌辛勤的汗水，才能收获那份成功的喜悦。所以，与其躺在床上规划美妙的未来，不如迈开坚实的步子一步一步朝前走，尽管没有把握，人生也会在对未知的探索中渐渐丰满！

(朱晓华)

一切就是如此简单，没有伞，就跑！跑出晦涩人生的雨季，前面就有一方亮丽的天空等着你……

下雨了，没伞你就跑

小　雨

5 年前的夏天，我的生命里痛楚如织。

父亲于一次酒后失足，永远地离开了我和体弱多病的母亲及两个年幼的弟弟。那时，我正读高三。办完父亲的丧事后，原本就入不敷出的家已徒留四壁，作为家中长子，我成了家中的脊梁，无可选择地离开了学校，到县城的一家工厂打工，靠一份微薄的工资来维持家用。

命运往往就是如此恶意地与人开玩笑。在学校里品学兼优的我过早地挑起家庭重任，这使关心我、希望我继续读书的班主任老师常到我家劝我复学，但每次都失望而返。面对我那卧病在床的母亲，那面黄肌瘦的小弟，老师再也难说出“可惜了你这棵重点大学苗子”的话。

日子就这样平淡地过着，我没有太多的奢望，只盼着能把两个弟弟抚育成才。但谈何容易，即使我每天工作不止，也难以支付他们的学费和生活费，更何况还有多病卧床的母亲。

晦涩的日子却于一个偶然的机会有了一丝希望。那是一个雨天的傍晚，我任由雨淋着，踽踽独行在县城破旧的街道上。没有一丝一毫躲避的意念，我把雨看成了我人生的困境，那是逃避不了的……

雨突然停住了！恍惚中，我不得不疑惑地抬起头，“天空”却是一顶蓝黑色的伞。接下来我听到一声浑厚的男中音："没有伞，怎么不跑？"来不及转念，我看到举伞人是一位左臂拄着拐杖的独腿中年汉子。"跑，不就可以早点免受淋雨之苦吗？"他又说。我摇摇头，却一想，是啊！没有伞，为什么不跑？很有寓意的一句平常话，深深地震撼了我。没有了父亲的荫庇，于人生道路上的我就只能任由舛运摆布？

雨中同行时，我知道了独腿汉子是从省城来的推销员，刚刚接到一份订单，而为了这份订单他不知跑了多少次。面对这位独腿汉子，我没有怜悯，唯有钦佩，我默然地抢过他右手举着的伞，撑在我和他的头上。雨声中，汉子还告诉我，他曾经的理想是做一名军人，可一场意外事故破灭了他的理想。现在他跑推销，虽很辛苦，更不适合他这条腿，但每一次出门都是一个美好的开始。他欣慰自己没有气馁，是"跑"在人生的道路上……

似乎一切都是命中注定，却又不尽然。受独腿汉子一席话的启发，几天后，我去了南方的都市，辗转找到了一份保险业务员的工作，通过两年的"奔跑"，我有了一定的业绩，不少的存款，家境日渐好转起来。我毅然回到高中母校，因为儿时的梦想一直牵动着我的心，前年夏天，我终于考上了大学。

生活就是这样，当你处在人生的雨季中时，没想到要早点结束淫雨的淋漓之苦，则要饱受雨水的侵袭；而当你想到要摆脱时，你会发现，那个雨季并不长，只是在你的一念之间而已。

一切就是如此简单，没有伞，就跑！跑出晦涩人生的雨季，前面就有一方亮丽的天空等着你……

人生悟语

没有伞，就跑！多么富有哲理的一句话！谁的人生都不可能晴空万里、一帆风顺，在遇到人生的飓风骤雨时，是徘徊着感怀伤心，还是奔跑着告别过往？老沉浸在感伤中的人，只会让风雨更加肆虐；奔跑着前进的人，才会尽快迎来那一轮高悬的红日！

（朱晓华）

权力和财富像一根鞭子抽打着灵魂，灵魂就变成一只不停旋转的陀螺，那空中炸响的鞭声和地上旋动的影子就是灵魂赢得的声名。

我们很忙 叶延滨

我们很忙，是的，我们终日不得安宁。忙什么？说来也真没多大劲，忙着叫这个肉体得到满足。这是一个人生最基本的怪圈，我们像驱赶牲口一样地驱使这个长着两只脚两只手的身体，去奔波于市井，去拼杀于疆场，去流汗流泪流血，挣来一口汤一口饼，喂养这个肉体的饥渴，拼来一间房一张床，解除这个肉体的劳顿。其实，如果人生仅仅如此，我们可以发现我们只是自己在啃食自己。幸亏我们自认为在这副皮囊中还有个灵魂，我们每个人都在安置灵魂的种种方式中，突破上述的那个怪圈。有位伟人说过，人是要有一点精神追求的。这话不错，这句话说出人与兽之间的区别，何谓精神追求？换句话就是给心灵找个归宿，给灵魂一个安置，而人与人之间的区别，也就在安置的方式，追求的目标，归宿的位置各不相同罢了。

把灵魂安置到名利场上，这是最多的也是最古老的一种方式。细看起来，这有一点像灵与肉之间的游戏。追逐名利者，会发现名利又被权力和财富所拥有，于是复为权力和财富的追逐者；而人们在追逐权力和财富的时候，发现不知什么时候自己已成为权力和财富的仆从。不是吗？得到一点权力还没来得及得意，就发现自己这点权力只是更大权力的附庸，为了不至于得而复失只好战战兢兢甘为犬马。得到一点财富还没来得及风光，就发现自己只是小康并刚好站在富豪们的门庭之外，灵魂于

是成为进了一次大观园的刘姥姥，在被人戏弄中又成了财富的奴才。权力和财富像一根鞭子抽打着灵魂，灵魂就变成一只不停旋转的陀螺，那空中炸响的鞭声和地上旋动的影子就是灵魂赢得的声名。

艺术家们无力对这个世界说放下你的鞭子，他们企图逃避这种抽打，他们一生都在千方百计为安置灵魂而绞尽脑汁。画家用油彩把灵魂放进画框，雕塑家用泥土把灵魂塑进雕像，歌唱家用歌喉让灵魂乘风翱翔，诗人让不安分的灵魂向痴情的人们枕边低语，作家让灵魂在一本本厚厚的谎言中充当一次无所不能的主宰……艺术家们编造了无数的神话，在神话中灵魂成了天使；艺术家制造了无数的梦境，这些梦境能放在书架上，能出现在银幕中，现在又几乎让每个家庭都有了一台被称做电视机的制作白日梦的匣子。在这些梦中灵魂是自由的，无所不能的。啊，且慢，这种梦话由我说出是可笑的，因为就在此时此刻，电视里插播进广告，一个曾扮演过皇帝的演员，正用为贵妃宽衣解带的手法和一瓶烧酒调情。啊，那根鞭子又抽动了，把帝王也能抽打成一个丑角。

人们各有各的招数，有的让灵魂守着麻将桌，有的让灵魂爬在股市走势曲线上沉沉浮浮，有的把灵魂请出躯壳寄存在教堂的十字架下或者佛堂的香炉灰中，有的干脆在黑市上把灵魂卖掉，有的又四处奔波像苦行僧一样地寻觅自己的灵魂如同想找回自己走失的孩子……啊，我们永远无法安置好这个灵魂，也许正是如此，只好幻想在肉体消失时，把灵魂送给仁慈的上帝照看，像照看一只羔羊。然而这个难题在我们活着的时候还要我们自己解决，就像一颗龋齿，在拔掉它之前，它会时时以疼痛提醒，请注意口腔卫生。

所以我认为可以给人如下一个定义：自信自己有灵魂，永远在想办法安置灵魂却又无法安置它们的一类生灵。如果你不同意，那么你是怎么安置你的灵魂，让它安宁如一只温驯的羔羊呢？

人生悟语

我们一辈子都在忙着安置自己的灵魂。这句话看似荒诞，实则准确。如何安置纯粹取决于个人的追求：追名的，让灵魂执著权力的奴役；逐利的，任灵魂甘当财富的仆从。安置得正确与否却取决于他人的评价：安置得好，名留青史；安置得不好，遗臭万年！

(朱晓华)

人的一生中，烦恼和失落是在所难免的，忧伤就像人生当中一道美丽的风景，在我们的心空像天幕上那道不落的彩虹。

有一种美丽叫忧伤

成 亮

有一种难解的情结，叫做忧伤，总是那么淡淡的，丝丝缕缕，让我们的心头充满无限的牵挂。是的，当我们从一个懵懵懂懂的稚童成长成一个情怀初开的少男少女的那一刻起，忧伤便总是会悄然地占据着我们的心头。

于是，我们便总是会莫名的烦恼和失落。有的人开始便选择逃避，他们不敢面对孤独，不敢面对忧伤。当烦恼和忧伤降临的时候，他们只知道躲在没有人的角落里偷偷地哭泣，或是终日里借酒消愁，意志消沉，从此一蹶不振。

其实，人的一生中，烦恼和失落是在所难免的，忧伤就像人生当中一道美丽的风景，在我们的心空像天幕上那道不落的彩虹。当我们在情感上遇到挫折的时候，当我们在事业上遇到挑战的时候，当我们的前途开始变得渺茫的时候……忧伤就会像我们的影子一样，常常和我们如影随形。只是不同的是，当忧伤被灵魂赋予了生命，忧伤便不再忧伤。饱受创伤和磨难的心灵会净化成另外的一种美丽，于是催生了历史上一批又一批伟大的诗人、词人、政治家、军事家、教育家和我们伟大的共产主义战士。他们有的是寄托相思，有的是怀才不遇，有的是忧国忧民，有的是仕途渺茫，于是便有了李白、杜甫、陆游、苏轼、辛弃疾、李清照、柳永、秦观、王安石、岳飞，也便有了伟大的毛泽东、邓小平和一批又一批的我们伟大的共产主义战士，如白求恩同志。也许你读过《将进酒》，也许你读过《长恨歌》，于是你便领略到唐诗的恢弘与豪迈；也许你读过“水调歌头”、“破阵子”、“玉潭秋”、“雨霖铃”、“鹊桥仙”和“满江红”，你便领略到宋词的豪放、婉约和那一份清丽。那一篇又一篇脍炙人口的唐诗宋词，都是诗人词人毕生心血的结晶，他们用自己手中的笔，抒发了对相思离情的苦闷或对祖国美好河山的热爱。其实我们也不难看出，在他们每个人的心中，都有着一份难解的忧伤情结，只是不同的是，他们善于把忧伤化为动力，给自己的人生增添一道美丽的风景。

忧伤是一种美丽的孤独。当忧伤来临的时候，我们要学会平静和坦然面对。

也许此刻的你，正在为你的情人流下相思的眼泪，你正在为自己的形单影只而感到忧伤，那么，你又何不索性看开一点，没有他或是她的羁绊，也许，你的生活将会变得更加的广博、自由。

也许此刻的你，正远在千里和家人饱受着思乡别离的苦痛，也许此刻的你正在为微薄的薪资打拼或是根本没找到工作，觉得没脸面对自己的亲人而落泪忧伤。但请你不要忘了，只有你的健康才是家人幸福的根本保障，他们的心头最大的牵挂就是你的平安和健康。

也许此刻的你，正面临着失业和仕途渺茫的忧虑，也许此刻的你已经失业了或者即将失业，你的人生和前途顿时变得灰蒙蒙的，扑朔迷离一片，你感觉有一种怀才不遇的哀伤。但你又是否知道，比起那些远在非洲像原始部落一样生活的人们，还有那些处在水深火热中巴勒斯坦难民营里的急需等待救助的儿童，还有在伊拉克被轰炸而失去了亲人，自己也被炸飞了双腿的不幸者，其实你是幸福的。

生活中我们总是因为忧伤而让眼泪湿润了双眼，在时间的岁月里，被浇注成铅一样沉沉的文字，再精炼成一行行优美的诗句，给我们孤独的人生，增添了一种凄凉幽怨而绝世的美丽。这种美丽，是多么的忧伤清俗而淡雅，处处触动着我们的心弦，让我们为之倾心，为之动情，为之沉醉。孤独并不可怕，忧伤也未必不是一件好事。我们要学会正确地面对人生，即使忧伤，我们也要像那些诗人、学者一样，把我们的生命活得更加美丽。

人 生 悟 语

有一种美丽叫做忧伤，有一种失去即为得到。遭遇忧伤的时候，换一种目光去打量，反会收获许多原本不懂的道理；换一种心态去面对，定会得到许多原本不曾有过的感悟。重要的是，在失去时警醒，在忧伤中奋起！ （朱晓华）

永远不为做错的事情找借口，勇敢地去悔过，并承担自己做错事的后果，善良就会像天使长驻人间！

你看见“拐弯儿”了吗

郑衍文

拉比佩萨克·孟德尔正在教堂外和孩子们一起玩耍。孩子们玩累了，拉比便和往常一样，靠着一棵大树坐下来，孩子们则围坐在他的周围。拉比问道：“孩子们，今天谁来提问题？”

一个小女孩说:“我来提个问题。”

“好呀,费格丽。你有什么问题?”

“拉比,面包师为什么不来教堂了?他可是个大好人,他经常给我们带面包。”

拉比长叹了一口气:“费格丽,说起这事儿,我——应该悔过。”

费格丽问拉比:“什么叫悔过?”

“哦,悔过的意思就是‘回头’,就是‘拐弯儿’。好比是这样:你见过河里漂流的木棒吗?看见过木棒顺着水势自由漂流吧?有的时候,木棒可能会被岩石卡住,阻挡了水流。这时,木棒会在水流中震颤,被急流击打,不断撞在岩石上。如果是这样,木棒就会在急流中慢慢被折断,甚至被击碎。”

孩子们若有所思地点点头。

拉比继续说道:“如果善良是一条河。那么,我们的灵魂就是一根木棒。如果能摆脱岩石的阻碍,和水势取得一致,木棒就能自由漂流——这就是悔过,就是‘拐弯儿’。.”

费格丽皱起了眉头,一脸疑惑的表情:“如果一个人的灵魂和河流的水势顺畅,你能看出来吗?”

“看不出来,可是你能感觉到。而且,当一个人悔过的时候,想‘拐弯儿’的时候,你是无法从外表上看出来的。”

“我能看出来!”小费格丽认真地说,“拉比,我想,我能看得出来。”

第二天早上,拉比做的第一件事就是把负责教堂事务的几个人叫到一起。他对大家说:“我要忏悔。我做了一件不该做的事情,可我不知道如何去挽回。我现在给大家讲出来,希望你们能帮帮我。”

“不知大家注意到没有,面包师最近不来教堂了。这是因为,我伤害了他!”拉比继续说道,“我曾经抱怨他,说他的衣服上沾满了面粉,把我的办公室弄脏了。不知道为什么,我当时觉得这件事非常重要!现在,我想去向他道歉。我去过他的家,也去过他的面包店,可他好像一直在躲着我。请大家帮我想想,怎样才能把这件事情办好!”

戴维的脸上露出惊恐之色:‘可是,拉比!伤害面包师的人是我!这

一段时间以来，每天晨祷之后，我都在抱怨，抱怨他把身上的面粉蹭在了板凳上。我才应该忏悔，应该向他道歉！”

其中有一位寡妇说道：“不是这样的！这都怪我。”大家不约而同地转过脸来，望着她。“我家就在教堂的隔壁，而且有一间空闲的房间。面包师来问过我，他想借用那间房子。他想在那里放一套干净的衣服，每天清晨下班之后，把沾满面粉的工作服脱下来，换一身干净的衣服再来晨祷。我当时想，我是一个寡妇，让一个大男人出出进进不太妥当，我就拒绝了他。”

拉比说道：“我明白了，我们都被同一块岩石卡住了。”

次日清晨，面包师结束了一夜的工作，回到了家里。让他感到惊讶的是，小院里站满了人，大家异口同声地对他说：“请原谅我吧！请原谅我吧！”

面包师茫然地站在那里不知所措。拉比走向前去，充满内疚地和他拥抱握手。两个人紧紧握着对方的手，眼里都流出了真诚的泪水。大家知道，面包师已经接受了大家的道歉。然后，在众人的簇拥下，拉比和面包师手挽手一起回到了教堂。

就在众人走到教堂门前的时候，大家听到一个小女孩银铃般的笑声。

“我说对了吧，拉比。看看你的身上！”

拉比佩萨克·孟德尔低头一看，发现自己的身上已经沾满了面粉，那是他和面包师拥抱时留下的印记。拉比拉起小费格丽的小手，说道：“我想，你是对的，费格丽！当一个人‘拐弯儿’的时候，我们是能看得出来的。”

人　生　悟　语

草长了，有露珠知道；花开了，有蝴蝶知道；叶落了，有泥土知道；灵魂是否顺着善良的河流漂流，我们自己的心灵知道。永远不为做错的事情找借口，勇敢地去悔过，并承担自己做错事的后果，善良就会像天使长驻人间！　　（朱晓华）

其实，生活是公平的，只要拥有健康和美好的心灵，一切都可以自由创造。

没有理由消沉

[阿根廷]埃斯特尔·门德斯

几年前的一天，我心情不太好，甚至有些消沉。我努力工作，仍达不到理想的效果，上司又诸多刁难。

我当时有一个好朋友叫奥尔加，她在我们工作地点附近的一家医院当义工。这天她来找我，对我说："朋友，我没有车，但我需要给'我的孩子们'带些礼物，你能送我去吗？"

我说："行。"在当时的心情之下，送奥尔加去医院并不是什么愉快的事，但她非常执著于义工的工作，她向我们所有人征集衣物和捐款，我们听到她给不同的人打电话，希望她照顾的病童能够尽早康复。

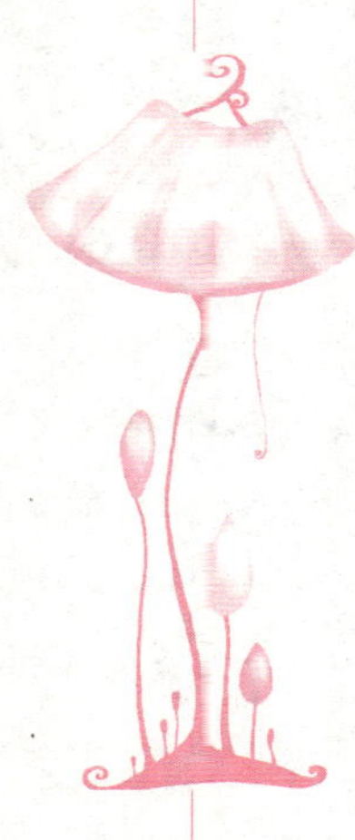

她只对我说要给孩子们带一些衣服和玩具，但到了那儿之后她又说："你陪我把这些东西送到义工接待处吧。"

奥尔加就是这样，她能让你逐步参与到她的事情中去。到了接待处以后，她又得寸进尺了。

她说："你看，我们已经到这儿了，我请你去认识认识'我的孩子们'(她一直这样称呼那些患有癌症的病童)吧，他们特别可爱。"

我试图提出反对意见，提醒她我只答应送她来……

但正如我所说的，她是个固执的人，她拉着我，把我带进了一个房间，所有的孩子都热情地问候我们。

“你看，这是小托马斯，18 个月，他有脑癌，你看他的眼睛多漂亮，你说什么他都能听懂。这是安德烈娅，她左腿上有恶性肿瘤，她很漂亮，是吧？你好，小胡安，你的父母从外地来看你了吗？”

就在她逐一向我介绍这些孩子的时候，虽然他们罹患的疾病足以让任何一个成年人崩溃，但孩子们却很开心，他们笑着，因为我们来看望他们而兴奋不已。

有的孩子玩着一些用过的、褪了色的玩具，却好像那些都是新买来的一样。他们都有着美丽的眼睛和早熟的目光。

但也有人不愿意跟我们打招呼，我问道：“为什么这个孩子离其他孩子那么远？”

奥尔加说：“哦，这是米格尔·安赫尔，他是晚期患者，他不愿意其他孩子看着他死去。我们去看看他吧。”

米格尔·安赫尔大概有十一二岁的样子，脑癌使他丧失了视力，并影响到嗓子，他看不见，也说不出话了。

我很少像那天那样，觉得自己愚蠢至极，不知道该对这个孩子说些什么，疾病用如此残酷的方式剥夺了他与人沟通的能力。

我注意到他的皮肤白皙而柔软，修长的手指让人联想到停留在钢琴上的鸽子。“你的手真美，米格尔·安赫尔。”我抚摸着他，似乎在自言自语，我知道我不能为他做什么。我拉着他的手，轻轻地说：“米格尔·安赫尔，上帝保佑你。”这个饱受疾病摧残的孩子握紧我的手，在沉默之中我分明听到他在回答：“我知道。”

离开医院之后，我认识到生活已经给了我很多，我拥有的财富是自己和家人的健康，在这些孩子面前，我自己的问题微不足道。

我发誓永远不再让自己消沉。

我已经很久没见到奥尔加了，但我常常想到她，特别是有人来跟我说自己有多伤心的时候，我就会给对方讲述这个故事，告诉他们为什么一个人没有理由意志消沉。

人生悟语

我们常常喜欢埋怨生活：给你财富的时候埋怨它不给你权力；给你智慧的时候埋怨它不给你美貌。其实，生活是公平的，只要拥有健康和美好的心灵，一切都可以自由创造。我们应该做的不是埋怨，而是利用所拥有的，去争取更好的未来。 (朱晓华)

他一边登山，一边清理其他登山者留下的垃圾。6年多时间里，他从珠峰上总共捡回了9吨垃圾。

走向山下的登山者

黄兴旺

有两个登山者，让人温暖而心动。

一个叫野口健，是个日本小伙子。他在16岁时，就登上了勃朗峰。此后一发不可收，创下了征服七大洲最高峰最年轻登山者的世界纪录。

作为登山者，攀登与征服每一座山峰是最大的荣耀，但野口健却是个例外。从2000年起，野口健开始了在珠穆朗玛峰捡垃圾的工作，他一边登山，一边清理其他登山者留下的垃圾。6年多的时间里，他从珠峰上总共捡回了9吨垃圾。

当其他登山者为梦想与荣誉向珠峰顶端攀登时，他却选择背着别人丢弃的垃圾走向山下。野口健的想法很简单，登山者扔掉的垃圾正破坏着珠峰的环境。自己多背些垃圾下山就能让珠峰变得干净些。

另一个人叫梅根，是加拿大某航空公司的女职员。梅根酷爱登山，

她最大的梦想是登上世界最高峰——珠穆朗玛峰。

2007年5月21日，梅根的梦想即将成为现实，因为她已经成功攀登到8500米的高度。望着不远处的顶点，梅根激动而兴奋。但就在这时，她发现了躺在山坡上、已经奄奄一息的尼泊尔女登山者比斯塔。

此刻，比斯塔随身携带的氧气即将用尽，人也渐渐昏迷，只剩下微弱的呼救声。而她所处的位置正是珠峰最著名的“死亡地带”，这里空气稀薄、风力强劲，坡面布满了危险的冰层。关键时刻，梅根望了望近在咫尺的顶峰，毅然作出抉择：下山！她冒着生命危险，背起比斯塔，向山下走去。

用了整整12个小时，直到当天晚上9点，她才把比斯塔送到了7500米处的3号营地。由于治疗及时，比斯塔只是两根手指和几根脚趾被冻伤而已。

我不关注登山活动，也从没有听说过野口健与梅根这两个人。让我温暖心动的，不是这两个登山者的辉煌与荣誉，而是他们从高处走向山下的故事：一个背下了9吨垃圾，另一个背下了一条奄奄一息的生命。

人生悟语

我们每个人都有自己的使命：对于登山者来说，攀登高峰是他们的使命；对于游泳健儿来说，泅渡江河是他们的使命；对于平凡的你我来说，执著工作是我们的使命。然而，尊重生命、帮助他人，共同卫护这个和谐美丽的世界，才是我们大家最崇高的使命！（朱晓华）

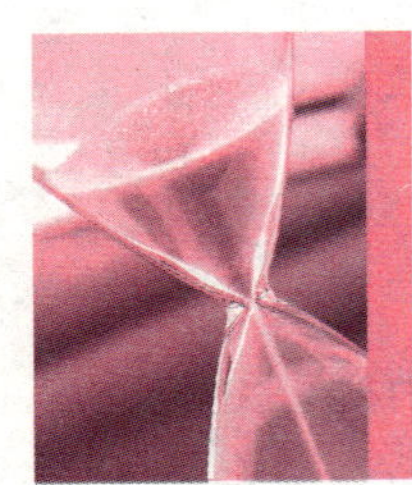

如果健康，如果快乐，如果没有违背自己的心意，又何妨做一个善良的普通人。

坐在路边鼓掌的人

刘继荣

女儿的同学都管她叫“23号”。她的班里总共有50个人，而每每考试，女儿都排名23。久而久之，便有了这个雅号，她也就成了名副其实的中等生。

我们觉得这外号刺耳，女儿却欣然接受。老公发愁地说，一碰到公司活动，或者老同学聚会，别人都对自家的“小超人”赞不绝口，他却只能扮深沉。人家的孩子，不仅成绩出类拔萃，而且特长多多。唯有我们家的“23号”女生，没有一样值得炫耀的地方。

因此，他一看到娱乐节目里那些才艺非凡的孩子，就羡慕得两眼放光。后来，看到一则9岁孩子上大学的报道，他很受伤地问女儿：“孩子，你怎么就不是个神童呢？”女儿说：“因为你不是神父啊。”老公无言以对，我不禁笑出声来。

中秋节，亲友相聚，坐满了一个宽大的包间。众人的话题，也渐渐转向各家的小儿女。趁着酒兴，要孩子们说说将来要做什么。

钢琴家，明星，政界要人，孩子们毫不怯场，连那个4岁半的女孩，也会说将来要做央视的主持人，赢得一阵赞叹。

12岁的女儿，正为身边的小弟弟小妹妹剔蟹剥虾，盛汤揩嘴，忙得不亦乐乎。人们忽然想起，只剩她没说了。在众人的催促下，她认真地回答：“长大了，我的第一志愿是，当幼儿园老师，领着孩子们唱歌跳舞，做游戏。”

众人礼貌地表示赞许，紧接着追问她的第二志愿。她大大方方地说：“我想做妈妈，穿着印有叮当猫的围裙，在厨房里做晚餐，然后，给我的孩子讲故事，领着他在阳台上看星星。”

亲友愕然，面面相觑，不知道该说些什么。老公的神情，极为尴尬。回家后，他叹着气说：“你还真打算让女儿将来当个幼儿园老师？咱们难道真的眼睁睁地看着她当中等生？”

其实，我们也动过很多脑筋。为提高她的学习成绩，请家教，报辅导班，买各种各样的资料。孩子也蛮懂事，漫画书不看了，剪纸班退出了，周末的懒觉放弃了。像一只疲惫的小鸟，她从一个班赶到另一个班，卷子、练习册，一沓沓地做。

可到底是个孩子，身体先扛不住了，得了重感冒。打着点滴，在病床上，她还坚持写作业，最后引发了肺炎。病好后，孩子的脸小了一圈。可期末考试的成绩，仍然是让我们哭笑不得的 23 名。

后来，我们也曾试过增加营养、物质激励等，几次三番地折腾下来，女儿的小脸越来越苍白。而且，一说要考试，她就开始厌食、失眠、冒虚汗，再接着，考出了令我们瞠目结舌的 33 名。

我和老公，悄无声息地放弃了轰轰烈烈的揠苗助长活动，恢复了她正常的作息时间。还给她画漫画的权利，允许她继续订《儿童幽默》之类的书报，家中安稳了很久。我们对女儿，是心疼的，可面对她的成绩，又有说不出的困惑。

周末，一群同事结伴郊游。大家各自做了最拿手的菜，带着老公和孩子去野餐。一路上笑语盈盈，这家孩子唱歌，那家孩子表演小品。女儿没什么看家本领，只是开心地不停鼓掌。她不时跑到后面，照看着那些食物，把倾斜的饭盒摆好，松了的瓶盖拧紧，流出的菜汁擦净，忙忙碌碌，像个细心的小管家。

野餐的时候，发生了一件意外的事。两个小男孩，一个奥数尖子，一个英语高手，同时夹住盘子里的一块糯米饼，谁也不肯放手，更不愿平分。丰盛的美食，源源不断地摆上来，他们看都不看。大人们又笑又叹，连劝带哄，可怎么都不管用。最后，还是女儿，用掷硬币的方法，轻松地打破了这个僵局。

回来的路上，堵车，一些孩子焦躁起来。女儿的笑话一个接一个，全车人都被逗乐了。她手底下也没闲着。用装食品的彩色纸盒，剪出许多小动物，引得这群孩子赞叹不已。至下车，每个人都拿到了自己的生肖剪纸。听到孩子们连连道谢，老公禁不住露出了自豪的微笑。

期中考试后，我接到了女儿班主任的电话。首先得知，女儿的成绩，仍是中等。不过，他说，有一件奇怪的事想告诉我，他从教 30 年了，第一次遇见这种事。

语文试卷上有一道附加题：你最欣赏班里的哪位同学，请说出理由。除女儿之外，全班同学，竟然都写上了女儿的名字。理由很多：热心助人，守信用，不爱生气，好相处等，写得最多的是：乐观幽默。班主任还说，很多同学建议，由她来担任班长。他感叹道：你这个女儿，虽说成绩一般，可为人，实在很优秀啊。

我开玩笑地对女儿说，你快要成为英雄了。正在织围巾的女儿，歪着头想了想，认真地告诉我说，老师曾讲过一句格言：当英雄路过的时候，总要有人坐在路边鼓掌。她轻轻地说："妈妈，我不想成为英雄，我想成为坐在路边鼓掌的人。"

我猛地一震，默默地打量着她。她安静地织着绒线，淡粉的线。在竹针上缠缠绕绕，仿佛一寸一寸的光阴，在她手里吐出星星点点的花蕾。我心里，竟是蓦地一暖。

那一刻，我忽然被这个不想成为英雄的女孩打动了。这世间，有多少人，年少时渴望成为英雄，最终却成了烟火红尘里的平凡人。如果健康，如果快乐，如果没有违背自己的心意，我们的孩子，又何妨做一个善良的普通人。

长大成人后，她一定会成为贤淑的妻子，温柔的母亲，甚至，热心的同事，和善的邻居。在那些漫长的岁月里，她都能安然地过着自己想要的生活。作为父母，还想为孩子祈求怎样更好的未来呢？

人生悟语

做坐在路边鼓掌的人，其实需要更多的智慧。能成为英雄的出类拔萃的人，毕竟是少数，我们绝大多数人扮演的角色，都是坐在路边鼓掌的普通人。然而，嫉妒、忌恨地站在路边撇嘴的人，毁掉的是自己的人生；心态平和地为别人鼓掌的人，才会拍出最清亮的掌声！

(朱晓华)

生命中的任何事物都有保鲜期。那些美好的愿望如果只是珍重地供奉在理想的桌台上，那么只能让它在岁月里，积满灰尘。

第二辑 有没有能让人幸福的风水

有时候，幸福似乎很复杂，以至于要花费我们毕生的精力去苦苦追寻；而有时候，幸福又是那么的简单，换一个方向，变一种思维，幸福就会不期然地来到我们面前。上帝关闭了一扇门，同时也会推开一扇窗，透过那个窗口，我们仍然会看到幸福的风景。

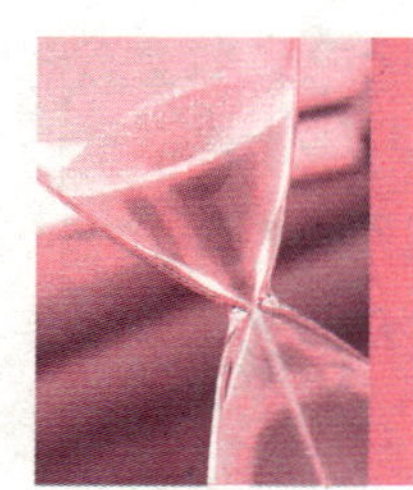

人生就像爬楼梯，每一层楼梯、每一个转弯处，都会给脚步一种向上的力量，只要我们一条条细细体味，一步步慢慢抵达，就一定可以到达我们梦想的终点。

人生就像爬楼梯 是非是

在一座28层高的写字楼里上班，整天蛰伏于一台电脑前，连空气都不怎么流动，时日久了，人人都喊腰酸背痛，腿脚发麻。办公室里，病的、痛的、骂娘的，每日都有发生。

忽一日，老总宣布一项每日功课：每天下午4点举行一次健身健心活动——集体爬楼。

从1层爬到28层，对每天枯坐在办公室里的员工来说颇为刺激，而最耐人寻味的，却是每一层楼梯转角处制作精美的警句标志：

1层：不劳无获。（全员共勉）

2层：人生就像爬楼梯，告诉自己：加把劲，一直向上行。（员工阅读）

4层：同样一件事，只有高兴地去做它，才能保证做好它。（员工阅读）

7层：视野要远，梦想要高。（全员共勉）

8层：最好的学习方式，不是在一旁观看，而是亲自去做，有可能的话，请与他人一同做这些练习。（全员共勉）

10层：没有人愿意偷懒，只不过他们缺乏诱人的目标，激发不出他们的干劲。（管理层阅读）

11层：人的一生中难免会有几件你不想做却不能不做的事。在你不够主动的时候，外力是一种最可行最有效的作用力。因为受益的是你自己，所以我们不怕你抱怨。（员工阅读）

13 层：人生有两种痛苦，一种是努力的痛苦，一种是后悔的痛苦，但后者却大前者千百倍。（全员共勉）

14 层：一个公司，今天吆喝昨天的产品，明天他就要关门。（管理层阅读）

16 层：权威人士公告：每登一级台阶，将延长寿命 7 秒。（全员共勉）

19 层：我们今天最大的挑战是什么？抵抗成功中的反作用力、抗击发展带来的陶醉感、治愈站稳脚跟后让我们丧失斗志的癌症。（管理层阅读）

21 层：如果向上，你很快就会尝到成功的快乐；如果消沉，你将离成功越来越远。（全员共勉）

26 层：当你感觉到坚持不住的时候，告诉自己再上两级。（员工阅读）

27 层：只要把最初的那点微不足道的“坚持”保留到底，任何人都会创造奇迹。（全员共勉）

28 层：此处 28 层，原来成功就是这么简单！（全员共享）

每天上下 28 层楼，再回到办公室里，凝滞的血脉活络了，四周的空气也活跃了起来，大家的神情也比往日生动鲜亮了许多——沉闷和疲劳顿时跑得无影无踪，公司重又焕发出盎然的生机！

人生就像爬楼梯，每一层楼梯、每一个转弯处，都会给脚步一种向上的力量，给虚妄一种明智的警醒，给困境一种希望的昭示，只要我们一条条细细体味，一步步慢慢抵达，就一定可以到达我们梦想的终点。

人生悟语

为这家公司的老总鼓掌！每天一次的爬楼训练，不仅锻炼了员工的身体，还让大家在一步一步地攀爬中体会到了人生的真理。人生其实就是爬楼梯，坚持得越久，爬得越高；爬得越高，看到的风景也就越美！

（罗　兵）

心志淡泊的人，并不是说他们对生活无欲无求。他们也奔跑、追求，只是他们识得这样一个道理：漫漫人生路，唯有轻装前行才能抵达终点。

人生的减法

涂国文

16世纪意大利著名雕塑家、欧洲文艺复兴巨匠米开朗琪罗在回答“雕塑是什么”的提问时说，雕塑就是“把多余的石头敲掉”。无独有偶，多年前我国当代诗人王明韵也有过这样一首短诗：“把不是人的那部分剔去，就能成为人。”真正参透艺术和人生真谛的人，无不是那些深谙减法的人。

人生应取一种减法。把那些原本就不属于人的部分剔去，就能获得一种健康、健全的人生。

对于人生来说，什么才是属于“多余的”、“不是人的那部分”呢？对待这个问题的不同回答，导致了两种完全对立的人生。

有人将财富、地位、名誉和美色，与人生牢牢地捆绑在一起，把是否拥有这些看成是衡量人生是否成功的唯一标尺；有人认为组成生命的有机材料是良知、美德、智慧、自由和健康，一个人只要拥有了这些，就是一个充实的人、富有的人、幸福的人，至于其他的一切，原不过是生命的附属品。

因为认定于第一种价值，所以古代就有了“贪官鼻祖”羊舌鲋，“四尽太守”鱼弘，“天下第一贪”和珅；当代就有了“建国首腐”刘青山、张子善，“花花太岁”胡长清，“三光书记”林龙飞。

因为执著于第二种信念，所以古代就有了富春江边垂钓的严子陵，

命驾归乡的张季鹰，耻为五斗米折腰的陶渊明；当代就有了与毛泽东意见相左的梁漱溟，放弃文学创作而转事古代服饰研究的沈从文，为了专心写作而辞去省作协主席等高官的蒋子丹。

贪心炽旺的人，他们识不透所有的人生最后都将“归零”这样一种残酷的事实；或者他们也已经知晓，却无法熄灭心头那蓬熊熊燃烧的欲火。对于这些人来说，人生没有什么是多余的，因而，他们就像柳宗元笔下的蝜蝂一样，贪婪地“持取”途中所看见的一切，不断增加背上的重负，最终“踬仆”在人生的泥途中。

心志淡泊的人，并不是说他们对生活无欲无求。他们也奔跑、追求，只是他们识得这样一个道理：漫漫人生路，唯有轻装前行才能抵达终点。因此他们在追求中，不断丢弃那些生命的附件，比如酒色、功名、利禄。正如浙江大学一位诗歌爱好者在诗歌中所描述的——“在奔跑中，他的骨头越来越轻”，“他终于飞起来了”。他们在不断的“减去”中，享受到了一种生命的轻松与愉悦。

减法其实也是一种加法。你减少了一次骄奢淫逸，你就增加了一份灵魂的纯净与人生的宁静；你减少了一次诽谤嫉妒，你就增加了一份人际的空间与道德的高度；你减少了一次应酬周旋，你就增加了一份家人的亲情与生活的从容；你减少了一次谄媚邀宠，你就增加了一份人格的尊严与心灵的轻松。

擅做人生的“减法”，成就了无数精彩的人生。宋朝河南节度判官张文节升任宰相，按理来说，他的人生享受完全可以就此大做“加法”，“虽举家锦衣玉食，何患不能”，然而他仍然自奉如故，终成一代贤相，名垂青史；贪得无厌地谋求人生的“加法”，只会导致人生的毁灭。曾经炙手可热的“伟大领袖毛主席的接班人”林彪，不满足于自己“副统帅”的地位，阴谋篡党夺权，最终摔死在温都尔汗，落得个身败名裂的可耻下场。

现代人的欲望总是没个止境，人们永不休止地往自己的人生行囊中塞进各种各样的什物，所以普遍觉得越活越累，精神疾患越来越严重，甚至频传出“过劳死”的噩耗；更有一些人的人生戏剧最终完全变味，上演成一幕幕闹剧或丑剧。食有鱼，出有车，尚思别墅和出国；家有妻，外有“妾”，红旗不倒彩帜飘；科长微，处长小，最好弄个正厅级；五十九，快退休，此时不捞待何时？凡此种种，不一而足。

印度诗人泰戈尔说：“鸟的翅膀一旦系上了黄金，就永远也不能飞腾起来。”人生亦然。学会一种人生的“减法”，现在看来，已成我们的当务之急！

人 生 悟 语

我们常常说累，其实在于我们的欲望太多。想要的越多，失去的也就越多，痛苦就这样层层累加。其实，名气愈大的劳神愈大；财富愈多的伤身愈多。要是大家都懂得了人生的减法，宁静清心，淡泊明志，人生路上便能健步向前。（罗　兵）

一条反方向游动的鱼，保持自我的差异性，迟早会在汹涌的人潮中脱颖而出。

换个方向是第一 金错刀

“做一条反方向游的鱼”，这是IT业知名公司惠普对员工强调的职业理念。

1989年，在惠普市场部工作的高建华，想跳槽到另一家外资公司做销售。他的理由是：在公司市场部只是一个配角，到另一家公司的销售部可以尝试一下当主角的滋味。

当时，惠普中国分部的总裁俞新昌和一名人力资源总监亲自做工作挽留高建华。这次谈话，让高建华改变了主意，也让他明白了什么是“做一条反方向游的鱼”。

那位人力资源总监问高建华，是否还记得供求关系原理，高建华说当然记得。人力资源总监说：“一件产品值钱与否，不取决于它的绝对价值，而是看供求关系，物以稀为贵，你说对不对？”然后，人力资源总监问了高建华两个问题：第一，全中国外企中做销售的人员大概是多少？仅惠普当时就有六七十人做销售，全国大概有几十万人；第二，中国外企中做市场营销的人员大概有多少？答案是数千人。

他给高建华分析道：“你有两个选择：一是加入到销售大军里面去，与那几十万人去竞争；二是继续在本公司做市场营销，与那几千人竞争。如果你觉得从头开始做销售工作更容易成功，公司尊重你的选择；如果你认为做市场营销更容易成功的话，那么，公司希望你三思。”

多年后，离开惠普的高建华写了《笑着离开惠普》一书。高建华曾经在惠普中国分部工作 15 年，做过市场总监、战略规划总监等。现在，高建华已经是市场营销界一个知名的个人品牌。

“做一条反方向游的鱼”，这种理念表现在个人战略上，就是差异化；这种理念表现在管理上，则是一种重视创新的逆向思维。

人生悟语

少数服从多数，这一所谓的真理放在今天，其实并不十分正确。顺着大多数人的方向随波逐流，无论多么出色的人都可能淹没在汹涌的波涛里；相反，做一条反方向游动的鱼，保持自我的差异性，迟早会在汹涌的人潮中脱颖而出。（罗　兵）

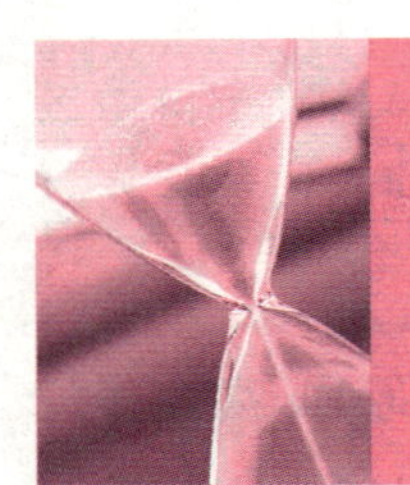

经常爱笑的人，岁月会将笑容的表情一遍遍强化和固定，最后在面部形成眼角和嘴角向上挑的美丽线条，笑就这样延缓和阻止了衰老的步伐。

美丽是一种坚持

罗国平

那天打开电视，正是湖南卫视的《快乐大本营》节目。主持人何炅请出一位身材曼妙、风姿绰约的女人，让观众猜她的年龄。她曾是姜文、章子怡等影视明星的形体老师。这是位生动而又动人的女人，面容姣好，眼睛十分有神，光洁的脸上，觅不到一丝岁月的痕迹。我初步判断她有30来岁，但她眼里岁月历练出的淡定和从容，又使我不好把握。但怎么都没想到，她居然是60岁的花甲老人。

何炅又让观众猜她的牙齿是真是假。她轻启朱唇，露出一口洁白、细密、整齐的牙齿。大多数观众条件反射地回答是假牙，我也觉得是。一口白牙，历经漫长岁月的磨损和侵蚀，无论如何不可能像这般洁净、雪白、整齐。但回答却是："真牙！"她说她长年坚持用温开水漱口，这样牙齿就可避免细菌的侵蚀。这一点我信了！烧开水的壶，时间久了，就会结下一层水垢。经过高温消毒的温开水，涤除了水中的杂质，水质要干净得多。如果用生水漱口，那些细微得连肉眼都看不见的杂质，就会在漫长的岁月中，在牙齿上结成垢。我们的满口白牙，就是这样被岁月染黄、锈蚀、腐蚀的。所以剔牙便成了生活里常见的一个场景。

说到那双顾盼生辉的眼睛，她说她经常练眼神。她边展示边解说：头部保持不动，面带微笑，然后眼睛依次朝上下左右方向转动。她还特别强调：一定要面带笑容，因为微笑可以牵引眼角和嘴角向上挑。

我突然明白：人显老，最大的原因就是眼角和嘴角向下垂，而笑一次次地将这嘴角和眼角向上牵引。经常爱笑的人，岁月会将笑容的表情一遍遍强化和固定，最后在面部形成眼角和嘴角向上挑的美丽线条，笑就这样延缓和阻止了衰老的步伐。笑还能使脸上最显年龄的两道岁月刻痕——鼻翼与嘴角相连处的法令线，变成动人的笑靥。

美丽是一种态度，一种对自己的关爱，更是一种坚持。

人生悟语

其实，这世间所有的道理，都在一个"坚持"！如文中的老师，几十年如一日坚持用温水漱口、坚持微笑，岁月回报她的便是始终如一的美丽；而我们，要是能几十年如一日地坚持学习、坚持锻炼，岁月也会回报我们一份美好的人生！（罗 兵）

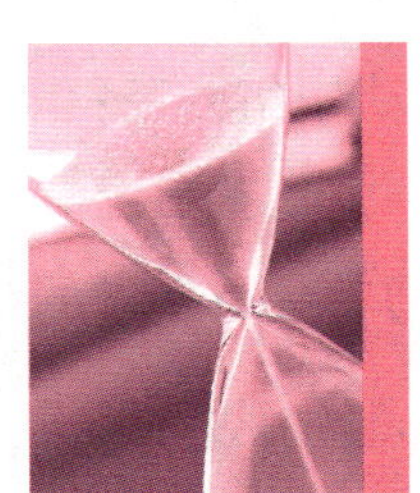

虽然彼得的逻辑思维能力几乎为零，但他却有着自己处事的方式和原则。

"智者"无惧

乔 伊

55 年前的一个夜晚，在美国犹他州盐湖城的一家医院里，一个男婴呱呱坠地。他就是金·彼得。

刚出生时，彼得的头就比其他普通新生儿的 3 倍还大，让他柔软脆弱的颈部难以支撑。在他的后脑勺上，长着一个奇怪的鼓包。通过脑部扫描，结果发现他的颅内脑后部竟长有一个巨型的瘤状物，瘤状物内部呈液体状态。这个瘤犹如隐藏在彼得头中的一颗定时炸弹，随时都有可能破裂，他的生命危在旦夕。

医生说，彼得存活的概率几乎为零。此时，彼得的父母必须面对两种痛苦的抉择：要么放弃救治，把他送到福利院，要么做风险系数极高的手术。最终，彼得的父母没有选择手术，而是把彼得带回了家，精心地呵护和照料。

襁褓中的彼得很少啼哭，总是合着双眼安静地躺在那里。父母怕他悄无声息地死去，便随时过来观察他的呼吸，以确定他还活着。

时光荏苒，转眼间，彼得1岁了。这天，彼得的父亲带他回医院做脑部复查。在医生看来，彼得能活到1岁简直是个生命的奇迹。检查之后，医生惊诧地发现，彼得颅内水瘤的直径明显小于先前，也就是说，水瘤正在逐渐萎缩，这意味着彼得的生命也许不会再受到威胁。

然而很快，新的问题接踵而至。彼得长到3岁时，还不会说话，不会走路，不会穿衣服，对外界的感觉很迟钝。

他再次被送到医院进行检查。这次，医生得出的结论是：彼得颅内的水瘤已经完全萎缩，但萎缩组织形成了一个结，压迫小脑导致功能障碍。也就是说，彼得今后将是个生活完全不能自理的低能儿。

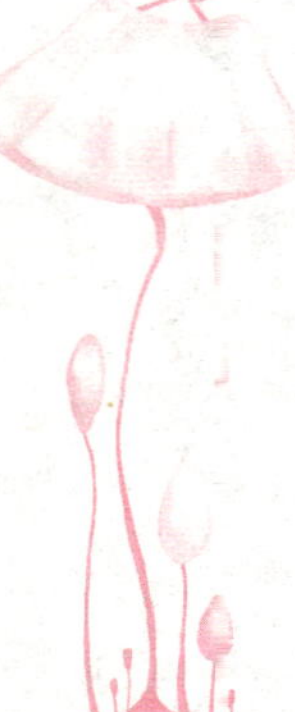

彼得4岁时才开始蹒跚学步，他行动艰难而迟缓，动作扭曲歪斜。他无法像其他孩子一样尽情地享受生活的多彩和美好，只能整日坐在书架下面的地板上，翻着一本本厚厚的书籍。低能儿通常会重复做同一个动作，因而，彼得的举动并没有引起家人的注意。

直到有一天，他的父亲在看报纸时遇到了一个不认识的字，坐在一旁的彼得凑过来，用含混不清的口齿念出了那个字的读音，并解释了字的意思，父亲顿时惊呆了。

事实上，彼得3岁就会背诵字典了，4岁时记住了百科全书的1～8册。他看书的速度惊人，常人看书通常要用3分钟才能看完1页，而彼得则左眼看左页，右眼看右页，只需八九秒就可以看完，并能熟记书中98%的内容。

随着年龄的增长，彼得的记忆力变得更加惊人。他曾用85分钟看完一本书。数年之后，他依然可以说出这本书的内容和书中人物的名字，甚至还能只字不差地背诵书中大段的章节。除此之外，彼得还知道全美所有城市名称、高速公路编号、邮政编码、电话号码及电视台名称；心算所用的时间，仅是常人的1/3；能根据一个人的生日，在半分钟内准确地计算出这个人退休的日期将是哪年哪月哪日及星期几；还可以在钢琴上弹奏几十年前听过的乐曲，知道是哪位作曲家创作的，以及该作曲家的生日、出生地和去世的日期。

然而，一个生活中的智障低能儿，怎么会有如此超强的记忆力呢？原来，彼得的脑部结构不同于常人。通常，正常人的脑部分为左右两个脑半球，而彼得的两个脑半球却紧密地合成为一个整体，并且彼得的脑部在不断地发生着变化：他的左脑严重萎缩，而右脑则因水瘤萎缩产生的压力逐渐分裂成了8～9个部分。

人类的右脑支配如音乐、数学、艺术、视觉及动作等方面的能力，而左脑则支配如语言、逻辑行为等方面的能力。

彼得由于左脑萎缩受损而丧失了语言和自理能力，却由于右脑的不断分裂发达而成了记忆力超强的天才。这一现象被医学界称为“学者症候群”，即“白痴型的天才”。

尽管医学专家为彼得测试的“记忆智商”结果高达220，但在现实生活中，彼得却依然是个低能、极度自卑的人。他很少上街，不愿与人交往，甚至害怕面对他人的目光。

后来，智障市民协会把彼得介绍给了《雨人》的编剧，而他则成为“雨人”的人物原型。这部影片由好莱坞著名影星达斯汀·霍夫曼主演，曾多次获得大奖。这次不同寻常的经历，使他渐渐地摆脱掉了自闭的阴影，变得开朗起来。

虽然彼得的逻辑思维能力几乎为零，但他却有着自己处事的方式和原则。

1998年，彼得受到白宫的邀请，要他去参加一次访问。然而，他竟毫不犹豫地回绝了。这件事顿时掀起一场轩然大波，几乎所有的人都在猜测，彼得到底为什么要拒绝白宫的邀请。

最终，彼得平淡地说出了他的理由："那个与克林顿传出绯闻的莱温斯基，不是我喜欢的那一类人。"答案竟如此简单，像是一个幼儿园的男孩儿在挑选他的玩伴儿。

如今，55 岁的彼得，已经读完大约 1.2 万本书籍，成为 15 项学科中当之无愧的专家。像彼得一样，有着超级天才记忆力的同时，却又能用最单纯的目光和态度来审视和处理周遭的事物，这其实也是一种难能可贵的幸福。

人生悟语

上帝是非常公平的，它在关闭一扇门的时候，一定会打开另一扇窗。彼得就是这样，在失去自理和语言能力的同时，获得了超乎常人的记忆力。同时，不管是平凡普通如你我，还是拥有各种超强能力的天才，其实都享有平等的尊严和地位，拥有同一片蓝天和土地。

(罗　兵)

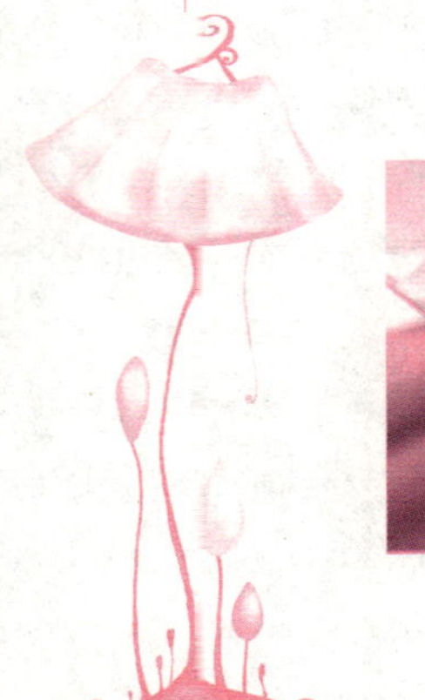

我不是来自农村，我来自一个小城市，在上海读完了硕士，现在有一份年薪七八万的工作。我奋斗了18年，现在终于可以与你坐在一起喝咖啡。

我花了 18 年时间才能和你坐在一起喝咖啡

麦　子

这个题目看起来也许有些荒诞，可这却是实事。我的上海白领朋友们，如果我是一个初中没毕业就来沪打工的民工，你会和我坐在 Starbucks 一起喝咖啡吗？不会，肯定不会。

比较我们的成长历程，你会发现为了一些在你看来唾手可得的东西，我却需要付出巨大的努力。从我出生的一刻起，我的身份就与你有了天壤之别，因为我只能报农村户口，而你是城市户口。如果我长大以后一直保持农村户口，那么我就无法在城市中找到一份正式工作，无法享受养老保险、医疗保险，甚至连选举权都不如你们多。你可能会问我："为什么非要到城市来？农村不很好吗？空气新鲜，又不像城市这么拥挤。"可是农村没有好的医疗条件，这次 SARS 好像让大家一夜之间发现农村的医疗保健体系竟然如此落后；物质供应也不丰富，因为农民挣的钱少，贵一点的东西就买不起，所以商贩也不会进太多货。农民没有职业发展规划，因为农民不是一个职业，而是一个类似种族一样的天生的阶层。农民没有自我实现的满足感，因为绝大多数人还在为基本的生存而奋斗，春节联欢晚会中买得起等离子彩电的农民毕竟是个别现象。于是我要进城，而且要摆脱我的农民身份，我要通过自己的奋斗获得你生下来就拥有的大城市户口，考学是我跳出"农门"唯一的机会。

我要刻苦学习，小学升初中，初中升高中，高中考大学，我在独木桥上奋勇搏杀，眼看着周围的同学一批批落马，前面的道路越来越窄，我这个佼佼者心里不知是喜是忧。激烈的竞争让我不敢疏忽，除了学习功课，我无暇去顾及业余爱好，学校也没有这些发展个人特长的课程，进入高中的第一天起，校长就告诉我们这 3 年只有一个目标——高考。于是我披星戴月，早上 5:30 起床，晚上 11:00 睡觉，就连中秋节的晚上，我还在路灯下背政治。

而你的升学压力要小得多，竞争不是那么激烈，功课也不是很沉重，你可以有充足的时间去发展个人爱好，去读课外读物，去球场挥汗如雨，去野外享受蓝天白云。如果你不想那么辛苦去参加高考，只要成绩不是最差的，你可以在高三时容易地获得保送名额，哪怕成绩最差，也会被"扫"进一所本地三流大学，而那所三流大学我可能也要考到很高的分数才能进去，因为按地区分配的名额中留给上海本地的名额太多了。

我们的考卷不一样，如果考卷一样我们的分数线就不一样，但是当我们都获得录取通知书的时候，所交的学费是一样的。每人每年 6000 元，4 年下来光学费就要 2.4 万元，再加上住宿费每人每年 1500 元，还有书本教材费每年 1000 元、生活费每年 4000 元（只吃学校食堂），4 年总共 5 万元。2003 年上海某大学以“新建的松江校区环境优良”为由，将学费提高到每人每年 1 万元，这就意味着仅学费一项 4 年就要 4 万元，再加上其他费用，总共 6.6 万元。6.6 万元对于一个上海城市家庭来说也许算不上沉重的负担，可是对于一个农村的家庭，这简直是一辈子的积蓄。由于剪刀差、地少人多、经济不成规模等众多原因，农业仍然是不赚钱的行业。我的家乡在东部沿海开放省份，是一个农业大省，相比西部内陆省份应该说经济水平还算比较好。可是现在的农产品收购价太便宜了，除去各种农业种植成本和名目繁多的税费，一年辛苦劳作剩不了几个钱。以供养两个孩子的四口之家为例，除去各种日常必需开支，一个家庭每年最多积蓄 3000 元，那么 6.6 万元上大学的费用意味着 22 年的积蓄！前提是任何一个家庭成员都不能生大病，而且另一个孩子无论学习成绩多么优秀，都必须剥夺他上大学的权利，因为家里只能提供这么多钱。

我属于比较幸运的，东拼西凑加上助学贷款终于交齐了第一年的学费，看着那些握着录取通知书愁苦不堪全家几近绝望的同学，我的心中真的不是滋味。教育产业化时代的大学招收的不仅是成绩优秀的同学，而且还要有富裕的家长。我终于可以如愿以偿地在大学校园里汲取知识的养分！努力学习获得奖学金，假期打工挣点生活费，我实在不忍心多拿父母一分钱，那每一分钱都是一滴汗珠掉在地上摔成八瓣挣来的血汗钱啊！

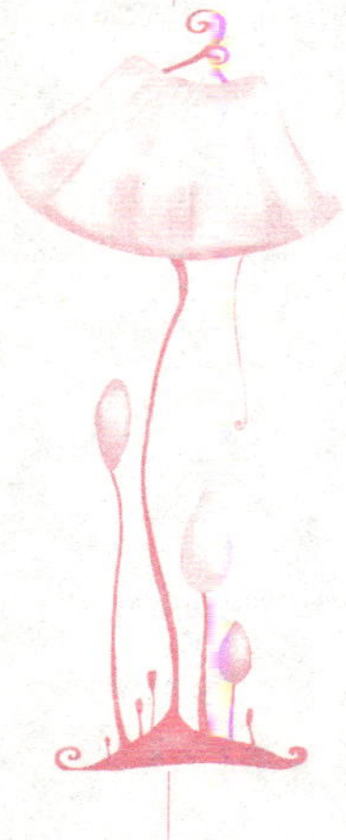

来到上海这个大都市，我发现与我的同学相比我真是土得掉渣。我不会作画，不会演奏乐器，不认识港台明星，没看过武侠小说，不认得 MP3，不知道什么是 Walkman，为了弄明白营销管理课上讲的“仓储式超市”的概念，我在麦德隆好奇地看了一天，我从来没见过如此丰富的商品。我没摸过计算机，为此我花了半年时间泡在学校机房里学习你在中学里就学会的基础知识和操作技能。我的英语是聋子英语、哑巴英语，我的发音中国人和外国人都听不懂，这也不能怪我，我们家乡没有外教，老师自己都读不准，怎么可能教会学生如何正确发音？基础没打好，我只能再花一年时间矫正我的发音。我真的很羡慕大城市的同学多才多艺，知识面这么广，而我只会读书，我的学生时代只有学习、考试、升学，因为只有考上大学，我才能来到你们中间，才能与你们一起学习，所有的一切都必须服从这个目标。

我可以忍受城市同学的嘲笑，可以几个星期不吃一份荤菜，可以周六、周日全天泡在图书馆和自习室，可以在周末自习回来的路上羡慕地看着校园舞厅里的成双成对，可以在寂寞无聊的深夜在操场上一圈圈地奔跑……我想有一天我毕业的时候，我能在这个大都市挣一份工资的时候，我会和你这个生长在都市里的同龄人一样——做一个上海公民，而我的父母也会为我骄傲，因为他们的孩子在大上海工作！

终于毕业了，令我意想不到的是，辛辛苦苦读出来的大学文凭，竟然很难找到工作，在上海工作难找，回到家乡更没有什么就业机会。能幸运地在上海找到工作的应届本科生只有每月 2000 元左右的工资水平，也许你认为这点钱应该够你零花的了，可是对我来说，我还要租房，还要交水电煤电话费用，还要还助学贷款，还想给家里寄点钱让弟妹继续读书，剩下的钱只够我每顿吃盖浇饭，我还是不能与你坐在 Starbucks 一起喝咖啡！

现在舆论号召我们大学生创业，真不明白我们这些既没钱也没经验的刚毕业的学生有什么资本去创业，为什么那些人浮于事却能旱涝保收的单位里的职工不去辞职创业？也许所有的这一切都怪我投错了胎，为什么我不降生在上海！

写到这里，我需要声明：我不是来自农村，我来自一个小城市，在上海读完了硕士，现在有一份年薪七八万的工作。我奋斗了 18 年，现在终于可以与你坐在一起喝咖啡。我已经融入这个国际化大都市中了，与周围的白领朋友没有什么差别，可是我无法忘记奋斗历程中那些艰苦的岁月，无法忘记那些曾经的同学和他们永远无法实现的夙愿。于是我以第一人称的方式写下了上面的文字，这些是最典型的中小城市和农村平民子弟奋斗历程的写照。每每看到正在同命运抗争的学子，我的心里总是会有一种沉重的责任感。

写这篇文章不是为了怨天尤人，这个世界上公平是相对的，不公平是绝对的，不公平已经存在，这并不可怕，但是对不公平视而不见是非常可怕的。我在上海读硕士的时候，曾经讨论过一个维达纸业的营销案例，我的一位当时曾有3年工作经验，现任一家中外合资公司人事行政经理的同学，提出一个方案：应该让维达纸业开发高档面巾纸产品推向9亿农民市场。我惊讶于她提出这个方案的勇气，当时我问她是否知道农民兄弟吃过饭后如何处理面部油腻，她疑惑地看着我，我用手背在两侧嘴角抹了两下，对如此不雅的动作她斥之鄙夷神色。在一次宏观经济学课上，我的另一同学大肆批判下岗工人和辍学务工务农的少年："80%是由于他们自己不努力，年轻的时候不学会一门专长，所以现在下岗活该！那些学生可以一边读书一边打工吗，据说有很多学生一个暑假就能赚几千元，学费还用愁吗？"我的这位同学可能永远都不会相信我本科时有个同学是每天拿着饭盒到学校餐厅里捡别人吃剩的饭菜来熬过4年的大学生活的。他可能没有研究过中国社会财富分配制度的变迁，我们的父辈年富力强时候所创造的财富中本来应该属于自己的那部分，在高积累低消费政策下变成了国有资产，继而变成了国有商业银行成千上万亿元再也收不回来的不良贷款。糟蹋完这些钱后，当年包养老、包医疗、包住房、包教育的空口承诺灰飞烟灭，留给已经老去的父辈只是下岗失业和生活无济。

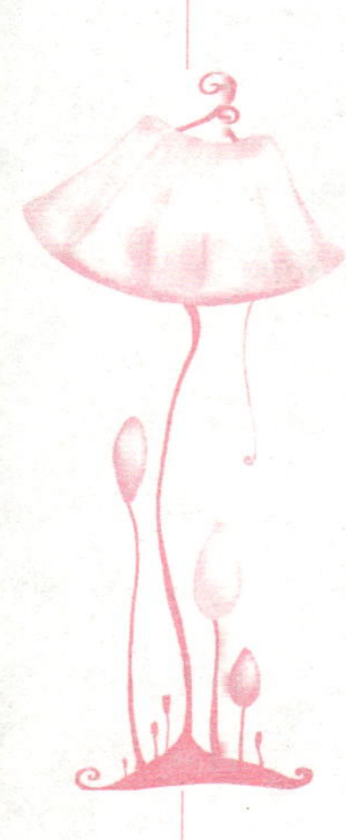

现存的不公平大多数是由于人为的政策造成的，高高在上的决策者是无法做出保护社会大众特别是下层人民的政策的。我是20世纪70年代中期出生的人，我的同龄人正在逐渐成为社会的中流砥柱，我们的决策将影响社会和经济的发展。把这篇文章送给那些优越环境成长起来的年轻人和很久以前曾经吃过苦现在已经淡忘的人，关注社会下层，为了这个世界更公平些，我们应该做些力所能及的事情，特别是在做关乎众人命运的决策的时候，让这份社会责任感驻留我们的头脑。

人生悟语

世界上，有许多事情确实有些不平等，譬如出生的家庭、成长的地域；有一些事情却绝对平等，譬如我们的精神、我们的灵魂。矢志追求一个更加公平的世界，应是我们每一个人的责任。所以，无论站在哪个位置，都要记得用平视的眼光面对世人！ （罗 兵）

喝不喝咖啡又有什么打紧呢？生活姿态的优雅与否，不取决于你所坐的位置、所持的器皿、所付的茶资，它取决于你品茗的态度。

我奋斗了18年不是为了和你一起喝咖啡

优 游

一篇题为《我奋斗了18年才能和你坐在一起喝咖啡》的文章曾引起了社会各界的广泛共鸣。作者麦子，这位来自小城市的年轻人，用第一人称描绘了最典型的中小城市和农村子弟的奋斗历程——

“从我出生的一刻起，我的身份就与你有了天壤之别，因为我只能报农村户口，而你是城市户口。……于是我要通过自己的奋斗获得你生下来就拥有的大城市户口，考学是我跳出‘农门’唯一的机会。……我属于比较幸运的，东拼西凑加上助学贷款终于交齐了第一年的学费，终于可以如愿以偿地在大学校园里汲取知识的养分了。我努力学习获得奖学金，假期打工挣点生活费，因为实在不忍心多拿父母一分钱。……我发现自己真是土得掉渣，不会作画，不会演奏乐器，不认识港台明星，没看过武侠小说，不认得MP3，不知道什么是Walkman。我的英语是聋子英语、哑巴英语，我的发音中国人和外国人都听不懂……

终于毕业了，能幸运地在上海找到工作的应届本科生只有每月 2000 元左右的工资，我要租房，要交水电煤电话费还要还助学贷款，还想给家里寄点钱让弟妹继续读书，剩下的钱只够我每顿吃盖浇饭。”

在奋斗了 18 年之后，“我”终于融入这个国际化大都市中，与周围的白领没有什么差别。然后呢？麦子的一篇《我奋斗了 18 年才和你坐在一起喝咖啡》引起多少共鸣，一个农家子弟经过 18 年的奋斗，才取得和大都会里的同龄人平起平坐的权利。一代人的真实写照。然而，3 年过去，我恍然发觉，他言之过早。18 年又如何？再丰盛的年华叠加，我仍不能和你坐在一起喝咖啡。

那年我 25，无数个夙兴夜寐，换来一个硕士学位，额上的抬头纹分外明显，脚下却半步也不敢停歇。如果不想让户口打回原籍，子子孙孙无穷匮，得赶紧地找份留京工作。你呢？你不着急，魔兽世界和红色警报？早玩腻了！你野心勃勃地筹划着“创业创业”。当时李彦宏、陈天桥、周云帆，牛人们还没有横空出世。百度、Google、完美时空更是遥远的名词，可青春所向披靡不可一世，你在校园里建起配送网站，大张旗鼓地招兵买马，大小媒体的记者蜂拥而至。334 寝室很快在全楼名噪一时，小姑娘们从天南地北寄来粉粉的信纸，仰慕地写道：“从报上得知你的精彩故事……”得空，爬上楼顶吹吹风，你眉飞色舞地转向我，以照顾自己人的口气说，兄弟，一起发财如何？

好呀，可惜，我不能。创业于你，是可进可退可攻可守的棋，启动资金有三姑六眷帮忙筹集，就算铩羽而归，父母那三室一厅、温暖的灶台也永不落空。失败于我，意味着覆水难收一败涂地。每年夏天，为了节省三五百块钱的机器钱，爹娘要扛着腰肌劳损在大日头下收割 5 亩农田。我穿着借来的西服完成了第一次面试，戴着借来的手表与心爱的女孩进行了第一次约会。当你拿到了第一笔投资兴奋地报告全班时，我冷静地穿越大半个北京城，去做最后一份家教。没错，“这活儿技术含量忒低”，但在第一个月工资下发前，我租来的立锥之地与口粮全靠它维持。

不多久，互联网就遭遇了寒流，你也对创业意兴阑珊，进了家有性

质的通信公司，我被一家外企聘用。坐井观天的我，竟傻傻地以为扳回了一局。明面上的工资，我比你超出一截，税后 8000，出差住 5 星级宾馆，一年带薪休假 10 天。玩命一样地投入工作，坚信几年后也有个童话般的结尾，“和公主过上幸福的生活”。

好景不长，很快，我明白了为什么大家说白领是句骂人的话。写字楼的套餐，标价 35，几乎没人答理它。午餐时间，最抢手的是各层拐角处的微波炉，“白领”们端着带来的便当，排起了长长的队伍。后来，物业允许快餐公司入住，又出现了“千人排队等丽华”的盛况。这些月收入近万的人士节约到抠门的程度。一位同事，10 块钱的感冒药都找保险公司理赔；另一位，在脏乱差的火车站耗上 3 个小时，为的是 18:00 后返程能多得 150 元的晚餐补助。

这幕幕喜剧未能令我发笑，我读得懂，每个数字后都凝结着加班加点与忍气吞声；俯首帖耳被老板盘剥，为的是一平方米一平方米构筑起自己的小窝。白手起家的过程艰辛而漫长，整整 3 年，我没休过一次长假没吃过一回鸭脖子；听到“华为 25 岁员工胡新宇过劳死”的新闻，也半点儿不觉得惊讶，以血汗、青春换银子的现象在这个行业太普遍了。下次，当你在上地看见一群人穿着西装革履拎着 IBM 笔记本奋力挤上 4 毛钱的公交车，千万别奇怪，我们就是一群 IT 民工。

唯一让人欣慰的是，我们离理想中的目标一步步靠近。

突如其来的，你的喜讯从天而降：邀请大家周末去新居暖暖房。怎么可能？你竟比我快？可豁亮的 100 多平方米、红苹果家具、37 寸液晶大彩电无可置疑地摆在眼前。你轻描淡写地说，老头子给了 10 万，她家里也给了 10 万，老催着我们结婚……回家的路上，女朋友郁郁不说话，她和我一样，来自无名的“山城”。我揽过她的肩膀，鼓励她也是鼓励自己，没关系，我们拿时间换空间。

蜜月你在香港过的，轻而易举地花掉了半年的工资，回来说，意思不大，不像 TVB 电视里拍的那样美轮美奂；我的婚礼，在家乡的土路、乡亲的围观中巡游，在低矮昏暗的老房子里拜了天地，在寒冷的土炕上与爱人相拥入眠。幸运的是，多年后黯淡的图景化作妻子博客里光芒四射的图画，她回味："有爱的地方，就有天堂。"

我们都想给深爱的女孩以天堂，天堂的含义却迥然不同。你的老婆当上了全职太太，每天用电驴下载《老友记》和《越狱》；我也想这么来着，老婆不同意，你养我，谁养我爸妈？不忍心让你一个人养7个人。当你的女孩敷着倩碧面膜舒服地跷起脚，我的女孩却在人海中顽强地搏杀。

两个人赚钱的速度快得多。到2004年年底，我们也攒到了人生中第一个10万，谁知中国的楼市在此时被魔鬼唤醒，海啸般狂飙突进，摧毁一切渺小虚弱的个体。2005年3月，首付还够买西四环的郦城，到7月，只能去南城扫楼了。我们的积蓄本来能买90平方米的两居来着，9月中旬，仅仅过去2个月，只够买80多平方米。

没学过经济学原理？没关系。生活生动地阐释了什么叫资产泡沫与流动性泛滥。这时专家跳出来发言了："北京房价应该降30%，上海房价应该降40%。"要不，再等等？我险些栖身于温吞的空方阵营。是你站出来指点迷津：赶快买，房价还会涨。买房的消息传回老家，爹娘一个劲儿地欷歔：抵得上俺们忙活半年。在他们看来，7500一平方米是不可思议的天价。3年后的2008，师弟们纷纷感叹，你赚大发了，四环内均价1.4万，已无楼可买。

几天前，我看见了水木上一句留言，颇为感慨："工作5年还没买房真活该，2003年正是楼市低迷与萧条之时。等到今天，踏空的不仅是黄金楼市，更是整个人生。"

真要感谢你，在我不知理财为何物之时，你早早地告诉我什么叫消费什么叫投资。

并非所有人都拥有前瞻的眼光和投资的观念。许多和我一样来自小地方、只知埋头苦干的兄弟们，太过关注脚下的麦田，以至于错过一片璀璨的星空。你的理论是，赚钱是为了花，只有在流通中才能增值，买到喜爱的商品，让生活心旷神怡。而我的农民兄弟——这里特指是出身农家毕业后留在大城市的兄弟，习惯于把人民币紧紧地捏在手中。存折上数字的增长让他们痴迷。该买房时，他们在租房；该还贷时，他们宁可忍受7%的贷款利率，也要存上5年的定期。辛苦赚来的银子在等待中缩水贬值。他们往往在房价的巅峰处，无可奈何地接下最后一棒；也曾天真地许愿，赚够100万就回家买房。可等到那一天真的到来，老家的房价，二线、三线城市甚至乡镇的都已疯长。

这便是我和你的最大差别，根深蒂固的分歧、不可逾越的鸿沟也在于此。我曾经以为，学位、薪水、公司名气一样了，我们的人生便一样了。事实上，差别不体现在显而易见的符号上，而是体现在世世代代的传承里，体现在血液里，体现在头脑中。18年的积累，家庭出身、生活方式、财务观念，造就了那样一个你，也造就了这样一个我，造就了你的疏狂佻侻(tiāo tà)与我的保守持重。当我还清贷款时，你买了第二套住房；上证指数6000点，当我好容易试水成为股民，你清仓离场，转投金市；我每月寄1000元回去，承担起赡养父母的责任，你笑嘻嘻地说，养老，我不啃老就不错了！当我思考着要不要生孩子、养孩子的成本会在多大程度上折损生活品质时，4个老人已出钱出力帮你抚养起独二代；黄金周去一趟九寨沟挺好的了，你不满足，你说德国太拘谨、美国太随意、法国才是你向往的时尚之都……

我的故事，是一代"移民"的真实写照——迫不得已离乡背井，祖国幅员辽阔，我却像候鸟一样辗转迁徙，择木而栖。现行的社会体制，注定了大城市拥有更丰富的教育资源、医疗资源，生活便利。即便取得了一纸户口，跻身融入的过程依然是充满煎熬，5年、10年乃至更长时间的奋斗才获得土著们唾手可得的一切。曾经愤慨过，追寻过，如今，却学会了不再抱怨，在一个又一个缝隙间心平气和。差距固然存在，但并不令人遗憾，正是差距和为弥补差距所付出的努力，加强了生命的张力，使其更有层次更加多元。

可以想见的未来是，有一天我们的后代会相聚于迪斯尼(这点自信我还是有的)，讲起父亲的故事，我的那一个，虽然不一定更精致更精彩，无疑曲折有趣得多。那个故事，关于独立、勇气、绝地反弹、起死回生，我给不起儿子名车豪宅，却能给他一个不断成长的心灵。我要跟他说，无论贫穷富贵，百万家资或颠沛流离，都要一样地从容豁达。

至此，喝不喝咖啡又有什么打紧呢？生活姿态的优雅与否，不取决于你所坐的位置、所持的器皿、所付的茶资，它取决于你品茗的态度。

我奋斗了18年，不是为了和你一起喝咖啡。

人生悟语

讲得多好的一句话：生活姿态的优雅与否，不取决于你所坐的位置、所持的器皿、所付的茶资，它取决于你品茗的态度！而衡量一段人生的成功与否，不取决于你拥有的财富有多少、房产有多少、权力有多大，它取决于你对待心灵的态度：靠奋斗赢来的生活，才会让你的心灵充满安宁。 （罗 兵）

孩童有稚嫩的美，青年有健旺的美，你有中年成熟的美，我有老来冲淡自如的美。

白发

冯骥才

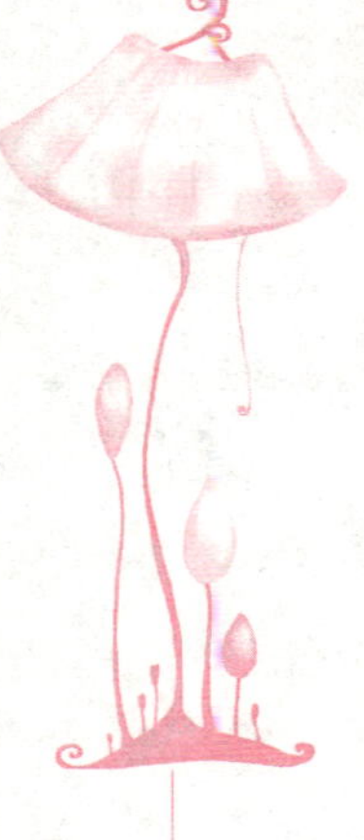

人生入秋，便开始被友人指着脑袋说：

“呀，你怎么也有白发了？”

听罢笑而不答，偶尔笑答一句：“因为头发里的色素都跑到稿纸上去了。”

就这样，嘻嘻哈哈、糊里糊涂地翻过了生命的山脊，开始渐渐下坡来。或者再努力，往上登一登。对镜看白发，有时也会认真起来：这白发中的第一根是何时出现的？为了什么？思绪往往会超越时空，一下子回到了少年时——那次同母亲聊天，母亲背窗而坐，窗子敞着，微风无声地轻轻掀动母亲的头发，忽见母亲的一根头发被吹立起来，在夕照里竟然银亮银亮，是一根白发！这根细细的白发在风里柔弱摇曳，却不肯倒下，好似对我召唤。我第一次看见母亲的白发，第一次强烈地感受到母亲也会老，这是多可怕的事啊！我禁不住过去扑在母亲怀里。母亲不知出了什么事，问我，用力想托我起来，我却紧紧抱住母亲，好似生怕她离去……事后，我一直没有告诉母亲这究竟是为了什么。最浓烈的感情难以表达出来，最脆弱的感情只能珍藏在自己心里。如今，母亲已是满头白发，但初见她白发的感受却深刻难忘。那种人生感，那种凄然，那种无可奈何，正像我们无法把地上的落叶抛回树枝上去……

当妻子把一小酒盅染发剂和一支扁头油画笔拿到我面前，叫我帮她染发，我心里一动，怎么，我们这一代生命的森林也开始落叶了？我瞥一眼她的头发，笑道："不过两三根白头发，也要这样小题大做？"可是待我用手指撩开她的头发，我惊讶了，在这黑黑的头发里怎么会埋藏了这么多的白发！我竟如此粗心大意，至今才发现才看到。也正是由于这么多的白发，才迫使她动用这遮掩青春衰退的颜色。可是她明明一头乌黑而清香的秀发呀，究竟怎样一根根悄悄变白的？是在我不停歇的忙忙碌碌、侃侃而谈中，还是在不舍昼夜的埋头写作中？是那些年在大地震后寄人篱下的茹苦含辛的生活所致？是为了我那次重病内心焦虑而被催白的？还是那件事……几乎伤透了她的心，一夜间骤然生出这么多白发？

黑发如同绿草，白发犹如枯草；黑发像绿草那样散发着生命诱人的气息，白发却像枯草那样晃动着刺目的、凄凉的、枯竭的颜色。我怎样做才能还给她一如当年那一头美丽的黑发？我急于把她所有变白的头发染黑。她却说：

"你是不是把染发剂滴在我头顶上了？"

我一怔，赶忙用眼皮噙住泪水，不叫它再滴落下来。

一次，我把剩下的染发剂交给她，请她也给我的头发染一染。这一染，居然年轻许多！谁说时光难返，谁说青春难再，就这样我也加入了用染发剂追回岁月的行列。谁知染发是件愈来愈艰难的事情。不仅日日增多的白发需要加工，而且这时才知道，白发并不是由黑发变的，它们是从走向衰老的生命深处滋生出来的。当染过的头发看上去一片乌黑青黛，它们的根部又齐刷刷冒出一茬雪白。任你怎样去染，去遮盖，它还是茬茬涌现。人生的秋天和大自然的春天一样顽强。挡不住的白发啊！

开始时精心细染，不肯漏掉一根。但事情忙起来，没有闲暇染发，只好任由它花白。染又麻烦，不染又难看，渐而成了负担。

这日，邻家一位老者来访。这老者阅历深，博学，又健朗，鹤发童颜，很有神采。他进屋，正坐在阳光里。一个画面令我震惊——他不单头发通白，连胡须眉毛也一概全白。在强光的照耀下，蓬松柔和，光明透彻，亮如银丝，竟没有一根灰黑色，真是美极了！我禁不住说，将来我也修炼出您这一头漂亮潇洒的白发就好了，现在的我，染和不染，成了两难。老者听了，朗声大笑，然后对我说：

"小老弟，你挺明白的人，怎么在白发面前糊涂了？孩童有稚嫩的美，青年有健旺的美，你有中年成熟的美，我有老来恬淡自如的美。这就像大自然的四季——春天葱茏，夏天繁盛，秋天斑斓，冬天纯净。各有各的美感，各有各的优势，谁也不必羡慕谁，更不能模仿谁，模仿必累，勉强更累。人的事，生而尽其动，死而尽其静。听其自然，对！所谓听其自然，就是到什么季节享受什么季节。唉，我这话不知对你有没有用，小老弟！"

我听罢，顿觉地阔天宽，心情快活。摆一摆脑袋，头上花发来回一晃，宛如摇动一片秋光中的芦花。

人生悟语

下雨的时候，我们喜欢怀念太阳的温暖；天晴的时候，我们偏偏想念雨季的柔媚……其实，让一切顺其自然最好，雨季有雨季的动人；阳光有阳光的明媚，每一个季节都有它独特的美！人生也是如此，到什么季节就欣赏怎样的风景吧，只有这样，你永远都能看到最美的风景！

（罗　兵）

丑陋，总是天生要受苦难的，但总有一天，每个人都会读懂它，知道它的珍贵所在。

丑陋之下

流 沙

英国伯明翰有一座中央图书馆，这是一幢十分奇怪的建筑物，远远望去，像一座上下颠倒的金字形神塔，感官比例失调，让人觉得十分突兀。而且在图书馆的天井里，摆满了货摊，还有肯德基店，与图书馆的氛围格格不入。

伯明翰中央图书馆建于1974年，从它诞生的那一刻起，它就一直被人们所诟病，甚至有人批评设计图书馆的设计师约翰·马丁是一个脑子进水的人，是英国最为蹩脚的建筑设计师，只有傻瓜才会设计出这样丑陋的建筑物。

约翰非常伤心，他一度不敢言及自己的作品，中央图书馆设计的失败，成为他设计生涯中的一大败笔。

但是约翰一直想提出自己的观点。他认为，中央图书馆的设计是当时最先进的，但它就像母亲的一位“早产儿”，按照最初的设计方案，图书馆的四周还有许多水景设计，但是由于当年资金耗尽，这些配套设施中止了。时间过去30多年后，想再投入资金进行水景设计，图书馆外围已经没有了更多的土地。这就注定这位“早产儿”要以那种最丑陋的姿态示人。

对于约翰的解释，没有人会理解，而“拆了它，让它成为历史”的呼声反而越来越高。

不久，英国王储查尔斯造访伯明翰中央图书馆，他看到了这一奇怪的建筑物后，对随行人员说："它像一个焚化炉。"

查尔斯的话被不少媒体引用，伯明翰的一些议员甚至把它上升到城市形象的高度，要求政府必须尽快将它炸毁，不能再让它在世上丢人现眼。一夜之间，伯明翰中央图书馆又成为过街老鼠，"人人打之"而后快。

就在无尽的非议当中，中央图书馆的大门口张贴了一封信，这封信很快被图书馆工作人员清除，但有人抄录下来，放到了互联网上。

这封信这样写着："我是一个丑陋的孩子，从来没有得到过别人的表扬，我很努力，但是仍然没有人肯定我。但是，谁又能剥夺一个人的生存权，我虽然丑陋，但我有活着的权利……我的名字叫中央图书馆。"

没有人知道这封信是谁张贴出来的，但建筑"生存权"的问题第一次被人提出来。

许多网友在这个帖子后面跟帖，有网友爆料，中央图书馆是整个欧洲最大、最繁忙的图书馆，平均每天接待读者 5000 人次，每年借出图书 70 万册。而反观那些所谓漂亮的图书馆，没有一座可以与之相提并论。还有网友说，中央图书馆设计极为合理，采光极好，但阳光又不会直射到书籍上。此外，图书馆冬暖夏凉，在炎热的夏天，不开空调，室温仍然保持在 30℃以下。这也是设计得"丑陋"的重要原因。如果改变那种设计，造得好看一点儿，那就成了一个宾馆，或是议政厅，而根本不适合做图书馆。

伯明翰中央图书馆拆还是不拆，许多原先坚持拆的人沉默了。伯明翰市政府的官员在这个"丑孩子"的骄人成绩面前，也不敢再说炸毁之类的话。前不久，伯明翰一位政府官员表态，中央图书馆代表了一个时代，应该让它好好"活"下去。

中央图书馆这个"丑孩子"终于有了活下去的希望。但这起事件让英国不少建筑师"唇亡齿寒"，他们说，如果有一天，他们设计时，在实用和美观之间选择，选择美观，风险小多了。也许，这和人生差不多，丑陋，总是天生要受苦难的，但总有一天，每个人都会读懂它，知道它的珍贵所在。

人生悟语

这样一个图书馆，尽管丑陋，却因为非常实用而保留了下来，这说明即使丑陋，如果拥有实际的功用，是不会被唾弃的。我们也是如此，容貌是天生的，我们无法左右它的设计，但我们可以决定自己的内涵。让自己尽量充实起来，成为一个“有用”的人，容貌的丑陋与漂亮，又有什么重要呢？ （罗　兵）

生存还是死亡，面对这类终极性问题的逼问，必须要由个体的践履来给出答案。

活着，还是死去

费　翔

前不久，在报纸上读到两则关于死亡的报道：一个是中国人民大学文学院的教授余虹，一个是生在抚顺、死在巴黎的下岗女工刘春兰。

都是知天命的年龄，在这样一个知识改变命运的时代，有知识的人选择像飞鸟一样跃出窗户，没有知识的人为躲避法国警察的遣返不慎失足跌死。一个不愿盲目地活而选择有意义的死；另一个背井离乡努力苟且偷生地活却终不可得。两个人都没有赢得与命运的赛跑。前者让我哀伤，后者让我悲伤。

谈及一个人的生死抉择，我总倾向于不可能仅仅只有形而上的焦虑，一如不可能仅仅只有形而下的困顿。在最隐秘的根本问题上，我们能够拿出来与人分享的都是一些无足轻重的细节或者大而化之的话语。在《一个人的百年》中，余虹说："这些年不断听到有人自杀的消息，而且大多为女性。听到这些消息，我总是沉默而难以认同那些是是非非的议论。事实上，一个人选择自杀一定有他或她之大不幸的根由，他人哪里知道？"3 个月前的余虹在写下这段文字时，有没有预见到 3 个月后这么多的人在为他的死赋予更多的意义？

"在正午，一个尼采式的时间，他从高空坠落，像一片落叶，抑或一只飞鸟。"——这是来自一个友人的解读。而在官方的说法中，余虹的死因被判定为"因胃病引起的抑郁症"。形而上的理由为死者开脱，形而下的原因为生者开脱。但这都已经与死者没有关系了。哈姆雷特说，谁知道那死亡之地是个什么样子？也许死比生更糟，谁知道呢？

所以我不愿揣测更不愿渲染余虹死的意义和价值，这终究是个人的选择。生存还是死亡，面对这类终极性问题的逼问，必须要由个体的践履来给出答案。任何理论上的澄清和文学上的抒怀说到底都只是旁敲侧击或隔靴搔痒。

3 年前，刘春兰 48 岁，一个下岗女工，干过缝纫店的裁缝工，护理过老人，给饭店洗过碗，月收入最多时不过 500 元，最少时只有 100 多元。就是这样一个被历史脚步甩出队伍的中年妇女，"为了给儿子一个体面的婚礼，作了一个大胆的决定——出国。"

感谢报道的记者选择"体面"这个词作为刘春兰活下去的动力。就是为了给儿子一个体面的婚礼，刘春兰要"忍受人世的鞭挞和讥嘲、压迫者的凌辱、傲慢者的冷眼、被轻蔑的爱情的惨痛、法律的迁延、官吏的横暴和费尽辛勤所换来的小人的鄙视"。我相信，在失足跌落的刹那，刘春兰想到的依然是生。

政治哲学家马格利特曾指出，荣誉和羞辱在人类生活中占据核心的位置。前者是一种善，后者是一种恶，由于在铲除恶与增进善之间存在严重的不对称，消除令人痛苦的恶要远比创造让人愉悦的善更为紧迫。马格利特说，这个时代最为紧迫的问题是建立一个在制度上不羞辱任何人的社会。这些羞辱包括贫困、无家可归、剥削、恶劣的工作环境、得不到教育和健康保障等。而只有那种在制度上做到不羞辱任何

人的社会才可以被称做是正派，或者，体面！

2007 年 12 月的人大校园，冬日微弱的阳光不温暖，但晃眼。我想起歌德临终前大声说："光明！光明！更多的光明！"后来西班牙作家乌纳穆诺听到了这段话，当即反驳道："不，温暖，温暖，更多的温暖！因为我们是死于寒冷，而不是死于黑暗。"光明与温暖不是理应同在的吗？为什么会有光明但寒冷的地方，或者黑暗但温暖的所在呢？

我坐在办公室里敲打这些文字，余虹的办公室应该就在楼下的某一间，但我想得更多的是那个死在巴黎的女人。12 月 13 日实在是一个值得纪念的日子。70 年前的这一天，30 万条生命成为玄武湖畔的冤魂。70 年后的这一天，一个不愿盲目地活着所以自愿赴死的教授的追思会正在举行。与此同时，人们知道了一个女人为了体面地活着而在巴黎死去。

人生悟语

每个人的一生，其实都是与命运比赛的一场马拉松。命运是个狡诈的对手，会给你设置各式的障碍。那些没有抵达便自动放弃的人生，有的是被物质绊倒，有的是被精神牵系。如果我们能越过这一道道的障碍，坚持不懈地跑下去，命运就会与你牵手一同跨越胜利的终点！ （罗　兵）

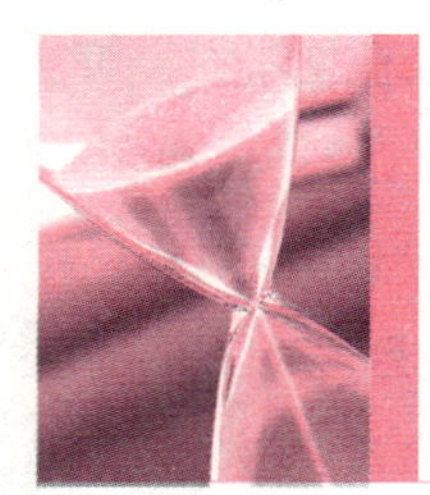

幸福是不是就像这样？不是诗，不是歌，不是画，也不是可望而不可即的奢梦，而是微不足道的小细节，实实在在的真感受。

有没有能让人幸福的风水

何炅

那个星期自己给自己放假，不用去参加每周一次在长沙的直播。心想好不容易有了个周末，一定要好好跟老朋友联络联络感情。电话先打给大学同学，热情寒暄后我要求周末厮混在一起，同学说："好啊好啊好啊，但是我星期六下午组织了一群球友租了球场踢球，要不……"我识趣地接茬："要不我们下周末？""嘻嘻，下礼拜也踢，我们是联赛！"联赛？过分！之后打给圈中好友，人家居然已经呼朋引伴地在驱车前往天津吃海鲜的路上了。只听电话那头传来娇嗔的声音："你又不早讲，哪有周末的事情周五才约的？我们可是上周末聚会就把今天的行程定好了……"

我这才知道，在我每个周末奔波于北京与长沙之间的时候，朋友们居然把自己的生活安排得如此丰富；在我傻傻地盘算以后有时间一定要好好放松一下的时候，大家却已经惜时如金地在享受着每一刻的幸福！我不由得在想，我到底想要什么样的生活、什么样的幸福？而这阶段新结识的一对小夫妻更是彻底动摇了我的生活态度。

老公是网络作家，还没成名的那种；老婆在外企管钱，只能数不能花的那种管。我们是在春节旅行团里认识的。那时见他们俩不厌其烦地玩"猜中指"的游戏，老婆还偷偷地跟我讲当年老公设下"英雄救美"的俗招赢得美人归的故事。觉得他们俩特可爱，就不由分说地把双方

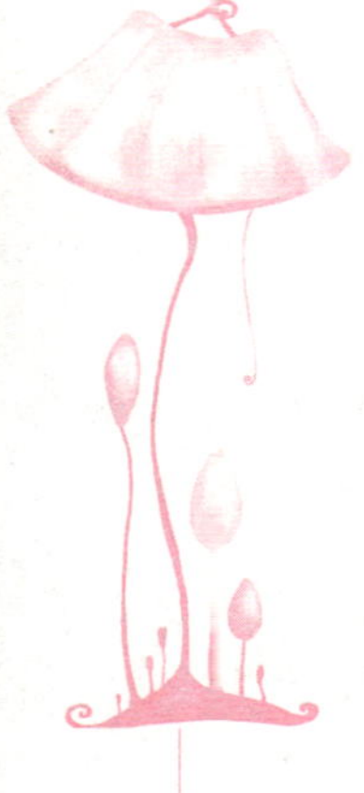

余下的旅程合并到一起。旅行结束的前一晚，他们俩在我的房门外留了可爱的纸条，写着“我们屋有大量零食等待歼灭，请参加结束旅行茶话会”，还画了特别Q的卡通小人。这些小细节让我热泪盈眶，当时就决定大家回北京也要多多联系。从小我就不喜欢串门，总觉得会给别人添麻烦。可是，在他们家，我一下子就放松下来。那是个你在哪里都可以舒舒服服地或坐或躺的家。女主人骄傲地带我参观，辅以解说:“这房子，我们自己装修的！装修以前根本没法住！现在很棒吧！”老公也没闲着，同样热情地介绍:“你看这窗帘，这沙发套，全是她自己缝的！”我一边忙碌地观赏各处，一边由衷地夸奖着:“不错，真的不错！”他们家的沙发套是一种很不讲道理的很恶俗的红的小碎花布，和一些别的五颜六色的垫子很不讲道理地搁在一起，但是更加不讲道理的是，居然还挺好看的！

阳台很小，却特别不管不顾地摆了一张豪华摇摇椅。我还被强迫着坐上去摇了一会儿，伴随着主人的解说:“天气好的时候，阳光从外面照进来，在这里摇一摇，会幸福得晕过去……”而我因为一下摇得太猛，真心附和道:“是有点晕！”在客厅的茶几底下，女主人当着目瞪口呆的我的面拖出来三个并排的很有规模的大藤筐，里面有各式的容器，有的是密封的玻璃罐，装的是容易潮的膨化食品，还有带盖的盒子，装的是核桃、松子之类的各种干果，还有话梅、糖果、肉干……全是零食！其种类之全，数量之多，绝对够开一家杂货铺的！他们家的厕所门上有一块自己做的小牌牌，正面是“WELCOME”，背面是很“讨厌”的卡通画，主题内容是一坨那个，写着“使用中”。女主人附加说明:“没人的时候是‘WELCOME’，有人进去就翻成‘使用中’，好玩吧？”“上厕所还得翻牌？”我正准备指出会不会很麻烦，老公悄悄曝内幕:“装修完厕所门就锁不上了，所以只好……”面对这情趣盎然的小设计，我心里不知道为什么突然觉得暖暖的。

重点要介绍的是他们家的料理间。里面有和两口之家极不相称的巨型冰箱，有微波炉、电饭煲，甚至还有电烤箱、烧烤锅这类普通人家不常有的东西，还有调料台、酒水柜。事实上，当晚我们在料理间里享

用晚餐的时候，的确是左右逢源，顺溜得可以。而我就在一旁开小差地琢磨，他们俩在这样专业的料理间里有滋有味地吃着任何一顿普通的家宴，那样子该有多可爱！

不要以为人家就只会吃，业余文化活动也安排得极其丰富。看电视，上网，玩“PS Ⅱ”，打球，散步……只是普通人家的平凡生活，只是吃喝拉撒的现实日子，却因为两颗懂得生活的心，平白地生出了这么多的趣味，变出了这么炫的色彩。

幸福是不是就像这样？不是诗，不是歌，不是画，也不是可望而不可即的奢梦，而是微不足道的小细节，实实在在的真感受。

我的朋友邀我去巴黎，她说在香榭丽舍大街的咖啡吧坐着看夕阳，会看到时间停下来的样子。

我很向往地听着，突然很认真地觉得，就算不去巴黎，如果我们肯好好地面对生活，时间应该也肯为我们停留吧？

人生悟语

在巴黎的香榭丽舍大街咖啡吧坐着看夕阳，与坐在自家温暖阳台的摇摇椅上看夕阳，其实没有太大的区别，只要我们始终保持一颗平和的心，感恩生活，平凡的日子也会被我们丰富的内心映衬得五彩斑斓！记住，幸福无关风水，在于内心！（罗　兵）

有一种爱，失去了永远不会再来

第三辑

有一种爱，天高地厚；有一种爱，水乳交融；有一种爱，博大无私；有一种爱，刻骨铭心；有一种爱，它是一双眼睛，时刻注视着我们的人生之路；有一种爱，它是一双神奇的手，我们即将跌倒时，它就会搀扶；有一种爱，必须珍惜，因为它失去了，就永远不会再来。

“我已经学会了看病。打了退烧针，现在我好多了。这真是件挺麻烦的事。不过，也没有什么。”

孩子，妈妈教你生病

毕淑敏

孩子，不要埋怨我在你生病时的冷漠。总有一天，你要离我远去，独自面对包括生病在内的许多苦难。我预先能帮助你的，就是向你口授一张路线图。它也许不那么准确，但聊胜于无——

儿子比我高了。

一天，我看他打蔫，就习惯地摸摸他的头。他猛地一偏脑袋，表示不喜欢被爱抚。但我已在这一瞬的触摸中，知道他在发烧。

“你病了。”我说。“噢，这感觉就是病了。我还以为我是睡觉少了呢。妈妈，我该吃点什么药？”他问。孩子一向很少患病，居然连得病的滋味都忘了。

我刚想到家里专储药品的柜里找体温表，突然怔住。因为我当过多年的医生，孩子有病，一般都是自己在家就治了。他几乎没有去过医院。

“你都这么大了，你得学会生病。”我说。

“生病还得学吗？我这不是已经病了吗？”他大吃一惊。

“我的意思是你必须学会生病以后怎么办。”我说。

“我早就知道生病以后怎么办，找你。”他成竹在胸。

“假如我不在呢？”

“那我就打电话找你。”

“假如……你始终找不到我呢？”

“那我就……就找我爸。”

也许这样逼问一个生病的孩子是一种残忍。但我知道总有一天他必须独立面对疾病。既然我是母亲，就该及早教会他生病。

“假如你最终找不到你爸呢？”

“那我就忍着，你们早晚反正都会回家。”儿子说。

“有些病是不能忍的，早一分钟是一分钟。得了病以后最应该做的事是去医院。”

“妈妈，你的意思是让我今天独自去医院看病？”他问。虽然在病中，孩子依然聪敏。

“正是。”我咬着牙说，生怕自己会改变主意。“那好吧！”他抚着脑门说，不知是虚弱还是在思考。“你到外面去打的，然后到人民医院。先挂号然后到内科，查体温的时候不要把人家的体温表打碎。叫你化验时就到化验室去，要先划价，后交费。等化验结果的时候，要竖起耳朵，不要叫到了你的名字却没听见……”我喋喋不休地教导着。

“妈妈，你不要说了。”儿子沙哑着嗓子说。我的心立即软了，是啊，孩子毕竟是孩子，而且是病中的孩子。我拉起他的手说：“妈妈这就领你上医院。”他挣开来，说：“我不是这个意思。我是说我要去找一支笔，把你说的这个过程记下来，我好照着办。”

儿子摇摇晃晃地走了。从他刚出门的那一分钟起，我就开始后悔。我想我一定是世上最狠心的母亲，在孩子有病的时候，不但不帮助他，还给他雪上加霜。我就算是想锻炼他，也该领着他一道去，一路上指指点点，让他先有个印象，以后再按图索骥。虽说很可能留不下记忆的痕迹，但来日方长，又何必在意这会儿的分分秒秒……

时间艰涩地流动着，像沙漏坠入我忐忑不安的心房。两个小时过去了，儿子还没有回来。我虽然知道医院是一个进程缓慢的地方，心还是疼痛地收缩成一团。虽然我几乎可以毫无疑义地判定儿子患的只是普通感冒，如果寻找什么适宜来做看病锻炼的病种，这是最好的选择，但我还是深深地谴责自己。

假如事情重来一遍，我再也不让他独自去看病。万一他以后遇到独自生病的时候，一切再说吧。我只要这一刻他在我身边！

终于，走廊上响起了熟悉的脚步，只是较平日有些拖沓。我开了门，倚在门上。“我已经学会了看病。打了退烧针，现在我好多了。这真是件挺麻烦的事。不过，也没有什么。”儿子骄傲地宣布，又补充说：“你让我记的那张纸，有的地方顺序不对。”

我看着他，勇气又渐渐回到心里。我知道自己将要不断地磨炼他，在这个过程中，也磨炼自己。孩子，不要埋怨我在你生病时的冷漠。总有一天，你要离我远去，独自面对包括生病在内的许多困难。我预先能帮助你的，就是向你口授一张路线图。它也许不准确，但聊胜于无。

人生悟语

教孩子生病，其实是教孩子怎样面对生病。孩子成长的过程，就是一个不断学习和实践的过程，我们这一生也是如此，谁也无法预料前面会出现怎样的场景，只有不断地学习战胜困境的方法，不断地实践挑战苦难的姿态，才能有备无患地踏上人生的旅途。

（黄晶晶）

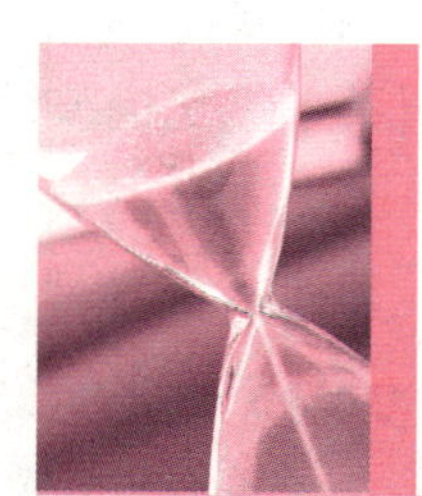

人只有在真正直面死亡的时候，才会更多地发现生命的可贵，那些原本琐碎的细节，成为支撑孩子在废墟里活下去的最美好的画面。

废墟下面的信

鲍尔吉·原野

2008 年 5 月 23 日，某救援队在清理汶川大地震中垮塌的一所中学的废墟时，捡到一本作业簿，上面有一名中学生写给妈妈的话。这里

我将其加以整理如下:

妈妈,我在瓦石堆里,还活着,想您。

我比过去更想您。过去的事情像电影一样,自动地、一幕幕地在脑子里回放。回忆让我有了一些安慰。写出来,好像您在身边。我一定能活着出去,见到您,妈妈!

我不知道这里是几楼,但肯定不是原来的4楼教室了。楼沉了。我头上有一块斜立的预制板,从缝隙里透进光。手边有一个不知是谁的书包,我用里面的纸笔给您写信。

脚还不能动,已经没知觉了。很长时间前——不知道是不是一天前——从周围的瓦砾里还能传出哭声,有人号叫。晚上,这些声音特别清晰,特恐怖。不说这些了。

妈妈,小时候,您给我梳头、编辫子,把落下的头发交到我手里。我对着阳光看,看我的头发长了多长。您给我剪指甲,指甲屑装在润喉糖绿色带小熊图案的铁盒里。碎米粒似的指甲屑已经很多了,被您用洗衣粉刷得很干净,从我四五岁时开始,一直到高中。

我爱吃橘子,有一阵儿手心都吃黄了。您说您不爱吃橘子,怕上火。那回上晚自习回家,我看到路灯下一个女人翻垃圾,那是卖橘子的人白天扔弃的烂橘子。她丢掉橘子的烂瓣,把好一点的塞进嘴里。走近,没想到是您,妈妈!我当时很生气,跟您没打招呼就走了。

我怕您的举止被同学看到,受人嘲笑。我想告诉您别去路灯下翻烂橘子了,但说不出口。不过,我不再走那条路回家了。没想到这会成为美好的回忆。

妈妈,您第一次发现自己有白发,是在35岁。我记得您因为一根白头发跟我爸吵了一架,说他没能耐,您卖菜、做钟点工挣钱,白发早生。那时我虽然小,已觉得你们的争吵特别无厘头。觉得你们不了解生活的美好,不懂音乐,没情调,为一根白发吵架。现在明白了,美好是包在草叶里的粽子,平凡、紧实,很大众。

妈妈,我不知道我能不能坚持得住,渴、饿,身上一点劲儿都没有,周围已经没有声息了。我在顶楼算是幸运的,一、二、三楼的同学都被压在底下了。我如果能坚持到明天，完全是因为想念您，妈妈。

您有失眠症，夜里在心里数黑绵羊、白绵羊等，天亮刚入睡又被闹钟吵醒，起床为我做饭。

这些事，我都忽略了。如果一个人整夜睡不好又早起，天天如此该有多痛苦。当时，我对您的絮叨无动于衷，觉得大人不应该把自己的痛苦“化”为让子女学习的动力。现在知道，您只是倾诉一下而已。被我反驳之后，您再也不说了。现在，我多想再听您说啊！

妈妈，您说过，成都有一家洗浴宫，洗澡的人由别人搓背、修脚、敷面膜，您说真是神仙生活。我问：别人没给您搓过背吗？您说，小时候你姥姥没给搓过；结婚了，你爸没给搓过，也不能让他搓。这个福没享到。

我洗澡历来是您给我搓背，听您这样说，我笑笑就过去了。妈妈，其实我应该为您搓搓背，至少我有这个能力。您一定也想过，只是没说。

以后，咱们母女俩要去成都的洗浴宫爽一下。去不了，我就给您搓背，每星期一次。不知老天爷给不给我这个机会。

上初一，我把 300 元学费弄丢了，您打我，骂我是败家子。其实，钱是在书包里被人偷走的。您不听我解释，像疯了一样。我曾在日记里写您是一个巫婆。现在我悟出，您捡饮料瓶换钱，只开 8 瓦的小灯泡把 40 瓦的台灯给我用，吃咸菜，300 元钱意味着您付出了太多心血。我不是富家子弟，竟没学会体恤您。

妈妈，我不知道您在哪儿，我从地震那一刻起就惦记您和我爸，还有姥姥。如果您在露天市场卖菜就好了，千万别在雇主家里做钟点工。我特盼望有一种心灵相通的方法，比手机还方便，告诉您我还活着，也知道你们也活着。只要活着，我们所有的愿望都能实现。咸菜、8 瓦的小灯泡、您和爸爸的白发，都是世上最美妙的享受。

妈妈，我可能不行了，幻听，眼前出现了幻象。腐烂味熏得人喘不过气来，我的腰以下都没知觉了，外面有机器声，可是我没力气呼救……

人生悟语

这是一段最真实的文字：人只有在真正直面死亡的时候，才会更多地发现生命的可贵，那些原本琐碎的细节，成为支撑孩子在废墟里活下去的最美好的画面。这样的细节，其实天天在我们的生活中上演，它所蕴藏的源源不竭的爱意，值得我们每一个人去回味。

（黄晶晶）

"妈妈，既然别人能原谅我的过失，您就把其他犯错的人当成是您的女儿，原谅她们吧！"

原谅

[新加坡]尤今

在上海的一家餐馆里。

负责为我们上菜的那位女侍，年轻得像是树上的一片嫩叶。注意她，是因为她上菜时显得笨手笨脚的，让我老是担心她可能会把盘子里的汤汁转化成我的洗澡水。

我的这种感觉居然没有"辜负"我。

捧上蒸鱼时，盘子倾斜，腥膻的鱼汁鲁鲁莽莽地直淋而下，泼洒到我搁在椅子上的皮包上！我本能地跳了起来，阴霾的脸，变成欲雨的天。这皮包，是我在意大利买的，极好极软的牛皮，不能洗涤，是我心头的大爱。

可是，我还没有发作，我亲爱的女儿便以旋风般的速度站了起来，快步走到女侍身旁，露出了极端温柔的笑脸，拍了拍她的肩膀，说："不碍事，没关系。"女侍如受惊的小犬，手足无措地看着我的皮包，嗫嚅地说："我，我去拿布来抹……"万万想不到，女儿居然说道："没事，回家洗洗就干净了。你去工作吧，真的，没关系的，不必放在心上。"女儿的口气是那么的柔和，倒好似做错事的人是她。这时，女侍原本绷得像石头一般的脸，慢慢地放松了，她细声细气地说了声"对不起"，便低着头走开了。

我瞪着女儿，觉得自己像一只气球，气装得过满，要爆炸，却又爆不了，不免辛苦。

女儿平静地看着我，在餐馆明亮的灯火下，我清清楚楚地看到，她大大的眸子里，竟然镀着一层薄薄的泪光。

这样一来，我不怒反惊了。

我这女儿，到底怎么啦？

当天晚上，回返旅馆之后，母女俩齐齐躺在床上，她这才倒出了葫芦里所卖的药。

负笈伦敦三年，为了训练她的独立性，我和日胜在大学的假期里，不让她回家，我们要她自行策划背包旅行，也希望她在英国试试兼职打工的滋味儿。她的大哥就曾在美国大学当过校园邮差，二哥呢，也曾担任大学实验室助理员。

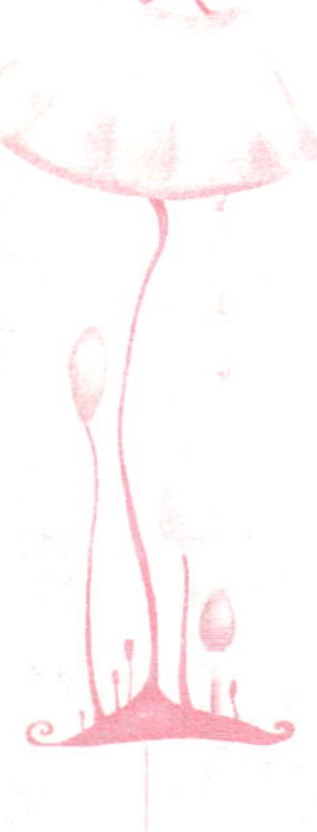

活泼外向的女儿，在家里十指不沾阳春水，粗工细活都轮不到她，然而，来到人生地不熟的英国，却选择当女侍来体验生活。

第一天上工，便闯祸了。

她被分配到厨房去清洗酒杯，那些透亮细致的高脚玻璃杯，一只只薄如蝉翅，只要力道稍稍重一点，便会分崩离析，化成一堆晶亮的碎片。女儿战战兢兢，如履薄冰，好不容易将那一大堆好似一辈子也洗不完的酒杯洗干净了，正松了一口气时，没想到身子一歪，一个踉跄，撞倒了杯子，杯子应声倒地，"哐啷、哐啷；哐啷、哐啷"连续不断的一串又一串清脆的响声过后，酒杯全化成了地上闪闪烁烁的玻璃碎片。

"妈妈，那一刻，我真有堕入地狱的感觉，"女儿的声音，还残存着些许惊悸，"可是，您知道领班有什么反应吗？她不慌不忙地走了过来，搂住了我，说：亲爱的，你没事吧？接着，又转过头吩咐其他员工：赶快把碎片打扫干净吧！对我，她连一字半句责备的话都没有！”

又有一次，女儿在倒酒时，不小心把鲜红如血的葡萄酒倒在顾客乳白色的衣裙上，好似刻意为她在衣裙上栽种了一季残缺的九重葛。原以为她会大发雷霆，没想到她反而倒过来安慰她，说：“没关系，酒渍吗，不难洗。”说着，站起来，轻轻拍拍她的肩膀，便静悄悄地走进了洗手间，不张扬、更不叫嚣，把眼前这只惊弓之鸟安抚成梁上的小燕子。

女儿的声音，充满了感情：“妈妈，既然别人能原谅我的过失，您就把其他犯错的人当成是您的女儿，原谅她们吧！”

此刻，在他乡异国的夜里，我眼眶全湿。

人生悟语

原谅和宽容，是这世间最好的黏合剂，它总能巧妙地将一颗颗原本隔膜而陌生的心，黏合在一起。原谅别人，其实就是宽容自己，原谅别人犯下的小错误，便是为孩子的成长种下一份宽容！这种力量如能在我们所有人身上传递，世界便会变得更加和谐！（黄晶晶）

只有父母之爱，在我们的生命中，是那么炽热而唯一，失去了，就永远不会再来！

有一种爱，失去了永远不会再来

刘昌海

有一种人，爱你胜过爱他自己；有一种爱，失去了就永远不会再来。这种人，就是你的父母；这种爱，是你父母对你的爱。

当年的贫困岁月，是父母饿着肚子，把仅有的一点食物送到你的面前，却说自己不饿；每次从学校回家拿生活费，父母总是微笑着递给你，可你并不知道，你手里这点钱，是家里又卖了两袋本来就不多的口粮才换来的。

走过了小学、中学、大学，经历了毕业、工作、娶妻，接着是奋斗、买房、生子。一晃十年！当携妻带子在超市随意选购物品，当儿子把小吃送到自己嘴边自己却谎称"不爱吃"时，猛然想到自己现在对儿子，正如父母当年对自己！在生活中经历了一个个竞争，照镜子时感叹自己早生华发，偶然回家却发现自己的父母早已是满头银丝！

在这个物欲横流的世间，我们的灵魂早已蒙上了一层厚厚的污垢。当年，父母把所有的收入全部供我上学，甚至还要借遍所有的亲友；当年，父母可以骑车十几公里去我就读的学校，给我送去我并不急需的那本书。而如今，我何曾给过父母自己一个月的收入？有多少次，随便找一个借口就不回家看望父母还能心安理得，甚至，吝于给家里多打一个电话。

父母老了，但他们从未对我们有过什么要求。他们总是说，家里什么都不缺，不用给我们买东西；他们总是说，我们身体很好，工作忙就不要回来；他们总是说，不用老给我们打电话，那样费钱。可是我能感到，每次打电话，父母都迟迟不愿放下话筒；每次回家，我们都能看到他们从心底堆都到眼角的笑。

我们慢慢长大，渐渐成人，我们不再需要吃父母为我们攒下的那几个鸡蛋，我们不再需要花他们手中东挪西凑来的皱皱的纸币。以前，他们是我们的依靠，而现在，他们开始依靠我们。甚至，在父母看我们的眼光中，除了慈爱，还多了一丝丝的敬畏。可是，他们对我们的爱却在用另一种方式表达——他们怕给我们添麻烦——虽然这种表达掩盖了他们心底需要的儿女对他们的爱。

传说，乌鸦生育了子女，每天早出晚归，辛辛苦苦地觅食喂养自己的孩子们。当小乌鸦能独立生活，老乌鸦年迈无法出去觅食的时候，年轻的乌鸦便会出去寻找可口的食物孝敬老乌鸦，照顾老乌鸦，直至老乌鸦自然死亡，这就是中华民族流传了几千年的“乌鸦反哺”的故事。而自称万物之灵的人，我们又有几个敢说自己能比得过乌鸦？

分手后的男人女人会变成仇人，反目后的朋友会变成陌路人，但不管什么时候，我们的父母总是我们的亲人。男女之爱，激情过后往往平淡，经常有人会见异思迁，经常有人会得陇望蜀，甚至有时会失之东隅，收之桑榆；朋友之爱，往往经不住利益的考验，今天还孙刘联盟共同抗曹，明日就白衣渡江智取荆州。只有父母之爱，在我们的生命中，是那么炽热而唯一，失去了，就永远不会再来！

人生悟语

世间的爱有千百种：友爱给你快乐，却建立在有缘的基础上；情爱让你陶醉，却有着相互付出的前提；而父母的爱，无论贫穷还是富贵，无论显赫还是卑微，从你诞生之日起便默默地陪伴在身边，无可替代却不求回报。正如俗话说的：“儿女痛娘扁担长，娘痛儿女路路长！”对于这样的爱，我们唯有珍惜、并且珍重！（黄晶晶）

如果你能和他们一起进餐，哪怕是只吃一口食物或只喝一口牛奶，便不必害怕被视为敌人。

吃出来的血缘

易中天

中国人喜欢请客吃饭，似乎只有通过请客吃饭才能建立起一种非同寻常的人际关系。

中国人很看重人际关系，而人与人的关系中，最可靠的，又是“血缘”关系。所以，中国人在处理人际关系时，总是要想方设法把非血缘关系转化为血缘关系，比如“父母官”、“子弟兵”、“兄弟单位”等。

血缘关系中，最亲的是母子。母子关系，说得白一点儿，也粗俗难听一点儿，就是吃与被吃的关系；而兄弟、乡亲，则是“同吃”的关系。“乡”这个字，繁体作“鄉”，甲骨文的字形是：当中一只饭桶（簋），一边一个跪坐的人。所以，乡，也就似乎为“同吃一锅饭”的意思。实际上，只要是“同吃一锅饭”的人，比如部队里的战友，单位上的同事，也都多多少少有些兄弟般的情分。

吃同一食物的人可以被看做是有血缘关系的，因为食物是生命之源。吃了同一种食物，就有了同一生命来源，岂能不是兄弟？所以，世界上不少民族都有这样的习俗：如果你能和他们一起进餐，哪怕是只吃一口食物或只喝一口牛奶，便不必害怕被视为敌人。

当然，进餐的方式，也决不能是西方那种“分餐制”。尽管不少现代中国人也承认，分餐制科学、卫生、不浪费，但同时也认为，那种进餐方式太冷漠，太没有人情味。岂止没有人情味，简直就是怠慢客人，好像怀疑人家有传染病。所以，越是大家都懂科学卫生，反倒不好意思分餐。相反，为了表示大家是“铁哥们儿”，最好是连别人的病也一并传染过来。要知道，“食人之食”是要“死人之事”的，那么无妨先“病人之病”。作为主人，无妨看做酒菜之外的又一“投资”；作为客人，则无妨看做接受情谊的一种“表态”。总之，共餐的目的，是情感的交流，心灵的沟通，血缘的认同；共餐的目的，在于人情，在于血缘，而亲与疏、敌与友，竟在于“共食”与否。

甚至真正的兄弟，也不能长期不共食。所以，在中国，分出去的儿子，嫁出去的女儿，总要寻找机会回“娘家”，回到母亲的身边共食。至少，年三十的“年夜饭”，是不可不吃的。这一回的家宴之所以尤为重要，在于它有着承前启后的意义：对前一年已然存在的血缘关系，是肯定和确认；对后一年将要延续的血缘关系，则是预约与重申。不难想象，在那万家灯火的岁除之夜，一家人团团围坐，举筷共食，母亲重温自己是“食物和生命的提供者”角色，兄弟姐妹重申自己是“吃同一奶水长大的人”，那可真是其情也切切，其乐也融融！

人生悟语

多么有意思的一种阐释！所谓血缘与情缘，原来都蕴藏在一个“吃”字里，这世间的种种事件，简而化之就是“吃”与“被吃”、“想吃”与“不能吃”的纷争。其实，四海之内皆兄弟，我们每一个人，又何尝不是同饮这地球水长大的血缘之亲？（黄晶晶）

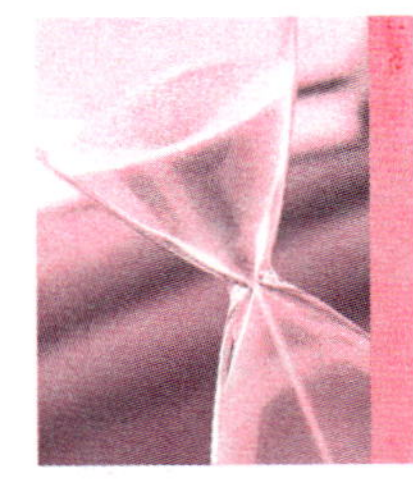

中国式的母爱，早在我们祖先那里便已沦为驯服奴才的帮凶，沦为摧残独立人格的枷锁，沦为叫人急功近利的鞭子。

中国式母爱

王跃文

中国历史上好像不太有慈母，虽然有一首“慈母手中线，游子身上衣”的诗广为流传。我们的记忆里，母亲的形象大多是严厉的，尤其是圣人和英雄们的母亲，一个比一个更像严师。孔子的母亲虽然因为养了个好儿子，为中华民族作出了巨大贡献，却名不见经传；孟母被堂而皇之载入男人们书写的历史，因为她不但儿子生得名正言顺，并且教子有方，断机而三迁，终于培养出一个亚圣；欧阳修幼时家贫无纸，母亲就逼着他用芦苇棍儿在沙子上写字，“至日中而不息”，终于出落成大文豪；岳母刺字，教育儿子“精忠报国”，实在令人感泣，却是血淋淋地令人恐怖；胡适的书读得好，全靠他寡母每天清晨端着一盏清油灯，把他从梦中喊醒，一边拧他的大腿，一边要他反省前日之过，然后哭诉自己守寡的艰难，一切指望都在儿子身上，你要如何如何为我争气等，再放他去上学。我猜测如此这般，胡适儿时即使做梦，只怕大多也是噩梦。

全赖母亲们苦口婆心，甚至苛严残酷，儿子们一个个长大了，成才了，当官了，出名了。母因子贵，母亲的忍辱负重，守节牺牲，终于有了报答。于是，《二十四孝图》里尽是些埋儿奉母，割股疗亲的故事。母亲理所当然成了儿女们的债主，母亲的价值也就因此彰显。母亲倘若不幸只生了一个不争气的儿子呢，那就只好去怨自己命苦了。

也许这就是中国式的母爱吧。弗洛伊德不是中国人，可他的学说却很能为中国式母爱找到注解。人类潜意识中，母子是一种共生的融合状态，母子血肉相连。母亲为幼小的儿子牺牲了一切，儿子成人了就得为这一笔沉重的母爱还债。这种还债教育，从他刚能听懂母亲说教的时候就开始了，最终深入骨髓，奉之为至上美德。

原始社会的母亲们好像就低级多了。她们只管生殖繁育，食物供给，就跟鸟妈妈养育鸟宝宝差不多。她们绝对不会去操心什么胎教和早期教育，顶多教教孩子们爬树和哺食。爬树为了躲避野兽，捕食为了活命。难道原始母亲那里就没有伟大的母爱？日本有部电影，叫《狐狸的故事》，拍摄的是狐狸的真实生活，母狐狸对小狐狸的那种爱，足以让人欷歔。可人类自有文明以来，这种如春阳暖大地般纯粹的母爱反而缺失了。

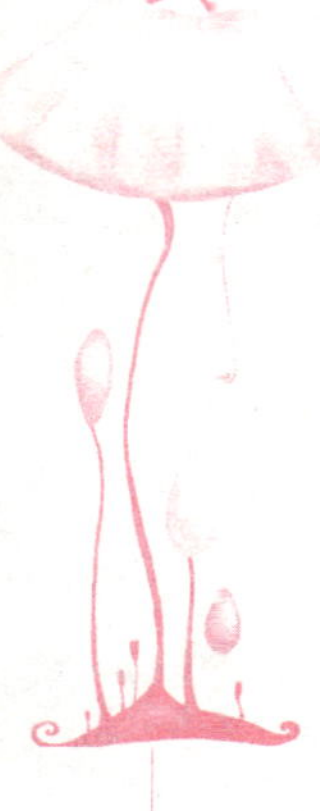

我最不忍看母亲打孩子。一个再美丽的女人，哪怕为了高尚的目的，打骂一个没有还手之力的幼儿，或者打骂一个不忍也不能还手的高高大大的儿子时，面目多少有点狰狞。虽然更多的人愿意把这种狰狞称之为母爱。母亲打骂孩子总是对的，所谓恨铁不成钢嘛！可是在我看来，母爱的本质应该是一种宽容，一种对生命的平等尊重。孩子的生命虽然是你给的，你养育的，可他并不属于你，他是属于自己的。

母爱自然是个神圣的词，可是在中国文化里面很多似乎天经地义的东西都经不起追问。中国式的母爱，早在我们祖先那里便已沦为驯服奴才的帮凶，沦为摧残独立人格的枷锁，沦为叫人急功近利的鞭子。

母爱早已彻底异化了。

人生悟语

我们平日里讴歌得最多的无疑是母爱，可是，现在我们有必要重新来理解它：母爱不是用来掩盖暴行的遮羞布；亦不是先贷后收的银行款，它应该是建立在平等人格上的一种真情，犹如纯净水，总在儿女最需要的时候滋润他们的心田。（黄晶晶）

只要换位思考一下，我们就会明白老人们期待的其实并不多，也许只是进门时放好的一双鞋，出汗时递过来的一条毛巾，生日时的一声温馨祝福。

如今我们怎样做儿女

魏剑美

某一年的教师节，我一个人在家，来了一群我在乡下教书时候的学生。很少下厨的我手忙脚乱地给他们做饭吃，学生们说要帮忙，但事实上除了添乱外什么也做不来，我干脆让他们坐在客厅里高谈阔论。一顿饭吃完，仍然是我一个人在厨房里默默收拾，洗碗刷锅，烧水拖地。身为大学生的他们继续在那里高谈阔论，我突然心生悲哀：为什么他们居然可以这样心安理得？

转念一想，这么多年来自己又何尝不是这样对待父母的？每次往家里带回客人，自己只顾胡吃海喝、打牌聊天，又哪里想过去厨房帮两鬓花白的母亲择择菜或者捶捶腰，帮父亲去接壶水或者倒袋垃圾？客人走后，自己洗漱完毕立马倒头就睡，甚至没和忙碌不停的父母说上几句话。我何曾想过他们的心理感受？

曾经看过一个古代笑话：一个地主突然大发善心，把债户们招来，宣布免除他们的债务，但要他们表态下辈子怎样报答。债户们都说下辈子给地主做牛做马，唯独一个欠债最多的人说："老爷，我欠你的太多，做牛做马都没法回报，下辈子只有做你的爹才能报答你了！"当时看这个笑话，大家说这个债户得了恩惠还沾人家的便宜，很有些"劳动人民的智慧"。但现在再来看这个笑话我却笑不出来了，因为我实在想不起还有什么比做人父母更为彻底的报答。

在"孝道"这个概念渐渐淡出人们头脑的今天，我们常常简单而庸俗地理解对于长辈的赡养义务，以为就是每个月给他们钱，逢年过节给他们买点吃的用的。我们甚至连坐下来听他们唠叨 5 分钟的耐心都早已失去。与此同时，我们却可以耐心而温柔地陪孩子将一个简单的积木游戏玩上 100 遍。父母多年的风湿胃病关节炎我们可以熟视无睹，孩子偶尔的一声咳嗽却可以让我们高度紧张。——我们忘了，多年前我们的父母就是这样溺爱我们的，而且直到今天他们身上仍然有着浓厚的溺爱情结，也正因此，他们可以宽容着我们的疏忽、慵懒和无礼。

只要换位思考一下，我们就会明白老人们期待的其实并不多，也许只是进门时放好的一双鞋，出汗时递过来的一条毛巾，过马路时的一次小心搀扶，生日时的一声温馨祝福。这些细微至极的小事，就可以让老人的心灵得到极大的满足！我们在埋怨老人们啰唆、烦琐、不理解年轻人的时候，我们自己又何尝理解了他们那不多的期望！我们对配偶、对孩子的百般迁就暂且不说，在单位上我们迁就了多少大会小会的啰唆和繁琐，受到过多少不被理解毫无公平的对待，在应酬场合我们多少次耐着性子去体谅和照顾他人，而对给予我们最无私的关爱的父母，为什么就不可以更多一些体谅与善待？也许，只要我们每个人拿出对领导、对客户、对帅哥美女那种热情和殷勤的百分之一来对待生养我们的父母，多少原本荒凉凄冷的父母之心将因此而变得幸福充盈！

人生悟语

如今我们怎样做儿女？这一个命题值得每一个人去思索。是学习乌鸦的反哺，还是效法蜘蛛的噬亲？前者使我们敬佩，后者让我们唾弃，这样的道理人人明白，关键是如何把它们落到实处。

（黄晶晶）

他也终究会明白，自己当初气愤地拨开的那双悲伤贫苦的手，一旦拥入怀中，就永久地被欢乐和富贵注了册……

世界上最贫穷的母亲

张丽钧

我是在电视上认识那个叫李二荣的女人的。她蓬头垢面，贫苦狼狈。一年半前，她4岁的儿子楠楠被决意抛弃的丈夫偷偷卖掉了。她疯狂地寻找，但孩子却杳无音信。她报了案，在警方的协助下，她终于在汕头的一户人家见到了楠楠。

楠楠的养父母家境很好，他们当初花了18800元买下楠楠。当他们看到楠楠的生母找上门来，十分惊骇。楠楠紧紧地趴在养父身上，用带有敌意的眼光看着他已不认识的李二荣。李二荣试图将儿子夺过来，但楠楠气愤地拨开了她的手。李二荣呆呆地站在那里，像个恶意拆散别人家庭的歹人。孩子的养父无比心疼地说："不要吓着了孩子！不要吓着了孩子！"面对此景，李二荣欲哭无泪。楠楠的养父母看到李二荣十足的寒酸相，便知道她定然生活在社会的最底层，于是他们建议将孩子留在汕头，让他接受良好的教育，同时答应李二荣可以随时来探望孩子。但是，李二荣坚决不同意。她声泪俱下地向记者讲述了自己生楠楠时难产的情形，她说："我是孩子的亲生母亲，我知道我所能给他的爱最多，这一点世上无人能比。"就这样，李二荣将哭死哭活的孩子带回了自己破败的家中。

孩子的生父被逮捕了，这意味着他将不再享有一直享有的父爱；孩子听不懂母亲的湖南话，而母亲也听不懂孩子的潮汕话，他们之间顺畅的沟通一时还难以实现；孩子不能去熟悉的幼儿园跟熟悉的小朋友们玩耍了，他的心中必然充满了难言的孤苦……可怜的孩子一直地哭。怎么跟孩子解释呢？对他说"你其实是从一个虚假的天堂回归到一个真正的天堂"？

天底下的母亲，无一不认为自己身怀爱的绝技。如果她能冷静地权衡利弊，分析出孩子留在别人的怀里将有利于孩子今天的成长、明天的发展，那她就不再是母亲了。当那个小生命从她的腹中游离，她的一颗心就被剖成了两半，一半留在自己的胸膛，一半附在孩子的身上。丢了孩子的母亲，是这个世界上最贫穷的母亲。

我相信李二荣所说的话：母亲所能给予孩子的爱最多，这一点世上无人能比。不谙世事的孩子，也许会留恋他人一个温热的怀抱，但是，当他长大，他一定会深深感谢当年那些将他母亲从赤贫中救起的人，他也终究会明白，自己当初气愤地拨开的那双悲伤贫苦的手，一旦拥入怀中，就永久地被欢乐和富贵注了册……

人生悟语

"没妈的孩子像根草；有妈的孩子像块宝"，这首脍炙人口的歌曲唱得真好！的确，母爱是我们拥有的最大财富；而孩子，也是一个母亲最大的财富。它与金钱无关，却用真情丰满着我们的整个人生，让我们有勇气为了对方去义无反顾地付出！　（黄晶晶）

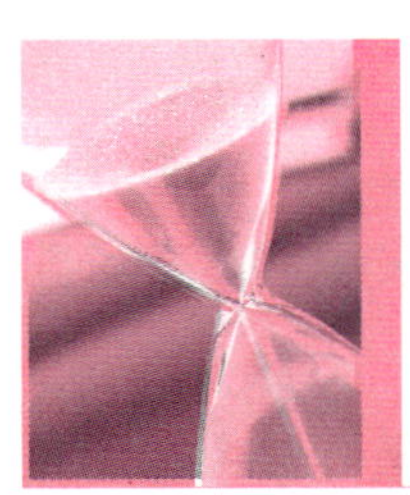

诞生一个爸爸需要多少历程？你很欣慰，你的孩子嫩叶似的嘴唇一发芽，就吐出露水晶莹的两个音节：爸爸！

诞生一个爸爸需要多少历程

王清铭

诞生一个爸爸需要多少历程？梁实秋说请客忙一天，造屋忙一年，娶妻忙一生。一个爸爸的诞生需要搭上三辈子，所谓的“三生石”实际是为孩子准备的。现在开销大，生孩子花一笔，养孩子花更大的一笔，教育孩子花更更大的一笔，哪一笔不是工薪阶层的你要从心头放血的？想到将来，即使不焦头烂额，日渐稀疏的头发也还要掉它几根。

诞生一个爸爸需要多少历程？那个曾经也梦想绮丽的女孩，悲壮地变为女人之后，听她嘴里的牢骚就变成另外一个即将诞生的爸爸必修的科目。但你必须洗耳恭听，悉心接受。愤怒容易动胎气，一个爸爸的诞生同怀孩子一样，需要风和日丽。你只能把阴霾移到心头那看不见的角落。有时你很羡慕你那位远在乡村的爸爸，那个爸爸的诞生仿佛是种植一茬庄稼，轻松自然。但你不能，你这个爸爸的诞生缺乏枝繁叶茂的泥土，在钢筋水泥的城市丛林，你得自己去扎根、发芽和开花。

在周星驰的搞笑电影中，面对强大的敌手，主人公突地玉山崩颓，跪地求饶。你有时觉得自己就是某个主人公，生活不消灭你，而是先将你打败了。孩子在娘胎里的每一次细微的心跳和轻微的翻身，都让你战栗不已。为了孩子，你心甘情愿，哪怕在生活面前五体投地！你经常这样自我解嘲。心尖软了，腰部塌了，双腿自然打战了。不是站立不住，而是以一个悲壮的姿势，随时准备俯首做孺子牛。

诞生一个爸爸需要多少历程？一个爸爸的诞生得经过漫长的黑夜，你眼巴巴地把黎明望穿。心里苦巴巴的，但你脸上露出甜蜜蜜的笑。一个新爸爸的诞生也需要阵痛，如刀绞似的。需要在汗水里泡几回，血水里浸几回，才能完成蘸火的过程。

一个婴儿响亮的第一声啼哭，宣告一个“爸爸”跟随着横空出世。刚诞生的爸爸是没有名字的，如你的孩子呱呱坠地时一样。一个爸爸的命名需要好几个月的时间，也就是等到你那咿呀学语的孩子用散发着乳味的声音确认之后。

诞生一个爸爸需要多少历程？你很欣慰，你的孩子嫩叶似的嘴唇一发芽，就吐出露水晶莹的两个音节：爸爸！

人生悟语

诞生一个孩子，便会诞生一个爸爸；诞生一个爸爸，便会诞生一份责任。如果要给这份责任取一个名字——它的名字就叫做“父爱”。父爱意味着不求回报的付出，意味着心甘情愿的淬炼，而有了这个名字，一个男人的生命也因此变得充沛丰盈！　（黄晶晶）

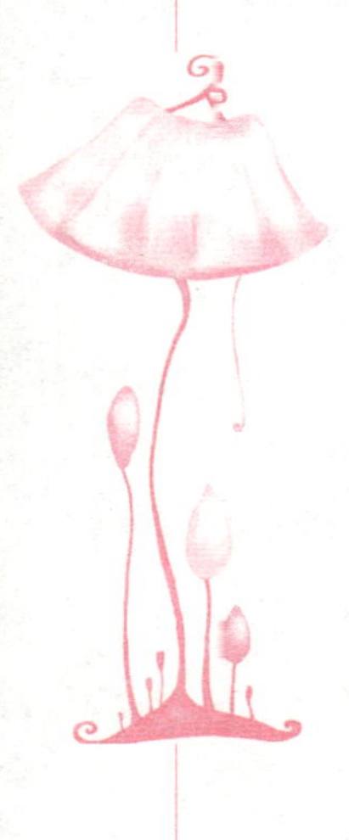

在爱前加上IP号

第四辑

“关关雎鸠，在河之洲。窈窕淑女，君子好逑。”弹拨了千年的《凤求凰》，依然会拨动男人和女人的情丝和心绪。爱情，是一个亘古不变的话题；爱情，是一处让人流连忘返的风景；爱情，是一道复杂的计算题，答案呢，只有相爱着的那两个人才能给出。

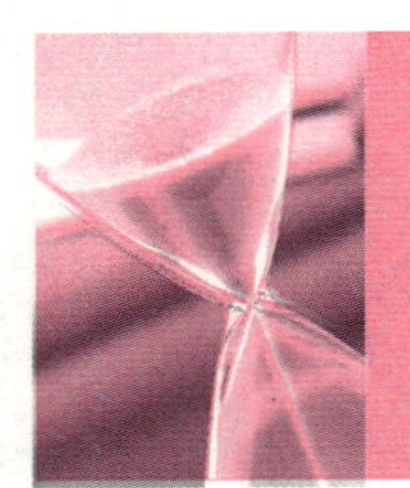

爱是什么颜色？回答这个问题，并不需要眼睛，需要的是我们的心灵。

浮桥之约

彭学军

看上去，这桥古老而又奇特，它没有桥墩。一只只木船并排串联起来，从东岸到西岸，然后在上面铺上木板，这就是桥了。人们管它叫浮桥。

米戈家住在桥的东岸，尤丽家住在桥的西岸。

黄昏的时候，天空中飘着绚丽的晚霞，他们常常到浮桥上去遛他们的狗。这样，有一天，他们相遇了。

米戈牵着他的黑狗，尤丽牵着她的白狗，他们慢慢地朝对方走去，不过一开始，他们好像谁也没有注意到谁，他们相遇了，又走过去了。

可是，他们的狗却看见了彼此，它们停了下来，望着对方。

"汪汪。"黑狗冲着白狗打招呼。

"汪。"白狗应了一声。

然后，黑狗径直朝白狗跑过去。

"你要去哪里？你遇到了朋友吗？"米戈问黑狗。黑狗没理他，米戈只得跟着它跑。

白狗也往前跑了两步，它们终于聚在了一起。

牵着黑狗的米戈和牵着白狗的尤丽就这样相遇了。

"你的狗真可爱。"米戈说。

"是呀，我好喜欢它，它是白的，就像雪一样白，你的狗也很可爱，我猜想它是黑的。"尤丽说。

"你猜想？"米戈不由得反问了一句。

尤丽感觉到了什么，赶紧垂下头。

"嗯，它就是黑的，就像……就像夜晚一样黑。"

这时候，要再想各走各的已经不可能了，因为两只狗已经很亲热地扭打在了一起……

米戈和尤丽笑了笑，米戈说："让它们玩，我们到桥边坐坐吧。"

"到桥边坐？不……不怕掉下去吗？"尤丽有点紧张。

"没事的，来，把手给我，我牵着你。"米戈说着伸出自己的手。尤丽稍稍犹豫了一下，把手伸给米戈，米戈抓了一次没抓住，第二次才握住了尤丽的手。

米戈牵着尤丽慢慢朝桥边走去，然后，他先坐下，尤丽再慢慢地坐下。他们把腿伸出桥沿，垂下去，一晃一晃的。光光的小腿露在外面，暮春的江上温暖而潮湿的风吹过来，像丝绸一样从身上拂过。

尤丽开心地说："真舒服哦。"

"是呀，我很喜欢这样坐着，你们女孩子就是胆子小。"

"不是，我不是胆子小……我……"尤丽停住不说了。

"什么？"

"刚才你说你的小狗像夜晚一样黑，夜晚的黑像什么样子？"

"嗯……就是……"米戈没料到尤丽会问这个，他觉得要回答这个问题对他来说有点困难，但他想一个10岁的男孩应该能把它解释得清楚，无论如何不能让8岁的小女孩看低了——他猜想她8岁。

"夜晚的黑就是、就是很黑很黑，黑到你以为你什么也……也看不见——其实，这只是暂时的，不会太久，天亮了，太阳出来了，你就什么都看得见了，我想是这样的。"

米戈说完，轻轻地舒了一口气。

"这就是黑哦，这个我知道，黑就像我这个样子，什么也看不见，我就是……什么也看不见。"尤丽的声音充满了忧伤，渐渐地低了下去。她的眼睛美丽而又空茫。

米戈没想到尤丽会这样说，尤丽看不见，他早就感觉到了，可听她说出来，他心里还是一怔，又不知该说什么好，就岔开话题说："你刚才不是也说你的小狗像雪一样白，那白又是什么样子的？"

"白是什么样子的你不知道吗？"尤丽不解地反问米戈。

"我当然知道，可我想听你说，你说得一定比我好。"米戈这样哄着尤丽，尤丽果然高兴了，她甜甜地笑了起来。

"白嘛，要看是什么样的白，糖的白是甜的，盐的白呢，是咸的，雪的白是很冷很冷的，但它不甜也不咸，云的白……只有云的白我说不好……你能告诉我吗？"说到最后，尤丽有点沮丧。

"云的白嘛，它是很高很高的，软极了，就像、就像你盖的被子一样。"米戈仰头望着天说，"又像是棉花糖。"

"是吗？云的白是这样哦，软软的，还像棉花糖，"尤丽若有所思，"那么，它应该是甜的。"

"我没吃过，也许是的吧。"

这个时候，两只小狗打闹够了，想去溜达溜达了，就一个劲地扯绳子。米戈和尤丽便站了起来。但往哪边走呢？他们犹豫着。

"西岸的河滩你到过吗？"尤丽问，"那里有很多颜色。"

于是，他们牵着小狗朝西岸的河滩走去。两只小狗在前面跑，米戈和尤丽跟在后面，米戈仍然牵着尤丽的手。

白狗好像知道他们要去哪儿，就径直朝河滩跑去。

河滩上全是鹅卵石，走上去有点硌脚，以前尤丽和白狗一起来玩的时候，常让它绊得摔跤，现在有米戈牵着就好多了。

尤丽蹲下，捡起一块半个拳头大小的石头，递给米戈说："这里的石头是有颜色的，这块应该是……"

米戈接过石头，想了想说："黄色的。"

尤丽笑了，说："对了，就是黄色的。"

尤丽又捡了一块递给米戈："这块是红色的。"

"没错，就是红色的。"

"那么，这块是……"米戈也捡了块给尤丽，尤丽大胆地说："是绿色的！”

“太对了！它就是绿色。”

尤丽捧着三块石头，满心欢喜地说：“黄的红的绿的都有了，太好了，不过它们都是石头，都是硬硬的，我想它们跟云的白是完全不同的。”

“是完全不同，你好聪明，但是还有一种好特别的颜色——紫色，你知道吗？”

“这个，我不知道，紫色，像什么样子？”

“走吧，我带你去看紫色。”米戈拉着尤丽，再牵上他们的狗，又朝东岸走去。

就像米戈没到过西岸一样，尤丽也没到过东岸，她不知道这边有一大片花田，开满了紫云英，远远看去，就像铺着一块巨大的艳丽无比的紫色地毯。

两只小狗在花田里撒欢儿，米戈和尤丽静静地躺着，香暖的风吹过来，花儿俯下身子去亲吻他们的脸，痒痒的。尤丽笑了：“好香哦，这就是紫色，紫色原来可以是花。我更喜欢紫色，我相信它比黄色、红色、绿色都好看。”

天色也许不早了，该回家了。于是，他们一起来到桥上，走到桥中间的时候，米戈松开了尤丽的手。白狗带着尤丽往西岸走，黑狗带着米戈往东岸走。

走了几步，两人同时站住了。

“明天还来吗？”尤丽问。

“来。”米戈说。

约定了以后，两人又继续走，走了几步又同时站住了。

“你叫什么名字？”

“尤丽。你呢？”

“米戈。”

然后再一次，米戈和他的黑狗往东，尤丽和她的白狗往西。

可就在这天晚上，洪水来了，因此，根本就无法把浮桥连起来。一个月以后，洪水才渐渐退去。在这一个月里，常常地，米戈带着黑狗，尤丽带着白狗站在江边。两只狗默默地、安安静静地望着浊浪滔天的江流……其实，没等到洪水退去，尤丽家就搬走了。

她不知道，米戈和黑狗依然会到浮桥上去，每天每天，每年每年……好多好多的日子就像这江水一样流走了，不见了。终于有一天，尤丽又回到了故乡。

回到故乡的第一个黄昏，她来到了浮桥。

尤丽已经治好了眼睛，现在她的眸子如星辰一样明亮。她第一次看见了浮桥，当然也看清了江西岸的河滩，一大片的鹅卵石，只是它们不是黄的，不是红的，也不是绿的，石头是什么颜色，它们就是什么颜色。

让尤丽万分惊喜的是，东岸那片紫云英的花田还在。黄昏的夕阳映衬着华丽的紫色。

是哦，该在的都在，可那个牵着黑色小狗的男孩呢？这时，尤丽才明白，她原来是来赴约的——迟了好多好多年的约会——当年他们约定第二天在浮桥上见的。

尤丽怅然地走着，听着高跟鞋在桥面上发出叹息般的闷响，江风吹拂过来，温润如丝，一如当年。

就在这时，尤丽远远地看见一个男人从东岸走过来，高高的个子，戴一副宽边墨镜，牵着一只黑色的导盲犬，绚丽的晚霞锦衣华服一般披在他身上。

他们擦肩而过。他走过时，尤丽觉得到他似乎微微侧过脸来"看"了她一眼。

尤丽心里一动，回过头来，轻轻地叫了一声："米戈。"

人 生 悟 语

爱是什么颜色？回答这个问题，并不需要眼睛，需要的是我们的心灵。在春天的河堤上，它是绿色；在热闹的苗圃中，它是红色；在两颗互相关爱的水晶心里，它是彩色，折射出五彩斑斓的充满爱的世界！

（晨　曦）

大人物是一群人，而我要爱的是一个人，爱情落地重重的，需要一个人实实在在地背负起来。

此生不爱大人物

李　蕾

我每周都会见到一两个大人物，学者或是名人，大部分是男人，大部分都不太年轻。如果我们是一群鸟，他们就负责领头或是高飞。我们聊天，大人物心平气和。他们优待女人，尤其像我这样年轻的单身女人，我偶尔发呆，猜测在大人物的位置上会是什么感觉？朝着月亮飞，大人物有权力第一个嗅到月亮的呼吸，触到月亮的温度。月亮说：我看见你们啦。其实只是看见了大人物，大人物拖着长长的影子，我们在影子里面狂欢，在拥挤的翅膀中挣扎，因为我们是小人物。

中秋节前，一个大人物给我发来电子月饼，这是一个多么古怪的月饼，长得很像扫把，如果不是用来吃的，那么我要骑着这个扫把飞，飞到大人物居住的城市，在玻璃窗外看着他，一个骑着月饼的小女巫今晚路过，脸上布满尘土和烟火，他会吃惊吗？不会的，大人物什么都见过，在他们坚强的心灵和强大的意志里，所有的精怪都会成落花流水。

我总觉得落花流水是一种古怪的眼泪，如同那个古怪的月饼。

我给大人物写信，问他可不可以给我一点特权，我敢打赌一定不会再有第二个人想要骑着月饼去看你，那么你能不能找到一句话，只说给我听？如果情感是发明出来的，我需要专利。

我把邮件发出去，突然觉得累，抱着自己，眼睫毛划过手心，发出咯吱的声音，像小时候用木门夹核桃。

我是一个被大人物夹在门缝里的核桃。

女友说：不要爱上大人物，他们是用来观赏和怀念的，女人需要的是一个可以使用的男人，他的手臂垫在你脖子后面，身上偶尔散发葱花和辣椒的味道。你们吵架，吵急了他可以砸东西骂人，高兴了和你一起疯，让你叫他爸爸，这样的男人通常都是小人物，他们有很多很多的缺点，也有很多很多好处，最重要的是他们真实，像每天喝的水、吃的饭一样的平常。看看大人物吧，他们没有缺点，即使有也不允许被小人物说破，他们完美得像高科技晶体，又冷又硬。

女友经历过，她和一个大人物在一起5年，有一天大人物打电话给她，通知一切都结束了。那是冬天，她故意穿得很薄，把头发弄乱，在大人物的楼下等，等了好几天，终于见到他，他看都不看她一眼，女友说：他当我是一条狗。

站在人的角度看一条失宠的狗，自然是无话可说。

我安静地回家喝粥，这几年胃越来越坏，睡眠越来越少，高兴的时候流泪，悲伤的时候微笑，这些都会让大人物看不起，还有一件事情他也不会知道，多年前他是我的偶像，这个词现在显得很虚伪。可是那个时候我留直发，喜欢穿衬衫牛仔裤，相信偶像，陪妈妈去烧香的时候许愿让我们相见。

密密麻麻的时间排着队过去啦，密密麻麻的人排着队过去啦，连密密麻麻的蚂蚁也排着队过去啦，我见到他，还会"再见"，可是相见只属于我一个人。

终于有人问我：你见过那么多的大人物，还会爱上身边的男人吗？

我曾经也这么想过。

我说，大人物是一群人，而我要爱的是一个人，爱情落地重重的，需要一个人实实在在地背负起来，女友说得对，对于只拥有青春的小人物来说，大人物只适合观赏和怀念，此生不爱大人物。

人 生 悟 语

爱情是尘世里一件普通的衣裳，它最大的功用，是让我们在俗世里奔走时拥有暖意，无关体面，无关名誉，与其披着华丽的丝绸，不如穿上居家的棉袄。平凡日子里踏实地相守，才能演绎出共同参与的剧集！

（晨　曦）

人群里最迷人的不是天使，而是天使和魔鬼的结合体。想成为这样的人吗？很简单，现在立刻拿起电话问候一下你最牵挂的人吧。

在爱前加上IP号

韩浩月

一个女孩和她相爱10年的男朋友分手了，因为她的男朋友在上海而她在湖北。看她痛不欲生，她的女友忍不住抓过她的手机，欲打给那个男人痛斥他一顿，正哭得鼻涕一把泪一把的她止住哭声，抽泣着说："别忘了在号码前加拨17951。"——这是某论坛一篇帖子下的一个回帖讲述的故事，那个帖子的名字叫"最吝啬的人和最吝啬的行为"。

这个故事被网友认为是中国移动最有说服力的广告。不过，这个女孩的冷静也着实让人钦佩，是的，爱情走了，生活还在，长途加拨17951省下几元钱的长途电话费来，还是够吃几次麻辣烫的。女人是感性的动物，可爱之处就在于她们的情绪化，六月天一样变化的表情，一会儿哭一会儿笑的做派。偶尔的冷静也会有让人意想不到的"笑果"，就像这个失恋了打电话都不忘记加拨IP号码的女孩一样，想不说她可爱都难。

男人大多因为理性而显得冷静许多，但这并不能说明他们的冷静就是与生俱来的，很多时候，男人表现出来的冷静是克制自己的结果，或者是形势的需要，他们即便是表演也必须做出冷静的样子。有个笑话是这样来嘲笑男人的冷静的：某男家中失火，他从床上爬了起来，有条不紊地漱洗，穿了浆洗的洁白的衬衣，套上了熨烫得平整的西装，甚至还扎上了一条合适的领带，迈着步子不慌不忙地走出家门，结果马上有人问他：先生，你怎么没穿裤子？

冷静的反义词之一是冲动。我做过的最冲动的一件事还要追溯到十几年前，我对一个刚认识不过几天的女孩脱口而出了三个字，结果她成了我孩子的妈。后来那个叫刀郎的歌手唱了一首名叫《冲动的惩罚》的歌，愈加让我认识到了冷静的好处，如果"冲动是魔鬼"的话，那么冷静毫无疑问就是天使了，它插着一对洁白的小翅膀，在人头脑发热、情绪激昂的时候，左右忽扇过来一阵阵小凉风——人间许多悲剧、错事和遗憾就此被避免。

我做过的最冷静的事呢？前不久我的钱包被贼光顾了，里面有身份证、银行卡和信用卡，我记得当时只是茫然了一下，然后挨个银行地打电话去挂失，让家里的人帮忙办新的身份证，好像这钱包丢得天经地义、早就该丢了似的。通过这件事我已经充分发现，自己已经变成了传说中的那种冷静、理智、客观的中年男人，不再把自己的错误转嫁到别人身上，面对突如其来的小打击、小挫折，也可以做到若无其事。意识到这点后，不知道是该恭喜自己一下，还是该替自己悲哀一下，因为，这种男人也通常会被形容为麻木不仁、无动于衷、冷酷残忍……

也许我从来没冷静过，也许我一直是冷静的。生而为人，有七情六欲，该快乐时快乐，该悲伤时悲伤，这样的一生才是五彩缤纷有意思的一生。人活着，有时必须要冲动一下才显得有热情。人群里最迷人的不是天使，而是天使和魔鬼的结合体。想成为这样的人吗？很简单，现在立刻拿起电话问候一下你最牵挂的人吧，别忘了在前面加拨17951、12593、17911、96446等IP号——投入地爱、理智地生活，这才是一个正常人的生活态度。

人生悟语

“投入地爱，理智地生活。”如果说爱情是一个宏大的命题，那一段段平常的琐碎生活才是它的注解。我们的生活，有爱的陪伴会更加温馨；而我们的爱，必得融入这平淡的日子，才会彰显它的真义。

（晨　曦）

在讨论校旗的时候，他力争把当年当出去的棉裤作为校旗。

一条为爱当掉的棉裤

林一苇

哈尼小学在加拿大魁北克省哈尼镇。这座学校有在校生200多人，小学的建筑是镇里最美丽的建筑，学校绿树掩映、歌声喧沸，走进学校如走进水彩画中，可是你猛一抬头，见学校的大楼前的旗杆上飘着一个黑黑长长的东西，哈，还有两条腿！是一条棉裤吗？哈哈，你猜对了。是的，是一条棉裤。准确点儿说，是布鲁斯林先生的棉裤，它是哈尼小学的校旗。

哈尼小学是一个叫布鲁斯林的人创办的。他创办这个小学的目的，就是让孩子们学会爱。旗杆飘着的这条棉裤，就是他当年为爱情当掉的一条棉裤。这条棉裤，如今成了这所学校的风景。

1912年，布鲁斯林在一所大学读书，钟情的他爱上了班里的一位同学。他是看到她的第一眼就爱上她的，啊，那年布鲁斯林18岁，在他走入大学校门的第一天，他遇到了她，遇到了爱。

布鲁斯林是多么幸福啊，在这个世界上真的有一个人可以让他爱。他敬畏和感恩这个世界，他感恩太阳、月亮、风、树、水。试想，他们两个不管是谁早生一天或者晚生一天，他都不会遇到她啊。他怀着感恩的心情努力学习，期望用自己的知识换来财富，让他的爱人幸福。他在心里默默对自己说："我是为她而存在的，我要为她的幸福而奋斗。如果我不能让她幸福，我的爱字就永远张不开口。"

4 年过去了，布鲁斯林小心呵护着他的爱。他一直没有告诉她他爱她，哦，他说了，但他是用行动表示的。他曾经在一棵树下种下她的名字，也曾经在一个黑夜在一条小路上写下 999 个"我爱你"，他还曾经在教室里她的抽屉里放过一点儿钱。

转眼就要大学毕业了，她越发美丽了，布鲁斯林也越发珍爱她了。她眼影应该用兰蔻的吧，她的外套应该穿香奈儿的，她的红唇喝库克香槟很合适，百达翡丽的腕表很适合她，娇兰香水很能显示她的华贵和惊艳，她应该在年轻美丽时有一辆自己的车，不能像其他女人一样，年轻时没有钱，有钱享受时却老了，我该给她买一辆什么轿车呢，是奔驰还是劳斯莱斯？

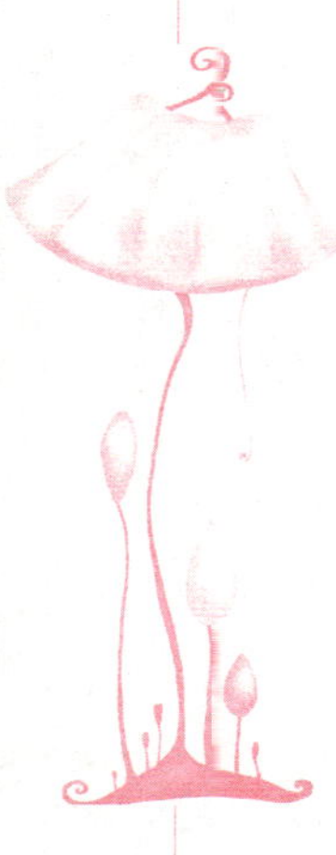

布鲁斯林掰着手指头认真地盘算着未来的生活，突然间，他的心抽了一下，他的心疼了，钱啊，我什么时候才能够挣到这些钱？在经过了无数天的思考之后，他决定放弃这段感情。

离校的前一天，布鲁斯林卖掉了身上所有的东西：手表、收音机、自行车、刚刚买的一件新上衣、姐姐织的围巾。他打听好了，市里有一个叫 Dire 的餐厅最豪华，去那里吃饭只要 3000 加元就行。他把钱仔细数一数，天啊，还差 20 加元，怎么办？他可是没有一件多余的东西可以卖了。如果在平时他可以借同学的钱，但现在就要毕业了，他哪好意思向同学张口。

我身上还有什么？我身上还有什么？他一遍遍地念叨着，一边转着圈瞅着地板。忽然，他的眼睛亮了，他看到了身上的棉裤，这是他刚买不久的棉裤，还是新的，也许，能换几个钱。

他跑到楼下，楼下住着他的学弟学妹们。他敲开一扇门，问有没有

人需要一条棉裤，他急需钱。直到他敲到第七扇门，他卖出了自己的棉裤，卖了30加元。

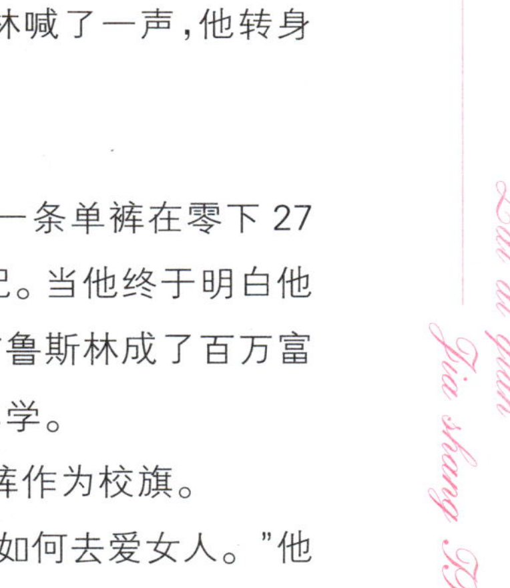

那天，布鲁斯林带着他喜欢的女生去Dire吃了分手晚餐。Dire餐厅真的十分温馨美丽，他的她十分高兴，布鲁斯林也十分高兴。

布鲁斯林是穿着一条单裤去的，那天夜里的温度是零下27度。

付了账，他手里还剩下10加元。

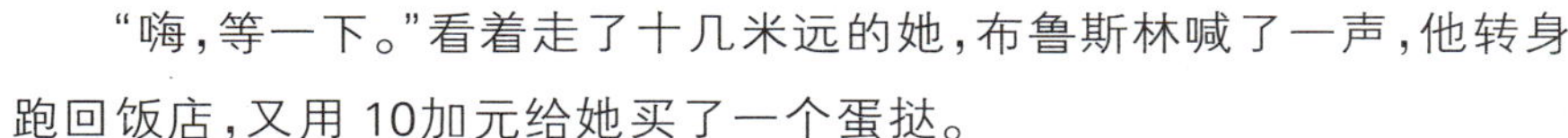

“嗨，等一下。”看着走了十几米远的她，布鲁斯林喊了一声，他转身跑回饭店，又用10加元给她买了一个蛋挞。

“你的早点。”他说。

布鲁斯林就这样离开了他心爱的女人。他穿着一条单裤在零下27度的街上走。他想忘记她，但是爱终于没能让他忘记。当他终于明白他不能忘记她后，他更加发奋努力了。又过了4年，布鲁斯林成了百万富翁，他把她娶回了家。他赎回了裤子，又盖了一个小学。

在讨论校旗的时候，他力争把当年当出去的棉裤作为校旗。

“我办学校的目的，是告诉从这里走出的男人们如何去爱女人。”他说，“所以，我坚持用那条棉裤做校旗。男人们看到它就会知道，你还有多少东西没有献给你爱的女人。它也提醒自己：你离真正的爱有多远。”

人生悟语

相对于一个百万富翁来说，一顿3000加元的晚餐也许算不了什么，可要是有人当掉所有的东西，包括仅有的一条棉裤，才换来这次爱的晚宴，我们都不得不惊叹他爱的重量！衡量一份爱的轻重，其实不在于我们给予的多少，而在于，所给予的是不是我们的全部！

（晨　曦）

只有懂得包容这一切的人，才能拥有自己爱的完美四季！

将来的那个人

（中国香港）张小娴

想知道自己是否爱一个人，只要想象一下，当他年老、卧病在床的时候，你愿意照顾他吗？想到他总是病的样子，你已经有些沮丧，那么，他绝不是你能够厮守的人。

很久以前读过一篇访问。被访者是一位事业成功的男士。他说，年轻时他有过一个女朋友，一次，那个女孩子患了肺病住进医院，他去过一次之后，就没有再去了，因为受不了病人身上的那种味道。女孩当然也明白，出院后没有再见他。

我不知道，到底是他不够爱她，还是他不能够忍受自己所爱的人软弱和生病。我也不知道，当他年老病倒的时候，会不会有一个爱他的人愿意包涵，不介意他的味道。

爱一个健康的人毫无困难。

爱一个穷人，是一种选择。

爱一个总是生病的人，是命运。当健康离弃了你所爱的那个人，你还能够爱他吗？

也许是几十年后的事了，但是，你现在就会知道他值不值得。

人生悟语

这真是一种有趣的测验，却不失为高尚爱情的试金石！我们都喜欢花朵盛开的艳丽，却不一定欣赏它凋谢时的颓落；我们都喜欢绿荫袭人的美景，却不一定在乎秋叶飘零的壮观……只有懂得包容这一切的人，才能拥有自己爱的完美四季！ （晨　曦）

我愿意揣想和她出行时遇到了一串串童话里的美妙故事。如果可能，我愿意用一万次的粉身碎骨换得她的毫发无损、笑靥如花。

爱在右手边

张丽钧

一个朋友拥有一辆奥迪私家车。一日，他喝得微醺，跟朋友们大讲他当天载4个女人时的不同感受。

就跟商量好了一样，她们一律坐在了副驾驶的位置上，只是彼此错开了时间。

先说第一个。一上路，她就赶紧嘱咐我系好安全带，她自己自然也认真地系好了安全带。她始终僵僵地坐着，不住声地提醒我"注意安全啊"，眼睛直勾勾地盯着前方，看到前面有个白乎乎的东西，立马冲我大喊："小心石头！"等车开到了跟前，才看清了那竟是个兜满了风的塑料袋！老天，她坐在我身边，把满身的紧张传染给了我，我都快累死了！但是，我知道，这个人心里有个声音："一旦出现了险情，就拿车子的右手边迎上去吧！"只要能保证我安然无恙，她甘愿用自己的血肉之躯去扑灭一切险情。

再说第二个。她一上车就开始抱怨："咦？车上什么味儿？运死耗子了吧你！""刹车又一下踩到底儿了吧？跟你说多少回了，就是记不住！""我就奇怪了，你路考怎么就蒙混过关了呢？""哎呀！我让你给折腾得晕车了！停车，快停车！再不停车我可要跳车了啊！"……她就这样一路闹，绝对不给你犯困的机会！这个人，不会拎着耳朵没完没了地嘱咐我注意安全，一旦出现了不安全因素，她也不会让我拿车子的右手边迎上去，她心里有个声音："咱俩一起保命，把车废掉算了！"

再说第三个。她几乎总忘了系安全带，她的话语也从来不提及安全带！她对我说着热辣辣的句子，让我分心，让我迷乱。我对她说："我载着一件危险品！"她听了哈哈大笑，说："说得好啊！我就是一件危险品！"不管我开得多么快，她从来都不会害怕，也不会制止我。我听得到她心里有个声音："如果出现意外，就让我俩一道赴死吧！"只要能和我在一起，她甚至可以忽略阴阳两界。

最后说第四个。她一上车，我就几乎完全丧失了对自己的驾驶技术的那份自信。我会神经质地一遍遍检查车门是否锁好、她的和我的安全带是否系好。不管时间多么赶，我都不会抢道。我变得十分谦恭，对所有的行人和车辆一律彬彬有礼。前方有只小狗跟着主人横过马路，不知为什么突然蹲下了，我便耐心地停车等它站起来，绝对舍不得用喇叭去吓它。我愿意揣想和她出行时遇到了一串串童话里的美妙故事。如果可能，我愿意用一万次的粉身碎骨换得她的毫发无损、笑靥如花。

你猜着了吗？第一个是喊我"靓仔"的人，第二个是喊我"冤家"的人，第三个是喊我"宝贝"的人，第四个是喊我"爹地"的人。

人 生 悟 语

这4个称呼，其实是"爱"的4种形式。爱也是一个时尚的姑娘，她会时不时更换各式的衣服，但不管怎么更换，爱的本质都不会改变——那就是为了对方，藐视生死！世界正因为有了她的存在，才温暖如春！

（晨　曦）

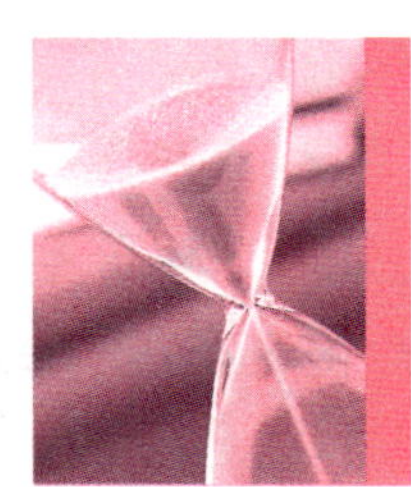

让我们都做心中有爱的人吧，只有这样，我们才能永远徜徉在爱的海洋！

列车上的女子 采月光

广州到洛阳的1126次列车上。

最初，是她的声音，引起我对她的注意，毕恭毕敬的，有一种小草向上仰视参天大树的诚挚。听得出，她只是一个普通职员，在向部门主管请假——为赶时间，走时仓促没来得及当面道别，就补打一个电话。

人多的场合，言辞里过于恭敬一个人，自我感觉不免有些低下。可她似乎没有这种意识。在每个人都可以活得很“拽”的年头，她的谦恭，没有一丝遮掩，就像退潮后裸露的一片岩石。

她的第二个电话是打给父亲的，说自己已经坐上车，车次，几点出发，让其放心，并且说到家时不用来接，勿担心。看年纪，她有三十好几了吧，很懂得如何体恤年迈之人的心。

第三个电话，是给同事，还是工作上的事情，把与主管说的内容复述了一下，可能是她工作交接的对象。最后一个电话，极简短，猜想，可能是给她老公的，说一切顺利，到家了再打电话。

当打完一圈电话，列车正好启动。她使人想起滴水不漏、有板有眼、中规中矩这类词。

她穿着一件宽大的类似蝙蝠衫一样的黑色低胸衣服，打完电话，她的手机就放在胸部——那里面有一个口袋，然后还摁了摁。她把自己的钱（一把零钱，在超市购物时人家找的）掏出来审视一下，然后又放回

去，那个位置在她的腰部。两处都是女性敏感的部位，周围到处是好奇的眼睛，她视若无睹。

她没有座位。上车时拎着一个带盖的小白胶桶，里面既可盛放东西，又可以当座位。她相当会照顾自己。

她对面是一对河南母子，是她主动上去搭讪的，问那小孩多大了，然后就说起自己是河南人，后来嫁到了湖北。原来都是老乡，双方就亲近了许多。女子拽出自己的一个旅行袋，拿出一捧气球，还有一种子弹棒，那是给女儿的礼物，分送给小男孩玩。她看孩子的眼神里，有一种母亲的神色。

在这个视旅途为受累的列车上，她显得十分的有心情，弯弯绕绕地与那个母亲家长说个不停，让一旁的人都知道了她的工作、薪水，她老公在什么单位，他们有几个孩子……她仿佛不是坐在长途列车上，而是坐在自家的门口，晒着太阳，而周围的旅客就是她对门的好邻居。

她胃口也好。火腿肠，一种包装寒碜的饼干，她吃了一路，喝的就是大瓶的矿泉水。

列车进入湖北境内，再有半个小时她就到目的地了。她去洗漱一下，回来就又拽出自己的那个旅行袋，拿出一个小小的化妆盒。那是一套很细致的工作。先是一种膏，用粉饼很均匀地涂在面部；然后，红的胭脂，在脸颊处淡淡一抹；接着是眉笔，把眉勾出柳叶的形状，顺带，眼影也涂了出来；最后是口红。

化妆前与化妆后没有多大区别，但她勤于修饰，以美示人，让人想起篱笆墙上的牵牛花，不太美丽，但生机盎然；雨中的一丛生菜，无人注视，却自顾地使劲绿着。

该下车了，那么短的时间里她就和那对母子结下了友谊。她的行李像个小货架，下车时要人抬着才行，那对母子没待她提出请求，就主动向她伸出援手。

她走了，像一缕阳光，从窗子里逸了出去。

人生悟语

无疑，这是一个心中有爱的女人：因为对父母有爱，她知道如何去化解老人的牵挂；因为对工作有爱，她懂得怎样去做好交接；因为对儿女有爱，她喜欢那些偶然相逢的孩子；因为对世界有爱，她始终善待自己善待他人！让我们都做心中有爱的人吧，只有这样，我们才能永远徜徉在爱的海洋！

（晨　曦）

男女之间最美好的距离，不是耳鬓厮磨的零距离，也不是灵肉结合的负距离，而是一张餐桌的距离。

最美的距离

子　娟

在奔向中年的时候，她偶尔翻阅自己的心灵史，回忆生命中结识过的异性朋友，悟出一个简朴的道理：男女之间最美好的一种距离，其实就是隔着一张餐桌的距离。这是她从自己与一位异性朋友的交往经历中总结出来的。

今年是她与他相识 28 周年。

在岁月的长河中，28 年也算得上漫长了，而在这 28 年当中，她与他有过同窗共读的青春岁月，也有过鸿雁往来的纯真日子，更有过一起喝咖啡的浪漫时光。仅有大约 5 年时间是彼此交往的空白，而在那空白的 5 年里，他与她各自恋爱，各自成家。其间也曾有过几次偶遇，或在熙熙攘攘的书店门口，或在人来人往的十字街头，但两人只是礼节性地点点头，任脸上平静的微笑掩藏内心翻滚的波澜。

那时候，两人还茫然于找不到一种最好的相处方式。直到那年的早春2月，在一场同学聚会中，他与她再度相遇。至此，她明白，生命中有些人注定用一辈子的时间也无法忘记。人脑不可能像电脑那样按一下“删除”键就霎时一片空白，刻意遗忘反而会加深记忆的烙印。既然彼此都还视对方为生命中不能错失的人，那么，随遇而安，随缘而聚，便是最佳的选择。

就这样，在爱情悄然转身之后的若干年，两个人襟怀坦荡地重摆友情的筵席。男女之间的交往很玄妙，从友情跨越到爱情往往只是一步之遥，从爱情回归友情却仿佛远隔着千山万水，而他与她能够心照不宣地将千山万水的距离浓缩为咫尺，凭的就是对缘分的尊重与对友情的信仰。其实，他与她的缘分源于学生时代的一场游戏。那年冬天的一个夜晚，女同学集中在宿舍玩“拈名游戏”：临窗的书桌上散落着几十张折成飞鸟状的小纸条，每张小纸条上都写有本班一名男同学的名字，而她在笑声中随意拈起的就是他的名字，但那时他的名字于她而言仅仅是一个普普通通的人名。不谙世事的她，并未察觉到这或许就是冥冥中注定的选择。直到若干年后他的名字在她的心海里掀起惊涛骇浪，她才开始对少女时代所玩的那个“拈名游戏”怀有一种宿命的信仰。

回想那段携爱同行的日子，他几乎每一个星期都请她喝一次咖啡。那时候，她心里多么渴望成为他心目中最重要的女子啊，可他总是不懂得用甜言蜜语讨她欢心，在她面前反复强调母亲是最重要的人，却不知道这句话会粉碎一个逞强好胜的女孩子的自尊，将她推向痛苦与绝望的深渊。许多年之后，时过境迁，她才理解他的苦衷，一个从小失去父爱的男孩视母爱如生命也合情合理。

其实世间大多数男人都认为母亲是不可替代的，她就以这样的理由谅解了他，从此不再探究自己在他心中所占据的位置。

前年秋天，她在一次同学聚餐中得知他母亲因病住院，便悄悄地去医院探望。这是她第一次见他的母亲。面对那位朴素慈祥的老妇人，她自我介绍：“我是你儿子的老同学兼好朋友。”他的母亲很快便醒悟过来：“哦，我知道了，你就是……我儿子以前经常提起你呢！”她坐在病床前，微笑着听他的母亲讲述他童年的故事。她忽然忆及自己当年曾经暗暗为屈居他母亲之后而吃醋的往事，顿时愧疚得无地自容。那一刻，她是多么敬重眼前的老妇人。正是这位母亲含辛茹苦地养育了一个品行优秀的儿子啊！同时她也感激上苍让她在纤尘不染的豆蔻年华结识她的儿子并且与他终生为友。

多年来，他和她见面的地点总是餐厅。城里城外的许多家餐厅都见证过他们的餐桌时光。有时候吃一顿饭就消磨几个小时，或谈工作的甜酸苦辣，或谈生活的起承转合，总是没有冷场。其实他和她的口味并不相同。在他们经常光顾的那家西餐厅，他最喜欢吃牛扒，而她最喜欢吃竹筒饭。咖啡是两人共同喜欢而且百喝不厌的。他常常在晚饭后点一壶咖啡，她一边搅动着咖啡一边想，也许眼前的咖啡不一定是世间最美味的咖啡，但眼前的朋友绝对是最合适的"咖啡伴侣"。在某个咖啡飘香的静美时刻，她忽然领悟：男女之间最美好的距离，不是耳鬓厮磨的零距离，也不是灵肉结合的负距离，而是一张餐桌的距离。她喜欢和他之间隔着一张餐桌的距离，这是一种可以嘘寒问暖又能避免意乱情迷的距离，这是一种可以交流心事又能避免缠绵之举的距离，这样的距离亲密而有间。

也正是这种恰当的"餐桌距离"，使他与她能够平稳地度过激情岁月，顺利踏入理智之年。外人目睹他们在吃饭时有说有笑的样子，也许会误以为他们关系暧昧，其实他们心里很明白，一张餐桌，就是彼此之间的楚河汉界，情感与理智泾渭分明。世间有些男女交往到最后落得惨淡的结局往往就是因为他们没有把握好彼此之间适度的距离。他与她之间，因为未曾被激情燃烧过，因此也就没有被时间的灰烬掩埋，也因为交往的意犹未尽而在彼此生命中留下经久不散的余韵。她与他这样的相处已经达到禅宗所推崇的一种叫做"花未全开月未圆"的境界，这是男女交往中最玄妙的境界，因为花一旦全开之后就会凋落，而月一旦全圆之后就会残缺，只有保持着"花未全开月未圆"的理想状态，才能让人生的美好憧憬永远无尽无涯。

青年时代曾将"生不同衾死不同穴"视作两情相悦者的千古憾事，

中年以后才明白，两个人能够常常同桌进餐，也是一种可遇不可求的缘分。古人云："百年修得同船渡，千年修得共枕眠"，而他与她之间的"同桌食"至少也是半生修来的结果，因此，她更加珍惜这位坐在餐桌对面的朋友以及眼前的饭菜，并怀着感恩的心情，将一杯盛满友情的咖啡喝下去。

人生悟语

几乎每个人的生命中，都会出现红颜或者蓝颜，他们与你同行在人生漫长的道路上，没有交集却始终平行，如同一簇经久不息的火焰，让你在前行时常怀一份暖意。太远，则冰冷了彼此温热的心；太近，便烧尽了那一份独特的美好——最美的距离，原来是"隔着一张餐桌的距离"！

（晨 曦）

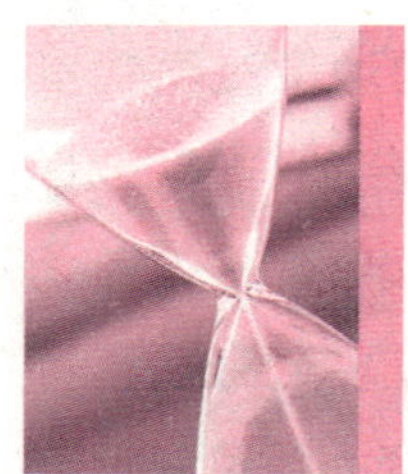

无论生还是死，无论高尚还是卑微，能够让心中没有仇恨，回归安宁，才会获得源源不断的幸福。

不能够恨你

羽 毛

男人生活在福建北部的山区，母亲瞎了一只眼，父亲腰腿不便，全家就靠他耕种几亩薄田，维持生计。虽然是个穷苦命，他还是爱笑，30岁了，那双眼睛也年轻，看到女人会脸红。

村里忽然来了两个外乡人，据说是表哥和表妹。表妹已经有了5个月身孕，走路略显笨重，低着头老是哭。表哥就对每一个好奇的山里

人解释，表妹是被强暴的，没有打掉孩子，是因为想生下来，用 DNA 作为证据去抓至今逍遥法外的强奸犯。

表哥又说，他们流落到此，走投无路，希望有好心人娶了表妹，给她一条生路。这简直荒唐，谁会娶这样来路不明的大肚子女人？

这个男人也去了，缩在一旁，悄悄看那个垂头落泪的女子，很是心酸。他想娶她。

女人抹着眼泪，轻轻说，表哥为了她受了很多苦，回去也没有路费，谁要娶她，得交 10000 块钱。

他仍然想娶她。亲戚们都反对，纷纷说，哪能信啊，说不定是骗婚。

女人只是低着头，哭。

男人终究没有敌过自己的怜悯之心。越是穷苦可怜的人，越是同情和自己一样的人。他费尽力气，找亲戚们凑足了钱，交给了那位表哥。

没有办结婚手续，女人立下字据，发誓嫁给他好好生活，做个贤妻良母，然后在自己的名字上，按下红色手印。

此后，男人很细心地照顾孕期的女人。

女人身体瘦弱，7 个月就早产了。生产时她大出血，奄奄一息，是他日夜守护在她身旁，衣不解带地伺候。孩子生下来才二斤半，日夜啼哭，是他到处借钱，把孩子送到医院最好的婴儿护理室。

出院时，他欠下 30000 元的债务。

孩子满月时，女人说要回老家迁户口，和他正式办理结婚手续。亲戚们又纷纷反对。万一她跑了怎么办？他不听，亲自送她上了长途汽车。

可是，她从此一去不返。他的母亲抱着哭闹的孩子，唯一的好眼也快要哭瞎。他的亲戚都说他幼稚。他变得沉默寡言，常常坐在门槛上发呆。

他终于收拾了行李出山，要去找她。之前，他曾偷偷抄下她身份证上的地址。经历了一些波折，女人找到了。当时，她就坐在自家的院里，帮母亲剥毛豆。看见他，她大惊失色，躲到屋子里，说根本不认识他。

后来，他只有求助当地的电视台。记者反复游说，女人终于答应赴约，给男人一个解释。在录制现场，她只肯坐在玻璃屏风后面，自述生平。

原来，女人来自小乡镇的贫困家庭，考上大学后，不适应城市华丽的生活，时常感到自卑。大学毕业后，她恋爱了，不久又怀了孕，男友却让她打掉孩子，否则生下来也概不负责。为了赌气，她竟然要坚决生下孩子独自抚养。

她丢掉工作，肚子越来越大，身边非议越来越多，不堪重负之际，认识了所谓的“表哥”，却被骗到福建山区，不得已做了骗子的同谋。生完孩子，她干脆一走了之……

男人忍不住问：“我对你那么好，你还骗我？”

女人哭着说：“我不想骗你的，可你太容易骗了，就跟当初的我一样。即使你在医院全心伺候我时，我也还是恨，恨骗我的那些男人，恨这个虚假的世界。”

看到这里，有些悲凉。如果说爱和信任是一个手手传递的苹果，那么恨和不信任就是另一只烂苹果。拿到烂苹果生生吃掉之后，很多人无力除掉毒素，也要变成烂苹果。

她就是如此。但她终于讷讷道：“孩子我过一段时间就去接回来。欠你的钱，我一定还……你还能原谅我吗？”

男人沉默了好久，才开口说话：“你知道我最幸福的时候吗?就是你出院那天。你还很虚弱，我的右手紧紧扶着你，左手抱着小小的孩子，我觉得自己是个多么富有的人啊。你知道我最痛苦的时候吗？就是你走后，每次想到你在骗我，我就恨得咬牙，吃不下饭，睡不好觉。我把你用过的缸子和毛巾，都摔到地上狠狠踩，胸口总憋着一股怨气……”

停顿了一会儿，他抬起头，对着玻璃后的女人说：“每天都要恨你，比生着大病还折磨人。我想明白了，我不能够恨你。你也出来吧，从今以后好好生活。”

那只传到他手中的烂苹果，就这样被他扔了。

无论生还是死，无论高尚还是卑微，能够让心中没有仇恨，回归安宁，才会获得源源不断的幸福。

人生悟语

如果说,我们的心都是一泓清水,那"恨"就是污染它的毒素,"爱"才是化解污浊的清洁剂。这个贫穷的山区男子,比读了大学的女子更懂得什么是爱。爱不是占有,不是控制,而是心怀悲悯,宽恕世人!

(晨　曦)

跳出繁杂日子的牵绊,学会从每一个细节欣赏你爱的人,他才会成为你人生路上的终身伴侣!

发现爱

骆驼

有一个40岁的美国女人,她做了一件令人吃惊的事情:她在一份报纸上刊登了一则广告,广告的标题赫然写着——廉价出让丈夫一名!

是的,她要廉价卖掉自己的丈夫。原因是她不再欣赏自己的丈夫,因为他只喜欢旅游、打猎和钓鱼。每年从4月开始他便离开家,外出去钓鱼或探险,直到10月初才回来,整整半年都是在外头游荡的,而她却不喜欢外出。在结婚20多年后,她感到了孤独,终于厌倦自己的丈夫,于是,她要卖掉自己的丈夫,而且是廉价卖掉。她在广告上还附加了优惠条件——收购我丈夫的人,还可以免费得到他平时喜欢使用的全套打猎和钓鱼的装备,还有丈夫送给她的牛仔裤一条、长筒胶靴一双、T恤衫两件以及里布拉杜尔种的狼狗一只、自制的晒干野味50磅!

她原本认为这样糟糕的丈夫是没有人要的，但是事实却让她大感意外，在广告登出的一天内，她居然接到了62位太太小姐们的电话，其中的23位都是很诚心地来联系她的丈夫的。

其中有人认为她的丈夫具备冒险精神，是一个真正的勇者，这样的男人可以依靠；有人认为她的丈夫崇尚自然，这样的环保男人比较有生活激情，和这种男人相爱，一定是很健康的；有人觉得这个男人爱好休闲的生活方式，正是最懂得生活的人……各种理由似乎都证明这样的男人简直无处寻觅，所以她们真诚地希望能合法购买她的丈夫。

当这些购买者把购买的理由说出来的时候，这个女人才猛然发现，原来自己的丈夫居然有这么多优点，有这么大的魅力，而自己却一直都没有发现。

不过，此刻，一切都还来得及，因为她还没有把丈夫卖给别人。倘若卖掉了，或许就悔恨终生了。

第二天，她在报纸上又补登了一则小广告："廉价转让丈夫之事，因为种种原因取消！"

当她老公从外地钓鱼回来，发现自己差点儿像商品一样被出卖的时候，忍俊不禁。当他问妻子为什么不再卖了他时，妻子温柔地说："如果我把你卖出去了，我又能从哪儿再买一个你这么好的丈夫回来呢？"

两人相视而笑，幸福洋溢在彼此的脸上……

这是一个真实的故事，发生在美国马里兰州，那个很抢手的丈夫叫查理·亨勒尔，而那位幽默的太太叫露易丝·亨勒尔。

就这样，一个小小的恶作剧让露易丝·亨勒尔重新认识了自己的丈夫，重新找回了欣赏与爱。他们的故事也告诉我们，爱其实是一种细心的发现。在我们长长的一生中，我们必须学会从不同的角度去欣赏那个与自己相守一生的爱人。唯独这样，我们的爱才能常爱常新，才能炽热不变。

人 生 悟 语

查理·亨勒尔真应该庆幸他有一个这么幽默的好太太；露易斯·亨勒尔也应该感谢上苍为她甄选的好丈夫。爱不是惊鸿一瞥中的热烈感动，而需要一辈子不停地发现。跳出繁杂日子的牵绊，学会从每一个细节欣赏你爱的人，他才会成为你人生路上的终身伴侣！

（晨 曦）

你必须学会正确地表达爱，让它端正站好，温柔面对你爱的人。你只需要说一句："你知道吗？我在为你担心。"

正确地表达爱 孙 粒

有一个女孩和男朋友相约黄昏时在熟悉的咖啡店见面。可是，男朋友却左等不来，右等也不来，女孩的脸色渐渐变了。半个小时里，她想到了很多种可能发生的事：他出事了？他又去喝酒了？他根本没把我放在心上……她觉得很难受。等到男朋友出现时，她当场就对他发了火，并且还说：我要和你分手！

有一位父亲等着自己的小女儿回家，别的孩子都回来了，自己的女儿却没个人影儿。父亲去找，一路上担心得几乎掉眼泪：是不是路上遇到了坏人？是不是找不到回家的公交车？直到在远远的街角，看到女儿正拖着书包慢悠悠地往家走时，父亲才松了口气。可是，接着，他却对她吼道：谁叫你这么晚回家？

不知道这些事件里的男朋友、小女儿，会不会觉得莫名其妙，我只

是迟到了一会儿，调皮了一点儿，为什么本来最疼我的你，会对我发这么大的火？

其实，我们当然不是真正对所爱的人凶，我们只是弄错了爱的表达方式。只有很爱一个人，我们才会替他担心、焦虑，为他难过、伤心，而对于陌生人，我们绝不会付出这些情感。然而，当我们付出了爱，对方却不好好接受，平白让我们焦急时，我们就会觉得，爱被忽略了，于是，我们觉得受到伤害，于是，爱转成愤怒，撞向本来最爱的人。

所以，你必须学会正确地表达爱，让它端正站好，温柔面对你爱的人。你只需要说一句："你知道吗？我在为你担心。"

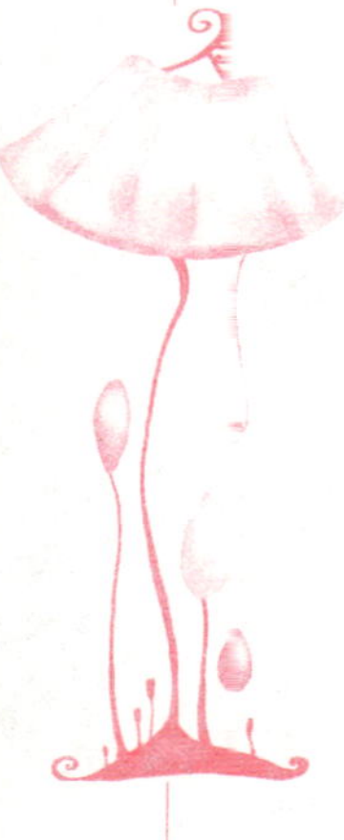

人生悟语

正确地表达爱，看似一个简单的命题，却让很多人为之迷惑。心中明明充盈着爱，想的和说的却全不一致，让那些原本可以简单传递的爱，往往在经历千辛万苦后方能抵达。为什么要让爱拐弯呢？换一种方式表达，让你的爱早一点抵达目的地吧！（晨　曦）

第五辑

中国人，你为什么不生气

20世纪30年代，伟大的文学家鲁迅先生，用手术刀般的文笔，借阿Q这样一个人物，剖析了国人的劣根性。如今，《阿Q正传》这部小说，已经成为了文学史上的一座丰碑，但国人的“劣根性”依然存在。或许，手术还需要经常做，去除了顽疾，才能得到一个健康的身体。

不要以为你是大学教授，所以做研究比较重要；不要以为你是杀猪的，所以没有人会听你的话；也不要以为你是个学生，不够资格管社会的事。

中国人，你为什么不生气

（中国台湾）龙应台

在昨晚的电视新闻中，有人微笑着说："你把检验不合格的厂商都揭露了，叫这些生意人怎么吃饭？"

我觉得恶心，觉得愤怒。但我生气的对象倒不是这位人士，而是台湾1800万懦弱自私的中国人。

我所不能了解的是：中国人，你为什么不生气？

包德甫的《苦海余生》英文原本中有一段他在台湾的经验：他看见一辆车子把小孩撞伤了，一脸的血。过路的人很多，却没有一个人停下来帮助受伤的小孩，或谴责肇事的人。我在美国读到这一段。曾经很肯定地跟朋友说：不可能！中国人以人情味自许，这种情况简直不可能！

回国一年了，我睁大眼睛，发觉包德甫所描述的不只可能，根本就是每天发生、随地可见的生活常态。在台湾，最容易生存的不是蟑螂，而是"坏人"，因为中国人怕事、自私，只要不杀到他床上去，他宁可闭着眼假寐。

我看见摊贩占据着你家的骑楼，在那儿烧火洗锅，使走廊垢上一层厚厚的油污，腐臭的菜叶塞在墙角。半夜里，吃客喝酒猜拳作乐，吵得鸡犬不宁。

你为什么不生气？你为什么不跟他说"滚蛋"？

哎呀！不敢呀！这些摊贩都是流氓，会动刀子的。

那么为什么不找警察呢？

警察跟摊贩相熟，报了也没有用；到时候若曝了光，那才真惹祸上门了。

所以呢？

所以忍呀！反正中国人讲忍耐！你耸耸肩、摇摇头！

在一个法治上轨道的社会里，人是有权利生气的。受折磨的你首先应该双手叉腰，很愤怒地对摊贩说："请你滚蛋！"他们不走，就请警察来。若发觉警察与小贩有勾结——那更严重。这一团怒火应该往上烧，烧到警察肃清纪律为止，烧到摊贩离开你家为止。可是你什么都不做，畏缩地把门窗关上，耸耸肩、摇摇头！

我看见成百的人到淡水河畔去欣赏落日、去钓鱼；我也看见淡水河畔的住家整笼整笼地把恶臭的垃圾往河里倒，厕所的排泄管直接通到河底。河水一涨，污秽气直逼到呼吸里来。

爱河的人，你又为什么不生气？

你为什么没有勇气对那个丢汽水瓶的少年郎大声说："你敢丢我就把你也丢进去！"你静静坐在那儿钓鱼（那已经布满癌细胞的鱼），想着今晚的渔场，假装没看见那个几百年都化解不了的汽水瓶。你为什么不丢掉渔竿，站起来，告诉他你很生气？

我看见计程车穿来插去，最后停在右转线上，却没有右转的意思。一整列想右转的车子就停滞下来，造成大阻塞。你坐在方向盘前，叹口气，觉得无奈。

你为什么不生气？

哦！跟计程车可理论不得！报上说，司机都带着扁钻的。

问题不在于他带不带扁钻。问题在于你们这 20 个受他阻碍的人没有种推开车门，很果断地让他知道你们不齿他的行为，你们很愤怒！

经过郊区，我闻到刺鼻的化学品燃烧的味道。走近海滩，看见工厂的废料大股大股地流进海里，把海水染成一种奇异的颜色。湾里的小商人焚烧电缆，使湾里生出许多缺少脑子的婴儿。我们的下一代——眼睛明亮、嗓音稚嫩、脸颊透红的下一代，将在化学废料中学游泳，他们的血管里将流着我们连名字都说不出来的毒素……

你又为什么不生气呢？难道一定要等到你自己的手臂也温柔地捧着一个无脑婴儿，你再无言地对天哭泣？

西方人来台湾观光，他们的旅行社频频叮咛：绝对不能吃摊子上的东西，最好也少上餐厅；饮料最好喝瓶装的，但台湾本地出产的也别喝，他们的饮料不保险……

这是美丽宝岛的名誉，但是名誉还真是其次，最重要的是我们自己的健康、我们下一代的健康。100 位"交大"的学生食物中毒——这真的只是一场笑话吗？中国人的命这么不值钱吗？好不容易总算有几个人生起气来，组织了一个消费者团体。现在却又有"占着茅坑不拉屎"的"卫生署"、为不知道什么人做说客的"立法委员"要扼杀这个还没做几桩事的组织。

你怎么能够不生气呢?你怎么还有良心躲在角落里做"沉默的大多数"？你以为你是好人，但是就因为你不生气、你忍耐、你退让，所以摊贩把你的家搞得像个破落大杂院，所以台北的交通乌烟瘴气，所以淡水河是条烂肠子；就是因为你不讲话、不骂人、不表示意见，所以你疼爱的娃娃每天吃着、喝着、呼吸着化学毒素，你还在梦想他大学毕业的那一天：你忘了，几年前在南部有许多孕妇，怀胎 9 月中，她们也闭着眼梦想孩子长大的那一天。却没想到吃了滴滴纯净的沙拉油，孩子生下来是瞎的、黑的！

不要以为你是大学教授，所以做研究比较重要；不要以为你是杀猪的，所以没有人会听你的话；也不要以为你是个学生，不够资格管社会的事。你今天不生气，不站出来说话，明天你——还有我、还有你我的下一代，就要成为沉默的牺牲者、受害人！如果你有种、有良心，你现在就去告诉你的公仆"立法委员"、告诉"卫生署"、告诉"环保局"：你受够了，你很生气！

你一定要很大声地说。

人生悟语

人们总习惯于自保，习惯于做“老好人”，直到被污染的河水流入了自家的水管；添加了毒素的奶粉被我们的孩子吞食……其实，沉默是放任的借口；忍让是纵容的帮凶，我们应致力于打造一个更加清明的社会，只有确保社会这条大河不被污染，才能保证我们每一家清流不断！ (王　蕴)

国因人而存在，而不是人因国而存在。一个民族的精神首先体现在国家对待国民的态度上。

尊重自己的公民

张心阳

常常有一种感觉，就是在咱们国家，自己的公民往往不如外国人那样受到礼遇和尊重。比如在北京故宫，就专设了“外国游客入口处”；在某城市的酒吧街，专设了外国人用的厕所；外国人在中国游玩发生了问题，总是调遣最现代化的交通工具和最高明的医生去营救，而国人则未必有这般福气；国内翻车沉船，洪灾震灾，很少听说谁公开地对遇难者哀悼，而外国的火车出轨，大桥坍塌，死了几十个人，我们又是问候，又是致哀。

你不能不奇怪，咱们中国人好像自己都瞧不起自己似的。可人家老外不是这样，自己的公民最受优待。在美国空港入口，美国人总是优先，外国人靠后。日本也是这样，那里的空港，日本国民的进港通道有七八十个，给外国人的只有一个。嫌太挤，那好，等日本人全部走完了，他转换过牌子，你再进来。他们就是把本国公民放在第一位，尊重自己人比尊重他人为重。他们懂得，无论是总统还是职员，是军官还是失业者，他们所享受的福利大都是本国公民创造的，本国公民才是自己的衣食父母。相形之下，我们一些人的衣食住行好像都是外国人白送的，才这样恭外而倨内。

在广西，美国人的骨头埋了几十年，还叫中国农民去找。美国人的骨头找到了，放在棺材里送回去，举行隆重的仪式，行军礼，这怎么能不让美国人自豪？反之，找骨头的中国农民在寻找时摔了一跤，把自己的骨头摔坏了，给 200 元钱就打发回家了……一个日本的农民跑到峨眉山去玩，骨头摔断了，就用中国空军的直升机去救他；而在日本，一名中国留学生在宿舍里死了 7 天才被发现。名古屋大学的一对中国博士夫妇和孩子误食有毒的蘑菇，孩子和母亲死了，父亲则在名古屋大学医院的门诊室等了 20 个小时，也没有一个日本教授来诊视！而我们为什么还这么友好，以为自己很大度？自尊者人必尊之，自贱者人必贱之。你首先把自己看重了，人家才把你看重。几年前发生的美国青年在新加坡撒野受到鞭刑的事，我觉得当事的两个国家都了不起。一方面美国总统亲自出面替本国公民求情，可见国家对国民的重视；另一方面新加坡偏不理这个茬，鞭子照抽。因为这涉及国家的尊严，你抽了，人家才拿正眼看你，不抽，人家反而看不起你。

英国国有石油公司安装输油管道，要从一老太太别墅底下穿过，老太太就是不让：国家怎么能侵犯个人的利益呢？的确，没有个人的利益哪有民族的利益？最后国家认输了，输油管道只好绕开走。

国因人而存在，而不是人因国而存在。国家怎么可以凌驾于人民之上，甚至可以不尊重它的人民呢？一个民族的精神首先体现在国家对待国民的态度上。现代文明认为："国家的作用是保护国人安全和健康；保护人身自由和国有、私有财产；抵御任何暴力侵犯和侵略。"一切超出这一职能范围的政府行为都是罪恶。

人生悟语

先有了晶莹剔透的水滴，才会有广阔深邃的海洋；先有了独立自主的国人，才会有主权统一的国家。国家作为社会公器，它的基本职能应该是为国人谋利益，只有在尊重每一个国民人格的基础上，才能获得受他国敬重的国格！（王　蕴）

中国人不但不团结，反而有不团结的充分理由，每一个人都可以把这个理由写成一本书。

丑陋的中国人

（中国台湾）柏　杨

多少年以来，我一直想写一本书，叫《丑陋的中国人》。我记得美国有一本《丑陋的美国人》，写出来之后，美国国务院拿来作为他们行动的参考。日本人也写了一本《丑陋的日本人》，作者是驻阿根廷的大使，他阁下却被撤职，这大概就是东方和西方的不同。中国比起日本，好像又差一级，假定我把这本书写出来的话，可能要麻烦各位去监狱给我送饭，所以我始终没有写。但是我一直想找个机会，把它做一个口头报告，请教于全国各阶层朋友。不过做一个口头报告也不简单，在台北，请我讲演的人，一听说要讲这个题目，就立刻不请我了。所以，今天是我有生以来，第一次用“丑陋的中国人”讲演，我感到非常高兴，感谢各位给我这个机会。

有个发生在美国的笑话：两个广东人在那里讲悄悄话，美国人认为他们要打架，急拨电话报案。警察来了，问他们在干什么，他们说：“我们正耳语。”为什么中国人声音大？因为没有安全感，所以中国人嗓门特高，觉得声音大就是理大，只要声音大、嗓门高，理都跑到我这里来了，要不然我怎么会那么气愤？我想这几点足够使中国人的形象受到破坏，使我们的内心不能平安，因为吵、脏、乱，自然会影响内心，窗明几净和又脏又乱，是两个完全不一样的世界。

至于中国人的窝里斗，可是天下闻名的中国人的重要特性。每一个单独的日本人，看起来都像一头猪，可是三个日本人加起来就是一条龙，日本人的团队精神使日本所向无敌！中国人打仗打不过日本人，做生意也做不过日本人，就在台北，三个日本人做生意，好，这次是你的，下次是我的。中国人做生意，就显现出中国人的丑陋程度，你卖50，我卖40，你卖30，我卖20。所以说，每一个中国人都是一条龙，中国人讲起话来头头是道，上可以把太阳一口气吹灭，下可以治国平天下。中国人在单独一个位置上，譬如在研究室里，在考场上，在不需要有人际关系的情况下，他可以有了不起的发展。但是三个中国人加在一起——三条龙加在一起，就成了一头猪、一条虫，甚至连虫都不如。因为中国人最拿手的是内斗。有中国人的地方就有内斗，中国人永远不团结，似乎中国人身上缺少团结的细胞，所以外国人批评中国人不知道团结，我只好说："你知道中国人不团结是什么意思？是上帝的意思！因为中国有十亿人口，团结起来，万众一心，你受得了？是上帝可怜你们，才教中国人不团结。"我一面讲，一面痛彻心扉。

中国人不但不团结，反而有不团结的充分理由，每一个人都可以把这个理由写成一本书。各位在美国看得最清楚，最好的标本就在眼前，任何一个华人社会，至少分成365派，互相想把对方置于死地。中国有一句话："一个和尚担水吃，两个和尚抬水吃，三个和尚没水吃。"人多有什么用？中国人在内心上根本就不了解合作的重要性。可是你说他不了解，他可以写一本团结重要的书给你看看。我上次（1981年）来美国，住在一个在大学教书的朋友家里，谈得头头是道，天文地理，怎么样救国，等等。第二天我说："我要到张三那儿去一下。"他一听是张三，就眼冒不屑的火光，我说："你送我去一下吧！"他说："我不送，你自己去好了。"都在美国学校教书，都是从一个家乡来的，竟不能互相容忍，那还讲什么理性？所以中国人的窝里斗，是一项严重的特征。

各位在美国更容易体会到这一点，凡是整中国人最厉害的，不是外国人，而是中国人；凡是出卖中国人的，也不是外国人，而是中国人；凡是陷害中国人的，不是外国人，而是中国人。在马来西亚就有这样的一个故事：有一个朋友住在那儿开矿，一下子被告了，告得很严重，追查之下，告他的原来是个老朋友，一块儿从中国来的，在一起打天下的。朋友质问他怎么做出这种下流的事。那人说："一块儿打天下是一块儿打天下，你现在高楼大厦，我现在搞得没办法，我不告你告谁？"所以搞中国人的还是中国人。譬如说，在美国这么大的一个国度，沧海一粟，怎么会有人知道你是非法入境？有人告你嘛！谁告你？就是你身边的朋友，就是中国人告你。

有许多朋友同我说：如果顶头上司是中国人时，你可要特别注意，特别小心，他不但不会提升你，裁员时还会先开除你，因为他要"表示"他大公无私，所以我们怎么能跟犹太人比？我常听人说："我们同犹太人一样，那么勤劳。"像报纸上说的：以色列国会里吵起来了，不得了啦，三个人有三个意见。但是，却故意抹杀一件事情，一旦决定了之后，却是一个方向，虽然吵得一塌糊涂，外面还在打仗，敌人四面包围，仍照旧举行选举！在我们中国，三个人同样有三个意见，可是，跟以色列不一样的是，中国人在决定了之后，却是三个方向。好比说今天有人提议到纽约，有人提议到旧金山，表决决定到纽约。如果是以色列人，他们会去纽约。如果是中国人，哼，你们去纽约，我有我的自由，我还是去旧金山。我在英国影片中，看见一些小孩子在争，有的要爬树，有的要游泳，闹了一阵子之后决定表决，表决通过爬树，于是大家都去爬树。我对这个行为有深刻的印象，因为民主不是形式，而是生活的一部分。我们的民主是"以示民主"，投票的时候，大官还要照个相，表示他降贵纡尊，民主并没有成为他生活的一部分，只成为他表演的一部分。

中国人的不能团结，中国人的窝里斗，是中国人的劣根性。这不是中国人的品质不够好，而是中国的文化中，有滤过性的病毒，使我们到时候非显现出来不可，使我们的行为不能自我控制！明明知道这是窝里斗，还是要窝里斗。锅砸了大家都吃不成饭，天塌下来有个子高的可以顶。因为这种窝里斗的哲学，使我们中国人产生了一种很特殊的行为——死不认错。各位有没有听到中国人认过错？假如你听到中国人说："这件事我错了。"你就应该为我们国家民族额手称庆。我女儿小的时候，有一次我打了她，结果是我错怪了她，她哭得很厉害，我心里很难过，我觉得她是幼小无助的，她只能靠父母，而父母突然翻脸，是多么可怕的一件事。我抱起她来，我说："对不起，爸爸错了，爸爸错了，我保证以后不再犯，好女儿，原谅爸爸。"她很久很久以后才不哭。这件事情过去之后，我心里一直很痛苦，但是我又感到无限骄傲，因为我向我的女儿承认自己的错误。

人生悟语

曾子曰："吾日三省吾身"，讲的是我们要时时反省自己才能进步。当我们沉浸在自得中认不清自己的时候，我们应该感谢那些批评我们的人，正是因为他们的鞭策，才会有我们人生路上长足的进展。感谢柏杨先生，给我们所有的中国人敲响的一记警钟！(王　蕴)

凡事之不能自救，不肯牺牲，而只希望外力来拯救者，皆蛤蟆之流，叫花子之流也！

中国人的心理

马相伯

中国人有一个最大的毛病，就是不肯努力，说白些，就是好吃懒做。

从这一种心理发展下去，便是亡国亡种的心理。大家都是各顾其私，只要自己过得衣食饱暖，什么国家社会，什么公共福利，皆一概不管。就是对于国家现状抱着忧虑态度，表示不满的，也只是在那里嗟叹或希望“天生圣人”来替他们打江山。这里我要说两个故事——

据说，有两个叫花子在那儿“各言尔志”，一个说，假使我发了财，我买它500石米，我睡在米堆里；饿的时候左边吃一口，右边吃一口，多么快活！另一个说，假使我发财，我一定买它一大堆棉絮，我睡在棉絮上头，左边冷了，向右边堆里钻钻，右边冷了，向左边堆里滚滚，岂不温暖一世！——这是一个故事。

又有人说：有一大群蛤蟆在池塘里商量，说蚂蚁有王，蜜蜂也有王，为什么我们不要一个王。于是大家就朝着天乱叫，叫得上天不安，从天空里降下一个大木板下来，落在水面上，把这一群蛤蟆吓得屁滚尿流，个个都伏在水底，不敢出头。其中有一个胆大的跑出水面，跳在木板上，以为很得意，大叫起来，其余的蛤蟆也都相继跳到木板上。乱叫起来，上天听得不耐烦，道，这些东西真讨厌，它们要个“王”，好！就降了一条赤练蛇下来。这条赤练蛇下来以后，便把那一群蛤蟆吞得干净。凡事之不能自救，不肯牺牲，而只希望外力来拯救者，皆蛤蟆之流，叫花子之流也！

人生悟语

这真是一堂生动的公民道德课：我们每一个人，都是社会的人；而社会，就是每一个你我的叠加。它就如同滚动的车轮，只有碾碎了千千万万的铺路石，才能一步一步地向前行。

让我们学学临崖的羚羊：面临绝境，总有一部分用悲壮的牺牲，换取整个族群的延续。

（王　蕴）

旅游团忽然爆发出很大的愤怒，几十个人一起扑向倒在地上的那个孩子，几乎把他打死。

中国人的双重性格

佚名

我的一个熟人，曾经给我讲过她的一段经历。某一年她参加了一个去延安的旅游团，转到一个地方（当然不是在延安，而是在另一个地方），遇到了“劫匪”。所谓劫匪，就是两个半大小子，舞着小刀子，来向他们收钱。

这是件大胆得有点奇怪的事，因为这群人共有 30 多人，都是成年人，有力气到那处偏僻的地方去玩，健康也不会坏。而其中一位，先前被众人推举为“团长”的，只肚子上脂肪的厚度，就超过那小刀子的长度好几倍。但这位团长在讨价还价不成后，便不吭气了。30 多人乖乖地如数交钱，轮到我这位熟人时，一个小土匪看上了她挂在胸前的一个玩意儿，一个小动物的石像。那本来不值什么钱的，但小家伙喜欢上了，非要不可，而它对我这位熟人有着不同寻常的纪念意义，所以她不肯给。这时她的同伴都来劝她，或者在后面风言风语，认为她这样做，会给大家招祸的。

小土匪讨不来，便动手来抢，争夺中把她的衣服撕了个大口子。我这个熟人恼羞成怒，“丧失理智”（这是我的评语，因为在这之前她和她的同伴都觉得自己是理智的），用皮包用力砸了一下对方的头。她的皮包里有几本书，很重，一下子把那个小匪徒打倒了，使他躺在地上哼哼。另一个小匪徒见状，一溜烟地跑得不见踪影。我的熟人说，如果他不跑，而是上来打她，多半没人帮她的忙。

他一跑，旅游团忽然爆发出很大的愤怒，几十个人一起扑向倒在地上的那个孩子，几乎把他打死。

人生悟语

这一幅惨淡的画面，让我们又一次目睹了国人的劣根性：欺善怕恶！两把小小的刀子，何以吓住30多个成年人；一个已然倒地的孩子，却遭遇一场群殴！我们在愤怒的同时，是不是应该反思？欺善怕恶和恃强凌弱，都是一种卑劣！（王　蕴）

首先应该学习的是人家那种百折不回的铁石一般的爱国心，还有，就是只要有百分之一的希望就付出百分之二百努力的拼搏精神吧。

我们学习韩国的什么

孔庆东

中国人学习外国的热情和气度，其实一点不输给日本人。我们不但学习欧美苏、日韩澳，连对以色列、伊拉克、乌拉圭、肯尼亚，都是以沧海不捐细流的心态，随时准备取经求宝的。例如，近年来在“韩流”的冲击下，我们就不但要向韩国学习当面点头哈腰背后下毒放箭的“礼数”，而且还要向韩国学习新农村建设了。

应张帆教授之托，帮他考证一个年号。他的朋友近日收得一尊韩国铜佛，上书“延嘉七年”，非汉非蒙非满，不知何谓也。我弄到半夜，终于考证出，“延嘉”乃韩国古代“三国时期”的高句丽国的年号，延嘉元年即南北朝梁朝"中大通"三年。此前中韩学者都不熟悉古代朝鲜半岛政权的年号情况。韩国学者则欣喜地以此为证据，认为古代的韩国，就是跟中国平起平坐的"独立主权国家"了。

我任教韩国时，曾在旧书店买到一本《三国史记》，讲的是朝鲜半岛"三国鼎立"时期的历史。参考这本书的年表以及中国史书，知道梁朝的中大通三年，即公元 531 年，高句丽的安臧王薨，其弟安原王宝延即位，是为安原王"元年"。但是韩国古代的史书没有写明他们的年号，因为韩国古代使用中国中央政权的年号，后期的高丽和朝鲜更是直接奉中国年号。韩国古代的统治者称王，要经过中国朝廷册封，必须向中央政权朝贡。今天的韩国学者和导游故意含糊这一点，称韩国"皇帝"、"皇宫"、"皇后"云云，都是歪曲历史的。中国皇帝对韩国国王自称"朕"，双方是君臣关系，这是韩国古代学者写得明明白白而现在的学者想极力抹杀的。《三国史记》中，标明使用过自己的年号的只有新罗，百济和高句丽则都没有，所以，"延嘉"之类，按照封建帝王的观点看来，其实都属于私自僭越的纪年。

现在韩国的某些学者大力推行"去中国化"和对中国的妖魔化，极力否定和贬低中国古代对韩国的影响，甚至把高句丽说成是当时的"世界大国"，是当时反对"中国霸权"的急先锋。韩国学者跟日本学者一样，极力反对中国学者的爱国心，极力瓦解中国人的民族感情，可是他们自己干的是什么呢？不但把孔子老子研究成韩国人，四大发明也已经有两个研究成韩国的了。中医叫"韩医"，是世界上最科学的医道，大米、火炕、射箭、房中术，都是韩国人发明的，剩下的就是哪天证明汉字和围棋也是韩国人创造的了。

古代的韩国人确实是很儒家的，对待历史和现实都按照所信奉的历史观，老老实实地秉直书写。随便翻开一页"新罗本纪"，就可看到这样的字句："冬十月，遣使大唐朝贡"；"三月，唐高祖降使，册王为柱国乐浪郡公新罗王"；"遣使大唐朝贡，讼高句丽塞路，使不得朝"；"秋七月，遣使大唐，献美女二人，魏征以为不宜受。上喜曰，彼林邑献鹦鹉，犹言苦寒，思归其国，况二女远别亲戚乎？付使者归之"；"春正月，王薨……唐

太宗诏赠左光禄大夫。”……这里每个动词的使用，都极为合乎史传规范。降使册封，是对藩属国的礼仪。讼，是向中央政府告状，告高句丽自己享受朝贡带来的贸易便利和赏赐，却不许邻居有奶同吃。献美女，也是郡国对朝廷的忠心表示，而且称唐太宗为“上”，这是对天子的称呼。书中对新罗国王则仅称“王”，相当于二十四史中的“世家”级别。新罗的国王“薨”掉了，唐太宗追封他为“左光禄大夫”，一个副总理级别的待遇。白纸黑字，情理昭昭。而自从帝国主义列强撕裂了东亚，把温情脉脉的古代朝贡体制变为弱肉强食的殖民体制后，就给东亚人民留下了丛林法则的后遗症。不说日本的“大东亚共荣圈”了，一说就俗，单说说我们唇齿相依的朝鲜半岛吧。当代朝鲜半岛南北的很多知识精英，拥有一个三部曲的共同梦想。第一个梦想是南北统一，建立一个 21 世纪的“大高句丽”国，七八千万人口，再生点儿就是 1 亿，南方发达的信息技术，再加上北方英勇的人民军跟核武器，“试问东亚谁能敌？”第二个梦想是收回中国东北，因为据说那是他们的故乡，凡是祖宗待过的地方就是子孙的国土。多年前，我的一位朝鲜人民军的朋友跟我喝酒后就告诉我，中朝边界应该是万里长城！真让我大开眼界。第三个梦想是什么?告诉大家，韩国的右派大报《朝鲜日报》已经透露了：高句丽在公元 4 世纪打败了前燕王朝后，其统治范围，包括今天的北京市和河北省……知道滚滚“韩流”的背后涌动的是什么了吧?

不过，人家这样想，自有人家的道理，也自有人家的志气。我们作为喜欢胸怀天下、热爱取经求宝的中国人，还是要克己复礼，学习韩国。学习什么呢？首先应该学习的是人家那种百折不回的铁石一般的爱国心，还有，就是只要有百分之一的希望就付出百分之二百努力的拼搏精神吧。

人 生 悟 语

真希望那些狂热的"韩流"崇拜者都仔细读读这篇文章。那些崇洋媚外的同胞，总喜欢贬低自己，抬高别人。殊不知这样做的后果是消亡了自己的志气，助长了别人的气焰。我们需要做的是：发扬魏源所说的"师夷长技以制夷"，坚定一颗爱国心，常怀十分报国志！

(王 蕴)

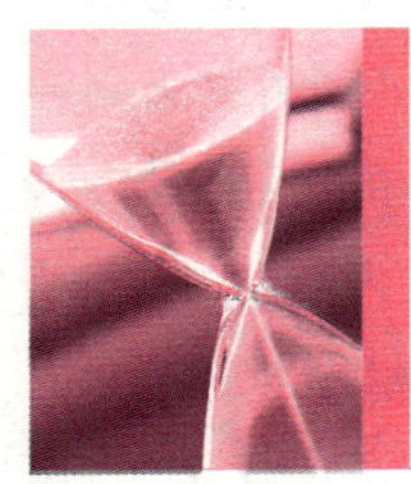

转眼我在美国生活了10年，我理解外国人的发问，也理解中国人分到香肠面包时的高兴心情。

为什么中国人不会选择

魏佳琪

近几年，常有国内的代表团来访，美国朋友常吃惊地问我，为什么中国人不会选择。

美国朋友在接待中国来访的朋友时，各种服务都提供3种以上的选择，他们常这样问：今天晚餐你们喜欢吃西餐还是中餐。中国代表团常说(几乎所有我接待过的团)"什么都行，你们随便安排"。

一位去中国工作的美国电脑专家从北京给我写信。他说，很奇怪，中国朋友请我到他们家做客，进门就倒茶给我。他们为什么不问我，想不想喝茶，如果问我想喝什么，为什么不问咖啡、茶还是饮料，即使喝茶也应该问我，想喝什么茶，绿茶还是红茶。一个在中国生活久的人听美国人这样提问题，一定觉得这个人脑子有病，怎么这么挑剔、这么讲究，太难相处。

1997年在哈尔滨太阳岛，一个单位上百人野游，工会发给每个人两个面包，一瓶汽水，一根香肠，职工高高兴兴。一位大学的外教非常吃惊地问我，为什么他们都喜欢吃香肠，都喜欢吃面包，都喜欢喝同一个牌子的汽水，这位外教对中国充满了好奇。那时我对他的发问莫名其妙。转眼我在美国生活了10年，我理解外国人的发问，也理解中国人分到香肠面包时的高兴心情。

1989年夏天，刚到美国肯塔基大学报到。当天要选课，看到那密密的打印材料让学生选课，每门课标有学分。在中国上大学，有班级，全班同学都学一样的课程，发一样的书，从来没操过这个心。不知道怎么选课，因为我们从小到大没选择的机会，真正有了选择的机会也不会利用。美国大学12个学分(每学期)，全日制学生比较重要的专业课都是5个学分左右，即每周5个课时。有的辅助专业的课常是3个学分、2个学分。大学里没有班级，选什么课上什么课，读够了学分就拿到毕业证。选的课一周之内可以退掉，如果你不喜欢这个老师或者听着没兴趣，学籍管理上没有任何记录并且可以退回这门课的学费。在临近期末一个月，学生科会向同学提醒，如果你现在所学的这门课不顺手，没有把握及格，或者拿不到你认为理想的成绩，你可退掉，成绩单上没有任何记录，但不能退学费。如果到期末考试前一个星期对期末考试没信心，你可以退掉课，但成绩单上有一个W标志，表示你修过该门功课，但和有F(Fail)——不及格大不一样，因为不及格要把总平均分拉下。实在不行，你可请求教授说明某种理由(如生病)，给你机会下学期不用交学费再学一遍。在整个学习的过程中就这样充满选择，几百门课可供选择，只要修满学分就可以。

在大学可以转学。在大学的每个学期开学日，校园里有许多名牌大学摆着桌子，桌子上放满了招生申请表和学校介绍，吸引学生下学期转到他们学校。那天我真的哭了，有什么比人生可以重新出发更让人振奋的呢，一个学生也就是一个青年，当他知道只要他努力，就可以实现他的目标，作为奋斗者这是多么令人鼓舞的啊！在前些年的中国怎么可以想象世上有这么美好的教育制度，让人不断选择。

要是中国清华、北大这样的名牌大学也能像美国名牌大学那样，每个学年接受各普通大学中的优秀生转学，同时淘汰那些在名牌大学里的劣等生，我们国家一定会发现更多的优秀人才。

一个国家富强文明的程度主要是制度、文化、人。如果我们的制度能最大限度地把人的资源开发出来、潜能诱导出来，那就是优越的制度。我们应该学习别人的先进之处，毫不扭捏地承认人家的进步。

人生悟语

有选择真是人世间最大的幸事。有了选择，人生才不再是一条毫无意义的直线——站在起点，就可以看到终点；有了选择，命运里才有了各个不同的风景，引领我们去探索未知。然而，最重要的是要学会选择，正确的选择可以让你少走弯路，错误的选择可能让你误入泥潭！

（王　蕴）

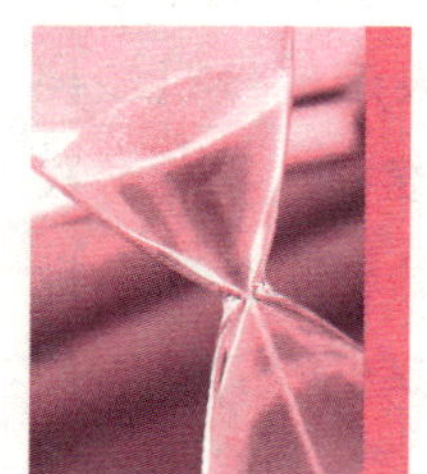

老人的如此挚情，深深打动了有关工作人员的心，他们终于想方设法，排除一切困难和障碍，满足了老人的夙愿。

大唐的太阳，你沉沦了吗

王英琦

我的面前，放着一本《井上靖西域小说选》。

翻开扉页，一位清癯潇洒的老人，正手指夹烟，目光深沉地凝视着远方……

对于这位老人——井上靖君，我是怀有深深的仰慕之情的。他是一位有着超群的才华，盖世的学问，以研究中日文化交流史和中国古代

史，而被誉为日本“文化功臣”的杰出作家。

他的这部小说选，基本取材于我国古代西域的名城名人。我曾在此之前，有幸拜读过其中的《楼兰》和《异域人》。我不会忘记，当时在读完这两部历史小说后，心情是何等的激动……我既为《楼兰》——这座古西域的一代名城的不幸湮灭而痛心不已，亦为《异域人》中的一代忠臣班超——“立功异域”的伟大业绩钦叹不已……

还有那著名的36国，

还有那神秘的塔克拉玛干……

而在当时，我是根本不曾想到，能写出这样功力深厚的西域历史小说的人，竟是一位从未到过中国，基本是“仰仗于正史材料”和“依赖于稗史材料”的日本作家写的。

我想起了去年秋天在新疆，在塔克拉玛干边缘的喀什市，听到的有关这位作家的感人事迹。

由于迎来了中日邦交正常化的光辉时代，井上靖作为日中文化交流协会常任顾问、日中文化交流协会会长，曾先后访问过中国13次。他曾3次来到过塔里木盆地，深入过塔克拉玛干地区，游历了他自己小说中的舞台。有一次，他想去看看叶尔羌河(塔里木河的上游支流)，不料，却遭到了当地政府的拒绝。当然，他们不是没有理由的。譬如他们担心叶尔羌河水流太急，交通不便，他又年迈体衰……

然而，井上靖却不是一个好对付的老人，他苦苦纠缠了好几天，到最后，竟流着老泪，“扑通”一声，就要给当地政府的有关工作人员下跪：“求求你们，让我去吧，我写了一辈子的西域，一辈子的塔里木河，却从未真正见到过它。现在我好不容易来到了这里，来到了塔里木河畔，你们却不让我亲眼看看，我怎么能甘心啊！……”

老人的如此挚情，深深打动了有关工作人员的心，他们终于想方设法，排除一切困难和障碍，满足了老人的夙愿。

难得一个外国人，能对中国的历史和古文化产生如此浓烈的兴趣，这不仅需要热情，而且需要气魄。由此我突然联想到，为什么西域在中国，而写西域历史小说的人，却在日本，却是日本作家(我国几乎没有一位作家写过这方面的小说)?是我国的作家少，还是质量不如人家?我怎么就从未听说过，我国有哪位作家，去写日本的富士山和明治天皇呢?

还是那次在西行的途中，我遇到了一位叫沈勤的青年画家。他是有感于我国西域的画都让一位叫平山的日本画家给包了，憋不下这口气，才特意跑到大西北，发誓也要去生几个“大头儿子”回来的。那天也巧，我们谈话之时，收音机里正好在播放着日本作曲家喜多郎写的《丝绸之路》，沈勤气得一下子把收音机关掉，挥舞着拳头，大声地对我说：“好啊，井上靖在写，平山在画，喜多郎在作曲，西域全让日本人给包了，中国人死绝了！”

我完全可以理解青年画家的怨愤之情。他并不是真的在责怪日本朋友，他是真的在为我国缺乏这方面的人才而痛心疾首！

西行的最后一站，我拐到了南京。因为创作上的某些需要，我找到了南京大学历史系的博士研究生姚大力同志。

他基本属于我的同代人。虽只年长我几岁，但在知识和学问上，却超过我十万八千里。从这个不修边幅，文气十足的未来博士的口中，我又听到了一件不能平静的事情。

包括我国古代西域在内的整个中亚细亚地区，近年来发现了许多钵罗婆文字(古波斯文的一种)。在别的国家发现的这类文字，基本已由这些国家的考古人员研究破译出来了，而在我国发现的一些，却没有人能破译得出来。除了少量的聘请了有关的国外考古专家来认出了一些外，大量的，至今仍放在那里，无人问津。

在我国的国土上，发掘出来的文字，却要请外国人认，这叫什么话嘛！

姚大力的话，在我本来已经沸腾着的心中，又投下了一颗巨石……

啊！我国的作家、画家、艺术家和考古学家们，你们都在哪里啊？你们难道听不到大西北在对你们殷殷呼唤吗？你们难道看不到古西域艺术在向你们频频招手吗？你们都躲到哪个鬼旮旯去了？你们怎么那么能沉得住气？而我，都快忍不住了啊！

你们为什么不去写，不去画？

莫非你们真的没有才力，没有勇气吗?莫非你们真甘心坐等外国人来研究我们的历史，我们的艺术？

哦，我国古老的5000年文明古国，我们灿烂的大汉、大唐的太阳！——难道你真的沉沦了吗？

不，太阳的暂时沉沦，是为了孕育另一个更加辉煌无比的白昼。我们伟大的“大唐太阳”，也一定会复出东山，普照中华大地的！

到那时，我们的文学艺术，也会冲出国界，走向全世界的。我们的作家、艺术家，也会去写美索不达米亚和爱琴海沿岸的古文明的，也会去画圣索菲亚大教堂和巴黎圣母院的，也会去考察希腊国土上倒塌的墙垣和罗马帝国的古典文明的……

井上靖第三次从西域归来，曾专门写了一篇散文，发表在《人民日报》上。我虽忘了题目，却忘不了那结尾的一句：“我惬意地点燃起了从西域归来的第一支烟……”

他老人家惬意了，我却窝下了心病……

人生悟语

掩卷之余，大家肯定都在沉思：泱泱中华向来人才辈出，怎么会遭遇这样的尴尬呢？其实，我们也不必为此痛彻心扉：艺术创作的初衷，并不是单纯的争取民族尊严，只要站在客观公正的立场上关注人类进程，由谁来执笔并不重要。重要的是，我们都应该学习井上靖严谨的学术作风！

（王　蕴）

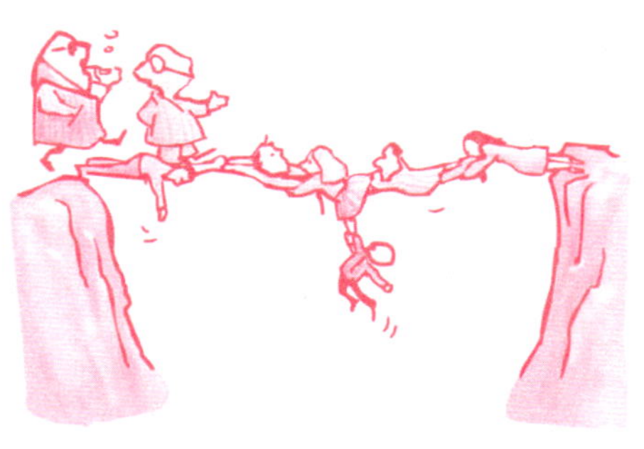

一个国家富强文明的程度主要是制度、文化、人。如果我们的制度能最大限度地把人的资源开发出来、潜能诱导出来，那就是优越的制度。

第六辑

不去羡慕别人的生活

生活中常常打扰我们，让我们感到不安的，往往并不是我们自己，而是别人的生活和别人的模式。

总是羡慕别人的生活，就会给自己造成混乱和迷茫，甚至使自己不得安宁。羡慕别人的代价，常常就是失去自己。不去羡慕别人，你的日子就会变得悠然平静，从容不迫。不去羡慕别人，你才会找到自己的生活，完成你自己的事业，达到你自己的目标，过好你自己的日子。

趁着年轻的当儿，奢侈地干够这几桩坏事，然后在30岁之前，及时回头，改正。

趁年轻，将“坏事”干够

许冬林

一个女人，若是做了一辈子乖乖女，晚年回忆，想来也是寡淡无味的。在家听父母安排，出嫁后，诸事都随了老公的心思，中年以后，又是孩子的榜样，近似于“三从”了。在哪里能出点儿岔子呢？想也是年轻时吧。

十几岁的时候，不是只穿白裙子，白凉鞋，梳马尾辫。至少要有过那么几次剪短头发，穿哥哥的蓝色运动服，放学迟归，和一帮男孩子打篮球或踢足球，一身臭汗，把喝不完的矿泉水浇头上，回家挨骂。然后，开始蓄长头发，回归女生队伍里。从此，有男孩子的豪爽，不小肚鸡肠，不轻易掉泪，有团结协作精神，能把一群唧唧喳喳的小女生拧到一块儿来。工作以后，是值得信赖的好员工，小镜子放在家里照，办公室里是优秀的“传球”手。能和男人做成好朋友，关系清白，不暧昧。

在20岁的时候，还要撞上爱情，瞒着父母，和一个不咋样的男孩子私奔，然后三五个月后，一个人灰溜溜地回来。从此知道，只会说不会做的男人，不可托付。知道没有面包，爱情难以存活。甚至还知道，单薄的爱情填不满宽阔的岁月。开始把精力放在自己感兴趣的专业里，享受深入钻研的乐趣。开始知道，即使女人，也要热心事业，事业是支撑自己一生的大山。

甚至，在25岁之前，还要错误地爱上一个有妇之夫。和他偷偷约

会，听他愤慨的对妻子的辱骂，听他感叹生活的沉重和人生的薄凉。然后在那个女人的泪水里及时收手，转身而去。重新遇人，嫁人。从此知道怎样去经营一个家庭，怎样推己及人地去关怀他的父母，怎样做一个温厚贤淑的妻子，怎样去体谅一个男人的悲喜和辛苦，怎样包容他屡屡犯下的小错误，怎样感念他陪你同守围城，不离不弃的执著。

25 岁之后，在孩子出生之前，还可以干一桩坏事。厌倦了婚姻生活的单调雷同，以为读了许多书，可以再也不像自己的妈妈那样，一辈子在厨房打天下，而事实并非如此。很失望，很茫然，于是不打招呼，离家出走。在外转悠一圈，旅馆换了一家又一家，其实也大同小异。外面的饭菜常常也不合口味，饿得要命；自己烧，发现身后没人充当拉拉队，于是提不起兴致。半夜睡觉，没人给你掖被子。一个人，连个发火的对象都没有。于是，趁着他满面凄惶地寻来，赶紧跟着他回家，伏在他怀里啃他的脖子。并且，开始悄悄喜欢婚姻，计划开春生个宝宝。

张爱玲说：出名要趁早。犯错，何尝不是如此？孟子又说：人恒过，然后能改。困于心，衡于虑，而后作；征于色，发于声，而后喻。所以，趁着年轻的当儿，奢侈地干够这几桩坏事，然后在 30 岁之前，及时回头，改正。从此，开始做一个合格的人，开始担负，开始顽强地爱着生活，爱着世界。

人 生 悟 语

枫叶经霜而染，腊梅沐雪而馨。人生是曲线，跌宕起伏才丰富多彩。先苦后甜，人生永远甜；先甜后苦，一生终究苦。趁着年轻，在泥泞中爬行，在风雨中成长，然后咬定青山不放松，用顽强和坚毅架起生命之航，驶向萋萋芳草地。 （朱晓华）

“没有什么事情是你不会做的，除非你不去做。”武英很欣赏成龙说过的这句话。

街舞老太 蒋昕捷

与一位70岁的女士对坐在麦当劳里聊健身是一种奇妙的体验。尤其当她拢着爆炸头，套一件镶着亮片的T恤，手插在七分裤里，还时不时发出类似“哼哼哈嘿”的声音。

武英被公认为“与时俱进”的老太太。她上学时因为迷上《女篮五号》而加入篮球队并夺走了5号球衣；20世纪80年代她跟着*follow me*学英语，见到外国美眉就敢夸“beautiful”；快60岁时，她迷上拉丁舞；到了世纪末，她成了京城健身房里最早的会员之一；如今，40多岁的女儿买衣服时依旧听从她的意见，因为“她看中的颜色款式，两年后，准流行”。

武英一辈子都在追求“动感和时尚”。2003年8月，电视里的街舞大赛又一次击中了她的心。“胳膊、腿、眼神全都在动，衣服又前卫，这才是我要的生活。”

所以，当武英向街舞教练求教时，教练劝她：“没听说66了还跳街舞的，碰伤了担不起责任。”女儿对母亲抱怨：“这下好了，外面跳的是小混混，咱家又多了个老混混！”这些反倒激起了武英的雄心：“老年人必须摆脱老朽状态，而跳街舞力所能及。”她骑着自行车横穿半个北京城，就为了不落下街舞教练的每一节课。到学有所成的时候，武英萌发了成立“奶奶街舞队”的想法。

领着老太太们学街舞，武英有一套自己的办法，她抛开“倒立在地上转圈，单手撑地身体45度悬空”等高难度动作，把基本练习融入做家务

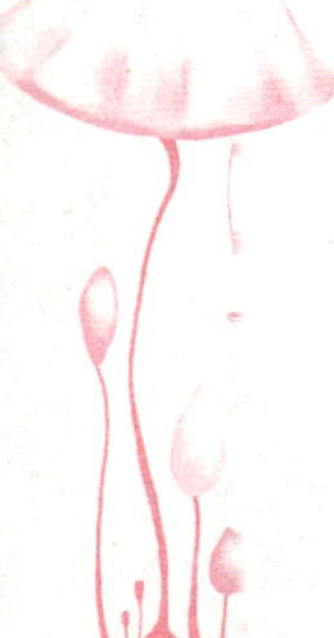

的过程中，比如，包饺子揉面，就边念边扭，“左揉揉，右揉揉，扭扭胯，嚓嚓嚓。”等到切白菜，“抓一把啊，剁白菜，两只手，嚓嚓嚓。”2004年7月，“奶奶街舞队”首次与年轻人同台竞技，获得全国街舞大赛北京赛区第三名。两年里，舞技愈发精进的奶奶们又拿到了另一项全国赛事的冠军。

境外媒体闻风而至。

“她穿着打完对折也要3500元的kenzo，戴着阿玛尼的帽子，打扮得像个大男孩。”一份外报评价说，“这样的老太太就像是The monkey king（孙悟空），地球上每500年才出一个。”

继街舞之后，武英一度迷上了“跑酷”。这是一项连许多年轻人都还未曾听说的新兴运动。这种运动把整个城市当做一个大训练场，所有的围墙、屋顶都成为可以攀爬、穿越的对象。“她像蜘蛛侠一样，徒手爬上9层楼高的消防梯”。后来又“从2米多高的鞍马上折跟头下来，落地再接上个前滚翻。”而武英给自己定的目标是：有朝一日，要从6层楼跳到对面4层楼平台上，就像成龙电影中的特技一样。

“没有什么事情是你不会做的，除非你不去做。”武英很欣赏成龙说过的这句话。

眼下，师从武英学街舞的老年人已超过1000人。最近“奶奶街舞队”正忙着为九九重阳节准备一期节目。

末了，是武英自编的一段rap：“白发/灰发/弥漫的/烟雾，追着/hiphop/来疯狂，我要/我要/be go go。激情的/旋律/是/燃烧的/晚霞，舞步的/轨迹/是/生命交响曲的/五线谱，新时代/的节奏，70岁/老太太/步履轻灵/如少女，我酷/我酷/我酷毙毙……”

人生悟语

常言道：人老心不老，有年轻的心态便有年轻的魅力，有年轻的魅力便有年轻的豪情。谁说时尚是青年的专利，漂亮是年轻的资本？只要心态年轻，将乐观积极进行到底，我同样潇洒无羁，我同样魅力无穷，我同样能成为一道亮丽的风景！ （朱晓华）

一个人一生只能做一件事。要给这件事定位，找到它的坐标，算出其半径和周长，停下来是必不可少的。

停止与开始

彭 程

在这个人人争先恐后日夜兼程的时代，有谁肯逆风而行，想一想有关停止的话题吗？

停止，和躲避、放弃、失败等字眼一样，在通常的理解中，似乎总带有某种消极、贬抑的色彩，不怎么讨人喜欢。然而停止却是宇宙间的节奏。在宽泛的意义上，停止包含了拒绝、关闭等含义，是当下生活的中止，同时也潜伏了新生长的可能性。从自然物事到社会人生，停止画出了一道分界线，分隔开两种明显区别甚至是极端对立的状态。

黑夜停止之时是白昼，陆地停止之处是海洋，狂热的意识形态运动停止之处是安定正常的社会生活。放下屠刀，才可能立地成佛。隔了数百年的遥远距离的两个哲人都曾仰望天空，帕斯卡尔感叹：这无边苍穹的无穷寂静使我战栗！灵魂都颤抖了，语言只能遁隐，于是试图解释的动机最终让位给了皈依，前后的性质完全不同；康德读出了启示，由“头上的天空”联想到“心中的道德律”，在他眼里，二者是同样的庄严整饬(chì)。他倒是说了什么，但前提是一定也沉默过，而沉默当然是语言的停止。语言停止处，是“道”的边界，是老子“恍兮惚兮”的“精”或者“真”，因此连一向信奉实用理性的孔子都不禁表示：“予欲无言。”停止每每意味着变化，至少是变化的前夕。停止的落脚点是在新与旧的接合处，充满了辩证法的精神。想一想夏天骤雨前的天气吧！树叶忽然纹丝不动，万籁俱寂，安静得古怪，然而即刻就会电闪雷鸣，将世界重新安排。

我们不妨再把视线投向身边，既然万物的运行都遵循这一定律。

一对平素打打闹闹出言无忌的青年男女，突然变得相对无言，眼神躲躲闪闪。很可能一簇激情的火苗正在双方心底暗暗点着，等待着熊熊燃烧。夫妻长期反目舌战，忽然有一日偃旗息鼓，不排除重修旧好，但更大的可能是彼此厌倦到了极点，懒得吵闹了，要分手了——而分手意味着旧的结束和新的开始。

每个人都有这样的体验：当视听关闭时，内心生活的生动活泼才有可能，那是外界声色形相在灵魂之门前的停止。去了一趟新疆西藏，置身高天远地的风景和善良淳朴的人们中，会有一种生命更新的感觉。那是拥挤喧嚣冷漠狭隘的都市生活的暂时停止。当追名逐利的脚步停歇时，才有心境欣赏大自然的美，体会月色溶溶，杨柳依依，微风燕子斜，细雨鱼儿出。停下来也才能返归内心，与真实的自我对话，才能重建与大自然的和谐，才能思考千百年来哲人的思考——我是谁？

我从哪里来？我到哪里去？在歌德笔下，一生求索的浮士德博士最后喊道：美啊，请为我停留！对于今天的我们，一种加以改动的表述也许更为恰当：美啊，请让我为你停留！

大人格、大成就无不自不间断的停止中生长出来。印度王子乔达摩·悉达多，倘不是弃绝了宫廷生活出外苦行，便不会有菩提树下的觉悟，自然也诞生不出大慈大悲以众生为怀的佛教。法国画家高更毅然中止了巴黎证券商的富裕生活，远赴南太平洋的塔希提岛，在炽烈的热带阳光下，一支画笔点燃了张张画布，也烧旺了当时尚属籍籍无名的象征画派的声誉。一个时代如果总是让人眼花缭乱，一个人如果永远有做不完的事情，那个时代可能罹患了病症，而那个人所忙碌的事情的价值大可怀疑。何以匡正？把脚步放慢，直到能听到心跳的声音。在路上高速奔跑的感觉固然刺激，然而不能指望看清两边的东西。

即便目标明确，停顿也是必要的。毕加索一生高峰不断，齐白石衰年变法艺臻极境，奥妙之一，便是他们在绘画艺术之外，还不断温习停止的艺术。在停止中才能反省，才能酝酿着突变，完成对自我的超越。

所以，耶和华创世，将第七日作为安息日，后世的人们也在这一天停下手中的活计，以便默诵神恩，使灵魂亲近神圣。停止以极端的方式证实着生命的不息和更新。

现代生活的一大弊端是匆促。欲望太多，同时又太急切。快速成为时代的美学，于是生命遭到异化荼毒，目标为手段所替换。日子仿佛一辆狂奔的马车，然而驾车人在哪里？快并不是唯一目的，如果方向错误，越快只能是越远。梯子应该搭对墙壁，西方一位管理学大师这样比喻。我国一位诗人说过一句话：一个人一生只能做一件事。要给这件事定位，找到它的坐标，算出其半径和周长，停下来是必不可少的。此时，停止是一种调整和校正。在新世纪的喧嚣纷乱中，守护什么？放弃什么？我需要和众人一样吗？即便没有资格谈论对时代负责，总该对自己负责吧。不再有救世主和导师，每个人都是自己的立法者。试一试停止吧，停止是为了重新上路。在现状与超越之间，停止是一座桥梁的名字。

据说瑞士的阿尔卑斯山口立着这样的标牌，提醒人们留意两侧的风景："慢慢走，欣赏啊！"慢慢，也就接近停止了。只有停下来才能欣赏到、读懂一些好的东西，试一试停止吧！如果我们希望于新的开始的话。

人生悟语

我们总习惯于在催促声中匆忙地赶路，却难得停下来想想自己究竟去往何方。其实，我们终日里努力地工作，为的是追求一份内心安宁的生活；我们拼命地赚钱，为的也是让生活的品质更高。那么，不妨常常停歇一下前行的脚步，休整之后我们的步伐更坚定！

（朱晓华）

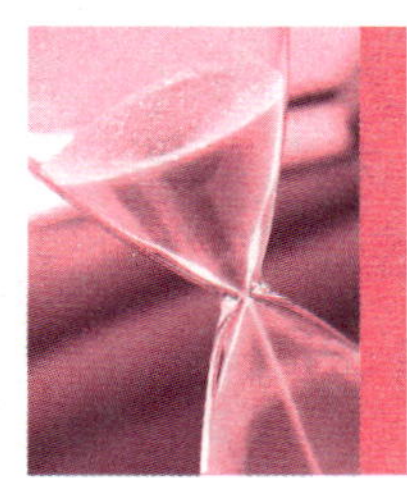

贫穷不仅是一种生活方式，而且还是一种容易让人沉迷的生活方式，迷失在无数快乐的细节里。

贫穷是一种生活方式

蒋方舟

我用迷信的方法，推算出古代的我是一个富人，不过我并不开心，因为我担心身在古代的我没有选择正确的生活态度，过得像《世说新语》上面的郭太太一样。

郭太太是晋朝人，刚刚死了老公，她欷歔了一会儿，就招来了家里所有的婢女，要带她们上街。婢女们都很高兴，穿得漂漂亮亮的。来到大街上，郭太太却布置任务："你们每个人都要捡几斤粪，人粪马粪牛粪都可以，达不到指标不要吃饭。"她自己先俯下身捡粪，穿得漂漂亮亮的婢女只好分头找粪。

郭太太每天都带着婢女上街，晚上回到家，就把粪堆在西厢房里，准备种菜用，种菜也用不了这么多的粪啊，剩余的粪，盘算着卖给菜农。郭太太总是无比依恋地看着这堆粪，用棍子拨拉来拨拉去。郭太太的继子住在西厢房旁边，每天闻到这味道，头发都竖起来了，对郭太太说："你这样做是不行的。"郭太太吼道："你爸把你托付给我，不是把我托付给你！"然后拿着大棍子打他。她的继子跳窗户离家出走了。在古代，赚钱是一件困难的事情，很多人一辈子都在耕自己那块地，捡街上那坨粪。他们小小气气节节约约是无可厚非的，因为他们不小心被贫穷选择到了。但像郭太太那样的人，本来不怎么穷，却选择了贫穷这种生活方式，他们吃菜只吃菜根，家中堆满了腐烂的苹果，古代的人把这叫做简朴，其实这是到死都无法改正的恶习。贫穷不仅是一种生活方式，而且还是一种容易让人沉迷的生活方式，迷失在无数快乐的细节里——“呀！这个易拉罐可以卖五分钱！”“我挖了一点儿菜根吃！”——让人沉沦，使人忘记生活的本质：生活虽然曲折，但是要不断快乐地向前，不改进的生活不是好生活。

我害怕变成郭太太，因为我现在已经是小郭太太了：走路时弯着腰随时准备捡钱，整理了14年的存钱罐。我要停止这种恶习，萧伯纳说得好：“有人一辈子都在弄他的那片土、那头猪，结果自己也变成了一片土、一头猪。”

人生悟语

别里科夫把自己装在套子里，最终让套子葬送了他。悲哉！现实中有许多的别里科夫，他们跳不出套子，艰难地过着枯燥的一生。其实生活是可以改变的，当幸福来临时，我们一样可以紧握它的双手，大胆朝前走。“问渠哪得清如许，为有源头活水来”，给生活注入活力，才能赢得精彩。（朱晓华）

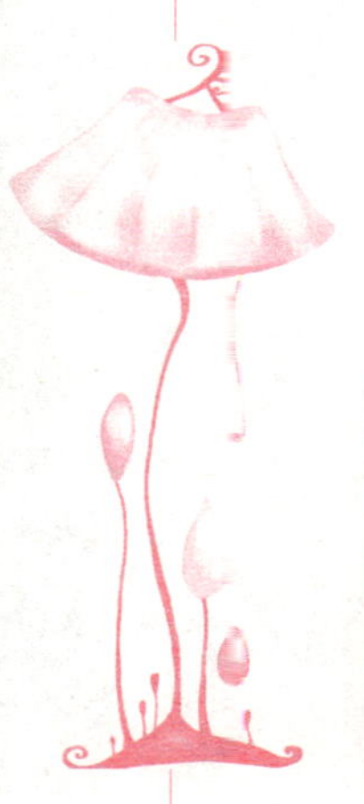

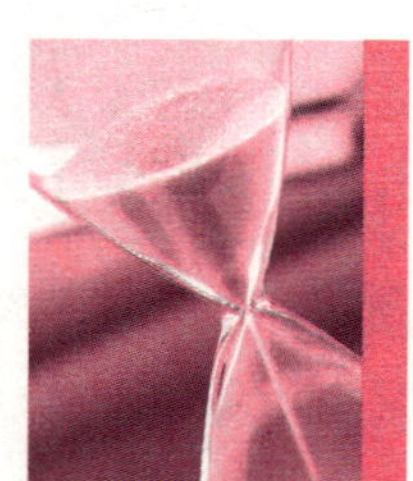

他没有耐心等待火化，在死亡的瞬间，马上就化为了灰烬。令他失望的是，报纸在第二天才登出讣告。

他死后，一分钟恢复为60秒

[德]库尔特·库森贝格

当他还是个孩子时就令人惊诧不已。他像见了风似的疯长，一下子蹿得很高；他说话颠三倒四，因为思想和表达合不上拍；他行走如飞，常常似乎是同时出现在多个场合；他上学后每年都要跳一级，可这还不够，他希望一下子就从学校毕业。

离开学校后，他找了个听差的差使，他是唯一奔来奔去的听差小伙。他送完东西马上就返回，速度之快，令人难以相信他确实已办完了一件事，所以就被辞了。

他专心致志地练起速记来，不久就能在一分钟内写500个字母。尽管如此，却没有一家办公室愿意聘用他，因为他提前几周就给信件注上了日期，而且如果他上司口述速度太慢，他会无聊得打哈欠。

经过短暂的——在他看来是无休止的找寻后，人们让他做了一名公共汽车驾驶员。

后来，他每每想到这个工作便不寒而栗，因为他常常得让一辆正行驶着的车辆停下来，大街上那些奔跑的人们、等在站台上的人们向他频频招手时，他得听他们的。

但有一天，他实在不耐烦，没去理睬招手的人群，而是把公共汽车高速开出了市区，这样一来这个饭碗自然也就丢掉了。这件事情被登上了报纸，引起了体育界的关注。很快，他从每周开6天公共汽车的驾驶员成为一名赛车运动员，这可是绝无仅有的一个奇迹。

大公司争着向他献殷勤。最后，一个财大气粗的财团得到了他，让他做了合伙人。在领导岗位上，他卓有成就，他是位咄咄逼人的谈判高手，能先把谈判对手搞得晕头转向，再令他们一个一个乖乖就范。

在作出成家决定后几小时，他就向奥运会女子百米金牌获得者求婚，把她从运动场赶到教堂，逼迫她马上结婚。共同的兴趣爱好把两个人结合在一起，这场婚姻结出了不同寻常的果实：年轻的妻子使出浑身解数，为的是不落在他的后面。她做起家务来动作敏捷，在冬天就穿上夏装，在预产期之前就把孩子生了下来。这孩子躺在摇篮里就能流利地说话，在走路之前就学会了跑步。她发明了新式快速食品，三下五下就能吞进肚里，而且马上就能消化。家中的佣人每天更换一次，后来是每小时更换一次。最后，她找了一位原来在火车餐车上干活的厨师

到家中做饭，又找了两名身手敏捷的空中先生，这两位身手更敏捷动作更利索……她在各个方面都是她丈夫的好帮手。

而他呢，继续加快着生活的速度。由于他能比其他人更快地入睡，所以只需少量睡眠。他刚上床睡下就已经进入了梦乡，但在开始真正做梦前，他又已经醒了过来。他在浴缸里用早餐，在穿衣时看报纸，一座自制的滑梯送他进入出门前就已发动的汽车，然后箭一般飞驰而去。

他话说得不多，像电报用语那么简练，慢条斯理的人很少能听懂他在讲些什么；他从不错过那些比速度的体育比赛，出高价奖赏取得最好成绩的运动员，可谁也没得到过这些奖金，因为要求太高，条件过于苛刻。他用短时间赚来的钱制造火箭，第一枚发射出太阳系的载人火箭里坐着的就是他，这是他一生中最美好的旅行。

这种匆忙的生活节奏并不是没有负面影响，比如，他衰老的速度就比周围的人要快得多：25岁就满头白发，30岁就成了个颤巍巍的小老头。在科学能解释这种罕见的现象前，他就死去了。因为他没有耐心等待火化，在死亡的瞬间，马上就化为了灰烬。令他失望的是，报纸在第二天才登出讣告。

他去世之后，一分钟才又慢慢地恢复为原来的60秒。

人生悟语

我们的生活中也存在着许多这样的人，他们一辈子都在急匆匆地赶路，只顾前方的目标，未曾为路旁的风景有过片刻的停驻。而当他们老去的时候，回首往事，才发现自己少了许多人生的乐趣！其实，生活的乐趣不在终点，而在这一路行来的旅程！

（朱晓华）

为什么为了一个讨厌的人而离开你喜欢的人？为什么要让一个"不重要的人"成为你生命的重心呢？

这个人重不重要

何权峰

古时候人们想杀一头熊，会在一碗蜂蜜的上方吊一根沉重的木头。熊想吃蜂蜜时，必须先推开木头，而木头会荡回来撞熊；熊生气就更用力推开木头，而木头也更猛烈地撞击它，就这样不断重复，直到熊被撞死为止。

以怨报怨的人其实就像这只笨熊一样，对方也许只伤害过你一次，但是，你却在心中一而再，再而三，反复地想着，好像已经被伤害过千百次似的。满腔的恨意，只会让你更想起那件事，更想到那个人，这是何苦呢？

最近在网络上读到一个小故事，我觉得很有意思。

故事说有一个老师将做作业的学生分组，12 个人一组， 一个学生请求老师让他换组。老师问："为什么？"

这学生说："因为我很讨厌其中的一个人。"

老师就让他换了。不过问他："其他的组员你也都讨厌吗？"

学生说："不会啊，都蛮喜欢的。"

老师说："那这个人在你生命中重不重要？"

那个学生答："重要个鬼啦！讨厌死他了！"

老师说："但是 10 个好朋友留不住你，你却为了他一个人离开。你说，这个人重不重要呢？"

美国教育家布克·华盛顿说得很对。他说:“我不会让别人拖垮到让我憎恨他。”而且,你还应该活得更好、更快乐,我想这样才是最好的报复。对!

为什么为了一个讨厌的人而离开你喜欢的人?为什么要让一个“不重要的人”成为你生命的重心呢?

人生悟语

美国总统林肯的生命中没有敌人,他总是把敌人转化为朋友,所以他是赢家。各人心中都有一座天平,有人把天平偏向了仇恨,因此他过得很痛苦。有位哲人说得好,世界上比沙漠更广阔的是海洋,比海洋更广阔的是天空,比天空更广阔的是人心。调整好人生的天平,你将是世上最大的赢家。 (朱晓华)

你所抱怨的问题,根本不是个问题,出问题的是你的“心”,而不是“耳朵”。

问题不出在耳朵上

李耀和

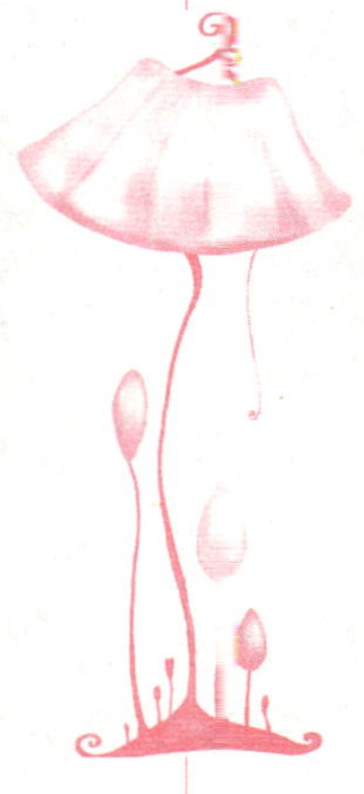

迈克尔天生有缺陷,但其缺陷并不明显。出生之日,连最细心的护士也没发现他身体的畸形。乍一看,他似乎一切正常。然而,有些地方却被忽略了。直至进入七年级,上手工艺课时,他的这个缺陷才显现了出来。

他对木工与金属加工这两种活计,简直无可奈何。在木工课上,26

个男孩照着相同的草图做出来的家具，有25个男孩的几乎是一模一样，只有迈克尔的总是不合乎规格；在金属加工课上，他的表现也是一样的糟糕。有人说，对于木工等活儿，也是需要一定的天赋的，迈克尔起先亦作如是想。

渐渐地，迈克尔的心中深深地认为，那并非因为他缺乏此方面的天赋，问题出在他与生俱来的残疾上。许多次，他在夜里大汗淋漓地醒来，心中悲哀地抱怨："我是个残疾人！上帝怎么这样对待我啊！"这实在令他难以面对，虽然如此，多年后他还是接受了命运的安排。

29岁时，迈克尔与莉萨结婚。不久后莉萨生了一个男孩，活泼健康，一点缺陷也没有，那真是迈克尔一生中最幸福的日子。作为一个男孩的父亲，迈克尔有着重大的职责，教会儿子所有的手工活；买给他一些工具，锤、锯、螺丝钉等，然后给他做示范，如何做一条小板凳，如何给门装上把手……这本是为人父亲的快乐之事，但对于迈克尔来说却是别样滋味。

他明白，终有一天，儿子会问，为何自己从不像别的父亲那样教他手艺活。儿子16岁时，可怕的一天终于来临。"儿子，事情是这样的……"迈克尔战栗着回答儿子说，"你是不是常常看到那些木匠、水管工、建筑工、电工，他们总是把一支铅笔夹在耳朵后面？"

"是的，爸爸。"男孩轻轻地说，似乎等待着父亲告诉他什么可怕的事实。

"但我却不能像他们那样！"迈克尔悲伤地抱怨说，"我的耳朵向外远远伸出，不贴近脑袋，所以夹不住铅笔！我是个残疾人！我是个残疾人！"

有些事你看得很严重，将它当做是你成功的障碍，以及失败的借口。但是认真想想，你所抱怨的问题，根本不是个问题，出问题的是你的"心"，而不是"耳朵"。

人生悟语

人生是座山，只有勇敢攀越，才能凌绝顶而览山小。自信者将痛苦当做历练自己的磨刀石，悲观者放大挫折，止步不前。严寒不是红梅拒开的理由，酷暑阻止不了仙人掌的生长。狂风亲吻万物，凋了玫瑰，残了牡丹；暴雨亲临大地，红了樱桃，绿了芭蕉。 (朱晓华)

过于聪明对我们来说可能不是什么好事，当不幸降临到头上时，你会变得更加敏感，更加难以承受。

聪明的痛苦

刘 震

几年前，美国普林斯顿大学的华裔科学家钱卓，在一些实验老鼠中加入额外的 NR2B 基因，培育出一种比普通老鼠更聪明的转基因鼠。与其他老鼠所做的对照实验表明，在学习和记忆力方面，转基因鼠大大超过了普通鼠。

这一研究成果马上引起了轰动。

有人预测，如果把这样的手段运用到人身上，就可能使人更聪明，智商更高，社会适应能力更强。然而，很快人们就开始庆幸没有仓促地把这个梦想变成现实。因为研究发现，转基因鼠变得聪明后，它们也付出了非常“痛苦”的生理代价。

研究人员把甲醛溶液注射到“聪明鼠”和“普通鼠”的爪子里，在一个小时内，两组小鼠舔爪子的次数差不多，即表明两组鼠的疼痛感觉差不多；但随着时间的延续，“聪明鼠”舔爪子的次数逐渐多起来，明显超过“普通鼠”。这说明“聪明鼠”对慢性疼痛的耐受力显然要比“普通鼠”差。

正所谓成也萧何，败也萧何。因为“聪明鼠”体内添加了 NR2B 基因，这个基因能控制一种叫做 NMDA 的受体，后者能激活神经，帮助记忆和学习，使其变得更聪明；但同样是由于 NMDA 受体的作用，“聪明鼠”对疼痛和伤害更为敏感。

由此可以想到人类自己。过于聪明对我们来说可能不是什么好事，当不幸降临到头上时，你会变得更加敏感，更加难以承受。而很多时候普通人习以为常的事情，你却无法容忍。那种“众人皆醉我独醒”的感受，历史上的很多哲学家都曾经体会过，因此他们常常会显得疯疯癫癫，一生的命运往往也非常悲惨。也许这就是聪明人的悲哀。

人生悟语

人世间没有绝对的胜利者，也没有永远的失败者。上帝给你超人的智慧，也会让你对伤害和疼痛有着更彻骨的体验。我们常常抱怨自己失去得太多，其实“塞翁失马，焉知非福”，失去名利，明月清泉自在怀；失去安逸，铮铮铁骨铸忠魂。聪明的人儿，请珍惜你的拥有，活好每一个当下！

(朱晓华)

人生中的很多时候，我们是不是也该在肩上压上两根“沉木条”，让它唤醒我们的斗志与韧性？

两根木条

张 磊

一位游客为了领略山间的野趣，一个人来到一片陌生的山林，左转

右转迷失了方向。正当他一筹莫展的时候，迎面走来了一个挑山货的美丽少女。

少女嫣然一笑，问道："先生是从景点那边走迷路的吧？请跟我来吧，我带你抄小路往山下赶，那里有旅游公司的汽车等着你。"游客跟着少女穿越丛林，阳光在林间映出千万道漂亮的光柱，晶莹的水汽在光柱里飘飘忽忽。正当他陶醉于这美妙的景致时，少女开口说话了："先生，前面一点就是我们这儿的鬼谷，是这片山林中最危险的路段，一不小心就会摔进万丈深渊。我们这儿的规矩是路过此地，一定要挑点或者扛点什么东西。"

游客惊问："这么危险的地方，再负重前行，那不是更危险吗？"

少女笑了，解释道："只有你意识到危险了，才会更加集中精力，那样反而会更安全。这儿发生过好几起坠谷事件，都是迷路的游客在毫无压力的情况下一不小心掉下去的。我们每天都挑东西来来去去，却从来没人出事。"

游客不禁冒出一身冷汗。没有办法，他只好接过少女递过来的两根沉沉的木条，扛在肩上，小心翼翼地走过这段"鬼谷"路。

两根沉木条，在危险面前竟成了人们的"护身符"。

与此相类似的是香港启德机场，它就位于市中心，飞机掠过九龙等闹市的时候，乘客能清楚地看见住家阳台上晒的衣服。就是这么一个被称做"世界上最危险的机场"，数十年直至关闭都没有出现过大灾难。探究其中的原因，有人说正是因为危险，所以全世界的飞行员都小心翼翼，不容许自己出一点差错，香港的启德机场因此才成为世界上最安全的机场之一。

危险固然可怕，但比危险更可怕的是人的麻痹大意；危险不一定制造灾难，但人的疏忽往往是灾难的渊薮，这正是"压力效应"——推而广之，人生中的很多时候，我们是不是也该在肩上压上两根"沉木条"，让它唤醒我们的斗志与韧性？

人生悟语

我们常常可以挺过困难的独木桥，却挺不过困难过后的阳关路；可以面对炮火毫不改色，却禁不住小孩子的烟花弹……危险其实并不可怕，可怕的是我们自己的疏忽！面临绝境，沉着谨慎是诀窍，是降伏拦路虎的坚盾；顽强坚韧是法宝，是劈开绊脚石的利剑。

（朱晓华）

生活中常常打扰我们，让我们感到不安的，往往并不是我们自己，而是别人的生活和别人的模式。

不去羡慕别人的生活

星竹

一

萨依特曾是埃及的一位政府高官，34岁就做了副市长，可谓前程一片灿烂。可惜，就在他飞黄腾达的时候，他主管的城市却发生了一场火灾，于是他被免职。那年他37岁。离官退位后，萨依特的周围依然是一些显赫的人士，富翁、高官、大财团的董事长……大家都为萨依特惋惜，认为他会非常痛苦，至少也要来找他们帮忙。谁承想，萨依特却回到乡村，过起了平民百姓的生活。

他在自家的小菜园里种菜，施肥，捉虫，过得平淡而有滋味。没事的时候，他就走村串巷，自己收集一些民间陶器作为爱好。生活中，他从不理会别人的富贵，更不去羡慕别人的日子。我行我素地过着自己的简朴岁月。

由于他的知识和才能，他很快就在收藏上有了很大造诣。七八年过去，他竟然收集到了几十件世界顶级的民间珍宝。前来买卖的人蜂拥一般，萨依特每卖出一件，都在上千万美元。

有人问萨依特，你怎么会在收藏上有这么大的成就。萨依特说，因为我过得十分简单，从不盲从地去羡慕别人，清静的生活让我可以一心一意地鉴别陶器。

不去羡慕别人的生活，这使萨依特不但摆脱了烦恼，也把收藏做到了罕见的顶端，成为世界级收藏大师。

二

22岁的美国华裔数学家王章程，毕业于美国加州大学。毕业后，他的同学多数都去了大财团、大公司，只有王章程一头扎进了加州私人研究室，一干就是10年。10年中，他的收入非常低，30岁了还买不起房子。而他的同学们已经是月收入几十万，甚至上百万的大老板。他们开着高档车子，住着大房子，带着漂亮的妻子。而王章程连女朋友都没有。好在他从来不羡慕别人，只对自己的事业感兴趣。虽然他的生活比别人差了几个等级，但他本人全不在意。在外人看来，王章程的生活是世界上最糟的一种。

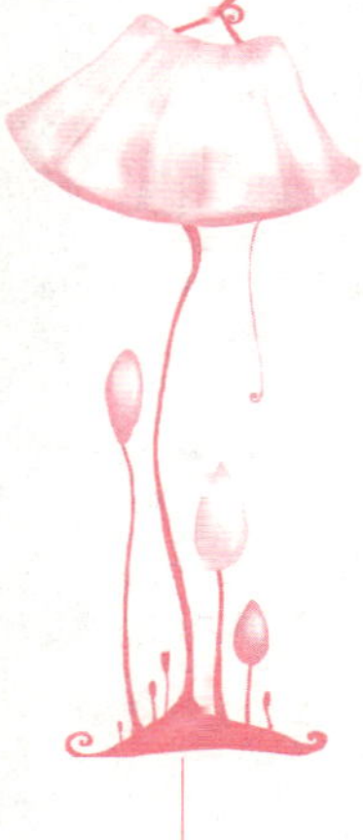

王章程却不管这些，10年中他默默无闻，如饥似渴地做着自己的研究。在他35岁的时候，他攻克了世界上两项顶尖级数学难题，从此成果迭现，美国十几家大学先后聘请他前去任教。多少年过去，在数学界，他被称为“数学之王”。

三

包维尔自小就十分喜欢摄影，大学毕业后，他对摄影到了痴迷的程

度，无心去挣钱工作。因此包维尔过着简单的生活，从不理会自己的生活是富有还是贫穷，只要能够摄影也就够了。他穿着破裤子，吃着最简单的汉堡。在别人眼里，他是困苦贫穷的象征，而包维尔自己却过得异常快乐。

在他 27 岁时，他的人物摄影技术便已登峰造极，成为世界公认的人物摄影大师，并为英国首相拍摄人物照，从此一发而不可收。至今为全世界 100 多位总统、首相拍过人物摄影。请他摄影的世界名流更是数不胜数，排队等候一两年是常事。

正因为他从来不羡慕别人的生活，才会生活在自己的天地里，才能不受外界的干扰干自己的事，也才能取得如此的成就。

生活中常常打扰我们，让我们感到不安的，往往并不是我们自己，而是别人的生活和别人的模式。

总是羡慕别人的生活，就会给自己造成混乱和迷茫，甚至使自己不得安宁。羡慕别人的代价，常常就是失去自己。不去羡慕别人，你的日子就会变得悠然平静，从容不迫。不去羡慕别人，你才会找到自己的生活，完成你自己的事业，达到你自己的目标，过好你自己的日子。

人 生 悟 语

任何一种成功背后，都有一段坚守的故事。坚守清贫，坚守简单，坚守事业，坚守信念，坚守自己独一无二的生活。不羡慕别人，也不奢求财富，只要我们认真付出，踏实走好自己的每一步，成功就会像春种秋收那样水到渠成！ (朱晓华)

张爱玲说：出名要趁早。犯错，何尝不是如此？孟子又说：人恒过，然后能改。所以，趁着年轻的当儿，奢侈地干够这“几桩坏事”，然后在30岁之前，及时回头，改正。从此，开始做一个合格的人，开始担负，开始顽强地爱着生活，爱着世界。

英雄无须完美

第七辑

古今中外的名人，演绎着一段段非凡而传奇的故事。粗略看来，这些故事，或许离我们普通人很远，但仔细想来，在他们身上发生的事，也有许多值得我们去记取和借鉴的地方。看名人的逸事，体会我们自己的人生，大概也算是为人的一种境界吧！

他痛恨那种没有了尊严的行将就木，他目睹了自己发病时的窘态，思维混乱时的疯狂，不再能控制自己时的绝望和悲哀。

恺撒的圈套

赵 玫

这是 Discovery 探索频道播出的一段奇闻。

公元前 44 年的 3 月 15 日，恺撒在元老院议事厅被政敌谋杀，他身中 23 剑倒在大厅中央庞培雕像的脚下，当场死去。两千年后，却有一位意大利探员站了出来，他决意推翻定论，重新调查，最终得出一份与历史截然不同的结论——恺撒的死不是谋杀，而是自杀。

晚年的恺撒已不再生龙活虎，而是被癫痫症折磨得痛不欲生。他每天都心怀惴惴，唯恐当众犯病，而他的政敌也在觊觎着他的位置，并密谋反攻。

只有当病痛和阴谋共同逼近恺撒的时候，这位伟大而智慧的古罗马英雄才能使他自杀的计划得以实施。当然恺撒所要的自杀不是普通的自杀，而是要把自杀导演成一场古罗马历史中名垂千古的谋杀。

多么智慧，恺撒以他时时被癫痫症所困扰的混乱而又难以控制的思维，竟能谋划出一场如此完美绝妙的死亡。这是唯有大智慧和大痛苦的人才想得出来的一种空前绝后的死。

所以在影片结尾时，那个意大利探员才会无限感慨地说：是的，元老们杀了恺撒，但又有什么意义呢？那本来就是恺撒想要的死，那本来就是恺撒自己为自己精心安排的。

恺撒要的是生前身后都永垂不朽。恺撒认为，一个人的生和一个人

的死都非常重要，他痛恨那种没有了尊严的行将就木，他目睹了自己发病时的窘态，思维混乱时的疯狂，不再能控制自己时的绝望和悲哀。他知道晚年的癫痫症将会掠夺走他为之奋斗了一生的赫赫战功，一世英名。他不能就这样终其一生。与其这样没有尊严地活着，不如英雄地死去。所以他希望尽快结束这一切，结束生命，他想到了自杀。

是的，他有病，他想自杀。但对一个英雄来说自杀又是懦夫的行为，甚至是对生命的否定和犯罪。于是他才想到了由别人来杀他。而由什么样的人来杀他才能保住并扩大他的尊严呢？那么只有敌人，他的那些不共戴天的政敌们。

于是恺撒设计让自己死于非命，并死于敌人之手。他大概在谋划这个死亡计划的时候就已经预见了这个死亡的不朽。他为此呕心沥血，殚精竭虑，他要让那个由敌人来射杀他的计划缜密详尽，没有一丝破绽。然后他便坐享其成，唯愿他死亡的那一刻能尽早到来。

可惜那些阴谋者（被史书确定为阴谋者的那些刺客），他们以为那是他们的密谋。却不知彼山会比此山高，更不知道高一尺，魔高一丈。他们不知道自己已经成了恺撒要找的刽子手，更不会知道自己的谋杀行为，正被伟大的恺撒所利用。

于是这些满怀仇恨的密谋者们毫无防备地跳进了恺撒的圈套，他们已经中了恺撒的计却依然自鸣得意。他们无意中帮助恺撒结束了生命，又神不知鬼不觉地让恺撒变得更加伟大而崇高。他们不仅没有摆脱覆灭的厄运，还让自己身后背上了万世骂名，永劫不复。

怎样的恺撒！怎样的死亡！

大概唯有恺撒这样的伟人才能将自杀导演成这场如此惊心动魄的谋杀。这是恺撒以自己的生命和病痛换取的，为此，他宁可让自己的身体承受 23 次的刺伤，宁可让自己的生命凋落在血泊中。

想不到将历史颠倒过来的这个人，竟然是一位名不见经传的意大利探员。

我感慨于这位探员对历史较真儿的态度。显然他无限崇敬恺撒，也热衷于对古罗马历史的探究和阐释。为了得出这个大胆又能够自圆其说的结论，他带领我们来到了罗马所有恺撒曾活动过的地方。那些残垣断壁，破旧的祭坛，大剧院遗址，讲演台，以及可能曾经是恺撒官邸的那一片废墟……

就这样我们跟随着探员的脚步，目睹他为我们慢慢揭开的两千年来一直被误读的历史面纱。是他还原了历史的原貌，让我们在那些被重新勾连起来的史实中看到了事件的真相。

人生悟语

英雄也是普通人，他们一样会被烦恼和病痛折磨；但英雄之所以成为英雄，不仅在于他们强健的体魄、缜密的思维，还在于他们运筹帷幄，高瞻远瞩的胆识与豪气。我们要成就一番事业，也必须具备这样的品质。 （罗　兵）

所有这些仪式，包括大大小小的宣誓、效忠、集会、游行、磕头礼拜、言不由衷地举拳头、呼万岁，都将湮没无闻，唯有这个仪式会永垂不朽。

伟大的几分钟

狄　马

1783年12月23日，对于硝烟刚刚散尽的美国来说，是一个无比重要的日子。因为这一天，大陆会议将在安纳波利斯举行一个隆重而朴素的仪式，美国独立战争之父、大陆军总司令乔治·华盛顿将军将在这里交出委任状，并辞去他的所有公职。

之所以称这为一个仪式，是因为实际上在此之前，他已经遣散了他

的部属，并发表了动人的告别演说。他说："你们在部队中曾是不屈不挠和百战百胜的战士；在社会上，也将不愧为道德高尚和有用的公民……在抱有这样一些愿望和得到这些恩惠的情况下，你们的总司令就要退役了。分离的帷幕不久就要拉下，他将永远退出历史舞台。"

两天后，华盛顿乘船离开纽约港。一条驳船等在白厅渡，准备让他渡过哈得孙河到保罗斯岬。军队的主要将官聚集在这个渡口附近的一家旅馆向他作最后饯别。这是他们与自己生死与共的司令官最后一次聚集了，因而心情格外激动。据记载，华盛顿也很快就和大家一样被分离的悲伤打动，他们热泪盈眶，无数次地拥抱、干杯，然后，华盛顿就走了。

他已把他的军中行李托运回故乡，但他知道，在他正式解甲归田、返回弗农山庄之前，他还有一件顶顶重要的事要办。那就是，把他在8年前由第二届大陆会议授予他的总司令之职，交还给当时象征着人民权力的大陆会议。

交还的仪式是由他的同乡，弗吉尼亚人托马斯·杰斐逊专程从巴黎赶回设计的。当时他正代表新生的美国和英国在巴黎签订独立条约。签字仪式结束，他就匆匆赶回纽约，亲自设计了这个伟大而庄严的仪式。

在杰斐逊的想象里，这个仪式是这样举行的：华盛顿将军走进"国会大厦"（当时的大陆会议厅），在议员的对面他获得了一个座位。然后由议长作出介绍，华盛顿则要站起来，以鞠躬礼向议员们表示尊敬，而议员则不必鞠躬，只需手触帽檐还礼即可。最后，华盛顿以简短讲话"交权"，议长也以简短讲话表示接受。

结果，整个仪式不折不扣地是依照杰斐逊的设计完成的。

华盛顿的最后讲话十分简约，一如他平时的朴实谦逊。他说："现在，我已经完成了赋予我的使命，我将退出这个伟大的舞台，并且向庄严的国会告别。在它的命令之下，我奋战已久。我谨在此交出委任并辞去我所有的公职。"议长则答道："你在这块新的土地上捍卫了自由的理念，为受伤害和被压迫的人们树立了典范。你将带着同胞们的祝福

退出这个伟大的舞台。但是，你的道德力量并没有随着你的军职一起消失，它将激励子孙后代。”

据史书记载，整个仪式十分简短，前后只有几分钟，但正是这个几分钟的仪式却使在场的每一个人都感动不已。当华盛顿将军，这个为了赢得战争不仅变卖了家产，而且因操劳过度生出满头白发、眼睛也几乎看不见了的总司令发表讲话时，每个人的眼里都蓄满泪水。

这是人类历史上第一次不依靠外在压力，仅仅依靠内心的道德力量就自觉放弃了在为公众服务的过程中聚集起来的权力。在它以前，人类历史上曾经出现过形形色色的逊位、下野、惧怕各种祸乱而“功成身退”的范例，在它以后，人类历史上还将出现无数以杀戮、屠城为代价而权倾四海的英雄豪杰，但有了这几分钟，那些大大小小争权夺利、不惜弑父杀子的英雄故事黯淡了；那些装神弄鬼、沐猴而冠，一朝手握权柄就以百姓为刍狗，运用人民交付的权柄就像运用自家厨房里的一根柴火棍的所谓“领袖”、“导师”黯淡了；那些大大小小的土、洋奴隶主以各种美妙的名义取得“天下”，而后千方百计延宕、推诿，甚至在垂暮之年还死死抓住权力之柄就像抓住救命稻草的“救星”、“伟人”黯淡了……

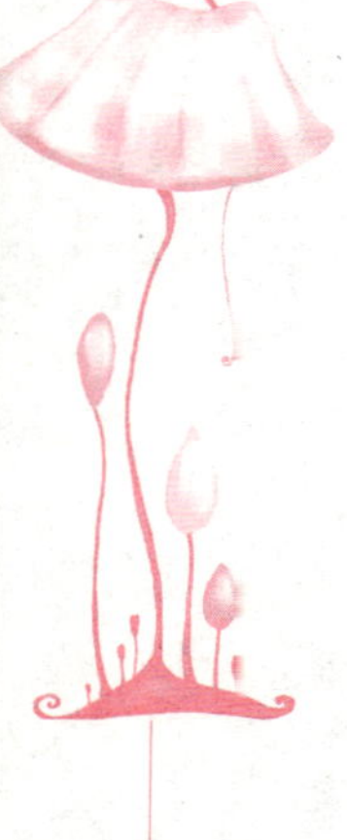

我们试以这个仪式的几个动作为例，逐点分析这里面所蕴涵的“文化”意义：

1.座位 这是这个仪式开始的第一步。和其他几个动作一样，它表达的是杰斐逊以及一代开国元勋们对新制度的理解和想象。当华盛顿走进议会大厦时，没有人给他献花，也没有听到议员们喊“欢迎，欢迎，热烈欢迎”的号子。他只是在议员的对面获得了一个普通的座位。这个座位没有安排在议员席里，更没有人自动让出中心座位，以营造一种众星拱月、“紧密团结”的氛围，而是让他静静地落座在“议员的对面”，这显示了美国人的政治智慧。因为根据三权分立的原则，国会是一个代表民意的立法机关，而军事首长则是隶属于行政分支的武装力量。美国人最不愿意看到的是代表民意的“代表”最后竟和军队勾结图谋不轨。一句话，他们不愿意看到“军民团结如一人”的祥和景象，因而军事首长和民选代表勾肩搭背、拥抱握手的喜气洋洋在这个仪式里就只能付之阙如了。

2.鞠躬 这是整个仪式里最核心的动作。杰斐逊以及一个新生国家对军政关系的思考几乎全包含在华盛顿的一鞠躬里了。它象征了国家的武装力量对文官政府的服从。也就是从那一鞠躬开始,美国的军队便严格地置放在了国家之下。军队不得参与镇压国内百姓,它只是民众用来抵御外敌的工具,即只能对外,不能对内,甚至以后的法律明确规定,动用军队维护国内治安是违法的。也就是从那一刻开始,美国人就明确了这样一个理念:即一个国家是不能靠武力来管理的。这样,一个打下江山的人就没有顺理成章地“坐江山”,一个靠枪杆子打出来的政权,在政权建立以后,就将枪杆子悄然退去。事隔多少年,仍然使我感到莫名惊诧的是,当时包括华盛顿在内的每一个人都似乎没有感到有什么不对。

3.还礼 这是整个仪式中的一个重要细节。因为既然华盛顿的鞠躬表示的是“国家的武装力量对文官政府的服从”,那么由文官组成的议会就再不能“鞠躬”了,否则就成了“多头政治”。而议员们手触帽檐还礼,只是为了体现一种温文尔雅的绅士风度。他们没有我们通常见到的“秀才遇见兵,有理说不清”的诚惶诚恐,也没有万能的救主将权力下放给草民的感激涕零。既然每个人的权利和尊严都是天赋的,那么,你把人民在非常时期自愿让出的部分权利还给人民就是天经地义的。这用不着解释,也用不着感激——要感激也只能感激上帝——只需手触帽檐象征性地表示一下礼貌就可以了。

第二天上午,华盛顿就离开了安纳波利斯,回到了弗农山庄,在自己的葡萄架和无花果树下过起了一种心满意足的乡绅生活。

从那以后人类历史上又举行过多少英才霸主的加冕仪式?恐怕谁也说不清。但我相信用不了多少年,所有这些仪式,包括大大小小的宣誓、效忠、集会、游行、磕头礼拜、言不由衷地举拳头、呼万岁,都将湮没无闻,唯有这个仪式会永垂不朽。它将会和苏格拉底的慨然饮鸩,布鲁诺的身被火刑,巴黎人攻下巴士底狱一样,被人们长久记诵。

这就是这几分钟的意义,也是华盛顿对世界的意义。

人生悟语

向伟大的华盛顿将军致敬！他的伟大，不仅表现在他靠奋斗聚集了民众的信念，更表现在他面对权力时的超然物外。权力是什么？在小人手里，它是排除异己获得私利的工具；在伟人手里，它是服务民众造福社会的公器。如果我们都把权力当做为人民服务的工具，社会便变得更加和谐清明！（朱晓华）

丘吉尔神色从容地对大家说："刚才我收到一封信，可惜写信人只记得署名，忘了写内容。"

名人的急中生智 陈安之

罗斯福在当选美国总统之前，家里被窃，朋友写信安慰他。

罗斯福回信说："谢谢你的来信，我现在心中很平静，因为第一，窃贼只偷走了我的财物，并没有伤害我的生命；第二，窃贼只偷走一部分东西，而非全部；第三，最值得庆幸的是：做贼的是他，而不是我。"

美国前总统里根，在任初期，有一次被枪击中，身负重伤，子弹穿入了胸部，情况危急。

在生死时刻，里根面对赶来探视的太太所说的第一句话竟是："亲爱的，我忘记躲开了。"

英国首相威尔逊，在一次演讲刚进行到一半时，台下突然有人高声

打断了他:“狗屎！垃圾！”

威尔逊不慌不忙地说:“这位先生,请少安毋躁,我马上就会讲到你所提出的关于环保的问题。”

一次,英国首相丘吉尔在公开场合演讲,从台下递上来一张字条,上面只写了两个字“笨蛋”。

丘吉尔神色从容地对大家说:“刚才我收到一封信，可惜写信人只记得署名,忘了写内容。”

有一次,萧伯纳在街上行走,被一个冒失鬼骑车撞倒在地,幸好没有大碍。肇事者急忙扶起他,连声抱歉,萧伯纳拍拍屁股诙谐地说:“你的运气真不好,先生,如果你把我撞死了,就可以名扬四海了。”

天才幽默大师卓别林曾被歹徒用枪指着头打劫。卓别林知道自己处于劣势,所以不做无谓的抵抗,乖乖地奉上钱包。

他对劫匪说:“这些钱不是我的,是我老板的。现在这些钱被你拿走了,老板一定认为我私吞公款。兄弟,我想和你商量一下,拜托你在我帽子上开几枪,证明我被打劫了。”

歹徒心想,有了这笔钱,这个小小的要求当然可以满足了,于是便对着帽子开了几枪。

卓别林再次恳求:“兄弟,可否在我衣服和裤子上再各补一枪,让我老板更深信不疑。”

劫匪统统照做,结果最后子弹全部打光了。这时,卓别林一拳挥过去,打昏了劫匪,取回钱包喜笑颜开地离开了。

人生悟语

面临窘境的时候,我们该如何化解？遭遇危险的时刻,我们该怎样脱身？这些名人的故事告诉我们:保持良好、镇定的心态最重要！保持良好的心态,在雨天也能看到阳光;保持镇定的心态,在危境尚可绝地反击。

(朱晓华)

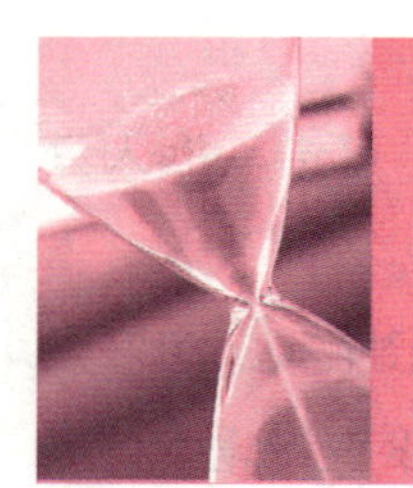

我们每一个人都在时间的深水池里游泳，要想游得好游得远，找到自己坚硬的理论依据，还是非常有必要的。

在时间的深水池里

谭延桐

谢曼·查尤尔这个名字，肯定有很多人不会感到陌生，因为他是美国奥林匹克游泳队的著名教练，曾为奥林匹克事业作出了卓越的贡献。至于如何卓越，我略说一二你就知道了：美国以及其他许多国家的世界级游泳巨将，有不少都是出自他的门下，光是奥运游泳纪录，他的门生就曾先后74次打破，且不说那金光闪耀的16枚奥运游泳项目金牌了，更不用说62次打破世界游泳纪录、80次打破美国游泳纪录了。

很显然，查尤尔是一位人物。就是这样一位赫赫有名的人物，却不会游泳，这是许多人，当然也包括他的学生，不曾知道的。

馅儿露出来，是在很偶然的一次机会。这次，美国游泳队又在奥运会上取得了惊人的成绩，因此队员们个个喜不自禁，禁不住把恩师围了个水泄不通，与恩师一起分享着成功的巨大喜悦。也不知过了多久，肯定是心中的喜悦太过膨胀了，队员们索性把恩师给抬了起来，并接连不断地往上抛，抛来抛去，就不小心——也可能是队员们的调皮使然，故意使出的“坏主意”吧——查尤尔就被抛向了游泳池的深水池。这下有好看的了，比游泳比赛还要好看，只见，查尤尔在深水里扑腾扑腾，好久了也不见浮出水面，只有水花在不断地盛开，很显然这不是他们的恩师在故意地做精彩的表演。队员们一下子就慌了，于是纷纷跳入水中，救起了正在危难之中、差点儿就被淹死的查尤尔。

堂堂游泳专家、成天与游泳池打交道的运动家、培养了无数水上蛟龙的游泳教练，竟是一位不识水性的旱鸭子，这是许多人绝对没有想到的，就连他的学生也没有想到，真是做梦也没有想到。

没有想到的事情多了。很显然，他们的教练不是个骗子，因为有那么多的辉煌在作证。是个“口头理论家”？这肯定是了。可做个“口头理论家”又何妨？问题的关键在于，你是个怎样的“口头理论家”，如果是个没有高度、缺乏理念的“口头理论家”，那不误人子弟才怪。这不禁使我想起了法国哲学家伏尔泰，伏尔泰不是舞蹈家，却被请去指导舞蹈，从一种哲学高度上去指导，并且指导得有声有色……乍一听起来这有些匪夷所思，但这的确又在情理之中，因为无论做什么事都不能缺了这样一种高度。高度，才是最最重要的。

“查尤尔现象”给了很多人以思考。看来理论家不见得是实践家，实践家不见得是理论家。理论能够指导实践，实践能够补充理论，这也是无可置疑的。但和什么样的理论在一起，在怎样的理论指导之下去实践，这才是问题的锁钥之所在。懂得了这二者之间的紧密关系，自然也就懂得了“查尤尔现象”的具体内涵了。

我们每一个人都在时间的深水池里游泳，要想游得好游得远，找到自己坚硬的理论依据，还是非常有必要的。

人 生 悟 语

理论与实践，是事物得以发展的双驱轮。但是，两者并不一定在某个人身上完美地结合。那些农科院的教授，理论丰富而不一定有过长久的实践；而那些终日躬耕土地的老农，实践丰富而没有上升到理论的高度。最好的方法是：让教授们丰富的理论，指导农夫们的实践，只有这样，才能使我们的土地变得更加丰饶！

(朱晓华)

阿甘忽然不想跑了，停了下来，所有的人也停了下来，他们惊疑地问掉头往回走的阿甘：“我们怎么办？”

阿甘在跑

吴 非

《阿甘正传》这种电影，常看常新。我不知道是否有美国人把它作为人生词典。有一回大家非要请我在毕业典礼上致辞，我在谈到学生要学会独立思考时，举例说不能做阿甘那样“领跑的人”，说阿甘是幸运的，但是如果一所学校培养阿甘，那将是不幸的。后来有人认为我的言论有辱阿甘。我于是庆幸阿甘是文学人物，又不健讼，否则我就倒霉了。

中国人的生活逻辑决定了不能做阿甘。聪明人喜欢说“呆人有呆福”，但是谁也不肯做地道的呆人。不是吗？可是美国人就选择这样一个“呆人”来解说美国精神和美国社会，这在我们这样的国度是不可想象的。

但是阿甘在美国是不是真的有那样的好运气，我真不敢想。我们这边也讲文明，关爱残疾人，但是如果遇上阿甘那样的同志，我们至多也只是把他送到街道福利工厂，让他从事简单劳动，给他一口饭吃，逢年过节，来个把街道或是区里的领导，和他握握手（一般还未必肯和他们照相），夸夸他能干，对记者说说如何克服困难安置残疾人，体现优越性云云。

而在美国那种地方阿甘被当做正常人，他的智商虽然不高，却颇有过人之处，那就是跑。体育竞赛的跑，阿甘好像不擅长，他的智商决定了他没有沽名钓誉的念头。上帝像是很公平，给了他一双神奇的腿，却不给他一个超人的脑袋，让他去当政治家。阿甘不会炒作自己，但是他的每一件事几乎都值得炒作一下，这在无事可炒的人看来，是多么可惜呀！

阿甘最早的跑是为了逃避伤害，在逃避中他发现自己能跑。阿甘喜欢跑，他跑个不停是因为没有事做。在传媒的拨弄下，越来越多的人追随阿甘跑了起来。阿甘作为领跑的人，并没有想到要对追随者负责，当然以他的智商，他也不需要对追随者负责。阿甘是领跑的人，他根本不关心后面跟了些什么人，他也不思想后面的人跟着他跑是为了什么。有一天，阿甘忽然不想跑了，停了下来，所有的人也停了下来，他们惊疑地问掉头往回走的阿甘："我们怎么办？"——阿甘不知道，径直走了。后面留下了一大群只知道跑，而不知道目标与目的的傻瓜面面相觑。

我认为这其中大有深意。阿甘从来没有让别人跟着他跑，因而他不需要对任何人负责，只能让那些"紧跟"者自己负责。在我们中国，即使你没有号召，但是你客观上没有对群众负责，一样是要受到公众谴责的。可是吃苦头的毕竟是那些跟着他瞎跑的人！怪谁呢？别说你的腿长在你身上，你的脑袋也还长在你脖子上啊！如果你的智商只有75，跟在别人后面跑了好几年，倒也罢了；如果你跟在一个智商只有75的人后面胡乱跑上好多年，却不知道为什么要那样没命地跑，那才有趣呢！

别乱跑。

人　生　悟　语

速度并不重要，重要的是选择正确的方向！方向正确了，紧赶慢赶总会到达目标；方向不正确，速度越快你离目标越远。所以，人生路上开始奔跑的时候，不要急着赶路，先停下来思考一下，你到底将去往何方！　　(朱晓华)

一味追求理想，不顾生活实际，那就可能成为"幼稚"青年了。

鲁迅的世故

孔庆东

鲁迅很重视钱，绝不假装清高。鲁迅的日记里仔仔细细地记着他的几乎每一笔收入支出。他的收入主要来自三个方面：薪水、讲课费、稿费。后两者是不定的，所以他很看重固定的薪水。他在教育部每月可以拿300大洋。那时北京市民的最低生活标准是每月两三块大洋。一块大洋购买基本生活品的购买力大约是今天一块人民币的七八十倍到100倍。举个例子：根据老舍的回忆，当时老舍当个"劝学员"——教育分局局长，每月100元，小学校长40元，小学老师25元，学校的勤务员6元。毛泽东在北京大学图书馆当临时工性质的管理员8元，而馆长李大钊300元。老舍说当时1毛5就可以吃顿很好的饭：一份炒肉丝、三个火烧、一碗馄饨带两个鸡蛋。在这样的情况下，鲁迅很看重他的300大洋。他跟章士钊打官司，也有经济原因，就是一定要保住自己的铁饭碗——章士钊免了鲁迅的职，许多人等着谋他的缺呢。后来，他离开了官场，也离开了大学，由广东到上海。领导教育部的蔡元培先生每月给他干薪300大洋，他也接受了。有人不理解鲁迅的做法，说鲁迅为什么拿着国民党政府的钱，还要骂国民党。在鲁迅看来，钱是该拿的，但骂也是该骂的。

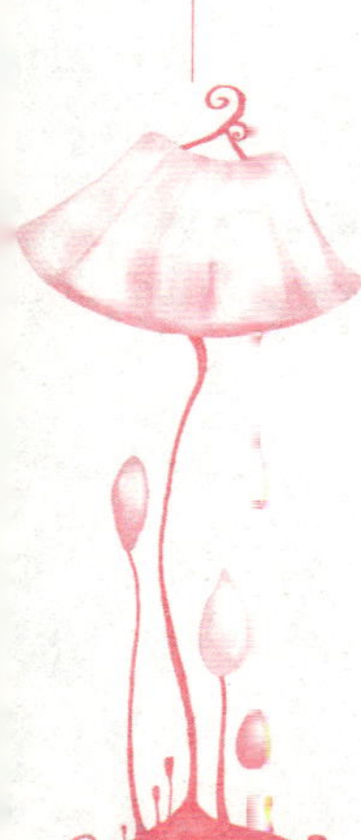

鲁迅有个学生叫李秉中，在军队当官，想辞职不干了，写信征求鲁迅意见。鲁迅反对，认为饭碗可以跟理想分开。鲁迅回信说："人不能不吃饭，因此即不能不做事……我看中国谋生，将日难一日也。所以只得混混。"鲁迅居然说出"混混"这样的话，很不英雄吧？很不容易理解吧？

其实重视饭碗，重视物质生活对于精神生活的决定作用，正是马克思主义的唯物态度。

可见，鲁迅的生活智慧是建立在实实在在的日常生活上的。生活搞不好，仍然追求理想，当然也值得尊敬，我们应该帮助这样的“有志”青年。但是不要把二者分开，一味追求理想，不顾生活实际，那就可能成为“幼稚”青年了。

鲁迅在《世故三昧》中写道，人世间真是难处的地方，说一个人“不通世故”，固然不是好话，但说他“深于世故”也不是好话。“世故”似乎也像“革命之不可不革，而亦不可太革”一样，不可不通，而亦不可太通的。

人生悟语

这个世界是物质的，精神应该建立在物质的基础上。过分地追求物质而忘记精神，财富越多内心越空虚；过分地强调精神而鄙弃物质，挣扎在贫困的泥坑里，还能用什么思考未来？所以，且让我们做回一个“俗人”，在吃饱穿暖的前提下，放飞我们思考的翅膀！

（朱晓华）

中国自古的天条是：朝廷永远不会错，皇上永远是对的。臣民在皇帝和朝廷面前永远只有一个姿势：叩首谢恩！

从伏尔泰到年羹尧

王跃文

普鲁士国王腓特烈二世是个很有意思的人物。他很风雅，懂音乐，通法语，喜欢写诗，甚至用法语写诗。他是个君主，看上去却很有人情味儿，甚至允许言论自由。他曾经说过："老子爱怎么干就怎么干，老百姓爱说什么由他们说去！"有次他在柏林城的墙上看到一幅讽刺他的漫画，不以为然，只淡然说道："嗬！再挂低些，让人瞧个仔细嘛！"既然有人敢画讽刺国王的漫画，说不定也会流行很多挖苦他的段子。此乃臆测，无从考证。我想纵然民间有很多段子流传，腓特烈二世也不会生气的。老百姓爱说什么就让他们说去，谁又动得了他半根毫毛呢？

这位感情丰富的国王做过的最冲动的事，只怕是邀请伏尔泰做客了。当时伏尔泰文名响彻欧洲，而腓特烈二世自命艺术家和诗人，又会讲一口很时髦的法语，自然要同最杰出的文化人做朋友了。于是，他向伏尔泰郑重发出邀请。伏尔泰兴高采烈地来了，称赞腓特烈二世为"北方的所罗门王"。腓特烈二世却很谦虚，说自己最喜欢的称号是"伏尔泰的东道主"。这位好客的东道主封伏尔泰为法官，让他住进豪华的王公宅邸，领取丰厚的薪金。

伏尔泰的访问看上去很愉快。腓特烈二世隔三差五宴请他，席间的谈论是高雅的，哲学、音乐、法语诗，甚至还有烹饪术。国王还常常请伏尔泰修改他的诗作。麻烦就来了。文化人天真起来就容易忘乎所以。伏尔泰见国王请他修改诗作，就真以老师自居了。腓特烈二世写诗到底只是业余爱好，他的职业是国王。这位国王的诗自然不敢恭维，尽管他的国王当得也许很出色。伏尔泰竟然笑话国王的诗，甚至在很多公开场合引用国王的诗。国王认为伏尔泰这么做别有用心。腓特烈二世毕竟还算有自知之明的，他清楚自己的诗作只能在小圈子里传阅，公开发表怕招人笑话。可伏尔泰的恶作剧等于将国王的诗作公开发表在报纸的头版头条了，而这个版面通常是发表国内外要闻的。腓特烈不高兴了，伏尔泰也不愉快了。伏尔泰只好离去，回到他忍受了几十年的法国。

几乎在同时，中国正处大清帝国康乾盛世之雍正年间。雍正的宠臣年羹尧文韬武略，为雍正登上皇帝宝座立下过汗马功劳。雍正好像也很有人情味儿，曾对年羹尧说：自古君臣之交大多因为公事，私交也是有的；但像我俩交情如此长久，从未有过啊！我俩要做君臣的榜样，让千秋万代之后人称赞，让他们羡慕得流口水！听了这席话，年羹尧真是感激涕零，三呼万岁万岁万万岁，发誓肝脑涂地，死而后已。雍正对年羹尧自然是累降恩泽。

然而伴君如伴虎的道理从来就没有改变过。有一年，天显瑞象，五珠连贯，日月同辉。于是举国沸腾，以为吉兆。文武百官竞相进表，颂扬雍正英明盖世，德化八荒，乾坤朗朗，国富民安，盛世太平。年羹尧当然不敢免俗，也进表皇上，自然是好话连篇。他在上表中用了"夕惕朝乾"之句，称颂雍正晚上反躬自省，白天为国事勤勉操劳。此语出自《易经·乾卦第一》，原话是："君子终日乾乾，夕惕若，厉无咎。"后来化作成语，或说"夕惕朝乾"，或说"朝乾夕惕"，意思完全相同。但人们习惯中多说"朝乾夕惕"。年羹尧的灾祸就出在这地方。他只是把人们说惯了的"朝乾夕惕"说成了"夕惕朝乾"，就惹得雍正龙颜大怒。这位当年发誓要同年羹尧做千古君臣榜样的圣明之君脾气发得令人不可思议：既然年羹尧舍不得把"朝乾夕惕"四个字给我，他立下的那些功劳我也可给可不给！

年羹尧做梦也想不到自己这么容易就把皇帝老子给得罪了。这位中国的大臣远没有同时代西方的伏尔泰那么幸运。伏尔泰也曾被腓特烈二世的爪牙投入监狱，因为他无意间带走了这位国王的法语诗集。这册诗集很可能让腓特烈二世在国际上丢脸。但伏尔泰很快就被放出来了，腓特烈二世还为自己做得过火而内疚。也许因为伏尔泰到底只是国王的客人，而年羹尧却是皇帝的臣子。君要臣死，臣不得不死！年羹尧被认定 92 项罪状，其中 32 项都是问斩的罪。一个被皇帝视如手足的权臣，一夜之间成了十恶不赦的罪臣。鸟之将死，其鸣也哀。年羹尧在狱中给雍正写了封信，言辞凄切，恳求皇上留他这犬马之身，慢慢为主子效力。雍正便大发慈悲，法外开恩，赐这位当年的功臣在狱中自尽。凡是皇上赐予的，不论祸福，都是恩典。年羹尧自尽之前，还得伏地长跪，谢主隆恩。毕竟不必杀头，可留下个全尸，自然算得上皇恩浩荡。中国自古的天条是：朝廷永远不会错，皇上永远是对的。臣民在皇帝和

朝廷面前永远只有一个姿势:叩首谢恩!

伏尔泰事后回顾自己的普鲁士之旅,万分感慨:谁若相信自由、多元价值、宽容和同情,谁就无法呼吸极权主义国家的空气!谜底终于揭开了:原来腓特烈二世因为法语诗的事而生气,不过是借口罢了。年羹尧的冤狱呢?更是让人莫名其妙。中国历代皇帝,除去开国之君,都受着良好的教育,皆可谓饱读诗书,学养深厚。难道雍正皇帝真的不明白"夕惕朝乾"原本没有错误?他只是想找个碴儿发作而已。

人生悟语

伏尔泰与年羹尧的悲剧,只不过是极权社会众多悲剧的小小缩影。不论是普鲁士还是清朝的中国,有极权主义的存在,就萌不出自由的嫩芽;因为自由这株幼苗的生长,最怕的也是隐藏的极权。我们的任务是:呵护好自由的幼苗,让它自由地长成参天大树!(朱晓华)

一个一生清白的人或许对身边的世态炎凉从来漠不关心,而一个堕落放纵之徒或许曾经对身陷绝境者搀扶过一把。

英雄无须完美

俞 可

近日,法兰克福的犹太人博物馆推出题为"无畏之父:一个在法兰克福不为人所知的奥斯卡·辛德勒"的专题展,同时,联邦财政部特制一枚百年辛德勒的纪念邮票。邮票底色为乳黄,印有典型的希伯来雕纹。这个样板来自一枚伴随辛德勒后半辈子的金戒指——1945 年 5 月

8日，被解放的犹太人用自己的金牙和私藏下来的金首饰，打制成一枚金戒指，赠与辛德勒。戒指上镌刻着一句犹太箴言："救人一命如同捍卫全世界。"在影片《辛德勒名单》里，辛德勒接受此礼物时泪痕满面，既感动亦悔恨。懊悔的是，他自己口中还有一颗金牙，当初若能将它卖掉，至少可以多救出一条生命。

14年前，《辛德勒名单》一举荣获12项奥斯卡提名，7项奥斯卡大奖。之后，奥斯卡·辛德勒这个名字悄然淡出人们的视野。2008年4月28日，是辛德勒百年寿辰，相关纪念活动并没有占据公众关注的焦点，就连作为德国左翼媒体旗帜的《明镜》周刊，也对此默不作声。一切如此平静，平静得近乎被遗忘。

辛德勒伟大吗？毋庸置疑。他以企业家的身份，在"二战"期间保护1200多名犹太人免遭法西斯杀戮。最令人折服的是，300多名已押送到"死亡陷阱"奥斯维辛集中营的犹太妇女，竟然被他安然赎救回来。美国犹太裔大导演史蒂文·斯皮尔伯格拍摄的鸿篇巨制《辛德勒名单》，让全球观众为之动容。然而，影片上映之后却引起一场激烈的争论，引发者竟然是奥斯维辛的幸存者！他们批判影片过于美化辛德勒，旨在把辛德勒塑造成为一个道德化身、英雄典型，而有意忽略这段历史事件之前与之后的辛德勒。2004年，作为华盛顿美国大屠杀纪念博物馆教育委员会成员的大卫·克罗教授，以专著《奥斯卡·辛德勒：不为人知的生活，战时活动和名单背后的真相》公开叫板影片中的情节，并质疑辛德勒的那份幸存者名单的真实性。

的确，富贾之子的辛德勒早年沉湎酒色，又在捷克斯洛伐克从事侦察活动，并且还为德国纳粹策划入侵波兰的行动，他还大发战争财，是当地有名的纳粹信徒。他也是一个典型的机会主义者，哪怕20岁时的那场婚姻也是出于对方的丰厚聘礼，并以此来挽救濒临破产的家族企业。"二战"后，他又抛弃了发妻。从流亡地阿根廷返回法兰克福的辛德勒，处境却极为悲惨。身无分文，蜗居在法兰克福火车总站附近的一个单间居室，且频繁酗酒，最终因烟酒过度而死。这就是一个真实的辛德勒。

但是，至今没人能够否定辛德勒从纳粹魔掌中拯救上千名犹太人的事实。他伦理取向的骤然转变，让学者无法自圆其说，或许永远是个不解之谜。可我们又何必劳师动众地去揭开这个谜底呢？甚至那份辛德勒名单的真假亦无须考证、辨伪，只要他在险境中确确实实拯救过一千余条生命，此举足矣。并且，这是他在当初境遇下唯一力所能及的行动。

窃以为，只有国人才会对“高、大、全”式的人物钟情万分，才会为一个完美无瑕的英雄而锱铢必较甚或无原则地打造、粉饰、涂金。从国外对《辛德勒名单》以及辛德勒本人的争议中，不难看出，“高、大、全”其实是一种普适的心理需求，造神运动并无时空的界限。这种普适性既是人类与生俱来的道德诉求，更是人类对自身道德瑕疵和意志缺陷的心理过度补偿。

一个一生清白的人或许对身边的世态炎凉从来漠不关心，而一个堕落放纵之徒或许曾经对身陷绝境者搀扶过一把。英雄没有必要是完美无缺的，我们更没必要以神的标准来奢望他人。人类道德的亘古至今的原则，一是无须极致，二是必须践行。认识这一点，是对辛德勒的最为恰当的百年祭。

人生悟语

俗话说：“金无足赤，人无完人”，十全十美的形象从来只存在于人们的幻想中，他们的名字叫做“神”而不是“人”！太阳也有黑子，英雄亦有缺陷，他们与我们一样，生活在这个烟火人间，唯一不同的是，他们在面对某些危难时，作出的选择更趋于完美！（朱晓华）

个人对自己的错误、罪过进行忏悔，对自己负责也对社会负责，总是值得欢迎的好事！

谁敢像卢梭那样忏悔

穆　夫

遇到退下来的老首长，寒暄的话总有一句："X老，在家写革命回忆录吧？"

是的，老首长早就在写革命回忆录了，除非他从未拿笔，只是在文件上签一个"阅"字的。

外国的总统、首相之类的人物，一退下来就写回忆录。有些也能够提供一些鲜为人知的史料。不过这一类文字，记下来的多是自己的"赫赫之功"和为自己涂脂抹粉的"光辉的历程"，如属见不得人的事，绝不会留下一点痕迹。这很合乎孔孟之道：隐恶扬善嘛！

历史上，只有18世纪杰出的启蒙运动和民权主义者思想家卢梭与众不同，可以说前无古人后无来者，他写的是《忏悔录》。他认为："只有本人，没有人能写出他的一生。他的内心活动，他的真实生活只有他本人才知道，然而在写的过程中，他却把它掩饰起来，他以写他的一生为名而实际上在为自己辩护，他把自己写成他愿意给人看到的那样，就是一点也不像他本人的实际情况。最坦率的人所做的，充其量不过是他们所说的话还是真的，但是他们有所保留。这就是在说谎。他们没有说出来的话竟会如此改变他们假意供认的事，以至当他们说出一部分真事时，也等于什么都没有说。"我读到这一段话，好像是读到某些人的回忆录时会感觉到的。

卢梭写《忏悔录》，一开头就宣布："我现在要做一项既无先例，将来也不会有人仿效的艰巨工作。我要把一个人的真实面目赤裸裸地揭露在世人面前。这个人就是我。'他'既没有隐瞒丝毫坏事，也没有增添任何好事……当时我是卑鄙龌龊的，就写我的卑鄙龌龊，当时我是善良忠厚、道德高尚的，我就写我的善良忠厚和道德高尚。"

鲁迅常说要善于解剖别人，更要善于解剖自己。卢梭是善于解剖自己的。例如他叙述了他在维尔塞里斯夫人家当仆人时，朋搭尔小姐丢失了一条用旧了的小丝带，本来是卢梭偷了，但他厚颜无耻地嫁祸于那位"和善、聪明和绝对诚实的姑娘"女仆人玛丽永。玛丽永断然否认了，但一点也不发火，劝卢梭不要诬赖一个纯洁的姑娘。但卢梭"仍然极端无耻地一口咬定是她"，而且说是玛丽永偷来送给他的。玛丽永哭了，对卢梭说："唉！卢梭呀，我原以为你是个好人，你害得我好苦啊！我可不会像你这样！"卢梭和玛丽永都被解雇了。

卢梭并不害怕损失什么，相反他得到世世代代人们的赞叹和尊敬。卢梭这种善于解剖自己、毫不隐讳丑陋的忏悔，是真实的自我批评。

那些犯过罪、作过恶、有过许多卑劣行为遗臭后代的赫赫有名的人物，他们在自己的传记中，在发表的话语中，认过错、有过一点儿忏悔之意没有？而崇拜这些人物的各式正人君子们，五体投地，敢说一个"不"字？一个人对自己的错误、罪过进行忏悔，对自己负责也对社会负责，总是值得欢迎的好事呗！

人生悟语

炫耀自己曾有过的辉煌，不是一件难事；吐露自己曾犯下的错误，却不是一件易事。前者这样做的目的，是为了博取长久的荣誉；后者这样做的结果，往往可能失去既得利益。但是，那些在历史的书页上刻下名字的，却往往是后者而不是前者！（朱晓华）

第八辑

一只鸟就这样耍弄了一个人

我们常说，动物是人类的朋友，但在很多时候，动物还是人类的榜样。动物不懂人类的语言，但同样能传达丰富的情感；动物不住高楼不会花钱，但却拥有属于它们自己的家园。动物是人类的对比，用它们简单直接的美好，映衬出人类的复杂和多变。

老鸟说："我可以送你远远比我的肉更有用的东西，那是三句至理名言，假如你学到手，便会发大财。"

一只鸟就这样耍弄了一个人

[埃及]陶菲格·哈基姆

小鸟问父亲："世上最高级的生灵是什么？是我们鸟类吗？"

老鸟答道："不，是人类。"

小鸟又问："人类是什么样的生灵？"

"人类……就是那些常向我们巢中投掷石块的生灵。"

小鸟恍然大悟："啊，我知道啦！可是，人类优于我们吗？他们比我们生活得幸福吗？"

"他们或许优于我们，却远不如我们生活得幸福。"

"为什么他们不如我们幸福？"小鸟不解地问父亲。

老鸟答道："因为在人类心中生长着一根刺，这根刺无时不在刺痛和折磨着他们。他们自己为这根刺起了个名字，管它叫做贪婪。"

小鸟又问："贪婪？贪婪是什么意思？爸爸，你知道吗？"

"不错，我了解人类，也见识过他们内心那根贪婪之刺。你也想亲眼见识吗，孩子？"

"是的，爸爸，我想亲眼见识见识。"

"这很容易。若看见有人走过来，赶快告诉我，我让你见识一下人类心中那根贪婪之刺。"

少顷，小鸟便叫了起来："爸爸，有人走过来啦。"

老鸟对小鸟说："听我说孩子，待会儿我要自投罗网，主动落到他手中，你可以看到一场好戏。”

小鸟不由得十分担心，说：“如果你受到什么伤害……”

老鸟安慰它说：“别担心，孩子，我了解人类的贪婪，我晓得怎样从他们手中逃脱。”

说完，老鸟飞离小鸟，落到来人身边。那人伸手便抓住了它，乐不可支地叫道：“我要把你宰掉，吃你的肉。”

老鸟说道：“我的肉这么少，够填饱你的肚子吗？”

那人说：“肉虽然少，却美味可口。”

老鸟说：“我可以送你远远比我的肉更有用的东西，那是三句至理名言，假如你学到手，便会发大财。”

那人急不可耐：“快告诉我，这三句名言是什么？”

老鸟眼中闪过一丝狡黠，款款地说道：“我可以告诉你，但是有个条件：我在你手中先告诉你第一句名言；待你放开我，便告诉你第二句名言；等我飞到树上后，才会告诉你第三名句言。”

那人一心想尽快得到三句名言，好去发大财，便马上答道：“我答应你的条件，快告诉我第一句名言吧。”

老鸟说道：“这第一句名言便是：莫惋惜已经失去的东西！根据我们的条件，现在请你放开我。”那人放开了老鸟。

“这第二句名言便是：莫相信不可能存在的事情。”说完，它边叫着边振翅飞上了树梢，“你真是个大傻瓜，如果刚才把我宰掉，你便会从我腹中取出一颗重量达 120 克、价值连城的大宝石。”

那人听了，懊悔不已，把嘴唇都咬出了血。他望着树上的鸟，仍惦记着他们刚才谈妥的条件，便又说道：“请你快把第三句名言告诉我！”

狡猾的老鸟讥笑他说：“贪婪的人啊，你的贪婪之心遮住了你的双眼。既然你忘记了前两句名言，告诉你第三句又有何益？难道我没有告诉你‘莫惋惜已经失去的东西，莫相信不可能存在的事情’吗？你想想看，我浑身的骨肉羽翅加起来不足 100 克，腹中怎会有一颗超过 120 克的大宝石呢？”

那人闻听此言，顿时目瞪口呆，好不尴尬，脸上的表情煞是可笑……

一只鸟就这样耍弄了一个人。

老鸟回望着小鸟说:"孩子,你现在可亲眼见识过了?"

小鸟答道:"是的,我真的见识过了。可这个人怎会相信在你的腹中有一颗超过你体重的宝石,怎会相信这种根本不可能存在的事情呢?"

老鸟回答说:"贪婪所致,孩子,这就是人类的贪婪本性!"

人生悟语

说贪婪是人类的本性,真的一点儿都没错,人类的不幸,往往源于他们永远填不满自己欲望的沟壑。只有听从这只鸟的忠告:莫惋惜已经失去的、莫相信不可能存在的,贪婪之心才不会遮住我们明朗的双眸!

(罗　兵)

世界上看似没有关联的许多事物,其实相互间息息相关。拒绝帮助别人,就等于伤害自己。

捕鼠器

郑　洁/编译

一只老鼠透过墙壁上的洞,看见农夫和他的妻子正在打开一个包裹。里面是什么食物呢?当它发现那是一个捕鼠器后,吓呆了。

老鼠跑到农场的院子里,发布警告:"这所房子里有一个捕鼠器,这所房子里有一个捕鼠器!"

鸡咯咯地叫着,爪子在地上乱抓,然后头也不抬地说:"对不起,老鼠先生,这是你所面临的危险,和我没关系。我不必为此烦恼。"

老鼠又找到猪，告诉它："这所房子里有一个捕鼠器，这所房子里有一个捕鼠器！"

"非常抱歉，老鼠先生，"猪同情地说，"除了祈祷，我对此无能为力。我一定会为你祈祷的。"

老鼠找到牛。牛说："老鼠先生，捕鼠器会带给我什么危险吗？"最后，老鼠低着头回到房子里，万分沮丧地独自面对农夫的捕鼠器。

当天晚上，房子里发出声响，捕鼠器抓到了猎物。农夫的妻子急忙赶来查看。黑暗中，她没有看见那是一条尾巴被夹住的毒蛇，结果毒蛇咬伤了农夫的妻子。

农夫赶紧把妻子送到医院，回来后她发烧了。

人们都说，新鲜的鸡汤可以退烧，于是农夫拿着斧头到院子里去获取鸡汤的原料。他妻子的病情没有好转，邻居和朋友们纷纷赶来轮流照顾她。为了款待他们，农夫把猪杀了。

农夫的妻子病情恶化。她死了，许多人前来参加葬礼，农夫杀了牛给他们做吃的。

人 生 悟 语

我们在为美国的金融危机感叹的时候，沿海的不少企业也因之倒闭；亚马孙河丛林的蝴蝶扇动它们的翅膀，引发了得克萨斯州的龙卷风。世界上许多看似没有关联的事物，其实相互间息息相关。我们都是地球上的同盟者，拒绝帮助别人，就等于伤害自己。（罗　兵）

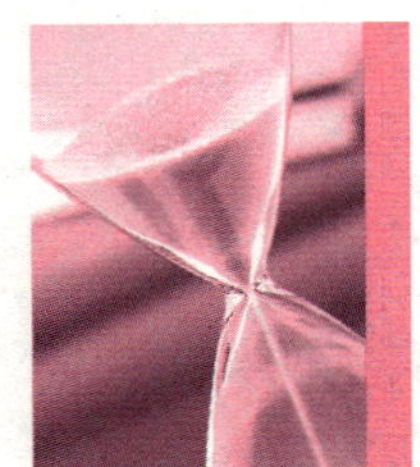

这种离题万里的讨论会，绝不会“只此一家，别无分号”的，虽然不一定都是谈狗叫的问题。

狗为什么会叫

呼加诺

有这么一次学习讨论会。

开始时，大家各自静默5分钟，似乎无言可发。小组长再三催促，有人发言了，也是零零落落，无精打采。但不知怎么回事，有一个问题引起了大家的兴趣，于是大家忽然精神抖擞，好像人突然变得格外聪明，加以浓茶的刺激作用，智慧的火花，从许多嘴里不断地闪射出来。有的引经据典，有的谈感性知识，有的说补充体会……发言真是既踊跃而又热烈。

大家这样感兴趣的问题是什么呢？这就是狗为什么会叫的问题。

“我这次下乡的一个新的体会，就是：狗——这东西真是可恶！”一位戴眼镜的同志愤慨地说，“在乡下，你要不拿一根棍子，简直就不能走路，从这个庄到那个庄，到处有狗都朝你汪汪地叫。若是走黑路，从暗中扑过来一团毛茸茸的东西，突然汪地一声向你偷袭过来，真会吓得毛骨悚然。有一回……”

“哈，那只能怨你神经衰弱！”一位不戴眼镜的同志马上打断他，提出异议，“乡下的农民弟兄，成天听到狗叫，也没看见几个人吓掉胆的。难道狗不是人类最早和最忠实的伴侣吗？”

“是啊！从古人造字上说，”一位头发已经微秃的同志补充说，“狗者犬也。‘犬’字是一人旁加一点，这就说明狗和人类有着密切的历史渊源。”他呷了一口浓茶，又提起话题说，“不过，不管什么狗总是喜欢汪汪地叫，的确是叫人讨厌的。你们说说看，狗为什么会叫呢？”

“不，”一位年轻的同志又有了不同的意见，“也有不喜欢叫的狗。有一种贴耳卷毛的西洋狗，就不喜欢叫，它总是悄悄地跟在生人背后，冷不防咬你一口，可就不叫一声。”

“你说的是狼狗吧！狼狗就是狼性未改嘛，总是闷声不响从人背后猛扑过来，啊呀呀，这种狗最可恶！”

“咬人的狗不叫，叫的狗不咬，是这样子的！”

“喜欢叫的狗总是多的，我看，狗要叫，是天性，就如人非说话不可。”

大家谈兴正浓，辩论相当热烈，我简直记不清哪句话，哪个论点是哪位同志说的了。总之，关于狗为什么会叫的问题，有的说是由于遗传，有的说是因为它的鼻子受刺激奇痒，不得不叫，有的说是因为它本来就有叫的嗜好……

这样的讨论有多久啦？请看大家茶杯里的茶，早就冲成淡白水了。大家显然都感到疲倦了。可是讨论到这儿，怎能草草结束？再说，讨论到一个地方，总应该取得较一致的意见呀！于是，组长赶紧抓紧时间征求大家意见。大家这时却浑浑噩噩地彼此看着。只有一个保持较清醒头脑的人提出请组长说个初步意见。也不知组长是否存心跟大家开玩笑，他的初步意见是：狗所以会叫，大概是由于它的嗜好。

“我同意。”

“我没有意见。”

大家都已昏昏沉沉，只希望赶快散会休息。因此就糊糊涂涂地表示了“同意”。关于狗为什么会叫的问题的讨论，至此，总算告一段落了。

读者同志，你们要知道这个小组原来讨论的题目吗?喏，就是“为什么必须对农业实行社会主义改造”。原来参加这个讨论会的，都是一些据说是很有书本知识的人。他们觉得大道理早已懂得，没什么可讨论的；谁也不愿意提出疑难问题，好像根本就没有什么疑难问题。缺少的是感性知识，于是大家就来谈感性知识。因为有人谈到农村的实际情况，接着就有人讲起自己下乡工作的体会，从下乡谈到农民的两重性，从两重性谈到农民的自私保守的表现，谈到农村狗多，农民养狗看家是否和自私保守观念有关……就这样七转八转的讨论到狗的身上来，而最初的讨论题目是什么大家也不甚了然了。

读者们，你们也许觉得这样的学习讨论会很好笑。不过，请允许我大胆地猜测一下，这种离题万里的讨论会，绝不会“只此一家，别无分号”的，虽然不一定都是谈狗叫的问题。

但愿不再有这样的学习讨论会！

人生悟语

“下笔千言，离题万里”的文章，我们比之为裹脚布，又臭又长；现在不少的会议也开成了“裹脚布会”：发言的洋洋洒洒，切题者寥寥落落。试想，我们一辈子能有多少这样的时间用来浪费？自觉抵制这样的会议，就是珍惜自己的生命！ (罗　兵)

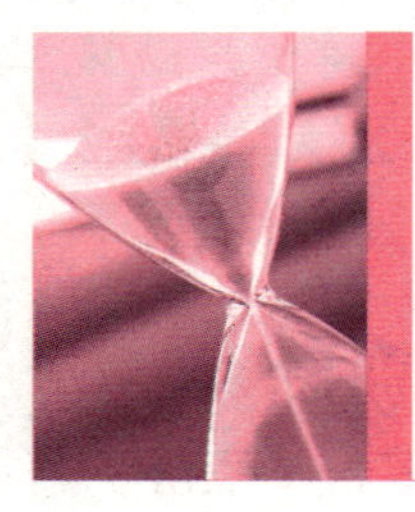

你在伤害别人的时候，必然要先伤害到你自己。这种颠扑不破的真理，适用于自然界中的任何一种生灵。

带刺的巢穴 星　竹

非洲红脸猴在夜晚睡觉的时候，总愿意躲藏在长满尖刺的灌木丛里。红脸猴的天敌都是很怕刺怕扎的，而这种特殊的灌木丛，枝条上长满了又尖又硬的树刺，睡在里面相对安全了许多。为此，许多人都为红脸猴的聪明叫绝，认为红脸猴是动物中最会利用自然条件的防御高手。

只有一直在非洲跟踪红脸猴的专家才知道，红脸猴的这一聪明做法，可防御敌人，但也伤害了自己。因为非洲丛林里的灌木，枝杈上的刺又尖又硬，狮子和野狗等猛兽固然很怕被扎伤，但躲在里面睡觉的红脸猴一不小心，同样也会被这些尖刺扎伤。实际情况是，伤到自己的概率竟然大于保护自己的概率。

更危险的是，一旦饥饿中的狮子或野狗不管不顾，形成围剿，堵住灌木丛的出口，红脸猴的这一保护性选择，立刻就会成为自己的陷阱，必死无疑。

从另一个角度讲，非洲红脸猴只认识了事物的一面，而没有认识到事物的另一面：带刺的灌木丛对自己同样是一种危害。

加拿大山地秃鹰为了使自己的后代不被敌人侵犯，巢穴是用一种带刺的又尖又硬的荆棘修筑的。为了找到这种又尖又硬的荆棘，加拿大秃鹰会飞行一百多公里，专门找那些带有尖刺的荆棘来搭建自己的窝巢。

从表面上看，加拿大秃鹰的巢穴，就像一个长满了尖刺的绣球，无论是什么样的天敌，对这样的巢穴都会望而却步，无人敢来侵犯，因此秃鹰的幼崽不会被天敌吃掉。为了使后代住得安逸，加拿大秃鹰会在窝里铺上软草、棉花和羽毛，防止幼崽被尖刺扎伤。

只是，加拿大秃鹰的巢穴建筑在海边的岩石上，巢穴在又高又陡的崖壁上，七八级以上的海风隔三差五就会光顾一次，每次大风降临，秃鹰巢穴里的软草、棉花、羽毛，十有八九会被大风吹掉，幼崽只能躺在光秃秃的硬刺上，三只会有两只被硬刺刺伤，甚至丧命。因此，加拿大秃鹰的幼崽成活率一直不高。带刺的巢穴防范了敌人，但也伤害了自己。

而加拿大秃鹰却始终不能明白这一点，它们已经习惯了如此的建造巢穴，一年又一年，多少年来，它们都是以如此的牺牲来换得所谓的安宁的。

紫斑鱼是海洋动物里最为漂亮的一种鱼，它的浑身布满了五光十色的颜色，阳光一照，闪闪发光。如此美丽的紫斑鱼，全身却长满了针状的尖刺，大小类似酸枣刺，又尖又硬，刺上带有一种毒素，这是紫斑鱼用来攻击其他鱼类的武器，不管什么样的海底动物，一旦被紫斑鱼的尖刺刺中，则无一生还。紫斑鱼是海底世界中浑身长满尖刺的动物代表，且毒性极大。

紫斑鱼在每次攻击其他鱼类时，都要先愤怒起来，以分泌出有效的毒素，也只有愤怒，才能使它身上的毒刺坚硬起来。因此，紫斑鱼的情绪越激烈，身体上的尖刺也就越坚硬，而越坚硬，它就会越愤怒。而愤怒的情绪总是先要伤害到自己。越愤怒，紫斑鱼也就越被自己所伤害。

因此，紫斑鱼大都寿命短暂，一条紫斑鱼在通常情况下能活七八年，可实际上紫斑鱼大多活不到两年。紫斑鱼是死于自己的愤怒，死于自己的“内伤”。

世界上还有许多这样的动物，他们无论是防范，还是进攻，总是先要利用自己的负面情绪才能达到攻击的目的，而负面的情绪总是对自己不利的，也就是说，紫斑鱼是以牺牲自己为代价的。这正像世界上的一些普遍道理：你在伤害别人的时候，必然要先伤害到你自己。这种颠扑不破的真理，适用于非洲红脸猴，适用于加拿大秃鹰，适用于海底的紫斑鱼，也适用于自然界中的任何一种生灵。当然也包括人类自己。

人 生 悟 语

“在伤害别人的时候，必然要先伤害到自己。”说得非常正确的一句话！套用物理学中的作用力与反作用力，我们在击打物体的同时，同样也受到物体的击打；我们在仇恨别人的时候，内心先要被仇恨的苦酒淹没……所以，为了自身心灵的安宁，让我们长存一份善意！

（罗　兵）

"我不愿再做他们的奴隶,受他们的压榨了!"它挥舞着拳头,咬牙切齿。

一只追求公平的羊

——雁飞

一只觉悟了的羊向上帝发牢骚:"创造万物的上帝,你说众生生而平等,可为什么我们只能一辈子吃草,却成天要被凶残的狼追杀?凭什么我们一生下来就注定要成为它们填饱肚子的牺牲品?这是多么大的不公平啊!又何谓平等?"

上帝微笑着问它:"那你想怎样呢?"

"我想变得和狼一样强壮,不再成为它们的腹中之物。"它说。

上帝便将它变成了一只狼。

"全能的上帝啊!为什么会这样呢?"没多少日子,它又对上帝不满了,"你只赐给我们牙齿果腹,却让那猎人用陷阱、套子、夹子、钢叉等来猎杀我们?要是单凭肉搏,他们又哪里是我们的对手?可是显然您太偏爱人类了,给其何其多,给我等又何其少也!"

上帝笑了:"你想让我给你什么呢?"

"我想变得和猎人一样强大,不用再害怕他们的武器。"它说。

上帝又将它变成了一个猎人。

可不久,它就又扔掉了钢叉对上帝发泄不满:"慈悲的上帝啊,这简直让人活不下去了!我们上有老下有小,天天冒着生命危险能打多少猎物?又能换几个钱糊口?可那些个豪绅里正那些个虎狼之吏还要任意凌辱搜刮盘剥我们,今儿这捐明儿那税,略有脸色稍有迟滞,便要被打被抓甚至有生命之虞。你说同样是人生父母养的，为何他们就该高高在上作福作威，我们就该勒紧裤腰带先喂饱他们，还要四肢伏地逆来顺受被他们役使、虐杀？”

上帝安慰着愤愤难平的它：“这次你又有什么要求呢？”

“我不愿再做他们的奴隶，受他们的压榨了！”它挥舞着拳头，咬牙切齿。

上帝于是将它变成了知县大老爷。

“他奶奶的，太窝囊了！”没过多少日子，它又扔帽子不干了，“上帝啊上帝，你好没道理，竟让这样不公平不平等的规则存在世上！你说大家一样是为百姓服务的‘父母官’，不就是我的帽翎比他们的短些，那我就该看他们的脸色？就该对他们趋炎附势，低三下四拍他们的马屁讨好孝敬他们？一个不小心伺候不周的话，还给我小鞋撸我帽子甚至要搬我脑袋。为何我就该被他们攥在手心里揉圆了搓扁了玩弄于股掌之上？革命工作不分贵贱，人更无高低之分嘛！大家都该平等才好！”

上帝问他：“我又该怎样帮你呢？”

“爷不想再受他们的鸟气了！”它恨恨地长舒了一口气。

眨眼间，它成了九五之尊的国王，再没人给它鸟气受了。

“我的上帝啊！”没多长时间，它又对上帝唠叨开了，“为什么那些大国动辄便欺负我们，想敲打就敲打？甚至时时图谋着要吞并我们？大家和平共处让人民安居乐业不好吗？何苦要这样亡命厮杀想灭掉对方？难道大国就该颐指气使？而我们小国就该听命于它们？难道他们的民族就高其他民族一等？而我们弱小民族就得受他们的“帮助”蹂躏？这自诩文明的人类，智慧的人类，相互间又何有公平可言？何有平等可言？”

“好吧！”上帝不得不抚慰越说越激动的它，“那我又能如何帮你才好呢？”

“我要做上帝！”它脱口而出。

人生悟语

“优胜劣汰，适者生存”是大自然永远的规则，你想要减少伤害，就必定要变得更加强大。世上并没有绝对的公平，也没有万能的上帝，万事万物都存在它的制衡，只有这样，历史才得以永不停息地进展。让我们都成为自己的上帝，主宰自己的命运以获得精神上永恒的平等。（罗　兵）

一个随处可以听到“狗拿耗子——多管闲事”的民族，正派的行为往往得不到保障。

“狗拿耗子”新解

蓝一白

这天晚上，狗值夜班的时候发现某户居民储藏室的门开了，他悄悄地走了进去，看到一只老鼠正在里面偷吃。

“不许动！”狗说。

老鼠回头看见是狗，吓了一跳，然后平静下来，小眼贼溜溜地转了转说：“你是谁，凭什么呵斥我？”

狗说：“你偷吃别人的东西，还想抵赖？”

老鼠冷笑道：“这恐怕不该是你管的事吧，你不觉得自己太多事了。”

狗说：“少啰唆，先逮住你个偷吃贼再说。”然后“汪汪”叫了两声，猫听到动静，跑过来了。

猫其实一直在附近盯梢，迟迟不动是因为早跟老鼠商量好了，用一条鱼为代价达成今晚的交易。而鱼是老鼠从邻居家偷来的，并且老鼠保证说：将来会时常这样孝敬它。

很快，猫了解了事情的经过。它对狗说："谢谢你对我工作的支持，现在我就把它交给主人，您忙您的去吧。"

狗很高兴，转身离开。但没走多远，就见身旁黑影一闪，有个东西跑过去了，他立刻想到那只偷吃的老鼠，返了回来。果然，猫还在，老鼠不见了。

狗很生气，知道两个家伙串通一气，便和猫吵了起来。不久，主人被吵醒了。

主人睡眼惺忪地起床来到外面，却见一只狗在屋前和自家的猫在叫嚣，他二话不说，抄起家伙向狗追了过去，狗给吓跑了。

狗失魂落魄地跑出好远，终于逃离了危险，这时他见到了平日的好友，于是气愤填膺地诉说了自己的遭遇。

狗友听完，叹了口气说："算了吧，吃一堑长一智，你就当是个教训，以后注意不要再管别人的闲事就是了。"

狗很气愤，埋怨朋友不该讲出这样丧气的话。狗友指着头上的一个疤说："看到了吗，这就是管闲事的后果。"

狗沉默了，从此巡逻的时候，他再也没去过那个储藏室。

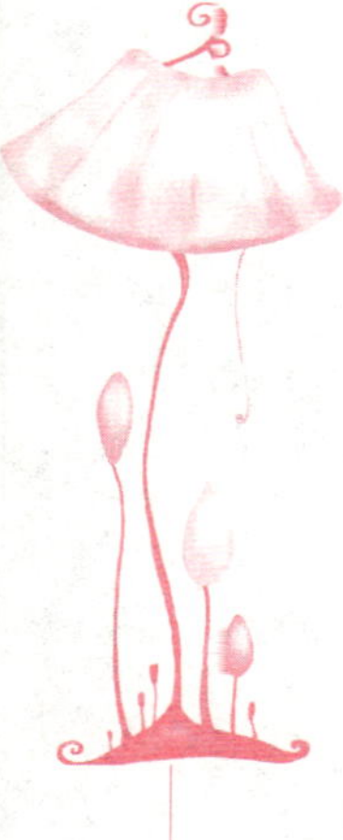

这是不是一则很乏味的小故事？通过这个故事，你首先想到的是什么？没错，狗拿耗子——多管闲事。

生活中你使用过这句歇后语吗？如果用过的话，那很不幸，当时你必定在扮演着故事里的某个角色：一、有后台的老鼠；二、失职的猫；三、不问青红皂白的主人；四、曾经深受其害的朋友。

而这个故事要告诉我们的则是，一个将"狗拿耗子——多管闲事"视为口头禅的人，其行迹必定是可疑的；同样，一个随处可以听到"狗拿耗子——多管闲事"的民族，正派的行为往往得不到保障。

人生悟语

拿耗子并不是猫的专利，只能说是猫的专长；当担此重任的猫“玩忽职守”的时候，狗拿耗子就不是“多管闲事”而是“替天行道”了！那些阻止、讽刺和挖苦狗的，恰恰就是耗子的同僚。但愿这样的“猫”和“耗子”再少一点，“爱管闲事”的“狗”再多一些！（罗　兵）

你真傻。即使一分钱也捞不到，通过打这场官司，新闻媒体的报道也可以让我们在海内外扬名嘛！

鹦鹉告状 樊发稼

两只鹦鹉气愤极了。

鹦鹉甲把一本刚出版的寓言集“啪”一下摔在地上，道：“这本书里至少有五篇寓言是讲我们坏话的，真是岂有此理！”

鹦鹉乙说：“现在是法制时代，我们应当加强法制意识，要充分运用法律的武器来保护自己！”

“对，我们要依法告寓言作家的状。他们对我们蓄意讽刺挖苦，说我们游手好闲，不动脑筋，好逸恶劳，侵犯了我们的隐私权！”

“他们在作品里无中生有，指责我们一味曲意讨好献媚人，这是典型的造谣诽谤！”

“还有，他们恶意嘲笑我们只会重复别人的话，在‘鹦鹉学舌’上大做文章，这明明构成了毁坏名誉罪！……”

“这本寓言集是出版公司出版、全国书店发行的，所以我们不仅要状告寓言作家，还要把出版公司、书店列为第二、第三被告！”

“别忘了，画家还画了插图，画的形象和我们一模一样，这是侵犯了我们的肖像权！”

“好，那就连画家一起告！”

“要求赔偿精神损失费50万元，全部诉讼费用当然统统由被告负担！”

“50万元是否多了些？”

“你真傻。即使一分钱也捞不到，通过打这场官司，新闻媒体的报道也可以让我们海内外扬名嘛！”

“嘘，小声点儿，这话可别让人听见了……”

人生悟语

这场鹦鹉演出的丑剧，活脱脱当今某些人的真实写照。他们打官司，为的是博取不正当的财富，或者不正当的名声。其实，这样的名声又有什么用呢？是白是黑自有世人评说，与其博得个万人唾骂，不如坚守个清白身家！（罗　兵）

马夫的微笑里藏有何等妙计？他是如何让大流士的马第一个嘶鸣的呢？其实他的办法，其他的马夫也不陌生。

没人比马夫更了解马

董玉洁

公元前522年，古波斯帝国皇帝冈比西斯征战埃及途中因意外刀

伤而驾崩，波斯国内一个叫高墨达的封建主趁隙暴动，窃取了王位。冈比西斯的皇妃帕伊杜美的父亲欧塔涅斯暗中联合6位贵族同党密谋后召集亲信、士卒突袭王宫，将高墨达及其仆从等一网打尽，悉数斩杀。暴乱虽已平定，但王冠归属不明，皇权虚位以待，出现了可怕的权力真空，连如今的一包烟一瓶酒都有称王之心，何况封建时代的7位贵族要员呢？帝国面临战乱之虞。大度而机智的欧塔涅斯提议以游戏的方式择定皇权归宿，他主动放弃参与竞争，做主持、裁判及公证人，约定翌日清晨各人骑马赴市区东郊某处集合等日出，谁的马先叫谁就为王。贵族要员的坐骑均为上等良马，面对日出多会精神陡亢，激越做声。

这是一个难眠之夜。面对触手可及的王位，当事的贵族各自全力以赴地忙开了：召集谋臣策划，请星相师占卜吉凶，请祭司祭神祀鬼做法事，让家人亲友跟着一起兴奋、焦虑。但有一位28岁的小伙子做法另类，只找来了一位马夫，向他请教如何才能让自己的战马第一个嘶鸣。马夫微微一笑，让主人放心安睡，说皇位非他莫属。

凌晨，主持人及6位贵族带着少量随从来到帕萨加尔德（今伊朗西南部）东郊，6位贵族驱马翘首向东，等待日出的那一刻。

这时，小伙子的马夫离开自己的马，将左手插在衣服里走近小伙子的战马，从衣服里抽出手漫不经心地抚了抚马鼻子，小伙子的战马顿时兴奋不已，抬举前蹄，立身向天高声嘶鸣。小伙子胜出。

几天后，帝王登基仪式举行，头戴王冠的小伙子登上王位，冲全天下朗声宣告：“我——大流士，伟大的王，众王之王，波斯之王，诸省之王……”小伙子就是历史上鼎鼎有名的大流士。

那位普通的马夫得到了大流士的重赏。马夫的微笑里藏有何等妙计？他是如何让大流士的马第一个嘶鸣的呢？其实他的办法，其他的马夫也不陌生。

大流士的马是匹健壮的公马，而马夫随大流士去郊外参加比赛时特意骑了匹发情的母马。比赛开始前，马夫先将自己的手伸入母马的阴部待了一会儿，然后把手揣进衣服里，走近大流士的公马后抽出手抚摩马鼻子，母马的气味使大流士的公马顿时亢奋起来嘶鸣不已。

异性动物间的这点秘密尽人皆知，让马嘶鸣的办法马夫最有发言权，大流士把这事交给最能办这事的人办，而不是最亲信的人、最高贵的人、最善辩的人、最有功的人、最大胆的人、最自信的人。

接下来，大流士攻城略地，大肆扩张，他所依靠的不再是那位首建奇功的马夫，而是一批此前少有建树的谋士武将，谋士战将们献给他惊天的战功；然后，改革国家管理制度，建省设总督，他所依靠的不再是那些战功惊天的谋士武将，而是一批忐忑不安的文官政要，文官政要们献给他盖世的政绩；再后，修皇道设驿站，改善交通，他所依靠的不再是那些政绩盖世的文官政要，而是一批默默无闻的工程专家，工程专家献给他的仍然是空前的功业；改革货币及税收制度，他所依靠的不是上述任何一类文官武将、专家术士，而是一批有天分却又不安分的商人，商人们献给他的还是奇迹般的繁荣。大流士成为名垂青史的盛世明君，终成众王之王。

大流士始终明白：没人比马夫更了解马，马夫所了解的也只是马。

人生悟语

没有人比马夫更了解马，也没有人比大流士更适合这个王位，他的管理经验值得每一个管理者借鉴。尺有所短，寸有所长，我们都不可能是全才，只有充分发挥每一个人的特长，同时任用每一个领域的高手，你事业的火车才能以最快的速度奔驰！（罗　兵）

它怕鸡不怕人，亲人不亲鸡，在鸡圈里总是形单影只，待在冷清的角落，一见人倒兴高采烈地跑上前来。

小红点的故事

韩少功

美公鸡莫名牺牲的那一天，母鸡们怅然若失，不怎么吃食。撒给它们的谷子剩留了许多，被一大群麻雀飞来吃了个痛快。

从此以后，鸡埘里少了一份团结与和谐。母鸡们也能利他，但利他的圈子通常划得比较小，大多只限于一窝同胞之内。凡是气味不对的他家骨血，就无缘受到爱护，双方处得再久，还是格格不入。这就苦了一只小黄鸡。它是新来的，在这里无亲无故，刚来时怎么也进不了鸡埘，一进门就被既得利益群体啄出门外。我把它强行塞进埘门，第二天竟发现它头上鲜血淋淋，脑门被活活地啄去一块肉，使它两眼欲闭，步履踉跄，奄奄一息。

他鸡即地狱啊！我没法听懂鸡语，再气愤也没法缉凶，唯一可做的，是找来红药水和消炎粉，给这只半死的小鸡疗伤。我见它怯怯的根本不敢上前争食，又一连给它开了七八天小灶，每一次抓来些剩饭或谷子，让它单独在一旁进食。

别的鸡见此情景嫉妒得拍翅大叫，但在我的一再呵斥之下，无法靠近过来，只能远远地看着小黄鸡吃香喝辣。

我们把这只鸡命名"小红点"，因为它头顶红药水时，脑袋上有鲜明的标记。没有料到的是，自小红点被我们从死亡线上救回来以后，它怕鸡不怕人，亲人不亲鸡，在鸡圈里总是形单影只，待在冷清的角落，一

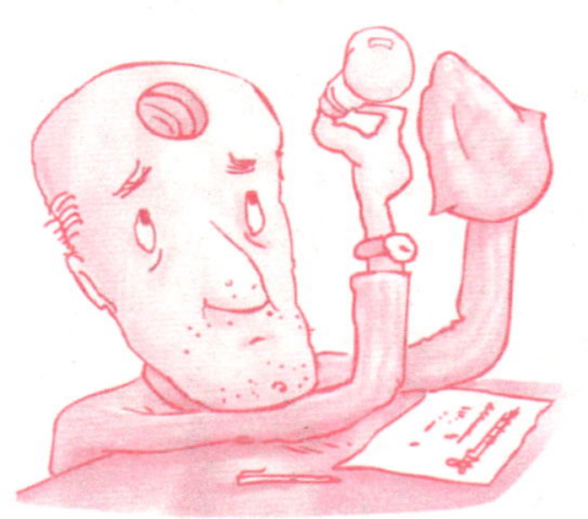

见人倒兴高采烈地跑上前来，不似其他那些鸡，即便见你来喂食也会四散惊逃，直到你提着空盆离去，才敢一哄而上前来抢啄。

每到黄昏，小红点也迟迟地不回鸡埘，一有机会就跑出鸡圈，跑到我家的大门口，孤零零守候在那里，对门内的动静探头探脑，似乎一心一意要走进这扇门，去桌边进食，去床上睡觉，甚至去翻报纸或看电视新闻。看得出，它眼睛眨巴眨巴，太想当一个人而不想做一只鸡了。

半年多以后，它还是保持着跟人走而不跟鸡玩的习惯，即使主妇很不待见它在门前拉屎，即使主妇一次次把它赶回鸡群，它还是矢志不渝总是跟着人转，有时踩着了我的脚，啄了我的脚，也若无其事。它顽强的记忆是不是来自那一次刻骨铭心的救疗？或者像邻居老吴说的：它前世很可能本就是个人，同人有某种缘分？

它一天天长大了，拉在我家门前的粪便也越来越多了；但我不知道怎么对待这只孤独的鸡，假如它哪一天要终结在人类的刀下，它会不会突然像人一样说话，清晰地大喊一声“哥们儿，你怎么这样狠心？”

或者，它会不会眨巴着眼睛，流出一泓无言的泪水？

那一天正越来越近。

人 生 悟 语

“有奶就是娘”，这本是一句贬义的俗语，说的是有的人只要别人施舍了吃食，便抛弃原则地亲近别人，全然忘记了自己的种群。小红点便是这样，亲昵人类而融不进鸡群，殊不知它所亲昵的人类还是会向它举起屠刀。我们应该记住：与生俱来的那些品性，不要轻易去予以改变。

（罗 兵）

第九辑 一条醒世脱俗的毛毛虫

从《伊索寓言》里走出来的动物，其实已经拥有了人类的属性。它们像人一样地喜怒哀乐，也像人一样地思考和生活。它们展现出一种境界，展现出一种美好，展现出对现实的超越和反抗。在它们面前，人类往往会自愧不如，因为缺少它们的决心和勇气。

有的“娘”把娃儿生下来后，一扑棱翅膀飞了。白天鹅则扮演“娘”的角色，把其他鸟类家族的后代孵化出来。

白天鹅的记忆

从维熙

来到南方，是不是因为这座城市有个白天鹅宾馆的缘故，头一夜，我就梦见了我曾见过的 4 只白天鹅。

1964 年，我在一个劳改农场改造，第一次见到那些天性驯良、美如天使的水禽动物，是在劳改队大队部的葡萄架下。我隔着铁丝网，神往地望着白天鹅那一身洁白的羽翼，心里不禁自问：蓝天才是它们的故乡，江河湖泊才是它们的天堂，它们到这儿来干什么？还摆出一副悠然自得、闲庭信步的架势！飞吧！我的天使！这儿是囚笼，不该是你漫步的地方；露珠闪光，水草萋迷的青青河畔，有你的群落，有你的家族，为什么你要眷恋这个鬼地方呢？

后来，我知道了：原来这两只天鹅是被主人剪去了一圈翅膀。它们来自天茫茫野茫茫的东北大草甸子——兴凯湖，那儿的劳改农场捕获了它们，场长从兴凯湖调往我们所在的劳改农场时，把这“姐妹俩”也装进囚笼，像携带仆从眷属那般，把它们迁移到这个地盘上来了。

使我忧虑的是，随着生存环境的改变，它们天性中的善良，被岁月的流光啮食掉了，使这天使般的两姊妹，只剩下天鹅的形态与仪表。有一次，我到劳改队办公室去请示什么事情，当我穿过葡萄架时，那“两姊妹”竟然拍打着仅存的短短的翅膀，对我发动了突然袭击。

一只对我嘎嘎狂叫，神态犹如家狗般凶厉。

一只用嘴叼住我褴褛的衣袖，撕扯下我袖口的一缕布条。

我挣扎着，我奔跑着，待我逃出葡萄架，惊魂初定之后，留给我的是满腹的狐疑：

“这还是天鹅吗？”

“这是两条腿的狗？”

“这不是黑狗、灰狗、黄狗。”

“这是被异化了长着翅膀的白狗！”

20世纪50年代中期，当我还是个青年作家的时候，我去过东北三江草原。那儿块块沼泽，如同大翡翠中镶嵌着的一块块宝石；它们在那野花盛开的水泊旁，交颈而亲，合翼而眠。那姿态像是无数下凡的安琪儿入梦。在这美丽的群落中，总有一个“哨兵”站岗，它们警惕人类，它们警惕枪口，它们警惕秃鹰，它们警惕野兽。他们从不惊扰邻居，他们从不吞噬同类，它们从不以鸟类王国的皇后自居，它们从不趾高气扬，自喻为“羊群中的骆驼”。

据萝北草原的一个猎人告诉我，他从不捕杀白天鹅。他说此种鸟类不仅羽毛如雪，还有代其他鸟类孵化雏鸟的本能。有的“娘”把娃儿生下来后，一扑棱翅膀飞了。白天鹅则扮演“娘”的角色，把其他鸟类家族的后代孵化出来。群居草原和与囚徒为伍的白天鹅，反差如此之大，简直令人吃惊！

仔细想想，似乎从中发现了一点儿道理。地壳喷出炽热的岩浆可以造山，磨盘眼里流出的粮食可以碾成面粉；美丽的天使安琪儿，在主人驯化豢养以及囚徒们的挑逗凌辱之下，就不能改变它那颗善良的灵魂吗？它最初是出于生存本能的反抗，久而久之就把人类视若顽敌，见了脖子上驮着脑袋的人，就首先对其进行袭击！

过了年把光景，一群白天鹅在春日北返，它们在天空中发现了两个同族，在天空徘徊良久之后，终于有两只飞落下来，大概是想来叙叙手足之情，但它们刚刚落地，两只在囚笼旁生活的天鹅，则像凶神一般，与看望它们来的两只天鹅，摆出武斗架势。飞下来的天鹅鸣叫着说着天鹅家族才懂的语言，但这两只“地鹅”，则已完全丧失了天鹅家族的一切属性，将飞来的兄弟姐妹，叼下来一团团白色的绒毛。飞来的两只白天鹅惊愕之余，终于起飞了。但这时猎枪响了，这对来探望家族兄弟的美丽天使，双双从天空中坠落下来！

枪声惊醒了我的梦，于是我想起了文学的使命。

善与恶。

生与死。

人生悟语

本应善良高雅的两只白天鹅，被环境异化成凶狠凌厉的“看门狗”，不能不说是一起悲剧。然而，这样的悲剧其实经常在我们的身旁上演，许多善良的灵魂，迷失在金钱与权力、世俗与人情之中，由天使变成魔鬼。都看好自己的灵魂吧，不要被环境腐蚀掉了原本可以飞翔的双翼！

（黄晶晶）

“你们靠着狮子的血活着，狮子要是死了，你们怎么办？”

跳蚤的上帝

张孝成

一群跳蚤寄生在狮子浓密的毛里。

它们不停地喝着狮子的血，弄得狮子奇痒难忍。

狮子恨透了这群跳蚤，不时狠狠地咬自己的长毛。

这一招虽然不是很有效，但总能让几只跳蚤丧命。跳蚤们的日子从

此不好过了。

这当然招致了跳蚤的痛恨——

“不得好死的狮子，我们恨透了你！你这个暴君！”

“你这个丧尽天良的禽兽，我们决心吸干你的血，为我们死去的弟兄报仇！”

“要是谁能为我们杀死狮子这个与我们不共戴天的仇人，我们就把它当做上帝！”

它们的话正好被盘旋的蜻蜓听到了，蜻蜓很不解地说：“你们靠着狮子的血活着，狮子要是死了，你们怎么办？”

“那你别管！讨厌的东西！”跳蚤们几乎是异口同声地大叫。

过了几天，机会终于来了——狮子被死对头老虎打败了。

跳蚤们欢呼起来，它们感激不已：“老虎，是你救了我们。你就是我们的上帝！”

说完，这群跳蚤一齐跳到了老虎这个上帝的身上，并且立即开始狠命地喝它的血……

人生悟语

对于苍蝇来说，厕所里的粪球是它最好的美食；对于蜜蜂来说，鲜花里的蜜露是它生命的琼浆；对于跳蚤来说，回报“上帝”的方法是狠命喝血；对于老牛来说，报答人类的行动是躬身泥土。所以，决定事物属性的，不是称号，而是本质！ (黄晶晶)

它一次又一次地逃跑，一辈子都在努力解脱锁在它脖子上的铁链，可当命运之神将它脖子上的铁链摘除了，仅仅三天，它却主动把铁链又缠在了自己的脖子上。

老猴赫尼

沈石溪

赫尼是耍猴人岩鸣豢养的一只猴子。据岩鸣说，赫尼是只极其聪明的猴子，一个新节目，只要教上三五遍，就会做了，一般的猴子要教三五十遍才学得会。但赫尼野性太重，无时无刻不在思量逃跑。

岩鸣像所有的耍猴人一样，用饥饿、鞭笞、戴脚镣等手段，企图磨灭赫尼叛逃的野性，可什么方法都用尽了，效果却微乎其微。没办法，只好把那根细铁链永远拴在它的脖子上。

我到曼广弄寨插队的第四年，岩鸣因为长年累月风里来雨里去的，患了严重的关节炎，行走困难，年纪也大了，不能再外出耍猴。他本想把赫尼卖了，但赫尼也老了，脾气又倔犟，动不动就想逃跑，问了几个耍猴人，没人肯要。于是，岩鸣就请我帮他把赫尼带到孟巴纳西森林里去放生。

我牵着赫尼，走了大半天，来到一个名叫野猴岭的地方，那儿树林密得就像篱笆墙，钻也钻不通。岩鸣曾告诉过我，20 年前他就是在这里用捕兽天网将赫尼捉住的，那时赫尼才是一只不满 1 岁的小猴。20 年过去了，小猴赫尼变成了老猴赫尼，没想到，它还认识这块土地，一踏进野猴岭，它就两眼放光，嘴里呜呜呀呀不停地叫唤，显得十分激动。我好不容易解开了那条在它脖子上拴了 20 年的细铁链，它“嗖”地爬上旁边的一棵大树，快到树梢时，回过头来冲着我龇牙咧嘴地嚣叫一声，准确地说是冲着我手中那根象征着人类统治权的明晃晃的铁链粗暴地嚣叫一声，连蹦带跳地钻进树冠不见了。

我以为，这辈子是再也见不到它了。做梦也没想到，第三天早晨，我扛着犁铧刚走到寨外那条宽敞的马车路，突然，一棵槟榔树上跳下一只猴子来，拦住了我的去路。我低头一看，简直不敢相信自己的眼睛，竟然是赫尼！才分别两天，赫尼看上去像老了两岁，邋遢肮脏，落魄潦倒，活像个猴中乞丐。

这时，马车路上又陆陆续续过来十几个荷锄挑担准备下田劳作的村民，他们知道赫尼的身世，都惊讶于赫尼又回来了，围成一圈看稀罕。

赫尼突然前爪撑地身体倒立，沿着人圈绕了一周，接着，它爬上挺拔的槟榔树，两条后腿勾住光滑的树干，吱溜从树梢快速滑下来，又从一位看热闹的姑娘手中抢过一只空箩筐，在场子里蹒跚推行。

哦，它这是在耍猴戏呢！表演完倒立行走、攀爬高杆和推小车等节目后，赫尼翻着手掌，做出一副乞讨状，不断地向围观的人群磕头作揖。一位大嫂丢给它一只包谷，它狼吞虎咽地啃起来。

不知是谁将老猴赫尼回来的消息告诉了岩鸣，老人拄着拐棍提着那条明晃晃的细铁链颤巍巍地从寨子走来，挤开人群，来到赫尼面前，噙着泪花说："我晓得我的老赫尼是舍不得离开我的，唔，回来就好，赶明儿，我病好了，我们再一起去闯码头。"我十分注意老猴赫尼的反应，它并没有因为看见老主人而产生激动欣喜的表情，它那张皱褶纵横的脸没有任何变化，眼光呆滞，麻木不仁。

当它的视线移到岩鸣手中提着的那根细铁链时，目光才像火焰似的跳了一下，它缓慢地爬到岩鸣身边，双手抓起铁链，用混杂着讨厌与欢欣、恐惧与喜爱的十分复杂的眼光久久凝视着那根拴了它整整 20 年的铁链子，突然，它仰天发出一声灵魂撕裂般的号叫，闭起眼，将铁链子缠绕在自己的脖子上。

它一次又一次地逃跑，一辈子都在努力解脱锁在它脖子上的铁链，为此，它遭叱骂挨鞭笞受尽折磨，可当命运之神将它脖子上的铁链摘除了，仅仅三天，它却主动把铁链又缠在了自己的脖子上。唉，猴啊猴。

人 生 悟 语

悲哉！任谁读了这则故事，都会为老猴赫尼发出一声叹息。20年的豢养，让一只原本属于森林的精灵，再也融不进自己的家园，失去了在森林生存的本领，便只有继续囚徒的生活！我们也一样，如果失去了独立生存的技能，便只有一辈子甘受奴役。（黄晶晶）

我们可以活得贫穷，但不能失了风骨；我们可以活得土头土脑，但不能胸无大志；我们没有腿足，不可能站在生活的高处，但不能因此而目光短浅。

一条醒世脱俗的毛毛虫

寒江独钓

我的一天是从幽曲的洞穴中探出头的那一刻开始的。

我不会计较这是一个早晨还是中午，没有谁要求我必须在什么时候钻出来，我坚持着自由的心性，伸完一个懒腰，打过一个哈欠，便让明媚的阳光，毫无保留地倾泻在我的身上。

我挺喜欢这个地方，有一大片草地，有一棵直入云霄的树，还有一两句鸟语，恬淡、幽静，而又与世无争。我故意不把一片草地走完，也不愿急着爬上树的枝尖，我知道生活中有一种极致不需要抵达，我只想在内心深处，享受生命因探索而带来的愉悦过程。

我把家建在这偏僻的土坡上，草掩柴扉，蓬门荜户，我不想打肿自己充胖子，我要让外在的一切形式都朴素些，以亲近内心的朴素。我发现我在寂静中活得很好，就尽量让自己离喧嚣远一些，于是朋友很少，也懒洋洋的，和朋友不常来往。有一天，在路上，我遇到了一条素昧平生的虫子，我们谈得很多，从早上谈到傍晚，然后一直到星辉满天。它走的时候，只翻过一棵大草叶片，便没入夜色当中。我送走过许多这样的朋友，没有名姓，不知来处，或许最真的交往，只是灵魂与灵魂的接纳、引领和融合，而无须涉及地位、财富、权势这些世俗链条上的环节。也许，我会因为自己的固执，在现实中过得很狼狈，但我清楚在生命中什么该坚守，什么该彻底地放弃。

我知道自己太渺小，身边有许多庞大而且不可一世的天敌，比如一群鸟雀、一只鸡，稍不留神，我就会成为它们的腹中之物。我知道，真正的强大不是体魄的强大，而是内心的强大，一个叫海明威的人说过：人生来可以被毁灭，但绝不能被打败。外表弱小的毛毛虫的精神世界也是这样的，所以，我要让自己柔弱的身姿，即便是在毁灭的那一刻，展现给这个世界的也是强悍，而不是软弱。

我懂得寻找怎样的一只虫子相爱，我可以活得卑微，但绝不让自己的爱情沦落在卑微之中。爱的门当户对，不是对等门第，而是对等和谐的心灵。所以我也不想通过爱情，去攀附权贵，用牺牲爱的方式，让自己摇身一变成为财富的附庸。我要紧紧地把握爱的真谛，相濡以沫地经营自己的爱情。我懂得，在爱的天平中，重要的是要多为所爱的一方增加砝码，让爱为对方而倾斜，这样的爱情才会求得最大的平衡。

我要平静地告诉孩子们，作为毛毛虫的后代，不要想在祖辈的手上得到什么遗产，以庇荫自己轻松地在这个世界上活下去，我要说的是：我们可以活得贫穷，但不能失了风骨；我们可以活得土头土脑，但不能胸无大志；我们没有腿足，不可能站在生活的高处，但不能因此而目光短浅。

三餐就简，随便一点露水，任意一片绿叶，就可以吃饱喝足。洞穴狭小，以枯叶为床，与和风同眠，在一地浅吟低唱的呼噜声中，也可以睡得安稳踏实。凭良心行事，不怕夜半鬼敲门；清心寡欲，自然难同床异梦。

如果不远处，能有一溪清流，时时濯我手足，或许我会活得更洁净。

如果能常有智者夜半徐临，也许我会活得更轻松。

人生悟语

这哪里是一条毛毛虫，分明是一个生活的智者。如果说每一段人生都是一样的起点和终点，那区分它们品质高下的，便只有中间这一段历程，它的名字叫做“生活”。最美的生活就是这样：抛却一切繁杂的形式，让心灵最大限度地抵达自由，用内心的强大抵御外界的强敌，凭良心行事，用爱和智慧来装点生活。（黄晶晶）

最终，它用死亡终结了这个游戏。在肉体上，我是赢家；在精神上，它是赢家。

用死亡证明

郑晓红

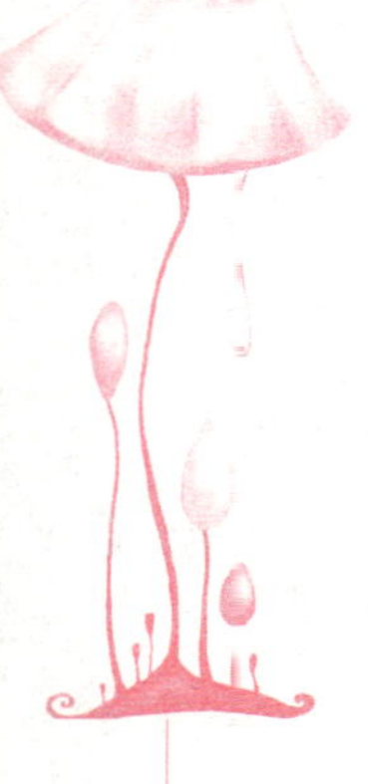

螃蟹死了！

我去鱼缸那里看它的时候，它的眼神呆滞着，不再像往常一样把眼珠愤怒成一粒石子的模样。

它的腿爪舒展开来，那只独钳向前盘着，让我想起和尚打坐的样子来：身体完全放松，心灵凝固于一个点……

它各个关节缝子里，都长出了绿毛，沾沾连连的，随着水波微微荡漾。我记起了小时候常在墙上看到的苔藓，密密麻麻，是岁月留下的痕迹？还是风里来去、哭过喜过的铭文？

当初留下它，是因为一瞬间的敬畏之心，还有一瞬间的恻隐之心。

它是只独钳的螃蟹，褐红色的背壳还有它残缺的腿爪都证明了它一生的沧桑。但它的阅历没有让它变成一只顺渠溜缝、缩手缩脚的螃蟹。相反，它变得非常愤怒。我能感觉到它因为自己的威严受到凌辱而生的愤怒，因为自己一次次或侥幸或狼狈地从人类手中逃脱后无奈的愤怒，因为自己的大螯无法战胜庞大的对手、无法保护螃蟹家族的愤怒……我甚至能听到它骨节里咯吱作响的声音，它随时都在准备战斗，用它顽强的生命。

一只小小的盆子，不过就是一只小小的盆子，就成了上百只螃蟹的禁锢之地，这对它来说，是致命的凌辱。其他螃蟹都没命地抱成团往下面钻的时候，它一次又一次从下面挣扎出来，把自己完全暴露在最上面。它挥舞着自己那只独螯，夹住一只又一只畏缩的腿爪，提、拉、拽、撕……它试图让所有的螃蟹都清醒过来。它盘旋着身体，疯狂地打着转，在其他螃蟹的头顶狂乱地践踏撕扯，很快，就有了许多零碎的腿爪颤动着铺在上面。那些腿爪痉挛着，一点点地蜷曲，最后终于不动。

它纠集了一些大螃蟹，开始顽强地制造它们的蟹梯。它总是在最底层，用它的背壳，用它那只粗大的独钳拼命把上面的螃蟹往上顶。失败了，它愤怒地转着圈，粗鲁地钳过来另外的螃蟹再往上顶……

每当我出现在盆子前面，那些螃蟹都一个激灵，斜撑起身子，蟹钳直指着我。而它，每次都和我对峙最久。它那只关节粗大的蟹钳像剑一样矗在那里，眼眶里的眼珠像颗立着的子弹，仿佛随时要弹出来。当其他螃蟹都慢慢缩回去，底气不足地盘了身子不动时，它依然顽强地撑在那里，一动不动，直到我退却。

我留下了 4 只螃蟹。它是首选。

它每天做着同样的事情——疯狂地驱使着其他的螃蟹去搭永远不可能搭成功的梯子；不懈地跟给它们投放食物的我对峙；狠命地去夹去撕那个我换水时捞它上来的小网兜……

第一只螃蟹死了，它还活着。

第二只螃蟹死了，它还活着。

第三只螃蟹死了，它还是活着。

剩它一个了，它开始用钳子推着顶着摞那些石头，摞高了，爬上去斜立起来，还没立稳，石头就塌了。它毫不气馁地继续摞。

当它有一天终于醒悟这些圆滑的石头根本摞不高的时候，它就沉默了，出奇的安静。

我来到玻璃缸前面，它不动，甚至不看我一眼。我用东西去拨它，它仍然不动，只是随着我的拨动转动身子。我把食物放在它跟前，它一次又一次固执地用钳子推开。

后来，它的关节缝子里开始长一些黏糊的絮状物。

再后来，它各个骨节里都生出了绿毛，在水里漂浮着。

今天，它死了，身体松松垮垮地盘成一个圆。

我一直希望它能成为“我的”螃蟹，希望有一天它能够认可这个身份。

可最终，它用死亡终结了这个游戏。在肉体上，我是赢家；在精神上，它是赢家。

人生悟语

一辈子不屈从于命运，不放弃抗争，在无法挣脱命运的束缚时，死亡便是它的另一种抗争。这真是一只了不起的螃蟹，它的这种“不自由，宁勿死”的精神，值得我们每一个人为之敬仰。在人生的征途中，多一分勇不放弃、敢于抗争的“蟹的精神”，就能收获生命中更多的精彩。

(黄晶晶)

很多年后的某一天，他突然想给母亲写一首诗，想给那老宅和那面墙写一首诗。于是，在别人的帮助下，于是，在别人的帮助下，他回到了老宅的门口。

左口鱼，右口鱼，多春鱼

（中国香港）李碧华

如果叫一尾左口鱼去“自我调查”，然后做一份报告，说明自己是不是一尾左口鱼，这是一桩相当困难的事。

若左口鱼靠自摸，在摸摸这边摸摸那边之后，会觉得自己的口不是太左，无损它是一尾俊朗、智慧、公平、无懈可击的比目鱼——它是誓死也不提“左口鱼”这个俗名的。

若它照镜子，经过反射，那么可能蓦然惊觉原来自己不是左口鱼而是右口鱼。所以无论如何，人们不应该让一尾鱼自己调查自己。

虽然左口鱼和右口鱼都是嘴歪歪。大家别取笑，我真的是最近才知世上有右口鱼的。去吃刺身，我们点油甘鱼、池鱼和左口鱼。厨师道：“今天没有左口，吃右口好吗？右口当灶。”吓？它什么时候把嘴歪向右边了呢？

自小只听过比目鱼、偏口鱼、左口鱼、大地鱼这些名字。形状古怪，两只眼睛同生在一边（正确而言不是歪嘴，是歪眼），故名。

据说刚孵化的稚鱼，双眼很正常，分于身体两侧，后因长期生活在海底，贴卧沙堆，仅露出头部，此时，身体一边的一只眼睛向上移动，经过背鳍，与另一边的眼睛并列一处。身体形态亦生变，侧扁形扭转的特殊化，或许相当痛苦，比目鱼开始游泳失常，仿佛得了疯癫病似的……在这病态期间，夭折不少。

大约经过100天，鱼体完全失去对称，沉入海底，有眼（两只）和色深的一侧向上，与环境极相似，并能随着环境的变化而转色。

两眼长在左边的左口鱼，叫“鳒”；两眼长在右边的右口鱼，叫“鲽”。

本来“鳒鲽情深”好浪漫，谁知它们的身价不同。

曾经看过一则新闻：关于杭州饭馆的“偷梁换柱”欺客法。

杭州人爱吃鱼，一道“红烧左口鱼”冒着热气上桌时，客人一瞧，这不是肉嫩味甜、货真价实的左口鱼，而是肉质紧、味道较差的右口鱼。服务员本来还遮遮掩掩的，因为横竖歪向一边，快快“肢解”便欲辨无从。不过传媒踢爆杭州很多大酒店食肆，都以便宜了二三十块钱的右口扮左口。外行人根本看不出来。

所以一份浙江的报章发出呼吁：“餐饮经理、厨师、酒店采购员，如本报的报道唤起你的社会良知，你不妨拨打××××××××电话，告知你所了解的黑幕。”——我有点疑惑，为什么不是食客、用家、花钱的爷儿们去揭发，而是请以右充左的幕后黑手“自己举报自己”？他们会不会“对事不对人”（即使这件事是由这个人造成的）？

一尾河豚可能不在意自己带毒（因为它自己从未中毒），但一尾充斑的石狗公必然时时刻刻记得不能露出狗脚。

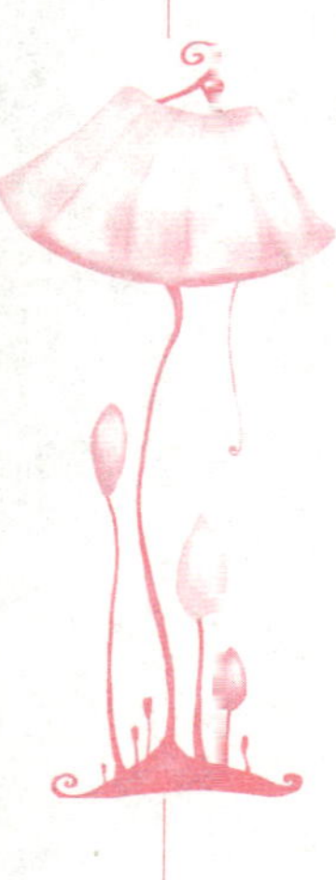

我猜，世上只有一种鱼是自认衰仔的。

这种鱼是多春鱼，精确一点儿，是雄的多春鱼。

人们吃多春鱼，只是为了它的“春”而已。

烧得略焦，香喷喷的多春鱼，一口咬下去，噼噼啪啪的“质感”，美味之余，亦同时满足了食家大量杀生的兽性吧。

谁在乎它的肉？

每年秋冬，这些满腹鱼卵的鱼活蹦乱跳盖满水滩，形如一片片柳叶，故名“柳叶鱼”。肉体瘦削、细小、乏味，也是低贱的。

柳叶鱼来世上一趟，为了交配，繁殖后代。雄鱼作出贡献，雌鱼日渐丰腴，满肚子鱼春。捕鱼的人纵一兜满网，也只挑拣雌鱼。那些本来表现得好high的雄鱼混杂其中，见渔夫一时分不清，连忙恢复精疲力尽、半死不活、庸碌无能的样子，自我招供："我是公的。我不单有肉，有用，我还有春……"

如此一来，它就一无是处，不值钱，也没人爱吃，终被渔夫信手扔回海中，因而苟存性命于乱世。

人们势利，理直气壮。鱼自踩保命，识时务者为俊杰，亦好过牺牲。

锦衣招妒，怀璧其罪，象以齿焚身，鱼因春丧命——有春，逃过一劫，未尝不是幸福。

人比鱼聪明。

相信大部分人也一样，经过计算、衡量、取舍、比较、分析……才决定是否公开真相。是非黑白，即使简单得一眼看清，有时亦自欺欺人。

有时，人说不说真话，并非基于事实和良知……

——明明写鱼，为什么又提到这些肤浅的道理，影响食欲？

好，来一客晶莹、通透、薄切如纸的右口鱼刺身吧。不管左口还是右口，最重要是可口。

人生悟语

因为"左口鱼"比"右口鱼"易成为餐中美味，要它自己证明，"左口鱼"一定会称自己是"右口鱼"；因为雌"多春鱼"有子而易遭噬，倘若它会说话，宁愿称自己是无用的雄鱼。所以，不要怪尘世的灰尘蒙蔽了太多的真相，人说不说真话，不是基于事实和良知，而是真话后面自己需要付出的代价。（黄晶晶）

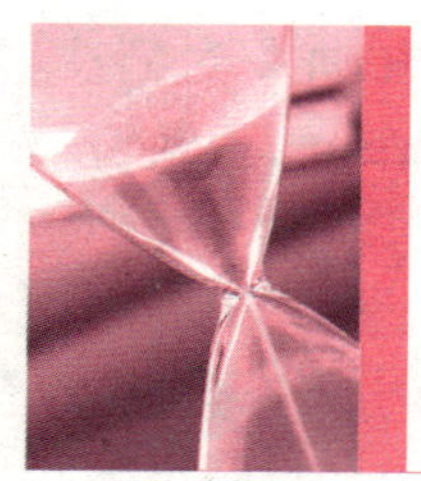

蝗螂有挡车之勇，但显然不可能真的挡住车。这大约是庄子说法能流传至今的原因。

螳臂当车

谢 云

庄子虽然主张“天地与我并生，万物与我齐一”，以今天的眼光看，可算作自然主义者。但他对螳螂，大约是有偏见的。在庄子眼里，螳螂时时举着那粗大似镰的“凶器”，太过招摇。这与他的哲学不合。勇猛不可敬，招摇不可取，在庄子眼里，螳螂或许只是“程咬金”式的人物，只知挥动长臂或板斧，乱砍乱抡，蛮勇有余，而智慧不足。

螳螂有挡车之勇，但显然不可能真的挡住车。我这大约是庄子说法能流传至今的原因。

后来知道，螳螂体格虽小，却也有自己的势力范围。无论谁，越过了底线，它都要拔刀相向，颇有些“虽千万人，吾往矣”的气概。再想庄子那句话，便有了疑窦：螳螂为什么挡车？而——“怒”字，似乎道出了原委：或许是螳螂正在行走，一辆车过来了，要抢道，要侵犯螳螂的利益，所以它要怒挡车辙。都是万物之一，大家生而平等，只因为身形弱小，就要忽略它的存在？这样想，就觉得螳螂是可敬的。他敢于与强势挑战、对抗，而我们，也曾面对强势，比如说，被乱罚款、乱征税、强行摊派，但我们没有、也不敢声张。因为，我们面对的是强势，我们像鸵鸟一样，把头埋进自己的抱怨和恐惧里，我们连螳螂都不如。

所以现在，每看到“螳螂”二字，总忍不住要解下它的外壳，让它回复本身：堂郎，一位姓堂的男子。我执意地把它认作堂·吉珂德。就是他，那个西班牙的穷乡绅。他因读骑士小说入迷，突发奇想，自己做骑士。他的形象颇像螳螂：高而瘦，骑着老马，手握长枪。他的做派，甚至命运，也像螳螂：战风车、斗羊群、攻城堡、放囚犯，他胡冲猛撞，并为此“挨够了打，走尽背运，尝遍道途艰辛”。最终被假扮的骑士击败，耻辱地回到家乡。就是他，这位姓堂的郎，在旧作《背时的英雄》里，我说他是个“该背时”的“背时鬼”。

但他仍是英雄，我所认为的“背时的英雄”。在非骑士的时代，他却要做真正的游侠骑士，这是他的不幸。更不幸的是，我说他“生活在石头和铁的时代，偏要愚妄地试图恢复黄金的时代”。所有人都注目屋内，安于现实，他却仗着并不坚硬的铠甲盾牌，并不锋利的长矛短剑，冒天下之大不韪（wěi），一味地鼓捣，以自己的单薄身体和执著理想，与“时代”对抗。

螳螂的爱情也是独特的。因为爱情的结果，是男螳螂心甘情愿被女螳螂吃掉。在电视里看到过那场景，没有承诺、没有浪漫、没有天长地久，有的只是爱情的初夜和结局：血腥地被杀。不过，我更愿意看做是“献祭”。在这喧嚣多变的时代，当忠贞不渝的爱情成为稀缺资源，每想起男螳螂引颈献身的情形，我的心都禁不住一阵战栗。

“爱情如此多娇，引无数男女竞折腰。”可是，除开白娘子盗仙草，祝英台化蝴蝶……这些美丽而虚幻的传说，有多少人能真正为爱情牺牲？就此而言，螳螂和堂郎，倒是不折不扣的爱情理想主义者、富有牺牲精神的爱情至上主义者。

螳臂当车是一种冲动，也是一种执著。成语中的螳螂最终是死了吧，大车隆隆驶过，只余一片薄薄的残迹。但我相信，它已经挡住了车——在伟大的精神上。堂郎也是如此。我始终相信，人类最基本的前进动力，就是为着自己的目标，不顾一切去实现。而在这过程中，那位瘦骨嶙峋的愁容骑士，时刻体现着他正直、善良的本性，这是人类最崇高的精神。

螳螂挡不住车，但它怒而反抗，其意义，正在于一种昭示，一种唤醒。正如鲁迅先生说的，唤醒“沉睡者”。而在被唤醒的人中，谁说就一定没有能挡住那车的?

面对苦难、逆境、困惑,我们多想像螳螂或堂郎那样,拥有一颗勇敢的心。而在强权当道的世界,螳螂和堂郎,那“舍我其谁”的气概,那“虽千万人,吾往矣”的胆识,或许正是我们最后的指望。

人生悟语

“路见不平一声吼,该出手时就出手”,这句脍炙人口的歌词,为我们诠释了一种“好汉”精神,而敢于挑战强势,面对困难勇往直前的螳螂与堂郎,也无愧于“好汉”的称号。正是因为有了这些“不怕死”、“敢挑战”的好汉与先驱,社会的车轮才得以滚滚向前!

(黄晶晶)

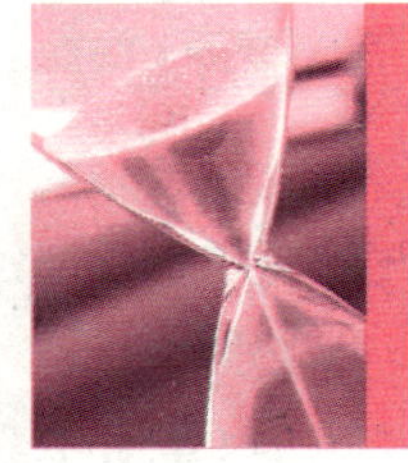

最可怕的不是猴王的暴力,而是第一个不守规矩的猴子,正是因为它的不守规矩才破坏了整个猴群的秩序,给整个猴群带来了灾难性的畸形!

动什么别动规则

李丹崖

一群猴子从山脚的树林出发,排队到山上去摘桃子。山路很陡峭,稍不小心,就有摔跤的危险,于是,所有的猴子都弯腰低头瞅着脚下的路向前走,这样“弯腰低头”的动作逐渐成了猴群共同的姿势,寒来暑往,猴子们山脚山上,运回了许多香甜可口的桃子。

但是有一天,一只猴子的“提醒”引起了猴群的骚动。那是一只不安分守己的猴子,走起路来上蹿下跳。开始,它还能像其他猴子一样弯腰低头好好走路,但是,坚持一个动作久了,难免会不耐烦。这只猴子一抬头，发现前面那只猴子通红的猴屁股正对着自己。“简直是奇耻大辱，竟然用自己的屁股对准我的头！”这只猴子大为不悦，为了“报复”，它用自己的指头狠狠戳了一下前面猴子的屁股。

前面的猴子“嗷”的一声跳了起来：“干吗戳我的屁股？”“活该！你干吗用屁股对准我的头！”挨打的猴子觉得滋事猴子的话多少也有点儿道理，但又无处发泄，于是，就“以后猴之道还治前猴之身”，紧接着，“嗷——”“嗷嗷——”整个猴群骚动起来。

闻讯赶来的猴王急忙过来问个明白。众猴大喊冤枉，都无法容忍别的猴将屁股对准自己的头。猴王大怒，迫于舆论压力，它不得不下令斩杀了第一个滋事的猴子，并颁布了一条法令：凡用屁股对准别猴的头者，杀无赦！一时间，猴群欢呼，大呼猴王英明。

但是，新的麻烦接踵而至，由于法令规定不准用屁股对准别的猴的头，猴子们都不敢上山了，因为，要上山就避免不了“屁股对头”的现象发生。渐渐地，猴子们因吃不到桃子，体质越来越弱，眼看着猴群就要面临着灭门绝种的危险，猴王又想出了一条妙计。那就是让猴子们两个结成一对，手拉手、面对面横着上山，然后把桃子运下山来。这样一来，虽说运输的速度慢了点，但是，总算吃到了桃子，解决了温饱问题。

就这样，一年又一年过去了。有一年，一群动物学家来到这里，当他们看到这里的猴子时，大为惊奇，因为这里的猴子都是一条腿长，一条腿短。开始，他们还欣喜若狂，都以为自己发现了一个新的猴种。后来，一个看山护林的老人为他们解开了其中的奥秘。原来，这里的猴子之所以一条腿长一条腿短，正是它们横着上下山所致。猴子横着上下山的时候，一条腿用力大，一条腿用力小，用力大的那条腿越来越强壮，用力小的那条腿逐渐退化，一天天这样下来，所有的猴子都成了“残疾”猴子！

一个动物学家听到这个消息后感慨良久：“猴王的暴力真是太可怕了！竟然没有一只猴子敢违背……”另一个动物学家听了立即反对，他说：“最可怕的不是猴王的暴力，而是第一个不守规矩的猴子，正是因为它的不守规矩才破坏了整个猴群的秩序，给整个猴群带来了灾难性的畸形！”

这天，所有的动物学家都在自己的笔记里写下了这样一句话：规则的打破比严酷的暴力更可怕！

人生悟语

在社会的进程中，人类的族群要得以维系，必定衍生出各种各样的规则，正是这些规则，成为维系族群平衡的法则。规则一旦打破，平衡也因此失去，这当然比严酷的暴力更可怕！一只猴子的不守规则，带来了整个猴群的灾难性畸形；我们人类的不守规则，又将带来怎样毁灭性的打击呢？ （黄晶晶）

在重大问题上，蜂群中每个成员都有“表决权”，由超过“法定人数”的多数作出最后决定。

蜜蜂的民主制

沈致远

凡事不可凭一知半解想当然，应以事实为依据才不致被误导。蜂群有一养尊处优的蜂王，顾名思义，我一直以为蜜蜂实行君主制，蜂王居于至高无上的统治地位发号施令，众蜂唯有俯首听命的份儿。最近读到《新科学家》刊登的一篇报道，才知道自己误解了，原来蜜蜂实行的是民主制，在重大问题上，蜂群中每个成员都有“表决权”，由超过“法定人数”的多数作出最后决定。

每年春季，健康的蜂群会分出一半，离巢的蜂群在树干上聚成一团暂时栖身，为建一个新家作准备。蜂群首先派几百只工蜂作为“侦察蜂”，去寻找可能建巢的地点——树洞等。每个侦察蜂花费大约 30 分钟考察有关建巢的资料：洞穴的大小朝向以及有无蚁害等。飞回的侦察蜂向蜂群汇报，以绕蜂群飞行及爬行的圈数传递信息，绕圈数越多表示对该地点的评价越高，平均绕圈数为 150。然后，每个侦察蜂招募一两个同伴一起再次考察该地点，让同伴作出自己的评价。如果同伴也喜欢该地点，回来以同样方式绕圈，向蜂群做正面评价的汇报，吸引更多的同伴到该地点重复考察。如此循环往复，形成一种正面反馈，喜欢该地点的蜂越来越多。相反，那些从不喜欢的地点飞回的侦察蜂，向蜂群做负面汇报的方式是绕圈数每次递减十五，招募不到同伴，那些地点就被淘汰了。当喜欢某地点的同伴数目足够多，超过“法定人数”后，整个蜂群就做出决定——迁到该新居营建新巢，开始分群后的新生活。

蜂群的这种根据有力证据和通过竞争做决定的过程，与人类大脑做决定的过程类似。大脑中神经元的活跃程度，相当于回巢的侦察蜂绕圈的数目，活跃程度高，就有更多的神经元参加进来。寻找新巢的蜂群相当于一个“集体大脑”，收集比较并记住各候选地点的有关信息，然后按多数同意原则作出集体决定。

蜂王像英国的虚位女王，蜂群实行的是民主制。作为蜂群主体的众工蜂，为寻找建筑新巢的最佳地点而四处侦察，收集到第一手资料向蜂群汇报，争取认同并招募同伴，通过公平竞争，达到“法定人数”者所提议的最佳建巢方案胜出。

蜂族在地球上已生存了至少 3500 万年，我们现在看到的蜜蜂，种族绵延至今，是靠民主制度的优越性。优胜劣汰，适者生存。那些不懂得实行民主制的蜂群，分群时找不到好的建巢地点而处于劣势，被严酷的生存竞争所淘汰。

蜂犹如此，人何以堪？

人生悟语

蜜蜂的民主制度之先进，让我们都为之惊叹。它们适应群居生活，也懂得只有遵循民众的意见才能确保种群的发展。由此可见，历史的进程一定伴随着民主的进程；优胜劣汰，这是永恒的自然规则！

（黄晶晶）

失败的英雄

第十辑

“滚滚长江东逝水，浪花淘尽英雄。”几千年的岁月流过，泥沙俱下，我们还能记住哪些名字，记得哪些故事？当历史的帷幕落下后，遥隔世纪的时空，重新去打量那些曾经叱咤风云的人物和纷繁复杂的往事时，相信我们一定会别有一番感觉和况味。

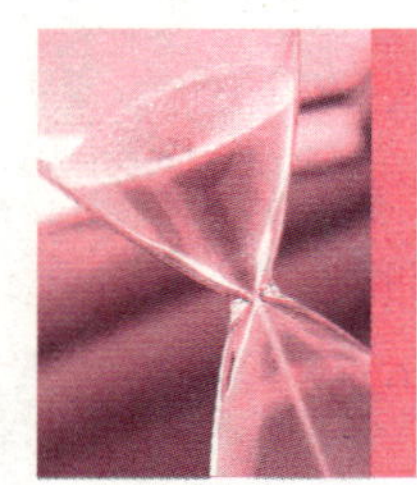

面对可能出现的潜在危机，人们总是抱着“宁可信其有，不可信其无”的态度，以保证自己能够免于陷入困境。

伍子胥博弈 陈明聪

春秋时期，楚国杰出的军事家伍子胥，性格十分刚强，青少年时即好文又习武，勇而多谋。伍子胥的祖父伍举、父亲伍奢和兄长伍尚都是楚国忠臣。周景王 23 年，楚平王怀疑太子“外交诸侯，将入为乱”，于是迁怒于太子太傅伍奢，将伍奢和伍尚骗到郢都杀害，伍子胥只身逃往吴国。

在逃亡中，伍子胥在边境上被守关的斥候抓住了。斥候对他说：“你是逃犯，我必须将你抓回去面见楚王！”

伍子胥说：“楚王确实正在抓我。但你知道楚王为什么要抓我吗？”

斥候冷冷地说：“我没必要知道，你是逃犯，我就可以抓你去领功取赏。”

伍子胥从容自若地说：“不，你需要知道。因为有人向楚王告密，说我有一颗价值连城的宝珠。楚王一心想得到我的宝珠，可我的宝珠已经丢失了。楚王不相信，以为我在欺骗他。我没有办法了，只好逃跑。”

斥候冷笑说：“宝珠丢了，至少我还抓住了人，我想楚王还是会打赏我的。”

伍子胥摇头说：“你又错了，现在你抓住了我，还要把我交给楚王，那我将在楚王面前说，是你夺去了我的宝珠，并吞到肚子里去了。楚王为了得到宝珠就一定会先把你杀掉，并且还会剖开你的肚子，把你的肠子一寸一寸地剪断来寻找宝珠。这样我活不成，你也会死得更惨！”

斥候信以为真，非常恐惧，觉得没必要以命相赌去换取那一丁点儿的打赏，于是赶紧把伍子胥放了。伍子胥终于脱险，逃出了楚国。

这个故事可以算是博弈的一个精彩注解，面对可能出现的潜在危机，人们总是抱着“宁可信其有，不可信其无”的态度，以保证自己能够免于陷入困境。

伍子胥三言两语就改变了自己的劣境，给我们的启示是：在生活中，遭遇对方创造的一种困境，如果使对方也陷入其中，与你一样无法全身而退，那么，即便在这种困境出现之前，他本来拥有拿走你所有一切的优势，此时，他也只能被迫进行理性的决策，与你合作。

人生悟语

生活是一盘诡秘的棋，只有熟知了“博弈”的艺术，才有胜算的可能。伍子胥身处劣境，尚能镇定自若，用一着虚棋赢得胜利，解救了自己的性命；我们在漫漫人生路上，也应该深谙这门艺术，只有这样，才能步步为营，踏上成功的道路。（晨　曦）

李逵崇尚暴力，流血越多，他越兴奋，但他并不像一般的流氓、无产者那样浑身充满无赖气息，相反他是那么淳朴，淳朴和嗜血在他身上奇怪地统一起来了。

李逵：淳朴的嗜血者　黄　波

提到李逵，我就有一种很复杂的感情。我没法不喜欢他，这个鲁莽大汉虽然匍匐在底层，却视生活重压若无物，活得如此洒脱、奔放、无

牵无挂，而且是那么坦荡、率真、质朴、敢爱敢恨、敢作敢当，简直就是一个永远长不大的、全无心机的大男孩。在许多方面，李逵身上凝聚了最底层人们的可贵品质。可是，从情感上亲近是一回事，理性的选择可能又是另一回事，一个想过平庸的幸福生活的人，谁愿与李逵为邻？至少我就不愿意，像我这样的庸人只想平静地活着，可不希望身边有一个说不定啥时就会打破这种平静的人。李逵正像一枚不定时炸弹，极有可能在你意想不到的时候突然引爆，将好不容易积攒起来的幸福一股脑儿埋葬。

李逵为什么会让一个凡夫俗子害怕呢？也许是他过于无拘无束、无牵无绊了，破坏的能量十足骇人。其实也不是只有我这样的庸人才对李逵怀有隐忧，鲁迅先生当年就说："李逵劫法场时，抡起板斧来排头砍去，而所砍的是看客。"《水浒传》作者用欣赏的笔调，浓墨重彩烘托出的，也正是这样一个"嗜血者"形象：李逵的板斧向来是"排头砍去"，而且动不动就会"杀得手顺"，在他"杀得手顺"的状态之下，是没有是非曲直可言的。扈三娘一门老幼，即使全凭水浒好汉的善恶观，恐怕也没有多少纯粹的恶人，可当他们顺着李逵的巨斧倒下时，只能怪自己运气太坏了。《水浒传》虽然处处是刀光剑影，但快意恩仇，几乎没有悲悯色彩，唯独那个年仅 4 岁"生得端庄美貌"的小衙内的死让人心痛，"小衙内倒在地上……只见头劈做两半个"，制造这一幕的正是咱们的"黑旋风"！也许在逼使朱仝(tóng)上山入伙的目标之下，无论在哪个梁山好汉的眼里，一个小衙内的生命都是不堪一顾的，然而这种超乎正常人心理承受度、毫无必要的暴力，却似乎只有交给李逵去做，才会那么挥洒随意、得心应手。

李逵崇尚暴力，流血越多，他越兴奋，但他并不像一般的流氓无产者那样浑身充满无赖气息，相反他是那么淳朴，淳朴和嗜血在他身上奇怪地统一起来了。他事亲至孝，对母亲的爱纯属天性，所以当母亲不幸被虎吃了，他在荒山上的"大哭"才格外让人感动；他又疾恶如仇，最看不惯以大欺小、以强凌弱，哪怕是自己最崇敬的大哥宋江，如果欺凌弱小，他也会义无反顾拔刀而起。一个嗜血者当然让人恐惧，而一个淳

朴的嗜血者除了带来恐惧，还让人困惑。为什么淳朴和嗜血这两种迥异的特质可以在李逵身上统一起来？其实并不奇怪，就因为李逵是个完全不把生命当回事的人。他不仅对别人的生命全无怜惜，就是自己的生命也是毫不以为意的。他把战争、杀人和流血看得像一场游戏，他是那么热衷于拿自己的脑袋做赌注，仿佛人们（包括他自己）脖子上顶着的不过是一茬割了还可以再长的韭菜。在一个全然不知怜惜生命的人眼里，许多血腥的、旁人难以理解的行为于是变得自然和正常了。书中写道，李逵一次偶尔听说某人家里闹鬼，便主动请缨捉鬼，但当他弄清所谓闹鬼实系这户人家的女儿与人偷情时，居然一气之下将一对野鸳鸯杀尽了事，这一情节典型地代表了李逵的风格：急功好义，却又草菅人命，淳朴和嗜血就这样达到了高度的统一。

连自己的生命都不怜惜的人是最可怕的，更何况这个人头脑中还全然没有规则的概念，所以李逵还是活在书中的好。

人生悟语

李逵这样的人物，活在书本里还能让人觉出几分可爱来；要是活在现实中，估计是一个人见人怕的魔王了。我们倡导人要活得单纯、活得简单，但这是在懂得社会规则、不妨碍他人生活前提下的单纯和简单，社会的和谐建立在尊重他人权利的基础上。（晨　曦）

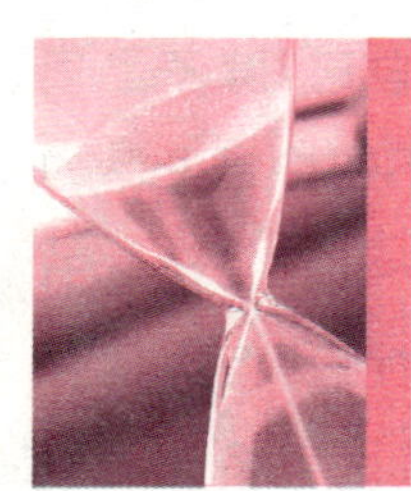

不过所谓不恶死者，也是受一种环境逼迫而成，非真的对于“生”就绝无留恋了，故“贪生恶死”这句话还是百分之百可以成立的。

林冲的投名状

孔令境

《水浒传》里有一段关于林冲落草的故事。那时林冲正被高俅绘形拿捉，没处存身，因此带了柴进的荐书投到梁山泊来。梁山泊的头领王伦对他说：“若要入伙，须先把投名状纳来。”林冲不明其意，以为要他写一张什么履历之类，后来经朱贵一番解释，才知道要他去杀一个人头来的意思。林冲当下一口允应，以为区区杀个把人有甚难事，不道在山脚下等了两天都无人经过，等到第三天上，偏偏碰着一个杨志，斗了五回六合也未分胜负，急得林冲冒火，幸亏王伦出来拦住，把两人都请上了山寨去。林冲也就此入了伙。

据说这是江湖上的律法，直到现在，要入盗伙的也还得经过这个手续。意思是怕他日后变卦，所以要他先去犯一个杀人罪，断了他的反悔之心，这不愧为一条好计，最初发明者说不定即是王伦。林冲虽然未曾杀得头来，但那是因为偏偏碰着了武艺和他一般高强的杨志，要是另换一个过往客人，那首级定早被林冲取得了。我们看林冲当时的那一种迫不及待的神色，可断言林冲是有必杀之心的，那目的无非是要以别人的生命来换得自己的生命。

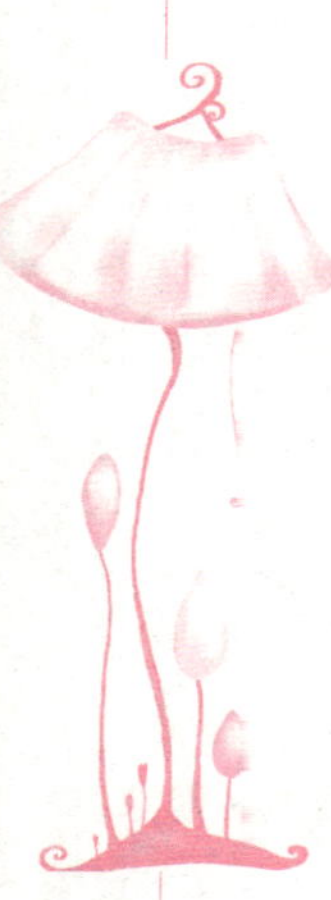

“贪生恶死，人之常情”，这是我们在小学里就念得烂熟了的句子。其实不只是人，凡一切动物都是恶死的，而人确乎反比其他动物不恶死一些，这是因为人的思想往往能左右那自然的求生冲动的缘故。如佛教徒讲出世，他们自然是不恶死；“杀身成仁”的志士自然也不恶死；厌生的自杀者，至少在他自杀的顷刻间定也是不恶死的，类此者真还不少。不过所谓不恶死者，也是受一种环境逼迫而成，非真对于“生”就绝无留恋了，故“贪生恶死”这句话还是百分之百可以成立的。

除了人以外的一切动物，他们固然也贪生恶死的，不过它们仿佛只出于自然的求生冲动，比如杀一头猪的时候它哀哀的号叫，无非要你可怜而饶放了它，至多干一下自卫运动；比如你捕捉一只小黄蜂的时候，它会用针来刺你一下，如此而已。它们还没有学得如人类的那种聪明智慧，可以用别人的生命来换得自己的生命。曾经看见过一个童话：一次有一只狼找到了狐狸的巢穴，那老狐狸向狼哀求说：“请你放了我吧，我可以把这些小狐狸让你享用。”狼一口允应，于是那老狐狸就把她的儿子、女儿一个个都送出来给狼当点心，等到吃完了她的儿女，那老狐狸以为狼可以饶她性命了，不料狼突然一扑，把她也吃了下去。但这究竟只是人类设想出来的童话而已，不相信下等动物中竟有如此狡猾而又可怜的狐狸。

达尔文的进化论原则是“优胜劣汰，适者生存”，我认为这话是不妥当的，除非是在极下等的动物世界里或许还可适用，一入人类社会，则情形几乎和他所说的相反，要是当初达尔文一读我们的《水浒传》，他定不会说出那些话来了。

人生悟语

一部《水浒传》，不同的人会读出不同的感慨：热血青年看到快意恩仇；正统道学看到流氓草寇；热衷政权与斗争的人，会把它看成一场绘声绘色的农民起义。而我们，应该从中读出更多关于人性的启示：不论怎样的斗争，都是为了求得生存。当你的生存威胁到别人的生存时，选择牺牲自我的，可谓“舍生取义”；选择杀戮他人的，可谓“贪生怕死”。（晨　曦）

齐王跟孔夫子闲扯，探问孔夫子的弟子中哪个做得最好？孔夫子把72个高徒在心里PK了一遍，最后举荐了颜渊。

是谁害了颜渊 郑俊甫

我一直对颜渊的死耿耿于怀。

好像是N年前的这个时候，颜渊还难得地绽着一张挂满褶子的笑脸，跟我说，他要出国了。我由衷地为他高兴。倒不是因为他十年寒窗灌进肚里的墨水终于有了可涂抹的地方，而是他的处境，哪怕是在国外混上个芝麻绿豆大的职位，也该有所改变了吧？

颜渊活得太苦了，我一直这么认为。记得刚在学堂撞到他时，差点儿把他当成了叫花子。破旧的衣衫，枯槁的脸，还有在飘雪的冬天也会露出脚趾的草鞋，使他很夸张地成为一帮富家子弟的笑料。起先我还以为他是在作秀，林子大了，什么鸟儿没有？于是便很好事地扮演了一回跟踪者，摸到了他的家。颜渊的家在东关的贫民窟，一个乞丐都不肯光顾的地方。我进去的时候，颜渊正喝着一碗野菜汤，那架势像是转世的饿死鬼，狼吞虎咽，斯文扫地。一碗汤下了肚，似乎还没饱，他又拎了一只黑糊糊的木瓢，跑到井边舀水喝，那可是腊月的生水呀，怪不得颜渊在课堂上常常闹肚子。

见到我时，颜渊吓了一跳。他当时的表情，一想起来就让我的心隐隐作痛。惊讶、尴尬、羞怯还有无措，在他那张苍白的脸上复杂地互动着，继而涨得通红。这时，我才明白，颜渊平时一副知足常乐的样子，都是做给别人看的，他一直过着的，其实是一种戴着面具的生活，面具后

面的那张脸，以及脸上的表情，没有人能辨得清。

现在好了，颜渊也终于要出国了，或者说终于要摆脱一种戴着面具的生活了。当时我问他，打算去哪个国家？他说卫国。我吃了一惊，印象里他这样的高才生是该去一个大国的。颜渊不经意地笑笑："夫子不是说过，大丈夫要施展身手，就得到一个混乱的国家，整天歌舞升平的，还要我们这些人去治理什么？"

也是。

那段日子，颜渊总是一副喜形于色又心事重重的样子，他大概是有点儿舍不得学堂了吧？出国毕竟不是郊游，一走三五年的也说不定。为了送他，我动手做了件礼物，一件用家乡的石头串成的珠子，很朴拙。本想多花点儿钱，买些实用的东西，又怕伤了他。贫穷让颜渊的心变得格外敏感。

我们这帮哥们儿就等着为他饯行了。不想却等来了一场变故。颜渊再出现在我面前时，像是丢了魂魄。一见面，他就没头没脑地问了一句："师弟，夫子让我吃斋，你说，我家里穷得揭不开锅，甚至几个月都闻不到荤腥，这难道不是天天都在吃斋吗？"我听得云里雾里："你马上就要出国了，还管夫子说什么呢？"颜渊摇摇头，叹了口气，长长的一声，像是失望到了骨子里："夫子说，我现在还年轻，心浮气躁，难以治理国家，去了只会乱上加乱。"

可这跟吃斋有什么关系呢？我不解。

几天后，我在一间空荡荡的学堂里见到了颜渊，他端坐在一张席子上，嘴唇翕动着，也不知在叨咕什么。问他，半天，才轻轻地回了一句："夫子说的吃斋，指的原是心斋。心静了，眼自然明。"

可是，心静了，还有激情去治理一个国家吗?我想问问颜渊。这个呆头鹅，却跟入定的老僧似的，再也不理我了。我气愤不过，去质问夫子："颜渊连饭都吃不饱，你还忍心让他打坐？"夫子白了我一眼，轻飘飘的。我瞅见他的案头摆着刚撰就的蝇头小楷："君君，臣臣，父父，子子。"一日为师，终身为父，我猜夫子会端出父亲的架势臭骂我一顿。没有。夫子的脸色倒是和缓了下来，随手从案上拿起一个东西，递到我手里。是一道嘉奖令，齐王颁布的，上面还有他大红的印戳。原来，齐王跟夫子闲扯，探问夫子的弟子中哪个做得最好？夫子把72个高徒在心里PK了一遍，最后举荐了颜渊。夫子说："家里只有一锅菜汤，一瓢冷水，住在要饭窝似的地方，颜渊还整天那么乐呵呵的，换谁能做到啊？"

"可是，"我小声嘟囔着，"发一张荣誉证书顶什么用啊？又不能填饱肚子。我看，颜渊现在紧缺的不是这个，而是粮食和蔬菜。"

夫子不说话，直盯着我，脸色渐渐严肃，食指在一把宽大的戒尺上不停地叩打。我开始心虚，真怕他气昏了头，像对待宰予那样，也给我扣上一顶"朽木不可雕也"的帽子，让我毕不了业。于是只好放弃规劝，狼狈而出。

颜渊一下成了名人，连夫子这样见过世面的人，都觉得像跟着变成了"星星"。但我总有些隐隐的担心，担心颜渊会出事。出什么事呢？一时也掰扯不清。

几个月后，我的担心应验了。颜渊在学堂的一次早读课上倒下了，他是饿倒的，年仅41岁。葬礼上，夫子对着颜渊，哭得一塌糊涂，死儿子的时候都没见他那么难过。

我知道，夫子是真的伤心了。毕竟，他唯一可以作为仁义代言人的弟子，真的去了。

他不哭谁哭？

人生悟语

好一个可悲的颜渊，活生生成了夫子仁义道德的祭品！在食不果腹、衣不蔽体的情况下，何谈仁义与道德呢？一切的精神都建立在物质的基础上，道德也是！所以，在现实生活中，我们犯不着跟物质对立，只要"君子爱财，取之有道"。毕竟，只有在解决温饱的前提下，我们的头脑才能孵化出更多优秀的理念！（晨　曦）

对于政府而言，无为是种境界。在这种境界里，民间社会可以自然地生长，实现自己的均衡发展。但是，只有抑制了官吏的权力冲动，无为才有可能实现。

无为的境界

张 鸣

曹参是汉高祖刘邦在位时地位仅次于萧何的亲信班子成员，萧何死后，他马上让仆人为他收拾行李，说是他就要当丞相了，果然，相国的大帽子最终落在了他的头上。可是做了丞相之后，曹参却终日饮酒，醉时多，醒时少，百事不兴，属员有过，能遮便遮，有人看不惯，想过来提意见，便被一并拉去喝酒，喝到大家物我两忘，意见也就没了。最后连皇帝都看不过去，拐弯抹角表示了不满，老先生竟用一套萧规曹随的鬼话蒙混过去，每日依旧沉在醉乡里。

王导是东晋王朝的开国功臣，晋元帝能从王爷变成皇帝，多半亏了王导，登基的时候，皇帝还要拉着王导坐在一起。此老也是出了名的糊涂，人家骂他“聩聩”(kuì，形容糊涂无知，不明事理)，自己也很以“聩聩”自得。酒量如何不知，但下面的官员胡作非为肯定没事。有次王导装模作样地派出人员出去考察，回来后大家纷纷说下面官员的不好，只有一个人一言不发，最后等大家说完了，此人才说，做宰相的理应网漏吞舟，何必管官员的好坏。王导居然夸这个人说得好，深合其意，害得大家都觉得自己不仅无趣，而且见鬼。

不过，两个宰相的“聩聩”，结果却不一样。曹参得到的是好评，老百姓编出歌谣来夸，结出了“文景之治”之果。而王导，不仅老百姓不夸，而且官员也未必念他的好。东晋政治混乱、国势微弱，中原涂炭却

恢复无望，当时人骂他“聩聩”，后来人依旧骂他“聩聩”。

曹参的时代，承秦末大乱，人口减半，六国贵族豪强已经被秦剪灭殆尽，社会组织也被破坏殆尽，社会只有按自然规律，慢慢恢复元气，国家才有指望。这时对社会恢复最大的敌人，不是别的，正是来自政府的权力。因为这个时候，只有政府是社会中唯一有组织的势力，而且这个势力没有什么东西可以与之抗衡。作为政府官吏，往往有自身的强烈冲动，出来指手画脚，为公也罢，为私也罢，一时间难说清楚。总之从长远看，“做”未必就比“不做”更好。显然，此时的最高行政长官，能够做得最好事情，就是什么都不做，尽量抑制官吏的冲动。这一点，曹参做得很好。当然，当时的老板配合得也好，皇帝身子弱，没主意，又好色，不当家。当家的吕后，只关心自己和自己家族的地位，别的都马马虎虎可以将就。汉初尊崇黄老，据说是胶西盖公的主意。曹参做丞相前，请教了本地的儒生，结果没有一个人说得合他的意，只有盖公的清静无为，才真正打动了他。当然，也只有这个主意，才合乎时代的需要，后来很得史家称道的“文景之治”，恰是曹参开的头。事实证明，合乎时代需要的，最难的恰是不作为，因为让古今中外的政府官吏尽量少作为、不生事，的确太难了。

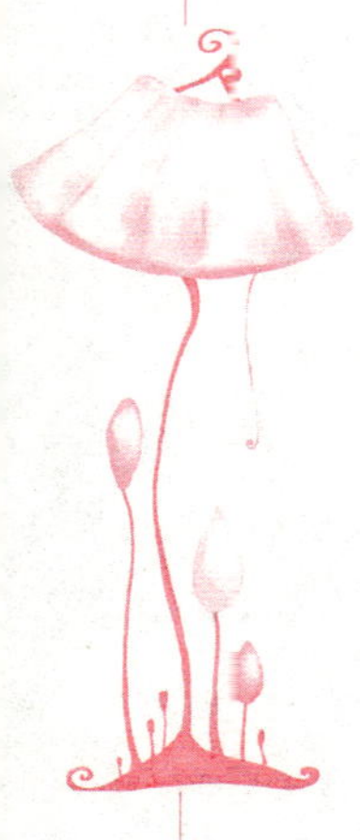

王导之世，门阀豪族势力已形成，而且断送了西晋江山。社会对新王朝的呼唤，是抑制门阀豪强、恢复中原、改变政府由门阀势族垄断的局面。然而，王导却模棱两可，在南渡的中原门阀和江南豪族之间搞平衡，放纵门阀豪族把持政权，胡作非为，从而换取他们的支持。王导处在一个本该抑制政府官吏的时候，但他恰恰不抑制，反而更加放纵。仅仅由于进入中原的各个游牧民族之间的争斗，以及中原汉人对本族王朝的依恋，才使得偏安的小朝廷得以苟延残喘。这样的丞相，这样的“聩聩”，当然没法得分。

对于政府而言，无为是种境界。在这种境界里，民间社会可以自然地生长，实现自己的均衡发展。但是，只有抑制了官吏的权力冲动，无为才有可能实现。

人生悟语

时人颇有些推崇“无为”，认为遇事不管就能逃避责任。其实，“无为”是一种境界，有时“无为”好，不横加干涉才能让事物自由发展，成就蓬蓬勃勃的气候；有时却不能“无为”，放任他人为非作歹，损害的是公众的利益。我们应该学会，在该“无为”的时候“无为”，在不该“无为”的时候保持清明！

（晨　曦）

从某种意义上说，荆轲的英雄形象是他的敌人秦始皇塑造起来的。

失败的英雄

王亚田

荆轲一生只干了一件事，就是从河北来到陕西，行刺当时秦国的最高统治者秦王嬴政。这件事最终以失败告终，但是，人们却一直把荆轲看做一个英雄。

荆轲的事迹是因为司马迁的《史记》而流传千古的。在《史记》的《刺客列传》里，司马迁描写了5个刺客，他们是曹沫、专诸、聂政、豫让和荆轲。比较一下这5个人的业绩，其中有成功的，也有失败的，我们发现荆轲竟然是刺杀最没有成效的一个，与这4人相比：曹沫，挟持齐桓公，迫使其归还了被占领的土地；专诸，刺杀吴王僚，成功，自己也被杀；聂政，刺杀韩国宰相侠累，成功，自杀；豫让，刺杀赵襄子，不成，自杀；荆轲，刺杀秦王，不成，被杀。

荆轲刺秦完全以失败告终，不但一无所获，而且损失惨重，除了荆轲被杀外，还搭上秦舞阳、樊於期的性命，并且失去了燕国督亢地区的地图，后来使燕国遭到秦国的报复，等等。但是，荆轲却成为这5个人中名气最大的一个刺客，有人甚至称他为“中国千古第一侠客”。这到底因为什么？

表面看来，是因为司马迁对荆轲的偏重。在《刺客列传》中，描写荆轲的文字最长，他一个人的篇幅超过了其他4个人的总和。并且司马迁在描写荆轲时，笔墨饱含感情，整个刺秦过程慷慨悲壮、惊心动魄，从而给人留下了深刻的印象。那么，司马迁为什么要这样描写荆轲？

这里面有着更深层的原因，那就是，刺客的地位，是由对手的地位支撑的。这也是司马迁的历史观。荆轲之所以比其他4个刺客高出一筹，是因为秦王比其他刺客要刺的4个人高出一筹；荆轲的分量之所以超过其他4个刺客的总和，是因为秦王的分量超过其他刺客要刺的4个人的总和。更加了不得的是，这个秦王后来横扫六国，统一了中国，变成了秦始皇。连荆轲自己都不会料到的是，他的生命同中国历史上第一个封建君王联系在了一起。从某种意义上说，荆轲的英雄形象是他的敌人秦始皇塑造起来的。

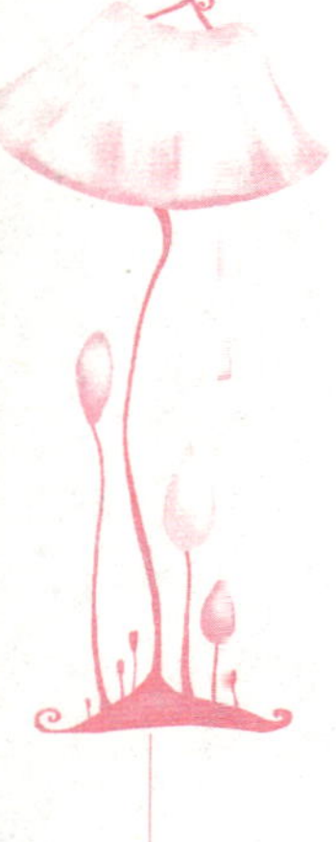

两千年来，人们为荆轲刺秦失败而扼腕叹息，纷纷分析这次行动没有成功的原因。有人认为是荆轲运气不好，他刚进咸阳宫，助手秦舞阳就因恐惧被挡在了门外，荆轲失去了帮手；有人认为荆轲剑术不精，武功欠佳，没有追杀到秦王；还有人认为荆轲有贪生心理，没有在“图穷匕见”的第一瞬间向秦王下手，他想抓活的，只有活捉秦王，荆轲自己也才有生还的希望。说荆轲有贪生心理我不敢认同，说他想生擒秦王倒可能是事实。人们对“荆轲刺秦”一直有一个误会，以为荆轲来到咸阳宫的目的就是为了杀死秦王。其实燕太子丹派荆轲到秦国，第一目的是想效仿曹沫挟持齐桓公的事件，荆轲最好也能挟持住秦王，逼他归还侵略燕国的土地，若不行，再刺杀秦王。但最终两个目的都没达到，不过这也是正常的，因为这件事情本身的难度实在太大。

世人对荆轲的失败耿耿于怀，说来说去，是因为大部分人在潜意识里是希望荆轲刺秦能够成功的。然而，假如荆轲真刺死了秦王，那时候嬴政还没有完成统一中国的伟业，他只是一个诸侯国的国君而已，还没有变成后来的秦始皇，那么，荆轲的名声也就与《刺客列传》里其他的刺客一样了，而不会脱颖而出。所以，荆轲的英名，正在于他的“失败”。这听起来有些匪夷所思，甚至滑稽，但我以为这是事实。

荆轲的英名与成败无关。重要的是荆轲敢于越过寒冷的易水，又渡过黄河，来到强大的秦国，进入了它的心脏地带咸阳宫去单挑秦王，他遇到的对手比其他所有刺客遇到的对手都要强大。他无法预料结果，但敢于向最强者挑战。谁都知道这次挑战生还的可能性几乎为零，将会一去不复返，就是去赴死的。荆轲自己早已高歌过“风萧萧兮易水寒，壮士一去兮不复还”。虽然有人对荆轲有各种各样的分析甚至怀疑，但没有一个人怀疑过他的胆略。

当那个号称 13 岁就杀过人的秦舞阳，一进咸阳宫就被那种威严的气势吓得大惊失色时，荆轲还能谈笑自如。当荆轲面对高高在上、被文武百官簇拥着的秦王时，他是孤独的，然而他并不畏惧。荆轲完成了他应该做的所有动作，他知道，当他最后出手时，自己的生命也将完结。荆轲倒下时，咸阳宫已被他搅了个天翻地覆。荆轲显示了人类个体勇力、胆略的一种极致。

荆轲在咸阳宫只战斗了几分钟，然而这几分钟却震撼了中国人几千年。

人生悟语

历经数千载，我们尚能记住英雄荆轲，其实是因为他刺杀的对象是秦始皇。所以，在人生的战场上，如若需要选择一个对手，与其选择弱者一战而胜，不如选择强者与之对阵。因为，强大的对手才可以让你变得更加强大！

（晨　曦）

郑和下西洋之所以引起如此漫无边际的猜想，一个重要原因就是他的航海档案不翼而飞。

郑和下西洋猜想

杨学武

600年前郑和下西洋，按说历史上发生这么一个中国之最乃至世界奇迹，史书是应该大书特书的。可就在郑和去世不久，记载他历次航海的宝贵资料，竟然在皇家档案库中全部不翼而飞了。于是郑和下西洋的历史真相便无据可考，遂演变成扑朔迷离的神话般的传说。明朝万历年间人士钱曾感叹道："盖三保下西洋，委巷流传甚广，内府之剧戏，看场之平话，子虚亡是，皆俗语流为丹青耳。……下西洋似非郑和一人，郑和往返亦似非一次，惜乎国初事迹，记载阙如，茫无援据，徒令人放失旧闻之叹而已。"

郑和下西洋留下一个个谜团，600年来引起许多人的猜想。首先，郑和究竟为什么下西洋？有人说是为了宣扬大明王朝的国威；有人说是为了与邻邦建立友好往来；有人说是为了促进中外文化交流；有人说是为了发展海上贸易；也有人说根本不是什么"国事交往"，而是"帝王家事"——是明朝第三代皇帝朱棣为了消除心腹之患——因怀疑被他篡位谋害的第二代皇帝朱允汶在宫廷大火中逃脱，于是密令手下"遍行天下郡县"搜寻其下落，并同时"遣郑和浮海下西洋以寻其迹"。其次，郑和下西洋究竟有什么意义？无论是官方还是民间，都一致充分肯定和高度赞扬这一惊天动地的壮举所具有的"深远历史意义"和"伟大现实意义"。有的说它开辟了世界航海史的新纪元，有的说它掀开了世界文明史的新篇章，有的说它表明中国最早实行对外开放，有的说它证实华夏最先实践“蓝色文明”和“海洋战略”。中国人向来喜欢为历史上的辉煌而骄傲，郑和下西洋与“四大发明”一样，被视为中国对世界文明发展的最伟大贡献。于是，它不仅被神化，而且被意识形态化，作为爱国主义和英雄主义的素材，教育和影响了多少代人。于是，在历史教科书中，郑和的宦官身份被隐瞒了，受皇帝派遣搜寻朱允汶下落的史书记载也被忽略了，人们看到的只是英雄人物的伟大形象和光辉事迹。

对郑和下西洋进行猜想的不仅是中国人，还有外国人，而且其猜想比中国人更“海阔天空”。英国一个业余历史学者、曾是皇家海军军官的加文·孟席斯，于2002年在所著《1421：中国人发现世界》一书中发布自己的“新发现”：郑和比哥伦布早72年发现新大陆。按传统史料的说法，郑和下西洋只是到达过东南亚、阿拉伯地区和东非海岸，最远可能还绕过好望角，进入大西洋。可孟席斯认为，郑和的第六次下西洋，远到拉丁美洲、加勒比海、澳大利亚，在麦哲伦前100年就已环航地球。孟席斯还声称此后意大利、葡萄牙、西班牙人航海所用的地图，就是郑和下西洋所绘制的，他们“按图索骥”发现了新大陆。

孟席斯的猜想意味着什么？意味着中国人不仅在西方人之前发现新大陆，而且正是在中国人的“启发”“指引”“带动”下，西方人才开始“走出欧洲，冲向世界”。于是，中国人借孟席斯猜想的翅膀，对郑和下西洋进行“浮想联翩”式的猜想：如果当年是郑和发现新大陆，那么如今世界则是一个“新世界”。有论者指出：“西方扩张的历史，从哥伦布、达·伽马、麦哲伦时代开始，就是掠夺、杀戮的血腥历史，而郑和时代的明帝国，强大却不称霸，内安诸夏，外抚四夷，宣照颁赏，播仁爱于友邦，厚往薄来，致远人之归服，忍辱负重，化干戈为玉帛，万不得已诉诸武力，生擒暴虐无道的锡兰山国王、平息苏门答腊内乱，也做得仁至义尽……”

顺着上述一系列猜想而猜想下去，如果当年郑和继续进行第八次或更多次下西洋，那么当今世界不都是到处充满爱吗？和平和发展岂

不成了永恒的主题了吗？那么，超级大国当然非中国莫属了。

郑和下西洋之所以引起如此漫无边际的猜想，一个重要原因就是他的航海档案不翼而飞。而如此重要的档案为何失踪？据明朝人严从简《殊域周咨剥夺》记载，郑和下西洋的档案是被车驾郎中刘大夏烧毁了，他“焚档”的理由是，郑和下西洋既不是为了探险也不是为了贸易，“费钱粮数十万，军民死且万计，纵得奇宝而回，于国家何益？此物一敝政，大臣所当初谏者也。旧案虽存，亦当毁之以拔其根，尚何追究其有无哉。”正如中国的“四大发明”：罗盘，中国人用于看风水，外国人用于航海探险；火药，中国人用于做鞭炮，外国人则用于做枪炮……即使郑和下西洋的档案“健在”，后人“张和”“李和”继续下西洋，如果目的仍然是“为皇帝服务”，那么其结果与郑和有什么两样？两千年前秦始皇不是也派人下过“洋”吗？那是为了给他寻找长生不死药，以使他“万寿无疆”，从而使他亲手创建的封建王朝“千秋万代”。中国人为何没有发现新大陆，原因究竟何在？窃以为少点儿猜想，多点儿反思，说不定就会找到真正的答案。

人生悟语

决定我们成就大小的，不是命运，而是思维，是我们对事物的定位。把罗盘当做看风水的工具，风水再好也诞生不了伟大的航海家；把航海当做“为皇帝服务”的行动，航行得再远也发现不了新大陆。创新我们的思维，给事物换一个定位，我们才能收获别样的人生！

（晨　曦）

康熙讲崇祯的笑话

李国文

据清代史料，玄烨对明朝宫廷的侈靡之风，对崇祯皇帝，很不以为然。

康熙48年11月，与大学士谈明季史事，谕曰："明朝费用甚奢，兴作亦广，其宫中脂粉钱40万两，供应银数百万两，宫女9000人，内监至10万人，今则宫中不过四五百人而已。明季宫中用马口柴、红螺炭，日以数千万斤计，俱取诸昌平等州县，今此柴仅天坛焚燎用之。"

他在那次与大学士的谈话中，还讲了两则关于崇祯帝的笑话。一是崇祯帝修大内建极殿，从外地采买来的巨石，经运河，由水路运抵通县，再人挽马拉，移至紫禁城前。耗时费力，不计其赀(zī)。谁知石大门狭，无法进宫，运石太监只好启奏崇祯帝，说这块石头不肯进午门，请示陛下，该如何处置才好？崇祯帝当即吩咐：这真是岂有此理，朕要用为良材，竟敢抗命不从，那好，将它捆起来，打60御棍！

皇帝的话，金口玉言，怎敢抗命，只好叫人去打那块巨石，御棍哪有石头坚硬，打了一顿以后，石头依旧，御棍却断了不少。

二是崇祯帝学骑马，因为当时边关战事吃紧，朱由检要偃文修武，要身先士卒，兵部尚书自然建议他先掌握御马之术。打不打仗无所谓，检阅三军，皇帝骑在马上，接受三呼万岁的场面也很壮观。崇祯帝动了心，决定要练骑术。这当然是大事，择了个好日子，选了匹良种马，找了位名骑师，习练那天，两人执辔(pèi)，两人捧镫(dèng)，两人扶靴，七

八个太监，或蹲或趴，或捧或抬，刚刚将他送上马背，还未坐稳，就滑落下来。尽管被人接住，并未摔着，面子上过不去的崇祯帝，气急败坏，发出御令，将此马打40大鞭，然后罚往苦驿当差！

石头打60棍，纹丝不动，但无辜的御马被抽40鞭，直尥(liào)蹶子。讲到这里，康熙不禁感叹："马犹有知识，石则何所知乎？如此举动，岂不令人发一大噱？总是生于深宫之中，长于阿保之手，不知人情物理故也。"玄烨还说，这是他从宫中当年留下来的明代太监那里听来的。没有调查研究，没有发言权，所以，他讲得振振有词。

应该承认，玄烨在位61年，平定三藩，收复台湾，抵制沙俄，巩固边疆，使大清王朝达到全盛状态，是一位比较杰出的君主。而且他本人好学敏求，勤于政务，"未明求衣，辨色视朝"，早年和壮年，还是一位有为的皇帝。但到了晚年，精力不逮，暮气日盛，吏治渐弛，纲纪不振，因而，官员腐败，贪风日炽，税赋矢征，国库虚空。等到雍正接班上台，康熙留给他的固定资产，是一个幅员广阔的庞大帝国，但只有区区700万两银子的流动资金，真可以说是到了入不敷出，难以为继的程度。雍正在位13年，就是想法搞钱，苦熬苦挣，精打细算，才有了5000万两存银的积累。

近几年写大辫子的清代电视剧，最津津乐道的事，莫过于雍正攒下的这笔银子。说来可笑，最具有讽刺意义的，那个康熙最看不上的崇祯帝，当他在景山上吊的时候，他国库里的存银，是康熙死时的十倍，为7000万两，比雍正的5000万两还多出许多。看来，姓朱的亡国之君的腰，要比姓爱新觉罗的这两父子、号称盛世帝王的康熙、雍正捆在一起还更粗一些呢！讲别人的笑话，最好别让别人再讲自己的笑话。

人生悟语

俗话说："教人者先教己，正人者先正己"，讲的是在教育别人的时候，先要教育好自己；在纠正别人之前，先要避免自己走歪路。同时，在嘲笑别人的时候，一定要从中吸取教训，免得自己日后再犯同样的错误惹得后人再来笑话自己！

（晨　曦）

思想没有鼻子

第十一辑

笛卡儿说："我思故我在。"透过事物表象看到的，或许才是世界的真相。剖析现实的过程，也许残忍又无情，但正是这种求根溯源的追问，才会让真理离我们越来越近。当真理现身，我们就会发现，在它面前，一切虚伪和假象，都将无处藏匿，无法逃避。

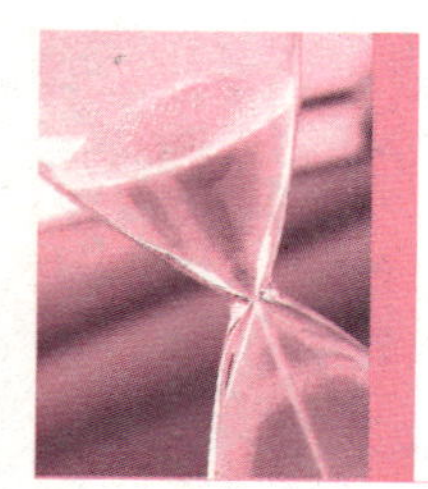

似乎所有的造假者，所有把有毒有害食品推向市场的人，都有一副厚脸皮，厚到刀枪不入的境地。

欢悦者的脸皮，厚到没羞没臊

张鸣

一位日本老板，因为把受污染的工业用米倒卖到食用市场，东窗事发，用一根绳子上吊死了。听到这个消息，不知怎么的，心里感到有点儿不是滋味。不用说，无论按哪一国的标准，日本米老板都属于奸商，干了昧良心的黑心事，但事发之后能够自己了结，说明此人还有脸皮。同样做这种事情的中国老板，这些年来不知有多少，可从没有听说有哪个因为自责自杀过。

这样的事，我们的文化学者也许会站出来说，这是因为日本文化是耻感文化，而中国文化是乐感文化。耻感文化的环境下，人们最怕的是丢脸，所以，日本人丢了脸，要自杀。当然，如果我们要相信这种文化解释是合理的，有必要加上进一步的说明，因为在事实上，做了丢脸的事不自杀的日本人，也比比皆是。比如对待侵略中国的问题，很多日本人的选择是拼命掩饰，不惜制造出所谓“真实的历史证据”，抹杀当年侵略战争中的罪行，甚至把罪行说成是正义之举。也许，只有涉及自己人的时候，因丢脸而导致的羞耻感，才会驱使一个人去自杀。也就是说，在自己人圈子里的丢脸，才有真正撼动生命的耻辱。

只是，即使我在这里如此这般地批判日本文化，也无论如何对自己的乐感文化得意不起来。因为这么多年来，中国绝大多数人为制造的食品安全问题，都是针对自家老百姓的，甚至有的人丧心病狂地把毒大米、毒酒、毒鸭蛋、香精兑的饮料、药物含量偏高的鱼肉，卖给自己的亲友。这样的人，又有哪个忏悔过？这样人为的食品安全事故，即使出自大企业之手，我们看到的，也都是一连串的欺与瞒。地下操作，强词夺理，以势压人，实在瞒不住了，才羞羞答答地说要收回产品，同时把责任推到其他人身上。即便正式道歉，也闭口不谈自己的责任，言外之意，好像自家也是受害者。似乎所有的造假者，所有把有毒有害食品推向市场的人，都有一副厚脸皮，厚到刀枪不入的境地。

我们的做假掺假者，即使对自己的家乡人，也照坑不误，杀熟连连，被抓住，算倒霉；没抓着，接着干。这样的乐感文化，实在是过于欢悦，欢悦到了没羞没臊的地步。

更进一步想，其实不仅是制假造假者如此，其他人也好不了多少。在自己家乡为官的官员，为了一点儿回扣或者 GDP（即国内生产总值），把污染企业引进家乡，或者放任矿主在自己家乡滥采滥挖，挖得水干树枯，乡亲没法活，好像也没有什么人感到羞愧。有些人，甚至在自己的乡亲跟这些污染企业和矿主冲突时，为了自己的利益毅然决然地站在后者一边，为自己的金主看家护院，摆平一切。大学变相卖文凭，明知道给不了人家任何学问，却一面给有权有钱者送硕士、博士学位，一面向社会兜售函授文凭。还有跟国外不良大学的合作办学，借国人对外国文凭的迷信，对高考落榜生收取高额学费，中外结合，联手坑人。这些事，难道说就比那些食品造假毒人要好多少吗？这样的造假文化，这样造假坑人甚至坑了熟人都毫不羞耻的文化，实际上比那些毒大米、毒奶粉还可怕。

人生悟语

有人问日本松下电器公司的老板："贵公司主要生产什么产品？"他回答："我们主要是培养人的公司，兼做电器。"回答得真好！所有的经营者都必须清楚，他们经营的，首先是人道，然后才是产品。如果本末倒置，为了销售产品不惜毁坏人道，他们终有一天会被钉上历史的耻辱柱！

（王　蕴）

"美国之音"随之再度膨胀，只是这次膨胀的部位不一样罢了，主要指向苏联、东欧和中国，宣传性质却一样明显。

为什么在美国收不到"美国之音"

舒远

20 世纪 80 年代学英语的人大多离不开一部短波收音机，因为通过短波可以收听"美国之音"的英语广播，练习听力。到美国后，熟悉的电台、电视、书籍、报刊一下子全没有了，所以在所谓的自由世界里反倒觉得消息突然闭塞起来，于是就想收听"美国之音"。可是，当地的中波、长波都没有"美国之音"，而找遍了大小商店，竟然都没有短波收音机出售。

原来，在美国是收听不到"美国之音"的！

问美国人，大多不仅说不出什么原因，甚至都没看见过短波收音机、没听说过"美国之音"。后来，我慢慢了解到，因"美国之音"是美国政府的宣传机构，所以美国法律禁止它直接向美国公民广播。

"美国之音"源起于第二次世界大战。1942 年，美国联邦政府战时信息办公室兴办"美国之音"，信号对准日本、南太平洋、欧洲和北非，为的是作为抗衡纳粹德国和军国主义日本的宣传机器。所以"美国之音"的宣传性质是在一开始就定好了的。

第二次世界大战前，"美国之音"已开发出 1000 多个节目，用 40 种语言、通过 39 个频道向外广播。第二次世界大战的结束，本来标志着"美国之音"使命的终结，但好不容易砍掉一半节目后，冷战又热了起来，"美国之音"随之再度膨胀，只是这次膨胀的部位不一样罢了，主要指向苏联、东欧和中国，宣传性质却一样明显。

美国制度的基本精神是对权力设置多重制约，而制约的标志之一就是禁止已经掌握了军队和警察大权的政府操办媒体。“美国之音”是以因应战时之需的借口创办起来的，战争结束了，就得有个法理上的交代。1948 年，美国国会通过《史密斯－曼德法》，在第 501 款中明文规定：“‘美国之音’节目为美国境外受众制作，严禁在美国国内散发”（美国媒体、学生、研究人员和国会议员索要以做研究之用除外）。这实际是从法律上肯定了“美国之音”政府操办的宣传属性。

政府操办媒体并不鲜见，不过，政府操办的媒体大多坦诚自己的宣传性质，毫不隐讳自己就是政府的喉舌。

“美国之音”则不一样，明明是政府操办却又要掩盖其作为宣传工具的事实。开播伊始，“美国之音”就声称：“每天的这个时候，我们将和你谈论美国和战争。新闻或好或坏。我们将告诉你事实。”

宣传和普通媒体有很多相通之处，都是通过文字或声像传递某种信息。有些从业人员也会来来去去地在二者之间转换，进一步模糊二者之间的界限。但是，宣传和普通媒体之间有着本质上的区别。宣传的目的非常明确：为其操办者塑造良好的公共形象。

普通媒体则是为报道事实而存在的，任何舍此以外的目的性考量都只能影响其报道的真实性，因而也会损害其取信于受众的自身利益。

二者间的这种区别在美国表现得非常清楚。我曾给国内一个环保访美代表团做过翻译，该团团员和美国的一位环境记者的对话很能说明问题。

环保代表团：“听说您给环保事业作出了很多贡献，我们首先向您表示感谢和敬意。”

环境记者：“我得说明：我是报道环境事务的记者，不是给环保部门工作的。”

环保代表团：“您不是环保部门的，但是却给环保宣传做了大量努力。我们非常感谢。”

环境记者：“我得重申一遍，我的报道不是为环保服务的。我的唯一使命是全面调查与环境有关的事情的所有真相，然后如实报道。很多时候，我的报道会对环保不利。比如，假若某个环保项目对人民生活、经济发展带来不利的影响的话，我一样会如实报道。”

人生悟语

什么是新闻？对新近发生的事实的报道叫做新闻；什么叫媒体？为新闻信息传播提供的平台叫做媒体。新闻与媒体，本应站在一个客观公正的立场，作为民众与当权者的中间人。但现在的不少媒体，都被雇佣成了政府的帮手。我们期待媒体重获自由！

（王　蕴）

谁来骑驴？这是中国传统文化心理解决不了的问题。你骑上去，高人一头，麻烦就来了。

谁来骑驴

钟治德

在中国的酱缸文化和鱼缸文化里，酱着和养着一种心态，那就是随大流、知足常乐。这种文化心态，与水往低处流，人往高处走构成一个悖论。有了星星，就不敢说想抱太阳。于是我们就缺少这样的豪迈：“给我一根杠杆，我能把地球撬起来！”我们用得最多的是卢梭告诫的践行：“人啊，把你的生活限制于你的能力，你就不会再痛苦了。”

酱和养，往往造出同样的结果，这就是中国传统文化心态教会我们的转移和平衡“痛点”。这个话题，有个故事可以说明。一个老太太，天晴也忧，天雨也忧。原来她有两个女儿，一个卖雨伞，一个卖冰棍。晴天

大女儿生意不开张，雨天二女儿的冰棍无人买。两股麻线拉着两个“痛点”，老太太自然全天候地忧愁抹老泪。一天，她终于遇见一位智者，如此点化：“晴天你就为二女儿高兴，冰棍畅销；雨天你就为大女儿高兴，雨伞好卖。”老太太大悟，从此乐开了花儿。

故事里的智者，代表中国文化颇有特色的流派，那就是糊涂学，其特征是不出常轨，自己摩挲心窝自我安慰，哲理就在自己身上发现，“痛点”就会莫名其妙地转移以至消失。中国文化药有妙方，治心病首先开一副糊涂散，以知足常乐牌素净白纸为包装，使用道家无为炉，用儒家中庸药引，加一瓢理学家沉静水，南风不用蒲葵扇，任细火慢熬，熬成后浓浓热热地服用几次，包你望峰息心，平和舒泰。

有一则西方寓言，在中国的酱缸和鱼缸文化背景里，找到了自己的家。一个老头和一个小孩用一匹驴子运送货物去赶集。货脱手了，归途中小孩骑在驴背上，老头跟着走。路人见了，一齐指责小孩不懂事，让老年人徒步。孩子急忙下来，让老头骑上。路人又指责，都说老年人怎么这样狠心，自己骑驴，让小孩子走路。老头听了，把小孩抱上来一起骑。骑过一段，路人指责说太残酷，驴子会被压死。两人只好都下来，可是路人讥笑他们，一对白痴，有驴不骑。老头没辙了，只好对孩子说：“我们抬着驴子走吧！”

谁来骑驴？这是中国传统文化心理解决不了的问题。你骑上去，高人一头，麻烦就来了。苏东坡哼着低沉的调子，感叹高处不胜寒。曾国藩这位能人，对儿女反复叮咛，不要挂相国府邸的牌子。说白了，是不敢名正言顺地骑驴，糊糊涂涂中，用尽吃奶的力抬驴走路是最好的选择。抬驴行动，值得肯定，有24字准则来标榜：木秀于林，风必摧之；堆出于岸，流必湍之；行高于人，众必非之。

在这种背景里，“大一统”的思想，无疑只有御封了。于是孔丘先生作古多年后发迹了，连孙子弟子的再传弟子孟轲也沾光，坐了“亚圣”这把交椅。如果有驴就骑，亚圣这枚勋章，中国的文化人是倾向于嘉奖给庄子的。圣人画下一个圈，圈内的才能骑驴，圈外的只有走路。这里来点对比。李闯王进了北京，寻着崇祯皇帝的尸体，盛以柳棺，放在东华门，任人祭奠，但还是被判为流贼行径。周武王灭商，找到自杀后的纣王，对着尸体连射三箭，取黄钺（yuè）把头像切冬瓜一样砍下，悬挂在太白旗上示众。武王爷儿俩，曾在纣王名下做过臣子，这番举动，其实不如李自成，却是圣人的标本。可见御封就是绕了铁丝再绕钢丝，捆了手脚，绑了思想，让你乱动不得乱想不得。

打破这种束缚，才能解决谁来骑驴的问题。科学思想取决于人，创新精神应该理解为自由精神。思维无禁区，没有路人口含天宪地指责匡正，哪个骑驴出于实际，人的思维才能自由翱翔，如脱缰的野马奔驰于无边的草原。中国传统酱缸和鱼缸，惯于以单向思维模式看世界，为我所用片面夸大为全体。剪断铁丝与钢丝的束缚，民族复兴才不会是一句口号。否则，我们只有跟着老祖宗走，跟着人家的尾巴跑。

人生悟语

中国受儒家“中庸之道”的影响，向来崇尚“不前不后，不左不右”，所以，在他人奋力争先的时候，我们总习惯于在后面不紧不慢地跟着。然而，现代社会是个竞争的社会，不领先于人便会遭弱肉强食。所以，我们不能埋怨他人跑得太快，而应解放思想，挣脱束缚，只有加快自己的步伐才能引领世界！

（王　蕴）

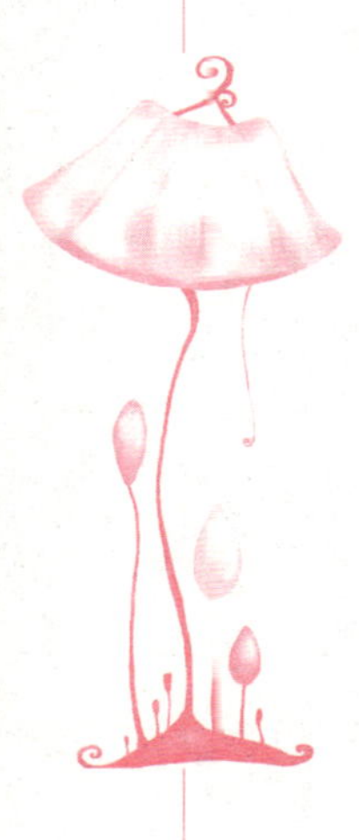

正常人的思想，不能像牛一样的让人拴了绳子牵着走，因为思想没有鼻子。

思想没有鼻子 宋志坚

人的思想是不能被别人牵着走的，早在15年前，我就领悟到这一点。那一次，我带着两位年轻人去我的故乡绍兴并以业余导游自居，上府山(亦称种山、龙山)时兴致勃勃地叙述勾践复国的事迹，日后读到其中一位的随笔方知，她当时想到的居然与我之所说南辕北辙。她其实相当讨厌那位以女人为武器去复仇的角色。由此想到，举着小黄旗的导游可以让游客跟着他(她)走，却“导”不了游客的思绪。

最近读报，又有两篇短文使我想起这个话题。

一篇是写外国的，题目叫《为养家糊口，戈尔巴乔夫拍奢侈品广告》。文章说：“从1991年苏联解体后，戈尔巴乔夫的地位就一落千丈，成为被冷落的悲剧人物。退休后，戈尔巴乔夫住在普通的公寓，每月领取4万卢布(约合1400美元)的退休金。为了养家糊口，他不得不到大学演讲、推销自己的回忆录，甚至拍摄广告。”读了这些话，我的直观印象就是这位苏联的最高领导人在位时很清廉。假如他大权在握时狠狠地捞一把，或者早已将自己的根根须须都安插到可以“先得月”的“近水楼台”，使他们在日后“改制”时能一夜暴富，如今犯得着要靠拍奢侈品广告“养家糊口”吗？此文或许还有这样的“潜台词”：你瞧，这位搞“新思维”的人弄得自己多狼狈！然而，这又很可能让人推导出这样一个结论：戈尔巴乔夫搞“新思维”时并没有考虑到自己的“地位”是否会“一落千丈”。所有这些，大概都与有关人士所预期的“宣传效果”大相径庭。

还有一篇是写中国的，说的是河南信阳发布公务员工作日(中午)禁酒令，仅半年酒费就节省4300万元，用这些钱可以建四五十所小学。这是正面宣传反腐倡廉的典型，有不少人还为此写时评，或是总结信阳禁酒令何以能见实效的经验，或是表达希望这不是“孤本”的心愿。“禁酒”的效果确实明显，但事情还有另一个侧面：一个地级市的公务员，仅仅半年工作日的中午，光喝酒就能喝掉四五十所小学；再把半年工作日的晚上算进去，合起来能喝掉百余所小学了。以此类推，一年喝掉200所，10年喝掉2000所……于是觉得，信阳市的公务员在这半年中少喝掉四五十个小学，只是少作孽，算不上是什么功德。让人看到这样一笔吃喝账，得出这样的结论，可能也不是这篇报道的“宣传目的”。

任何事情都像一块硬币，有其两个不可分拆的侧面。你要人家看的是它的正面，别人却不可避免地会想到它的反面；你越是强调它的正面，人家越会好奇它的反面。鉴于“紧跟”“照办”的历史教训，人们的思想正在恢复正常的功能，既会有由此及彼的联想，也会有由表及里的推理：人们的思想正在逐步恢复自己的常态，尽管各自都有其发展的轨迹，却是多种因素作用的结果。

正常人的思想，不能像牛一样的让人拴了绳子牵着走，因为思想没有鼻子。想要引导教育别人，先得明白这一点。总是觉得文章的调子越高越好，标题的字号越大越好，口号的嗓门越响越好；总是相信只要天天讲、月月讲、反复讲、经常讲就能奏效，此乃一厢情愿。即使对象是你自己的儿子，也会因为感到厌烦而滋生逆反心理。

人生悟语

思想是没有鼻子的，所以不能被人牵着走；民众都是有眼睛的，所以真理无法被掩藏。我们不要妄图去粉饰世界，也不要妄想去遮盖瑕疵，只有让一切真实自然流露，才能还原一个五彩斑斓的真实世界！

(王　蕴)

明星说什么就信什么，这不是信赖，而是盲从，不能说是心智健全的表现。

明星的嘴与大众的腿 滕朝阳

明星效应终于发挥到了极致，或者说被指望发挥到想象中的极致。

前不久，北京一家出版社推出一套“西方经典通读”系列丛书，并请网友投票，从12位文化娱乐明星中，选取一位最适合代言“经典通读”系列丛书的人。据了解，该丛书精选亚里士多德、黑格尔等一批影响世界的西方思想巨人的学术经典，包括《资本论》、《社会契约论》、《政治学》等20部。

在我看来，所列的12位文娱明星中，没有任何一位“最适合”，而且也没有任何一位活着的专家学者“最适合”。但出版社选择文娱明星而非专家学者来代言，当然不是发疯之举，而是看中了文娱明星的名气，所谓“名气就是硬道理”。

文娱明星代言减肥茶，代言口服液，代言化妆品，代言方便面，人们已司空见惯。明星也是人，也有肥要减，也有妆要化，也有药要吃，保不齐也偶尔吃一两次方便面，所以他们代言上述诸物，总还算是“近人情”，不足为奇。但明星的名气也有限度，以为明星效应可以所向披靡，不过是一种自欺。

出版社青睐的12位明星，在各自的领域取得了不同的成就。那些文化名人，也不可不谓学界中人。但即便是他们，也未必与西方学术有必然瓜葛，更不要说那些恐怕连《资本论》也闻所未闻、见所未见的娱乐明星了。不能说娱乐明星们没有代言的权利，但老实说，我不认为他们可以代言其中的任何一种经典；如果从常理来推断，出版社也未必坚信他们“最适合”。其实是否“最适合”并不重要，重要的是把明星效应发挥到极致，并把明星效应转化为商业利益。

有人说，让明星们为思想巨人代言，是一场“荒唐的闹剧”。“荒唐”归“荒唐”，“闹剧”也永远不可能成为“正剧”，但却未必意味“荒唐的闹剧”一定不能成功。当然，所谓“成功”，并非指西方学术经典的普及，而是指商业利益的实现。我的意思是说，虽然明星们的代言与其所代言之物风马牛不相及，但从日常经验来看，他们的代言却很可能有效。也即是说，有了他们的代言，这套丛书可能获得他人代言无法比拟的销售收入。逻辑上不可能有用的明星效应，竟可能现实地实现，这是一个不可思议的社会现象。

我把这种现象称之为明星动动嘴，大众跑断腿。明星说这个品牌的产品好，大众于是纷纷买同样品牌的产品；明星说“万里大造林，利国又利民”，大众于是纷纷投资买林地。明星此种“登高一呼，应者云集”的效应，是任何企业都不能忽视的撬动市场的杠杆力量。因此，明星做产品形象代言人只见其多，不见其少。等到明星涉嫌代言虚假广告，减肥药不减肥，所谓植树造林不过是非法集资，社会舆论就开始谴责明星之不道德，呼吁明星要爱惜自己的羽毛。明星掉进了钱眼儿里，没有一点儿社会责任，什么言都去代，什么广告都去做，染上一身铜臭，当然是不自重的表现。但为什么却很少有人去想，明星的知名度什么时候竟成了绝对信任的代名词呢？

嘴长在明星的脸上，腿长在自己的身上。明星说什么就信什么，这不是信赖，而是盲从，不能说是心智健全的表现。相声明星不过是相声说得好，只管去听他说的相声。他若说某某减肥茶好，你就去买，结果肥不减反增，这就不能仅怪明星吆喝，也怪你自己糊涂。电影明星也不过是电影演得好，只管去看他演的电影。他若说通俗版的《资本论》好，你就去买，结果并不如想象的好，那也不能仅怪明星吆喝，还要怪你自己糊涂。

每个人都长着一颗脑袋。如果脑袋不设防，明星效应就会越出其合理边界，变得无所不能，“闹剧”再“荒唐”，也一样会有可观收益。才吃完甲明星广告的亏，又上乙明星代言的当，如此痴迷地往复轮回，设若无悔，夫复何怨？

人生悟语

人都有一个劣根性，那就是“跟风”。总以为名人说的就是真理；名人买的就是好货，正是因为看准了人的这一劣根性，明星代言逐渐成为生活中的常态。我们无权阻止，但我们有权选择。在自己头脑里装一个真相的过滤器，设一道思维的卡，遇事多思考，才能少上当。

（王　蕴）

很多年后的某一天，想给那老宅和那面墙写一首诗。

世界上最有名的地址

（中国香港）梁文道

英国换首相，我在电视上看布莱尔和布朗交接，注意的不是什么英国外交政策的转变，而是作为一切事件背景的房子。我喜欢看公家建筑，不是它们设计得分外迷人，而是因为它们很会说故事。仔细瞧不同政府的办公楼，他们的国会和法院，这些房子都能告诉你这是个什么样的政府。那天布莱尔告别英国下议院，他走的时候全体议员起立致敬，相当难得。我特别注意到坐在他对面的保守党领袖大卫·卡梅隆，站起来之后回过身去挥了挥手，让后头的党友也都起来鼓掌欢送布莱尔。这个动作很好玩，简直就像在喊：“兄弟们，都起来吧！”颇有点儿学生团体的感觉。其实英国下议院向来就像学生会，甚至还有街坊俱乐部的感觉。虽然大家谈的是国家大事，而且发言的时候也都照会议常规，但总是声响不断。遇上精彩的发言，大伙们又拍手又跺脚，叫好声连连；要是遇上不能苟同的意见，小则摇头叹气，大则喝倒彩。这么活泼的互动气氛是怎么来的呢？

我怀疑它的建筑一定起了些作用。世上大概很少有比英国更寒碜的国会议事堂了，小得连全体议员都坐不下。而且除了最靠近中央的那两行之外，大家都没桌子，连文件都不知要放哪儿。更怪的是，包括首相在内，议员们竟没一个有独立坐椅，全部都得像学校运动场一样，排排坐长凳。如此拥挤的国会，气氛当然很“亲切”。

比下议院更妙的就是“唐宁街 10 号”了，很多人都说这是全世界最出名的地址，但问题是它为何是个“地址”呢？想想看，白宫、中南海、凡尔赛宫、克里姆林宫……全世界有哪一个大国的领导人的官邸是有地址的呢？就算有，肯定也都被这个宫那个府的响亮名号遮住了。只有英国首相办公居住的地方不叫首相府，却以地址著称，活似个民宅。

为了解开这个疑惑，我把英国历史学家谢尔登的《唐宁街 10 号》由头到尾读了一遍。虽然找不到明确的答案，但起码有点眉目了。

原来这座房子是 18 世纪的乔治二世送给“首席财政大臣”华普尔的礼物，但华普尔开出了条件，说他不能以私人名义接受唐宁街上的这幢房产，除非将它保留给日后所有当上首席财政大臣的人。所谓“首席财政大臣”，其实就是后来的首相，自此之后，唐宁街 10 号就成了内阁首相的官邸。直到今天，它大门上最显眼的标志除了那个 10 号门牌之外，就是一小块刻着“首席财政大臣”字样的铜牌了。

既然它本来就是唐宁街上的一座民宅，以英国政治人的习性，也就犯不上为它弄个堂皇的名号。何况按照当时贵族的标准看来，它真是普通得很，面积不算太大，装修更是平凡。尤其那沿用至今的门厅，狭小得像一般人家的客厅。你真不敢相信这就是日不落帝国最有实权的大人物工作起居的地方。难怪我们有那么多镇级政府争建“白宫”，却从没听说有地方要盖座“唐宁街 10 号”的。

由于唐宁街 10 号太过寒酸，所以一直到 20 世纪初叶，许多有钱的首相都宁愿继续待在自己家里，只把它当做个办公厅。例如，打败拿破仑的名将威尔逊拜相之后，就一天也没住进去过。但第一任工党首相麦当劳就不同了，对平民出身的他来说，这简直就是豪宅了。1924 年他搬进来的时候很头痛，因为他没钱添置家具去填满整幢楼，结果要托他的妹妹趁百货市场大减价时用 50 英镑去买齐床单之类的细软。依照规定，公家可不管你首相自住用的家具电器。不单如此，首相晚上若想请厨子来做几道好菜和家人享受享受，也得像去餐馆一样另外付费。因为唐宁街 10 号的厨师受聘于国家，只负责必要的公务午餐、茶点和国宴，他并非首相能够任意支使的私人仆役。故此在唐宁街 10 号的历史上，多数首相搬出去的时候要比搬进来时更穷。

说到搬，也没有别的国家比英国更残忍。大选结束，卸任首相就得适时迁出，好让新首相立刻入住，有时候急起来甚至要在一两天内清空所有家当，其狼狈可想而知。有人说这是为了恪守华普尔以降的传统，不能搞错国产是私财；但也有人怀疑这是做戏，为了向世人炫耀英国民主精神的光荣。布莱尔不用操这心，倒不是因为他早就做好辞职的准备，而是因为他一开始就和布朗商量好了，他一家人住进比较宽敞的唐宁街 11 号财相官邸，相对狭小的 10 号二楼则交给首相梦做了 10 年的布朗。所以这位新首相根本连家都不用搬了，所谓“迁进唐宁街10号”其实只是官式说法。

人 生 悟 语

华丽的官邸并不一定产生有力的政权，简陋的房子反而更体现民主的权力。政务厅也好，议事堂也好，都是为民众服务搭建的一个平台，我们在乎的是它为民服务的本质和以民生为重的内容。那些热衷于建造豪华办公楼的“公仆”们应该警醒了，用享受富丽堂皇的心思多为老百姓做一些实事吧！

（王　蕴）

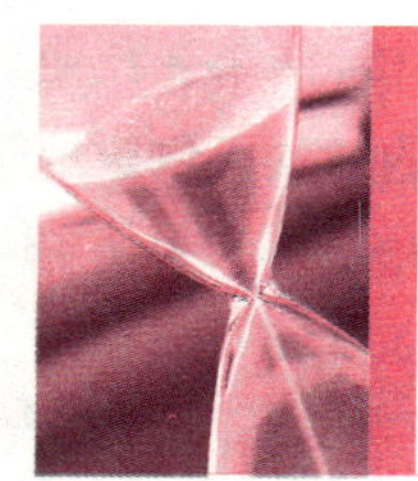

大概是航空公司的工作性质是完成从甲地到乙地飞行，总走直线，说假话也不太会拐弯抹角。

我们应当怎样说假话

苏文洋

从丽江飞往北京的东航 MU5711 次航班，在经停昆明时，把乘客扔在机场长达 12 小时，东航云南分公司给乘客出具了一份加盖公章的书面解释，称“飞机机械故障，起飞时间待定”。可是，有乘客通过上网发现，自己刚刚乘坐的机身编号为 B5242 的飞机正在执行另一个航班，经乘客一再追问，东航最终作出书面致歉，并承认飞机没有故障，而是被调往西双版纳执行其他任务。

此事一经曝光，舆论一片哗然。有媒体要求：必须严惩盖着公章的欺诈。

其实，航空公司飞机晚点是经常的事情，编个理由、说个假话欺骗顾客绝不会是东航一家。这次玩现眼了，纯属偶然。老实说，我坐飞机凡是遇到晚点，除了天气原因外，十有八九都是“飞机机械故障”。这是一个过得硬的晚点理由，即使是谎言，乘客也只好接受，总不好意思要求飞机“带病”起飞吧。有时候，在机场晚点待机，听着广播里此伏彼起的“××××航班，飞机因故障晚点”，我都想找民航总局建议一下：哪怕真的是飞机故障晚点，能否说个假话。因为两三个小时飞机修好了，我坐上去心里不踏实，一路上琢磨着飞机到底修好没有，自己坐的可是刚刚发生过故障的飞机。人同此心，估计其他乘客也是这么想。

明明不是飞机故障，非要说成“故障”，这和我建议把故障少说一点

或不说，正好相反。都是说假话，前一个假话给乘客带来心理压力，增加恐慌感；后一个假话，真实的谎言，知道乘客了解飞机发生了故障也帮不上忙，索性就别说了。

结合东航这次的说假话事件，民航总局不妨召集各航空公司开个会，好好研究一下我们应当怎样说假话的问题。到了天命之年，我想问题喜欢“求其次”。在一个说真话比登天还难的时代和假话满天飞的社会，我们要求航空公司说真话有点儿强人所难，倒不如坐下来讨论如何把假话说好点，说得不那么无耻，不那么拙劣。

在说假话方面，银行似乎比航空公司技高一筹。比如说，深圳市民近日在银行柜台或者ATM机上取款时遇到了限制。个人客户每人每天不得超3万元，一周内不超5万元，一个月禁超20万元，部分ATM机取款限时。人民银行深圳中心支行现金管理部门的负责人解释，加强大额取现管理是为了打击“背包党”。大规模的现金投放混杂了相当多的利用大额提现来进行黄赌毒、走私、洗钱、偷漏税等各种违纪、违规、违法行为，甚至产生了一批职业提钞人（所谓的“背包党”），他们通过持续的异地汇入提款，频繁进行大额提现，造成了客户在银行柜台和ATM机服务上非正常排队现象，严重影响了银行对客户的正常服务效率，对正常的经济秩序和广大金融消费者的利益都产生了不利影响。

稍加分析，就会发现银行的假话说得头头是道。且不说银行是否应该把打击黄赌毒、走私、洗钱、偷漏税这些由公安、海关、税务等部门管理的工作都承担起来，也不说这些违纪、违规、违法行为是否因为有了取款限制就不存在了，就凭着银行的这些理由，一分钱现金都不允许提了也是应该的。我们的银行充分考虑到了正常的经济秩序和广大金融消费者的利益，还允许适当地、少量地提取一部分现金，这是多么仁义的银行啊。

银行的理由听起来合情合理，却也有些许漏洞。本来，提取大额现金，公安、税务、反洗钱机关可以根据记录及时追查，现在改成小额取现，反而让坏人躲藏在广大金融消费者里面了。再者说，在提现环节用“卡”住所有人的办法去捕捉坏人，为什么不在存钱时就把坏人抓出来？十分显然，银行的说法很是可疑，但假话却说得冠冕堂皇。大概是航空公司的工作性质是完成从甲地到乙地飞行，总走直线，说假话也不太会拐弯抹角。银行的工作性质则不然，赚的是赚钱人的钱，不比赚钱人还精明的人干不了这一行，说起假话也透着深奥。

人生悟语

说话真是一门艺术，甚至于说假话，也需要一定的艺术。说得好，皆大欢喜，别人不至于太追究你说谎的责任；说得不好，众人谴责，还可能引发别人的心理疾患。“屡战屡败”与“屡败屡战”，换一种表达方式，便是完全不同的感受。所以，不得不说假话的时候，让我们都把假话说得艺术一点儿吧！（王　蕴）

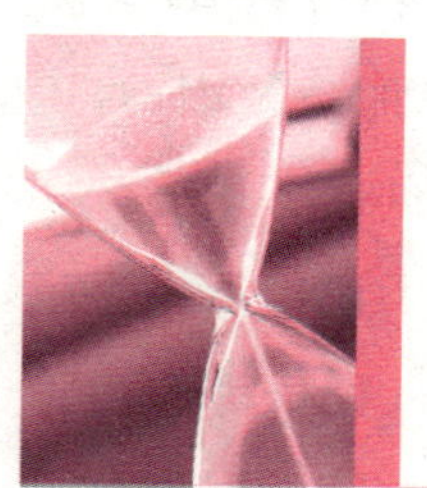

“学者明星化”并不可怕，真正可怕的是隐藏在“学者明星化”背后的问题，如“知识阶层市侩化”，即学者明星屈从于商业模式迎合并制造一些虚假的大众文化需求。

“学者明星化”与“娱乐至死”

吴学安

说到“学者明星”就不能避开央视的《百家讲坛》，作为打造学者明星的“梦工厂”，这档节目走红之后，各地电视台纷纷效仿。“学者明星化”现象正逐渐成为一种趋势或者潮流。余秋雨、刘心武、易中天、于丹……一个个如雷贯耳的名字，簇拥着数不胜数的“粉丝”。与此同时，“历史热”“国学热”等一浪高过一浪，无数人沉醉其中不亦乐乎。不过，现在学者讲坛类节目遍地开花，赢得高收视率的同时，也迎来了持续不断的争议。争论的焦

点是:学者明星化的背后,到底是一种文化审视,还是文化媚俗?

其实,古今中外,学者明星屡见不鲜。从孔子周游列国讲学,到传统书院开馆授徒,再到近代报业开启民智。中国的知识分子从来没放弃过向大众普及文化、传播新知的责任,同时也不乏追随者。然而,我们弘扬文化传统,却不能沉湎于故纸堆而缺乏文化审视。目前,历史故事里的帝王意识、权术谋略、宫廷争斗、揭私探秘乃至明哲保身的庸俗哲学,在电视荧屏上得到大肆张扬。所谓的"百家讲坛"似乎成了"俗家讲坛"或者说"通俗演义"更准确。

对此,《百家讲坛》制片人万卫也曾透露,不少主讲人刚上节目都不合要求,经过培训后,他们逐渐悟出,在电视上讲课和在学校讲课完全不同。在电视上讲课就像说单口相声,三五分钟就要抖个包袱,学术是次要的,重要的是要有娱乐精神。《百家讲坛》的娱乐化倾向,肯定不能把节目定位于学术讲座。因为这些节目的重心在演讲技巧,而不是学术分量,主讲人是名人但不是专家。

事实上,这种误导已经在大学生中产生。如有很多大学教师上课感到压力很大,学生都用《百家讲坛》的标准来要求老师,可这完全是两码事。听《百家讲坛》,就是听一个故事,听一个开心,而在大学课堂里仅仅有一个故事和开心就够了吗?很多学问是要静下心来思考的,无论讲还是听,都不是一件轻松的事,有时还是很痛苦的过程。

随着电视传媒业的飞速发展,现代传媒正制造着一个巨大的世俗神话,电视明星成为受众共同的精神"图腾"。然而,许多观众在获得电视娱乐化的满足之后,却是更加严重的心灵空洞化和无聊化。为了掩饰这一内在的空洞,娱乐神话则需要通过更具吸引力和迷幻感的产品来维持,以外部的信念狂热,掩盖着内在空洞的事实。对电视文化形成强烈的心理依赖,催生出偶像崇拜的意志迷狂。法国社会学家布尔迪厄对依赖媒介生存的电视知识分子曾提出过批评,他认为"电视不利于表达思想,它必须在'固有思维'的轨道上运作","他们借助电视对于公众的号召力,利用大众对专业领域的缺乏了解,赢得他们难以在专业领域得到的认可"。

"学者明星化"并不可怕，真正可怕的是隐藏在"学者明星化"背后的问题，如"知识阶层市侩化"，即学者明星屈从于商业模式迎合并制造一些虚假的大众文化需求。本来学术乃天下之公器，不应只停留在书架上、故纸堆里，也不应是少数人的专利。在与大众对话的同时，也应接受民众的审视与评判，这样的学术才更有生命力。反过来说，大众学术文化素养的提高，也才会更好地推动学术发展。正是在这样的意义上，让学术走向大众也是一种潮流，但在这股潮流中，一些传统文化在所谓的"普及"中早已面目全非，一些学者对文化的态度是"玩味""猎奇"，而不是审视。不少学者明星正越来越多地具备和娱乐明星一样的特征：出入媒体机构，到处演讲、出书、签名售书，担任各种社会职务，而其学术含量越来越低，有时甚至打着文化的幌子追名逐利，误导大众。

尤其值得关注的是，一些学者、媒体、大众之间似乎达成了一种"默契"：在文化失范的状态下，大众对"文化"的需求日趋功利、浮躁，媒体把准这个"脉"并投其所好，把学者媚俗化无限放大，逐步"恶性循环"，而把符合时代进步的历史观、价值观抛到九霄云外。如此看来，要避免"娱乐至死"，防范"学术泡沫"，首要的就是力戒浮躁。学者无论是冷坐书斋还是走向大众，关键要做好真正的学问，给公众展现更科学化、立体化的思想与知识体系，拒绝"学术失身"与"学术泡沫"；大众也不应以"娱乐精神"作为自己接受文化的唯一标准；而媒体，最重要的是如何坚守自己的文化立场，坚守正确的文化导向，而不是一味地迎合市场与消费。

人生悟语

"学者明星化"，对于学者来说，本不是悲哀而是乐事，它反映出了现代人对于文化与学术的需求，正达到前所未有的高度。但重要的是，学者们要力戒浮躁，保持文化与学术的客观和本真。当他们引领这股潮流达到"明星学者化"的时候，就是我们成功的时候！

(王　蕴)

对把国学当家常菜吃的人们来说未免会疑惑：同样是白菜，为什么到了国学班那里就卖出了鲍鱼价？

一斤国学能卖多少钱

韩浩月

天价国学班的开办不算什么新闻了，但武汉大学“乾元国学讲堂”的开课还是吸引了公众新一轮的注意。一年上 24 天课，总收费达 28000 元，主要讲授《周易》、《四书》、《道德经》、《庄子》，佛教经典等国学经典课程——武大“乾元国学讲堂”和之前北大、复旦、清华开办的国学班大同小异，按照商业上的说法，他们走的是同一个“赢利模式”。

据报道，武汉大学国学班首批学员有七成是企业高层。北大历史系国学班的工作人员也称，他们的主要讲授对象是企业老总，每个月许多老总们都是搭着飞机来上课。因此，天价国学班在全民性的国学热中，无疑是一个异类，它的异常之处在于：普通读者购买通俗历史书是对国学的平民消费，而天价国学班是富豪和企业家的奢侈消费；数十几百万普通观众只能通过电视来分享易中天等人的讲授，而二三十名富豪和企业家却能够资源独享，接受高校教授、学者接近于一对一的“服务”。

河南大学教授王立群曾表示，企业家听国学，对提高他们的素质和文化修养是有好处的。但他还是拒绝了复旦大学和北京大学的邀请，拒绝的理由是没时间参与，愿意面对大众，不愿意面对付钱的小众。王立群的认同证实国学的市场化行为是有生存土壤的，学者们有闲，老总们有钱，供求双方借着国学的平台互取所需无可厚非。但同时王立群的拒绝态度也表明，在一些学者心目中，借着国学热开班捞钱还是一种类似于趁“火”打劫的行为，企业家的文化素养提高了，国学在公众心目中的形象也变味了。

每个天价国学班的开班都会遭到舆论一致的批评，这说明国学班并没有建立在公众认同的基础之上。尽管生存的舆论环境艰难，但这并不能阻挡一些高校的纷纷效仿——利益的力量超越了高校对自身社会形象和责任的重视，成为开办国学班的一个“驱动机”。因为价格远远超出了普通人的经济承受能力，所以除了“头等舱”的比喻之外，国学班还可以用“贵族学校”“私人家教”等称谓来形容。在人们心目中，著名学府和知名学者都属于公众资源的一部分，如今他们利用手中掌握的教育和传播的优势，将本应惠及大众的知识和文化变成了招徕生意的“稀有资源”，把本应“大众化”的国学变成了“摇篮国学”，把皆可公平享有的国学教育，人为地分出了三六九等。

是不是花的价钱越高和国学教师相处的时间就越长，就可以实现国学知识的同比增长？未必见得，老总们都声称通过学习国学，精神上得到了升华，但这种提升未必非得花几万元天价才能实现，一名国学爱好者照样可以通过其他方式达到同样的目的。快餐化的国学教育制造了这样一个误区：和名师面对面是快速提升国学水平的捷径。可开办国学班的学校不见得能认识到，这种捷径也有可能让它的受益者对国学囫囵吞枣、消化不良。

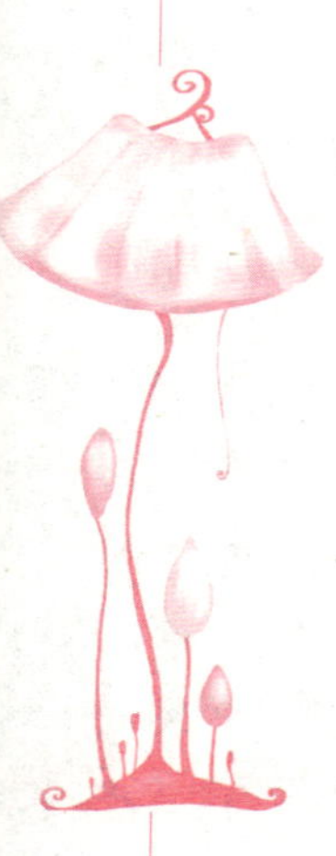

对国学班的批评证实了国学可以在小范围内市场化，却不能在大范围内商业化。国学热涌动之初，它的魅力就在于接触的无门槛。国学班之所以能三番五次的开班，在于其在整个国学热中还仅属于个例，大众还是在用看待奢侈品消费的态度冷眼以待，如果天价国学班在社会上得以延伸，像托福班、考研班那样遍地开花且有了不同等级的价格收费的话，估计也到了大众抛弃国学的时候了。

在图书销售不理想的时候，一些书店曾别出心裁地按斤论价 10 元钱一斤书，即便如此也没有多少读者愿意像买菜那样用秤去称书——在感情上接受不了。眼下的天价国学班在按斤论价出售国学方面却做

得心安理得，媒体计算出这些国学班平均学费每天1000多元还算便宜的。如果把国学班发给老总们的书籍放在秤上称一下的话，会发现国学会高达数千元一斤的，对把国学当家常菜吃的人们来说未免会疑惑:同样是白菜,为什么到了国学班那里就卖出了鲍鱼价?

人 生 悟 语

老子和庄子在著书立说的时候，断不能想到，他们的学说会炒到"论斤出售"，若他们九泉之下有知，也会痛彻心扉。俗话说："穷书斋里富书生"，国学的内涵，无关金钱，无关财富——穷书斋里学到的，未必比大学堂里少；国学的精髓，关乎道德、关乎修养——无论何人，必得要淡泊清心才能领悟其真谛！　(王　蕴)

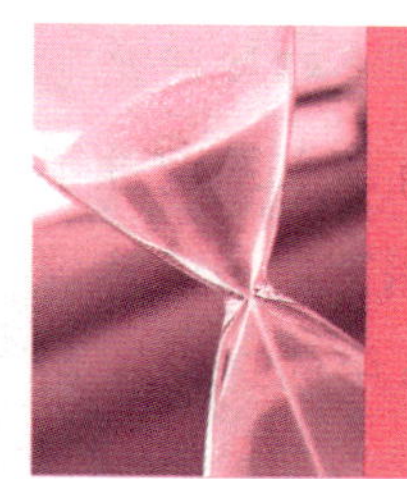

常识，尽管是人所应知，但总有人背道而驰。所以，我们需要时时提醒，才能让常识成为人所共识！

对于常识，讲还是不讲

吴营洲

许多年前，我想写篇短文，题目拟作:《把国当成家》。但是几年下来，始终未能成篇。

印象里，我想这样"破题":"在一个大的家庭里，如果你的兄弟姐妹有的还不富裕，甚至有的几乎连饭都吃不上时，即便你有几辈子都花不完的钱，恐怕也不会终日里花天酒地、挥金如土，因为你时时都会感到你父母兄妹的眼睛在瞅着你，因为有一种血浓于水的亲情在撕咬着你，使你不得不挂念他们。”

随后，我想这样“承题”：“以家喻国，意思当是相通的。”

再随后，我想这样“起讲”：“目前的我国，毕竟还是个发展中国家，毕竟还处在初级阶段，我们的许多兄弟姐妹，在城市里的，有的正处在下岗待业的境地；在农村里的，有的仍在贫困线以下苦苦度日，在这种状况下，一些政府或部门委实没有必要去搞那些大而无用的‘形象工程’‘政绩工程’，去‘充大肚子汉’。我总觉得，如果有谁真的将这个国当成了自己的家，精打细算地过日子，那每一分钱就都会用在刀刃上了。”

但终究，这则短文删了写，写了删，始终没有完成一篇“八股文”应有的“起承转合”而胎死腹中。因为我渐渐“意识”到，自己想说的，其实都是些“常识”。而一个人人都明白的“常识”，用得着再絮絮叨叨地去“论述”吗？

有一天，我读到陈鲁民的一篇文章，更加“强化”了自己的这种“意识”。他是由电视剧《士兵突击》“切入”的。《士兵突击》里的许三多最爱唱的一句歌是：“有一个道理你不用讲，战士就要上战场。”依此类推起来：当官就要为人民服务、不能贪污受贿的道理不用讲；经商就要童叟无欺、公平公道的道理不用讲；学生就要好好学习、发奋读书的道理不用讲。以及，不能拖欠民工工资的道理不用讲；再穷不能穷教育的道理不用讲；严禁“豆腐渣工程”的道理不用讲；公车不能私用的道理不用讲……

委实如此，“把国当成家”的道理也“不用讲”。

走在街上，见十字路口的电子显示板上面显示着：“廉洁是平安，廉洁是吉祥，廉洁是儿女的幸福，廉洁是父母的安康。”不由得哑然失笑了，感觉这一口号的拟定者，是把那些有权有势有头有脸的官员，当成他家那个尚且不谙事理的孙子了。

这些道理用讲吗？

某记者在医院采访季羡林时，季羡林说：

“不管是大人物还是小人物，评价一个人，过分不好，歪曲也不好，而要让每个人都可以自由发表他的意见。

“反正学术界，首先是要爱国。我有8个大字：爱国，孝亲，尊师，重友。一个人，在社会上能够做到这8个字，也就是个好人了。

“每个人都戴假面具这叫和谐社会吗？你想想行吗？和谐社会源于真。真是第一。真、善、美。要不然就是不和谐的，假的。”

其实这些，都是“常识”。于是记者意识到：“常识是这个时代稀缺的东西。”

无独有偶，中国社会科学院研究员资中筠在岭南大讲坛“讲座”时，讲的也都是些“常识”。常识一，我们不应为不合理的现象辩护。“我们现在所发生的这种很残酷的剥夺，或者是剥夺农民的地，或者是拆迁，或者是矿难等，并不是由于生产力发展的需要。”常识二，媒体监督有利于反腐败。“说腐败可以随着生产的发展自然消失，我觉得这是绝对不可能的。”常识三，民主不仅仅是投票这么简单。“但是光靠选举很盲目，没有知情权，没有媒体大力的报道和揭发，这个民主是不完整的，甚至于是表面的。”常识四，政府不能变成某个利益集团的政府。“美国的腐败是在国会，而不是政府部门，因为执行的政府部门是权力很小的，而且是超利益集团的。”常识五，生产力并不是衡量社会进步的唯一标准。“什么叫做进步，什么叫做落后，有一个社会标准，除了生产力的标准之外，还要有一个社会标准。”常识六，应打破循环的王权制度。常识七，民主与科学依然是我们现在所需要的。

于是我“意识”到，对于常识：讲，还是不讲？还真是个问题。

人 生 悟 语

道德是劝人向善的，尽管人人都懂，但总有人不讲道德；法律是规范人行为的，尽管大部分人都知道，但总有人知法犯法；常识也是如此，尽管是人所应知的，但总有人背道而驰。所以，我们需要时时提醒，才能让常识成为人们的共识！（王　蕴）

思想是没有鼻子的，所以不能被人牵着走；民众都是有眼睛的，所以真理无法被掩藏。我们不要妄图去粉饰世界，也不要妄想去遮盖瑕疵，只有让一切真实自然流露，才能还原一个五彩斑斓的真实世界！

第十二辑 向一块尿片致敬

说起来有些奇怪，在我们头脑中能留下不灭印迹的，往往不是什么大事，而是一些微不足道的小事和细节。正是那些不值一提的小事，串联成了我们丰富多彩的人生轨迹。一件件小事，就像一滴滴水一粒粒沙，折射出的正是人生的微妙和真谛。

真心诚意是做人大境界，其核心是"诚"，是实事求是，是自省，是明白好歹。

人人都穿皇帝的新衣

鲍尔吉·原野

一个人的事儿，先察觉的并非是自己，而是别人。

且不说出生这么大的事儿，自己没察觉，感觉像坐滑梯一样势不可挡地来到人世，是母亲和医生察觉"他来了"。

也不说一个人喝醉了，自己不觉。虽然酒是一口一口喝的，但找不到醉与醒的分界线。醉者觉得没醉，周围的人看出他醉了，而且能看出几分醉。

这些都不说，是处在无意识与意识丧失的状态。说人再精明，看自己也没别人看得准。

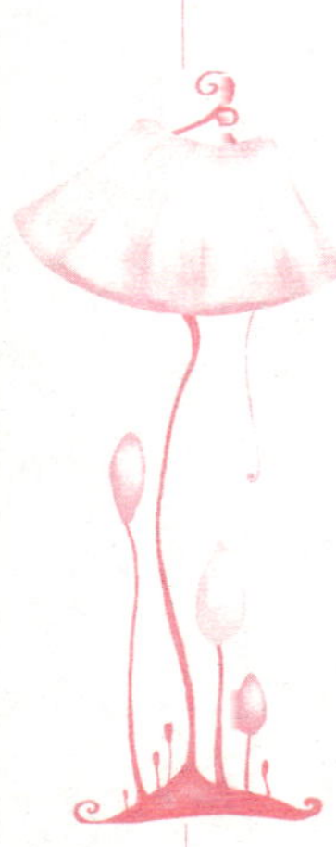

我30岁生日是在丹东五龙背宾馆度过的。先洗澡，后照宾馆镜子。嗯？脑门上有一根白发，亦惊亦喜。后来，我发现自己所谓"第一根白发"算不上精明，它可能早就有了。有一个人对我说："我头发一点儿没白。"他前面头发未白，后颈白发却多得吓人，只是没人跟他说。

白发是小事。说一个人身体出了毛病，也常常由别人先发现。街上见面，这人说："哟，你脸色可不好。"那人摸摸脸："是吗？"到医院一查，多半有一些问题。但自己照镜子，却看不出来。

人——大多数人——看待自己跟别人持有两套标准，包括白发、脸色、性格、能力及一切。潜意识里，人对自己的袒护都能到讳疾忌医的程度，因此眼神不准。

有人从耳朵眼儿往外长毛，别人看到，知他老了。而他不知，觉得自己活力四射。

有人唱卡拉OK，觉得自己像帕瓦罗蒂，别人听了像渴驴喊水。

有人写字自比草圣张旭，别人看了认为只是他敢写而已。

有人觉得自己有魄力，别人看出的是霸道。

有人觉得自己随和，别人看出的是奸诈。

有人觉得自己是"朕"，是巴顿将军，是先知先觉，但谁都看不出也猜不到他身上有他期许的人物的身影。你还是你，就这么简单。

人人都能看出别人身上的皇帝的新衣，自己大多也披着一件皇帝的新衣。彼此之间，只是衣的款式、流行元素、长短肥瘦不同而已。老与不老以及唱歌、写字是小事，把树立自信心与狂妄区分开来，不是一件容易的事。老子早就看出人人爱穿皇帝的新衣，说："知人者智，自知者明。"然知人之智者却不一定自知。

真心诚意是做人大境界，其核心是"诚"，是实事求是，是自省，是明白好歹。这样的人并不多，多数人，包括我，每天披着皇帝的新衣在街上徜徉，溜溜达达，笑容可掬。

人生悟语

"知人者智，自知者明"，说得多好的一句话！人最可贵的是清醒地认识自己，保持理智。自大与无知只会给自己带来伤害甚至毁灭。我们要永远记住：越是肤浅的，越得意忘形自命不凡；越是深沉的，越诚信笃行谨慎低调。

（朱晓华）

真正拥有的并不一定捏在手上，捏在手上的并不一定真正拥有了。不仅金钱，爱情、荣誉这些人们追求的目标，都是如此。

手的备忘录

叶延滨

最多的与无数手亲热过的手是领导的手。局长的、部长的、市长的，还有首相、总统们的。握手成了职业，成了工作，成了规定动作，也就忘了握过谁的手了。因此，最健忘的也是这些手。为了让健忘之手被历史记住，大人物的手连细节都与历史有关，比方说我记得小时候读过的一篇散文《挥手之间》，好像是方纪先生写的。写毛泽东从延安赴重庆谈判，上飞机向群众挥手的瞬间，大气。这种短小而分量沉甸甸的好文章，现在少了。那时候文章用手写，现在手会打字，还可复印、下载、扫描。手法一多，水分也多。

最值钱的握手是对手间的握手，所谓“历史性的握手”多是握住了曾为敌人的手。同志的手天天握，亲人的手一辈子握，没感觉了。因为曾是对手，曾是政敌，所以握手就特别值钱了，只有请摄影师劳神。摄影师记下的都是历史性的握手。比方说周恩来与尼克松，谁先伸出来？谁先握住谁？载入史册。比方说连战、宋楚瑜参访大陆，与中共高层的握手，也就成了各报的头条。

最早拉住自己手的是母亲的手，当然也可能是父亲，母亲拉住孩子的手，就把一个婴儿拉扯成一个男子汉。当一个人变成男子汉了，他下意识的动作是躲开母亲的手。当一个人变成男子汉了，他脸红而又激动不已是因为握住了另一个女人的手。娶了媳妇忘了娘，天下男人的手，都这个德行。然而天下的女子，又都是因为握住男人这善变的手，而变成了另一个母亲。

最不愿被人拉住的手是小偷的手。小偷有与手难解的名字“扒手”。手也是小偷谋生的手段和工具，我见识过小偷苦练基本功。他在脸盆里盛上半盆子开水，开水里有一块已经用过的香皂，香皂又薄又滑，他用两根指头，一次接一次地把它从滚烫的开水里夹起来。小偷的手也许比常人的手更灵巧更勤快，但这世界还是认定，小偷是不劳而获的寄生虫。

最有权威的手。我印象最深的有二：其一是乐团指挥的手，捏住根小棍，在空中比画，几十个乐手都老老实实按这手的起落而演奏。其二是马路边上开罚款单的手，开完了，往车窗上一贴，开车的司机就老老实实去交钱。都不由分说，都手下不留情面。

最难有收获的手是那些伸出来乞讨的手。据说现在也有变化，个别地方出现了乞讨专业户，讨回的钱盖了高楼修了宅院。因此，以行骗而伪装乞丐者，收获了人们的同情心，并把这些同情心兑换成了财富。于是每一个面对乞丐的善良人，都在做一道难解的题：“给钱吧？你是在鼓励骗子；不给钱吧，你是在漠视痛苦。给还是不给……”

最胆大妄为的手是理发师的手。谁的脑袋都敢摸，不管是爱打扮的小姑娘，还是道貌岸然的大人物。如果说发型师是艺术家的话，那么就是有一双“把头发当做材料进行创作的手”。如同雕塑家把泥巴当材料塑出作品，如同大厨师把萝卜当材料刻出花儿来。

最没有嫉妒心的手是在银行里数钱的手。每天有无数的钱在指尖翻动，手几乎没有感受，唯一需要的是时时把数字弄清楚，把手感有问题的假钞挑出来。认真想一下，那些亿万富翁之手，并没有比一个银行小职员摸过的钞票多。看来，真正拥有的并不一定捏在手上，捏在手上的并不一定真正拥有了。不仅金钱，爱情、荣誉这些人们追求的目标，都是如此。

最委屈的手是钢琴家的手。一场演出，十根手指发疯地在琴键上跳舞，成功了，演出轰动了，登在报纸上的不是这双手，而是那张脸，那脸上的从来不动的鼻子和在演出中紧闭着的嘴。

人生悟语

形形色色的手，代表的其实就是形形色色的人。手的命运，掌握在拥有它的人身上；它的荣耀或耻辱，全在于人的选择。所以，为了那些与我们的命运休戚相关的人和事物，请让我们慎重地做好自己的选择：争取一荣俱荣；不要一损俱损！ （朱晓华）

向一块尿片致敬，是向那些因责任而甘愿委屈自己的幕后工作者们致敬，是向一种无法言明的使命感和爱国热情致敬。

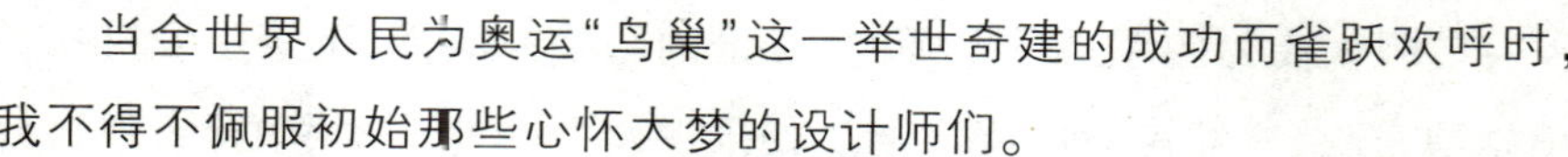

向一块尿片致敬

一路开花

当全世界人民为奥运“鸟巢”这一举世奇建的成功而雀跃欢呼时，我不得不佩服初始那些心怀大梦的设计师们。

站在这一个建筑面积达25.8万平方米，永久坐席80000个，临时性坐席11000个的奥运主场中央，我胸中除了激动，更有着无数难以自解的疑问。例如，这些庞大的钢架，是如何搬运到一块的？还有，那些密布于四周的小钢条，又是如何一一焊接而起的？要知道，这么高的建筑，没有电梯和托运设备，上下一次估计最少也得十几分钟。那些焊接人员，难道就不吃不喝，整日爬上爬下？

朋友上前碰了碰我，问了我一个更加离谱的问题——这些工作人员要是想上厕所怎么办？说实话这也是我迫于想知道答案的问题之一。

千方百计托人找来了一位曾参与过“鸟巢”焊接工作的朋友。花了

半小时的时间，解答了我心中所有困惑。最后，朋友凑上来问了他那个问题。

他笑笑，反问我们："你们觉得，在这么高的建筑上，焊接之时，你们想要上厕所怎么办？"

我说："那就爬下去上啊。上完了，接着再爬上来继续工作。"他摇摇头道："要真是那样，估计这鸟巢再给 3 年都建不完。这一上一下，得耗费多少体力啊。"

我与朋友更加迷惑了，不这么上，还能怎么上？

结果，他告诉了我们，每一个焊接工作人员，在每天换班之时都会自带几块尿片。这尿片并非什么特殊制品，全然就是小孩用的"尿不湿"。上去之后，就再不下来。想上厕所，就直接尿裤裆里。

不知道为何，对于他所陈述的这么一个滑稽的事实，我与朋友却怎么都笑不出来。我实在难以想象，3 年寒冬酷暑，以一块尿片来解决日常的排泄问题，是何等感受？更难以理解，是怎样的一种热情驱使着那么多工作人员，默默遵守着这么一个类似屈辱的不成文定律？

一块尿片，为这些工作人员节省了多少汗水，用于投入实现全中国人民梦想的大业之中。向一块尿片致敬，是向那些因责任而甘愿委屈自己的幕后工作者们致敬，是向一种无法言明的使命感和爱国热情致敬。

人 生 悟 语

向一块尿片致敬，就是向所有伟大的建设者们致敬！那些本无生命的钢筋和水泥，因为有了这些敬业的建设者，赋予了他们神奇的生命，赢得了整个世界的赞誉。所以说，敬业者人恒敬之；反之，那些不敬业的人，我们能指望他们干好什么？　　（朱晓华）

人生就如同钓鱼。用微笑钓鱼，好过用渔竿钓鱼。

用微笑钓鱼

佚名

两个钓鱼高手一起到池塘垂钓。这两人各凭本事，一展身手，隔了不多久的工夫，皆大有收获。

忽然间，池塘附近来了10多名游客。看到这两位高手轻轻松松就把鱼钓上来了，不免感到几分羡慕，于是都在附近买了钓竿来试试自己的运气如何。没想到，这些不擅此道的游客，怎么钓也是毫无成果。

话说那两位钓鱼高手，两人个性完全不同。其中一人孤僻而不爱搭理别人，单享独钓之乐，而另一位高手，却是个热心、豪放、爱交朋友的人。爱交朋友的这位高手，看到游客钓不到鱼，就说："这样吧！我来教你们钓鱼，如果你们学会了我传授的诀窍，而钓到一大堆鱼时，每十尾就分给我一尾，不满十尾就不必给我。"双方一拍即合，欣表同意。

教完这一群人，他又到另一群人中，同样也传授钓鱼术，依然要求每钓十尾回馈给他一尾。

一天下来，这位热心助人的钓鱼高手，把所有时间都用于指导垂钓者，获得的竟是满满一大篓鱼，还认识了一大群新朋友，同时，左一声"老师"，右一声"老师"，备受尊崇。

同来的另一位钓鱼高手，却没享受到这种乐趣。当大家围绕着其同伴学钓鱼时，那人更显得孤单落寞。闷钓一整天，检视竹篓里的鱼，收获也远没有同伴的多。

人生就如同钓鱼。用微笑钓鱼，好过用渔竿钓鱼。

倘若你一个人静静钓鱼，那么，你终会发现原来你收获的鱼儿实在太少。也许，面带微笑去钓鱼，很多美丽的鱼儿便会涌向你的怀抱。

人生悟语

钓鱼的技术经过传递，变成了很多人的收获；一份微笑经过分享，变成了很多人的快乐。只知道守着自己既得的利益而不知道分享的人，收获不到人生的乐趣；将自己的快乐让大家分享的人，会让自己永远活在春天般的温暖里。 （朱晓华）

副机长："头儿，北京地面消息说，那边又堵机了，让先停昌平。"机长："告诉乘客准备提前空降。"

当飞机比公共汽车还普及的时候

佚名

售票处。自动广播里传出这样的声音：某航100001航班，目的地北京，票价10元，不设找零，月票请出示。

安检。人声鼎沸，有人扛着蛇皮袋，有人拎着活鸡活鸭，安检员满头大汗："您这可得补票，超重了。""凭什么啊？上次背了两麻袋土豆都让我过去了。"另一个乘客凑过来："来来来，哥儿们，抽根烟，我这批活鸡不麻烦您了，机舱摆不下，您帮我绑机翅膀上得了，反正它们自己也能飞，不浪费飞机的动力……"

登机。空姐都戴着红袖箍，挥着小旗，拿着扩音筒："都别挤，排好队，里面的，就是你，别在那儿发愣啊！往里挤挤……你，你票呢？没买票就上来了，罚款10元！什么，你是王机长他老舅，那什么那，算了，进去吧……"

起飞。飞机爬升到80层楼的高度，正在城市上空盘旋，机长打开舱门，喊道："嘿！80楼楼顶的那位，北京走不走，10块钱一位！有座儿！快点上来，我给你停一分钟，你跳过来！"

飞行。一个小朋友要求小解，空姐："厕所都让土豆占了，这样吧，我给你打开门，你就先将就一下吧。对了，外面风大，系好安全带啊！"

副机长："看，头儿，前边有架飞机！"机长："浑蛋，是100002号！这小子就知道跟我们抢航线，告诉后面坐好，我要超机……"

飞行途中。空姐："机长，外面有UFO耶！"机长："快看看里面有几个！外星人20元一位，问他们走不走？"乘客发牢骚："都挤成这样了还上……"

飞机剧烈抖动。空姐："各位乘客，刚才飞机出了故障，两个发动机坏了，我们可能会晚点。"乘客："怎么搞的，要是四个发动机全坏了，我们岂不是要在天上过夜！"

空姐："机长，刚才有个小朋友小解时掉下去了。"机长："背降落伞包了吗？"空姐："背了，不过书包还在这儿。"机长："嗨！你瞧你们这点事给办的，把书包也绑个降落伞空投下去。小孩子，没书包怎么上学！"

副机长："头儿，北京地面消息说，那边又堵机了，让先停昌平。"机长："告诉乘客准备提前空降。"

降落。空姐："各位乘客，本航班即将到达目的地，降落时请坐着的乘客系好安全带，请站着的乘客系好……那个……系好裤腰带。"

落地。空姐："机长，晚上哪儿吃去？"机长："你们哪，一天到晚想着吃，这个月任务又完不成，没了奖金，我看你们都去喝西北风去！你赶紧再到售票处去一趟，跟小张说一声，来了乘客先给我们装上，趁着早，我们要再飞一趟……"

人生悟语

初读这篇幽默小杂文，你可能会莞尔一笑；但只要稍作思考，你便再也笑不起来。这样的场面，其实都是当今汽车运输的现状。无疑，秩序相对井然的飞机运输是不会沦落到这种境地的；我们其实是希望，汽车运输也能向飞机运输看齐：不超载，不乱停，确保乘客的安全是第一要务。（朱晓华）

笑话就这样一个接一个讲着，一个比一个精彩，各个都会令人笑得直不起腰来，但就是没人笑。

最后一个玩笑

严明贵/译

这是个轻松愉快的葬礼。太阳也出来为亨利送行，他躺在棺材里，也许正偷偷地乐着。人们笑着，讲着亨利生前的趣事。

“还记得那次他扮成吉卜赛人，挨家挨户地给人算命吗？他居然挣了6英镑。”

“他看到一些工人在路上挖坑，便首先给警察局打电话，说有许多学生在路上挖坑，然后，他又对工人们说，有学生要假扮警察来阻止他们挖坑。可以想象接下来发生了什么……”

“他去参观一个抽象派画展。他在画展的头一天就溜进展厅，将所有的画倒了个个儿。直到画展第四天，才有人发现。”

“很难相信，亨利竟然是格朗德家族的一员。”

他出生在一个富有显赫的家庭，在五个兄弟中排行最末。格朗德家

族的人个个都有成功的事业，有令人羡慕的婚姻，而亨利却没有。每个人都在诧异，格朗德的小儿子，为何成了一个无所事事的人。

棺木正被放下墓坑，大家还在不停地说着有关亨利的故事。人们拿着手帕擦眼睛，擦去的不是悲伤，而是笑出的眼泪。

葬礼后有丰盛的早餐，有亨利生前最亲密的13个亲人和朋友参加。亨利早已决定 让他的哥哥柯林在葬礼早餐时宣读他的遗嘱。大家对亨利的遗嘱都表示出极大的好奇。亨利不是一事无成吗？他会有什么东西留给别人？

柯林打开遗嘱，开始一板一眼地读了起来："本人，亨利·格朗德，立下遗嘱……"

当听到尽管亨利·格朗德一生无所事事，却也因聪明的投资而获益，留下75万英镑的遗产时，大家都缓不过神来。

"我想让你们进行一个小小的比赛。每人轮流讲一个最有趣的笑话，谁的笑话得到的笑声最多，谁就继承我的遗产。柯林是最令人发笑的故事的唯一裁决者。"

"因此，女士们，先生们，"柯林说着，同时把遗嘱放在桌上，"该你们开口了。"

第一个人站起来，讲了一个英国人爱上一把伞的笑话。结束时，他本人倒是笑声不断，而别人却异常沉默。他们憋红了脸，紧眯着眼，看得出他们觉得那个笑话很好笑。但每个人都不想笑掉自己赢得比赛的机会。第二个人讲了一个三腿桌的故事。故事讲得很好，以致若干年后，有导演根据这个故事拍了部卡通片。但是，其他人将脸埋在手帕之下，咳嗽，假装打喷嚏，或是将铅笔扔到桌底下，目的都是为了掩盖他们的笑声。笑话就这样一个接一个讲着，一个比一个精彩，各个都会令人笑得直不起腰来，但就是没人笑。

当第12个笑话讲完时，13人中的每一个都静静地坐着，尽力抑制着那即将爆发的笑，就像抑制那马上要喷发的火山。

寂静。

突然，柯林打了个喷嚏，一个大大的喷嚏。"啊嚏！"然后，他拿出一块大得出奇的红红的手帕，擤了一下鼻子，“啊嚏！”

够了，有人再也控制不住，大声笑了出来。刹那间，所有人都笑弯了腰，笑出了眼泪，肩膀也随着一阵阵火山喷发似的笑声而抖动。当然，他们笑的不是那个喷嚏，也不是那12个笑话。他们笑的是他们自己，也明白了亨利·格朗德最后一次，也是他最滑稽的一次恶作剧。

笑声终于停了下来。柯林再一次清了清嗓子：“请原谅我用了一个小小的戏法，我练那个喷嚏将近有一个月了。”他叠起那块大得出奇的红手帕，塞入衣袋。

“当然，这是亨利的想法。”他没必要再补充什么，因为12位客人都已明白过来，他们中计了，中了亨利巧妙设计的圈套。

“啊，我可以读完遗嘱的下半部分吗？”

“朋友们，”遗嘱的最后一段写道，“原谅我，但我又忍不住要开最后一个玩笑。我很高兴地知道，你们对笑声的热爱最终战胜了对金钱的热爱。”

柯林停下来，让大家好好理解这句话的含意。然后，他接着读亨利·格朗德遗嘱的最后一部分：

“朋友们，感谢你们让我有了最后一笑。说到那笔钱，因为我爱你们中的每一个人，所以，我的财产将平分给你们。好好享受你那一份吧。但无论何时听到笑声，请别忘记我。”

人们顿时安静下来，空气中有了一种静静的哀思。

人 生 悟 语

亨利真是个可爱的人！他看似一生无所事事，其实在从事世界上最伟大的事业——让世界充满欢笑！在生命的最后一刻，他也不忘给人们留下笑声和哲理，那就是：世界上没有什么比欢笑更值钱。让我们都用笑声去感染世界吧，它会让你永远拥有明媚的心情！

（王　蕴）

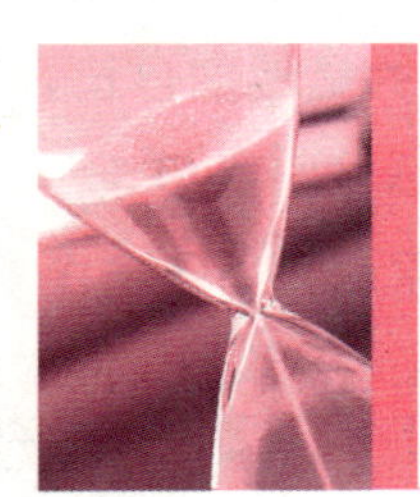

他感觉自己是一条即将脱水的鱼，正被太阳无情地炙烤。他想明年，自己应该不会再来这个城市了。因为在乡下，流淌着一条温暖的河。

一条鱼的狂奔

鲁 瓜

他的手里提一个沉甸甸的冲击钻，腰间别一个丑陋并陈旧的卷尺。不远处的长椅上，坐着几个等车的人。那里还有一个空位。他需要一个位子，可是他不敢走过去。

他已经累了一天。他把自己悬挂在接近竣工的楼房外墙，用极度别扭的姿势把坚硬的混凝土外壳打钻出一个个大小不一的圆孔。这是他在城市里糊口的唯一本钱和留下来的全部希望。有时他感觉自己就像一条鱼，一条离开了河川，在陆地上奔跑的鱼。他必须不停地狂奔，用汗水濡染身体。他不敢停下来。太阳会把他烤干。

已经疲惫到极致，他的两腿仿佛就要支撑不住他瘦小的身体。他不断变换着站立的姿势，使自己舒服或者看起来舒服一些。没有用。腿上的每一丝肌肉都在急速地蹦跳和抽搐。这些微小的抽搐几乎要牵着他，奔向站牌下的那一个空位。

姑娘坐在那里，空位在姑娘身边。姑娘的额头洒着几粒赭红色的迷人麻点。姑娘的眉眼描得细致迷人。姑娘穿着很长的黑色皮靴，很短的黑色皮裙。皮裙和皮靴之间，露出一截令他眩晕的圆润的大腿。他看了姑娘很久。他是用眼的余光看的。城市生活让他习惯了用余光观察所有美好的东西——越是美好的东西，越是不动声色。有风，姑娘身上的香味不断飘进他的鼻子，让他宁静、安逸、幸福和自卑。

他上了公共汽车，投下一枚硬币。他希望得到一个位子。他果真得到了。是公共汽车的最后一排,他冲过去,把身体镶在上面。他几乎在那个巴掌大的硬椅上平躺下来。他是那么疲惫,坐着有多么幸福。

香味再一次钻进他的鼻子,轻挠着他,让他打了一个羞愧的喷嚏。他把脑袋转向窗外,眼睛却盯着姑娘锦缎般光洁的皮肤。当然是用余光,他的余光足以抚摸和刺透一切。他再一次变得不安起来。他挺了挺身子,坐得笔直。

车厢里越来越拥挤。所有站着的人,都在轻轻摇摆。姑娘倾斜着身子,一只手扶住身边的钢管。姑娘的旁边站着一位男人,身体随着汽车的摇摆,不断碰触着姑娘。他的脸红了。好像自己就是那位男人,好像他攥着的,不是冷冰冰的冲击钻,而是姑娘甜藕一样的胳膊。

他看到姑娘扭过头去,厌恶地看看男人。男人尴尬地笑,做一个无奈的表情。姑娘没有说话,她小心并艰难地使自己和男人之间闪出一条狭窄的缝隙。汽车突然猛然摇晃,姑娘的努力顷刻间化为泡影。现在她和男人,再一次贴到一起。

于是他站了起来。他对自己的举动迷惑不解。他对姑娘说,这儿有个座位,你坐。他想他应该说出了这句话,因为他的嘴唇在飞快地抖动。姑娘看看他,懵懂的表情,似乎没有明白他的意思。他只好指指自己让出来的位子,他对自己说,这儿有个座位,你坐。

姑娘瞅瞅他,再瞅瞅那个空位,再瞅瞅他。姑娘把头重新扭向窗外。姑娘没有动,也没有理他。姑娘说,哈。

他的表情便僵住了。他感觉自己被当众扒光了衣服,所有人都在细细研究他身上每一个肮脏的毛孔。他没有坐下。他把脸扭向男人。他对男人说,这儿有个座位,你坐。他听到自己的声音在轻轻颤抖。那是哀求的调子,透着无比的卑微和真诚。

男人笑了。他不知道男人为什么笑,但男人的确笑了。男人的脸上瞬间堆满了快乐的细小皱纹。男人没有动,甚至没看那个空位。男人盯着他。男人说,哈。

声音是从鼻子挤出来的——那声音有些失真。

他有一种强烈的想哭的冲动。那座位就那样空着,没有人去坐。包括他。很多人都在看他，面无表情。他感觉自己被他们一下一下地撕裂开来，每个人都拿到其中一块，细细研究。

他提前两站逃下了车。他提着那个沉甸甸的冲击钻，慢慢走向宿舍。他感到很累，似乎马上就要瘫倒。他经过一个报摊，停下来。他把眼睛贴上了当天的晚报。

他对晚报并不感兴趣。他只想知道现在离过年，还有几天。

他把冲击钻换到另一只手。他感觉自己是一条即将脱水的鱼，正被太阳无情地炙烤。他想明年，自己应该不会再来这个城市了。因为在乡下，流淌着一条温暖的河。

一缕熟悉的清香悄悄钻进他的鼻孔。他没有转身，继续盯着那张晚报。突然他再一次紧张起来，他感觉姑娘就站在不远处，盯着他看。

他转过身。他第一次面对姑娘。他看到姑娘迷人的脸。他的身体开始战栗不安。

姑娘说刚才是你吗？他点点头。姑娘说哦，转身走开。姑娘走了几步，再一次停下。姑娘扭过脸，说，谢谢你啊。然后转身，走进一家服装店。

他开始了无声的狂奔，泪洒成河。他感到安静和幸福。他感觉自己就像一条鱼，在炙热的陆地上不停地奔跑。他不能停下，他需要汗水和眼泪的濡染。

他想他明年，可能，还会留在这里。他知道这个城市需要他，用极度别扭和危险的姿势，将坚硬的混凝土外墙，钻磨出一个个大小不一的圆孔。

人生悟语

鱼在一个区域存活，需要的是水和食物；而作为高等动物的人，需要的就不仅仅是物质上的满足，他还需要一种精神上的认可和接纳、归宿和认同。对于那些用汗水建设美丽城市的民工，我们该用怎样的态度去对待他们？相信读完这篇文章，我们都找到了答案！

（王　蕴）

第十三辑 蒙娜丽莎在笑什么

人们常说，世事无常,人情冷暖，但往往忽略了一个简单的事实：每一个人，无不是这千奇百怪的世事的制造者和参与者。我们谁也无法纵身一跳，游离于人群之外，能做的或许就是尽自己的能力，让世界变得更加美好，让蒙娜丽莎不再对我们发出嘲讽的微笑。

画面上的女人微笑着，但看上去笑得有点儿怪异。500多年过去了，人们也没猜出来，她到底在笑什么。

蒙娜丽莎在笑什么

［俄］阿纳托利·特鲁什金　李冬梅／译

我在一所警察学校学习，学刑侦专业。在不久的将来，我就可以独自去侦查刑事案件了。老师说我们学校是世界上最棒的警察学校。

昨天上课时，老师拿来了一张油画，就是意大利著名画家达·芬奇的那张《蒙娜丽莎》。画面上的女人微笑着，但看上去笑得有点儿怪异。500多年过去了，人们也没猜出来，她到底在笑什么。

老师对我们说“我给你们45分钟，你们要猜出来她到底在笑什么。谁猜不出来，谁以后就别想当刑警了。”

但我们所有的学生都猜出来了。我们一共6个人，于是有了6个答案。

第一个答案最简单，我们甚至都觉得很奇怪，怎么这么多年就没人想到呢？原来是达·芬奇不允许蒙娜丽莎笑，可他自己却在那儿不停地做鬼脸，挤鼻子弄眼。蒙娜丽莎看着他想笑又不敢笑，所以她的笑看上去才那么奇怪。

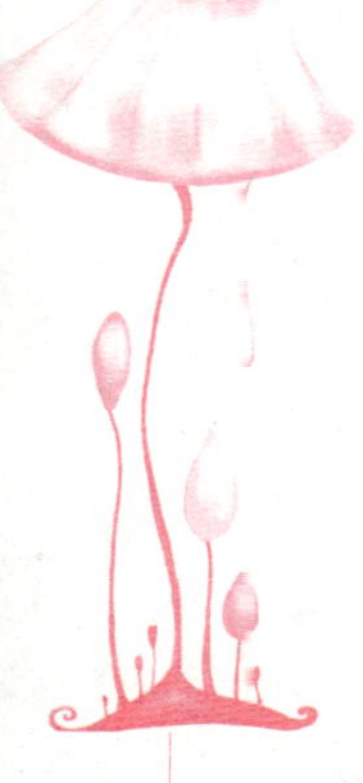

再看第二个答案。春天到了（这从画面的背景中就能看出来），蒙娜丽莎终于熬过了艰难的冬天活下来了。外面很快就会长出花草树木，自己的园子里不管怎么样也能有几样蔬菜了。她现在几乎已经饿得奄奄一息了，所以不知道画面上的她是哭还是笑。

第三个答案是：大家都把钱存到了银行里了，可银行破产了。而蒙

娜丽莎则把钱藏在了长筒袜里，所以她现在正坐在那儿得意呢。

第四个答案是：蒙娜丽莎的丈夫就要下班回来了，或者是已经回来了，就站在达·芬奇身后。达·芬奇当时也在想：“她笑得怎么这么奇怪啊？”原来是蒙娜丽莎找到了她丈夫的小金库，而且马上就给转移了，连一个硬币都没给他留。现在她坐在那儿，看着丈夫笑而不语。她丈夫也在笑。至于她丈夫在笑什么，就永远也没人知道了。

现在咱们来看第五个答案：蒙娜丽莎的丈夫是国家公务人员。为了不让他贪污受贿，政府把他的工资提高了 10 倍。别人的工资当然也涨了。但蒙娜丽莎生活得最好：别墅最大，汽车最酷，孩子们都送到国外留学去了。所以大家总是问她：“你们哪儿来那么多钱？您丈夫现在已经不收贿受贿了。”每次蒙娜丽莎总是笑而不答。有一次，又有人追问蒙娜丽莎这个问题，蒙娜丽莎又是嫣然一笑，结果正好被达·芬奇看到了。

现在请看最后一个答案吧。蒙娜丽莎的丈夫不抽烟，不喝酒，宠她爱她，孩子们的学习也不用操心。家里住着三室的房子，吃的用的什么也不缺，邻里关系也不错，她还有什么愁的呢？只是这么幸运的女人我们从来没见过，所以我们才觉得她的笑不正常。

看来，是我们不正常，才觉得蒙娜丽莎的笑不正常。

人生悟语

一千个人心中有一千个哈姆雷特，其实，对于同一事物，不同的人会有完全不同的理解，关键在于看的人的不同本质。它给予我们的启示是：看待任何事物，都不能只从自己的角度出发，以偏概全。

（王　蕴）

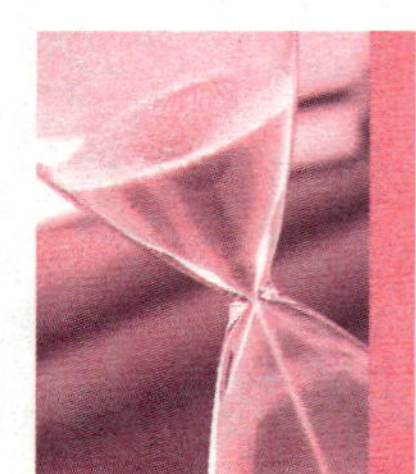

当我没有能够毫不犹豫地向这些人伸出自己的手，握住他们伸出的手的时候，我需要反思自己，是否已经准备好了。

原来握手这样难

(中国香港)闾丘露薇

站在前门附近，一抬头就是蔚蓝的天，衬托着刚刚修葺的灰色砖墙，这是一个整齐宏伟的北京。只是，在砖墙另一面的墙根下，住着几个拾荒者。知道他们，是因为看了老虎庙的博客，从2007年的最后一天开始，“老虎庙”一直关注着他们。我看过他们的照片，他们一脸茫然的表情，让我始终觉得和自己隔得太远。只是，当我站在他们的面前，面对着他们的时候，心变得沉甸甸起来。

看到我们带着摄影机，还有话筒，其中唯一的一个女性，向我伸出了手。那一刻，我犹豫了一下。虽然我的手伸出去了，握住了她的手，但是我知道，当时我的心里充满了迟疑。就是这样一瞬间的勉强，让我明白，原来我和他们生活在两个世界。

他们在这里已经露宿了好几年。之所以决定去采访他们，是因为他们正是需要社会和政府关注的群体，国家的发展，最终就是要让这样的人，也能够过上有尊严的日子。我们不能忘记他们。

他们在北京流浪，原因有很多，不愿意回家乡的其中一个原因是在贫穷的山区，他们看到的希望，比现在这样的生活还要少。在这个繁华的大城市里，虽然他们的生活在我们看来，几乎不能够忍受，但是他们在这里依靠自己的劳动，能够赚取更多一些的收入，即使这些收入在我们看来实在是微不足道。

其中的一对夫妻，为的是让自己在家乡的三个孩子能够上学。他们知道开“两会”了，因为他们去不了平时捡破烂、卖小玩意儿来维持生活的天安门广场了。对于“两会”、对于政府，他们有自己的期望——让像他们这样的人的孩子上学能够有更多的优惠。因为现在虽然免学费了，但是却有更多的杂费。一个孩子一年上学花费差不多1000多元，负担真的很重。尽管这样，他们说，如果孩子能够考上大学，不管怎样，都要让他们去读书，因为只有这样，孩子才有希望。听着这位父亲坚定的口气，我的心里面充满了怀疑，这是每个父母都会有的期望，只是，这样的父母，他们真的做得到吗?

只有和他们面对面地交谈，才会深刻地明白，城市和农村之间的差距到底有多大。他们无家可归，可能也有他们自己的原因，但是一个城市，至少应该为这样的人提供一个可以暂时栖身，或者是提供免费食物的地方。在香港，无家可归者也不少，他们平时生活在天桥底下，但是一旦天气转冷，政府就会开放避寒中心，让这些人不会因为寒冷而冻死街头。政府和社会，当然不会无条件地去承担这些人的生活，但是最基本和最人道的帮助，却是政府和社会应尽的责任。

他们去过一次救助中心，他们说，只是让他们喝了一口水，就让他们离开了。所以，他们再也没有想过要去那里寻求帮助，因为他们已经不抱希望了。现在正在帮助他们的，倒是那些好心的网民们，网民们偶尔给他们送来棉被、大衣。只是，他们栖身的地方，每隔一段时间就会被清扫一次，于是他们又变得一无所有。尽管这样，他们还是要留在这个城市。

我们拍摄的时候，当中的一个老人一直没有说话，也没有挪动过他的位置，但是可以清楚地看到，在我们采访他的同伴的时候，他的眼睛里面满含着泪水。当我们离开的时候，他站了起来，向着我们挥手。在他们的注视中，我们离开的那段路变得异常漫长。我知道自己做不了什么，我只是希望，在这样美丽的城市，像他们这样的人能够找到一个栖身的地方。

我一直在想自己迟疑的那一刻，直到现在。社会公平正义，我一直认为这是我崇尚的理念，但是那一刻也让我明白，当我没有能够毫不犹豫地向这些人伸出自己的手，握住他们伸出的手的时候，我需要反思自己，是否已经准备好了。

人生悟语

追求社会公平，是我们每个人都该具有的信念。但是，如果在高喊了口号之后，信念还只是停留在口头上，而没有根植到心里，这样的信念是永远无法实现的。我们需要做的是：把信念落实到行动里，落实到我们毫不犹豫地伸出的手上，只有这样，公平才能够得到真正的实现！

(王　蕴)

在那诚实人出现后没几年，人们就不再谈什么偷盗或被偷盗了，而只说穷人和富人；但他们个个都还是贼。

黑　羊

[意]卡尔维诺

从前有个国家，里面人人是贼。

一到傍晚，他们手持万能钥匙和遮光灯笼出门，走到邻居家里行窃。破晓时分，他们提着偷来的东西回到家里，总能发现自己家也失窃了。

他们就这样幸福地居住在一起。没有不幸的人，因为每个人都从别人那里偷东西，别人又再从别人那里偷，依次下去，直到最后一个人去第一个窃贼家行窃。该国贸易也就不可避免的是买方和卖方的双向欺骗。政府是个向臣民行窃的犯罪机构，而臣民也仅对欺骗政府感兴趣。

所以日子倒也平稳，没有富人和穷人。

有一天——到底是怎么回事没人知道——总之是有个诚实人到了该地定居。到晚上，他没有携袋提灯地出门，却待在家里抽烟读小说。

贼来了，见灯亮着，就没进去。

这样持续了有一段时间。后来他们感到有必要向他挑明一下，纵使他想什么都不做地过日子，可他没理由妨碍别人做事。他天天晚上待在家里，这就意味着有一户人家第二天没了口粮。

诚实人感到他无力反抗这样的逻辑。从此他也像他们一样，晚上出门，次日早晨回家，但他不行窃。他是诚实的。对此，你是无能为力的。他走到远处的桥上，看河水打桥下流过。每次回家，他都会发现家里失窃了。

不到一星期，诚实人就发现自己已经一文不名了；他家徒四壁，没任何东西可吃。但这算不了什么，因为那是他自己的错；不，问题是他的行为使其他人很不安。因为他让别人偷走了他的一切却不从别人那儿偷任何东西；这样总有人在黎明回家时，发现家里没被动过——那本该是由诚实人进去行窃的。不久以后，那些没有被偷过的人家发现他们比人家就富了，就不想再行窃了。更糟的是，那些跑到诚实人家里去行窃的人，总发现里面空空如也，因此他们就变穷了。

同时，富起来的那些人和诚实人一样，养成了晚上去桥上的习惯，他们也看河水打桥下流过。这样，事态就更混乱了，因为这意味着更多的人在变富，也有更多的人在变穷。

现在，那些富人发现，如果他们天天去桥上，他们很快也会变穷的。他们就想："我们雇那些穷的去替我们行窃吧。"他们签下合同，敲定了工资和如何分成。自然，他们依然是贼，依然互相欺骗。但形势表明，富人是越来越富，穷人是越来越穷。

有些人富裕得已经根本无须亲自行窃或雇人行窃就可保持富有，但一旦他们停止行窃的话，他们就会变穷，因为穷人会偷他们。因此他们又雇了穷人中的最穷者来帮助他们看守财富，以免遭穷人行窃，这就意味着要建立警察局和监狱。

因此，在那诚实人出现后没几年，人们就不再谈什么偷盗或被偷盗了，而只说穷人和富人；但他们个个都还是贼。

唯一诚实的只有开头的那个人，但他不久便死了，饿死的。

人生悟语

因为“诚实人”的出现，“贼国”里原本平静的社会生活被打破，继而分化出了穷人与富人。可见，任何一个有异于大众认知和行为的人，都是该群落的异己，他要么将自己同化为大众，要么被时代所不容。但无论结果如何，他都会潜移默化地改变整个世界。所以，世界的发展与进步，呼唤这样的“诚实人”！（王　蕴）

这是一种瓶子很大的饮料，每瓶只卖两元钱。我赶紧买了两瓶，只喝了不到一瓶，我就去了厕所，并在那里待到终点，任何人敲门我都没让他们进来。

谁说坐火车旅行更省钱

三七

10 月，我有一件不得不办的私事，必须赶到几千里外的 C 城去。说实话，自从上次生病之后，我已经有 12 年没有坐过火车了。但是我打听了一下，一张飞机票要花掉我 900 元钱，所以我明智地决定坐火车旅行。

我提前两个小时来到火车站。我听人说过，一个有理智的人是不会在火车站及其方圆 5 里之内买任何东西的，所以我只花 15 元钱买了一包饼干。后来我把带下我一颗牙齿的那一块留了下来做旅行纪念，

至今还垫在我书架的一只跛脚下。在到售票厅的途中，我耽搁了半个小时。先是有 4 名姑娘想和我约会，然后是 6～12 个人向我推销各种货物，其中最适宜家用的是一把一尺长的刀，花去我 20 元钱。最后来了几个我不认识的人，坚持要我住到各自的旅馆去。我认为我的出现已经造成了一些混乱，而且在我被他们扯住时，一个孩子把我风衣上的一颗纽扣揪下来跑开了（需要说明的是，后来重配一颗扣子花了我 18 元钱），另一个孩子趁机把我的皮鞋刷了一遍，要走我两元钱——所以我想还是走开为好。快到售票厅时，来了一个警察，没收了那把刀，罚了我 50 元钱。

在售票厅，一个男子帮我买了一张票，票价是 180 元，我另外付给他 20 元，这是给他作为被后面 40 个人咒骂的补偿。进入车站时，我尽管没有别的行李，还是得让那包饼干接受安全检查，被收走一元钱。进候车室花了我 3 元钱，算作空调费。我没有座号，很想早一些进站，便交了 5 元钱进了一个茶座。可是老半天了，我没有见到一丝茶叶的影子，好在我真的提前来到站台上，这时已经有 1000 来人在那里了。

几千里地没座号可不是一件闹着玩的事。上车后，一个天使化身为一个乘务员出现在我面前。我们讨论了一会儿，卧铺的边座价值 10 元，餐厅的座位 5 元，如果花上 15 元，则可以找到一个“真正的”座位。我交了 15 元，他领我来到另一个车厢，在那里他通过一种我至今不能理解的法力辨认出一个倒霉的家伙，赶走他，让我坐了下来。火车平安地开了几个小时。我打了一个盹儿。我想我一定是做了一个施舍的梦，因为醒来后一只口袋里的 300 元钱不见了。

这时我变得非常渴，因为车上早已停水了。幸好乘务员马上来出售饮料。我花 5 元钱买了一听，除了价钱，它非常像我每天都喝的一种饮料，不但牌子一样，连味道也差不多。天快亮时，站起两个年轻男人，从怀里抽出很长的刀，开始在车厢里募捐。他们化走我 200 元钱。我相信别人也是这样。这时又一个乘务员出现了。他不停地推搡一个可怜的小个子向前走，在车厢中部宣布：这个家伙未经允许擅自在车上卖饮料，所以要没收，并就地低价拍卖云云。这是一种瓶子很大的饮料，每瓶只卖两元钱。我赶紧买了两瓶，只喝了不到一瓶，我就去了厕所，并在那里待到终点，任何人敲门我都没让他们进来。

下车后，我找了一家最近的医院住了下来。关于我的旅行就报告到这里。我真正的破产是在医院里发生的，不过，这是下一次的话题。

人生悟语

我们乘火车出行时，不一定碰上这个人所遇到的所有“倒霉事”，但至少都有一两桩令人厌恶的体验。这样的丑剧，已经严重危及交通部门的形象。“吃穿住行”是人的四种基本权利，在考虑“吃穿住”问题的同时，“行”也被提到了一个日益重要的位置上，这其实也是一种社会的进步，但它需要我们为之付出更大的努力！（王　蕴）

“这个绳子上的任意一点同其他点有什么不同吗？比绳子的其他部分更好或者更差吗？”

一只猫的生命哲学

张维新

男人非常伤心，他知道猫余下的日子不多了。医生说已经没得治了，他只能把猫带回家，并尽可能地让它在剩下的时间里过得舒服些。

男人把猫放在腿上，叹了口气。猫睁开眼睛，呼噜呼噜地哼着，抬眼看了看男人。一滴眼泪从男人的脸颊边滑落，落在了猫的额头上。猫有点儿不高兴地看了他一眼。

“你哭什么啊，伙计？”猫问道，“因为你无法承受将要失去我的念

头？因为你认为永远都没有什么能代替我？”男人点了点头：“是啊。”

“那么你认为我离开你以后，会到什么地方去了呢？”猫问道。男人无望地耸了耸肩。“闭上眼睛吧，伙计。”猫说。男人疑惑地看了他一眼，但还是听话地闭上了眼睛。

“我的眼睛和毛皮是什么颜色的？”猫问。“你的眼睛是金色的，你的毛皮是浓郁而温暖的褐色。”男人回答道。

“那你最常在什么地方见到我呢？”猫问。“我经常见到你……在厨房的窗台上看鸟……在我最喜欢的椅子上……躺在桌子上我需要用的文件上……晚上睡在我脑袋边的枕头上。”“那么，无论什么时候你想见我，你只要闭上你的眼睛就可以了。”猫说。

“把地上的那段绳子捡起来——那里，我的‘玩具’。”男人睁开眼睛，伸手捡起了绳子。绳子大约有 0.6 米长，猫曾经能够抓着绳子自娱自乐一玩就是几个小时。“现在用两只手捏住绳子的两端。”猫命令道。男人照做了。

“你左手捏着的那端就是我的出生，而右手的那端就是我的死亡。现在把两端连在一起。”猫说道。男人又照做了。

“一个连贯的圆圈，”猫说，“这个绳子上的任意一点同其他点有什么不同吗？比绳子的其他部分更好或者更差吗？”男人审视着那根绳子，然后摇了摇头：“没有。”

“再次闭上你的眼睛，”猫说，“现在舔舔你的手。”男人惊讶地睁大了眼睛。

“照我说的做吧，”猫说，“舔舔你的手，想想我在所有你熟悉的地方，想想所有的绳子。”

要舔自己的手，男人觉得很蠢，不过他还是照做了。他发现了猫所知道的秘密——舔手能让你平静下来，并让你能够思考得更加清楚。他继续舔着，他的嘴角开始上翘，好多天来第一次露出了微笑。他等着猫叫停，可是没等到，于是他睁开了眼睛。猫的眼睛已经闭上了。他摸了摸猫温暖的褐色皮毛，可是猫已经去了。

男人用力闭上了眼睛，泪如泉涌。他看到猫蹲在窗台上，然后是在他的床上，然后躺在他的重要文件上。他看到猫在他脑袋边的枕头上，看到他明亮的金黄色的眼睛，还有鼻子和耳朵上深褐色的毛发。他睁开眼睛，透过泪水看向他依然捏在手里的绳圈。

人生悟语

这只猫似乎比人更能彻悟生死：降生与死亡，跟其他时间一样，只是生命中一段自然的历程。在你离去的时候，能刻下你影子的，只有你最常活动的地方。你愿别人想起你时，就想起鲍鱼之肆，还是想起芝兰之室？

（王　蕴）

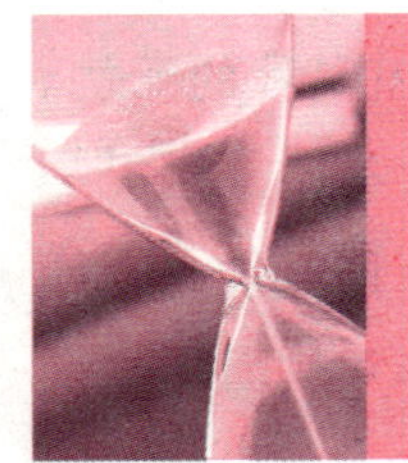

如果没有人愿意多吃那一口饭，那么势必会有价格或利率来进行调整，直到有人想吃那一口饭为止。

善于省钱的吝啬鬼

〔美〕史蒂文·兰兹伯格　蒋旭峰／译

人们说吝啬鬼不宽厚，我认为这种说法有失偏颇。还有谁能比把燃料和食物都无私地让给了别人，自己却在黑暗中摸索、餐盘吃得空空如也的人更宽厚呢？还有哪个邻居能像吝啬鬼心胸那般宽广呢？一个仆人都没雇，让他们都能腾出手去侍候别人。

在这个世上，没有任何人比吝啬鬼更加慷慨大度了，他们本可以选择恣意挥霍资源，但他们却没有这样做。吝啬和慈善之间的唯一区别就在于，慈善家所恩及的人们相对较少，而吝啬鬼却泽被四方。

如果你建起了一栋房子，而你自己却没有买下一栋房子，那么世人

就能多享受一栋房子带来的好处。如果你赚了 1 美元却没有花掉 1 美元，这个世界就会因为你而富裕了 1 美元，因为你原本可以消耗掉 1 美元的财富，但是你却省了下来。

那到底是谁得到了你省下来的财富呢？那得看具体情况。如果你将 1 美元存入了银行，你对利率下调起到了一定的影响，那么可能别的家庭就能多贷款 1 美元，从而让自己的假期变得更加充实，或是把家庭装修得更加漂亮。如果你把 1 美元藏在床底下，那你就实实在在地降低了货币供应量，这样你也就让物价有所下浮，也许某个人在享用晚餐时买咖啡能省下 1 美元。金矿大王麦克唐纳（美国亿万富豪，热衷于金币收藏）也是一个类似的吝啬鬼，他在一个坛子里面放满了金币，来回摇滚着取乐。这样做也无妨呀，既降低了利率，又降低了物价。每一个吝啬鬼都让自己的邻居变得更加富足，其贡献丝毫不亚于贵族市长邀请众人享用的圣诞大餐。

这是一个简单的数学原理：如果吝啬鬼吃得少一点，那么别人碗里的饭就多了一口。

这也是经济学上的一条简单的规律：如果没有人愿意多吃那一口饭，那么势必会有价格或利率来进行调整，直到有人想吃那一口饭为止。

要否定上述的经济规律几乎没有什么意义，要否定上述的数学原理就完全没有意义了。但是，当我第一次撰文为吝啬鬼辩护时，反对之声就不绝于耳。

吝啬鬼让人感觉不爽吗？是的。但无论如何他确实把更多的财富留给了别人，这才是最重要的。

吝啬鬼自私吗？非也。吝啬鬼诚然是个守财奴，不过这和自私是有天壤之别的。所谓自私，是要多分得世上的一杯羹；所谓吝啬，是想自己饭碗里的食物越少越好。这个世界上不存在自私的吝啬鬼。

吝啬鬼没有善心吗？这很难说。所谓善心，就是自己少用一些财富，而把更多财富留给别人。吝啬鬼自己生活如此俭朴，已经到达为善者省钱的极致了。

人生悟语

什么叫"吝啬"？自私、冷漠，有能力帮助他人却不愿意付出行动的不正常心理就叫做吝啬。这样的人虽然"节约"了社会财富，但并没使这些财富在流通中产生价值；这样的人惯于"刻薄"自己，也必不会善待他人。让我们都不要成为"吝啬鬼"，社会需要慷慨大方的人，财富只有在流通中才会得以增长，社会只有在互动中才能得到发展！

（王　蕴）

人世间充满了种种诱惑，常使意志薄弱者走火入魔，贪欲是人类隐于内心的最大且最危险的恶魔。

人变鱼

王丽芳

《醒世恒言》里有一个人变鱼的故事——

唐肃宗乾元年间，青城县代理县令薛伟于七夕之夜受了些风寒，发起高烧来，竟神思恍惚，进入了梦乡，便寻思要找个清凉之处。顷刻之间，梦魂来到青城外，上了龙安山，来到半山腰的东潭，变成了一条金色鲤鱼恣意地畅游于三江五湖之中。他还来到龙门山下的河津跳龙门，却撞破了头皮，甚觉没趣。在潭中闲逛了几天之后，腹中空空，这时正好有一条渔船驶过，船上垂下一条线来，薛伟闻到了鱼饵的香味。起先他还是有警觉的："我明明知道他饵上有钩子，若是吞了这饵，可不就被钓了上去？"于是便围着渔船游了一圈，但最终还是"怎挡那饵香恰似钻入鼻孔一般"，便又自解道："我是人身，比鱼重得多，这小小鱼

钩怎能轻易地把我钓上去？再说，即使被他钓了上去，我是县太爷，他是渔户，哪能不认识我，自然会把我送回家去，这不是不吃白不吃吗？”想到这里，心情一下子得到了平衡，便把口往那鱼饵上一合，还不曾咽下，就被那渔户一扯，拉上了渔船。

薛伟变鱼上钩的故事发人深省——

他虽然“明明知道他饵上有钩子”，曾一度有所警觉，但还是未能抵挡“那饵香恰似钻入鼻孔一般”，于是就百般寻思“香饵”可食的种种理由来引以自慰：从“我是人身，比鱼重得多，这小小鱼钩怎能轻易地把我钓上去”，到“即使被他钓了上去，我是县太爷，他是渔户……”他官家之身的那种优越感和权力欲最后决定了他“不吃白不吃”，把“香饵”理解为“小民”理所应当的孝敬，最终坠入泥潭，越陷越深，不能自拔。

薛伟最可悲之处是他忽视了自己贪欲的恶性膨胀，因此，他心里防腐的城堡全面崩溃。此刻他已不是人身，已变成了一条贪吃的馋鱼，最终被渔人钓了去，也就成了顺理成章之事了。

人世间充满了种种诱惑，常使意志薄弱者走火入魔，贪欲是人类隐于内心的最大且最危险的恶魔。《菜根谭》一书里有“降魔先降心，心伏则群魔退”的名言，意思是说，降伏恶魔的人首先需要降伏自己心中的恶魔邪念，这样，外界的所有恶魔诱惑都会自然地败退。因为外来的种种恶念和诱惑，如果没有心魔这个内应，就不会攻破心灵的城堡。

薛伟变鱼上钩的悲剧故事纯属心魔所致。我们应当从薛伟变鱼上钩的悲剧中吸取教训，自觉地降伏心魔。保持心灵的纯洁和机体的健壮，世间也就会多一些纯净与和谐。

人 生 悟 语

人生路途中，时时存在着金钱的陷阱，处处充满了权力的诱惑，要想不踩到陷阱，不被诱惑击败，便须坚定自己的意志，节制自己的欲望。只有这样，才不会成为别人的盘中餐，才可以继续做一条悠游江湖的自在的鱼！

（王　蕴）

当援助成为施舍与恩典，它不再是渡人于困厄之中的方舟，而是锁住人灵魂的枷锁。

灵魂的枷锁 丁立梅

这些天，我一直在想男孩刘宇飞。

我不认识他。他离我所在的小城，有四五百里远。普通乡镇中学的孩子，如果将来不是特别出色，他的名字，将湮没于芸芸众生之中。他会成为夫，成为父，过凡俗的小日子。也许一生无波无折，平安终老。这未免不是一种幸福。

他却做出了惊人的一跃，从六层高的教学楼上。18岁的生命，在水泥地上，溅起一摊艳红。琵琶弦断，乐曲戛然而止，一点儿转折与回旋的余地都没有。

我的大学同学，在他读书的那所中学任教。我的同学惋惜地说，那孩子看上去干净、帅气，对人极有礼貌。我忍不住想，若干年后，他会成为一个善良的好男人吧。

本也是个幸福的孩子，家里的经济条件虽算不上好，父母不过是环卫工人，但他得到的爱，不比别家的孩子少。父母当他是掌心的宝。而他却没有娇惯的坏毛病，从小懂事，能吃苦。上学后，学习成绩一直很好，这是父母最大的安慰。父母对他保证，只要他好好读书，家里再穷，也会供他念大学的。

他果真争气。从小学到初中，一路鲜花盛开，获奖无数。邻居们都拿他当榜样，教育自家调皮的孩子。父母整天高兴得合不拢嘴，走哪儿都一副扬眉吐气的样子。父亲还折腾了一个小摊子，每天下班后，在街上卖凉皮，提前给他攒上大学的费用。

很快，他初中毕业，顺利进了镇中学读高中。不幸意外降临，父母出去摆凉皮摊子，晚归时，被一辆车撞了，母亲当场死亡，父亲被撞成重伤。等被人发现时，肇事车辆早已逃得无影无踪。

倾尽家产，父亲好不容易才捡回一条命，却半身不遂。一个家，就这样塌了。地动山摇般的。家里再没有能力供他读书。他收起书本回家，也收起了一颗梦想的心。

一日，他正在家中给瘫痪在床的父亲擦洗身子，班主任突然登门，说遥远的地方，有位好心人，得知他的故事，要捐助他上学。

一沓钱送至他手上。班主任语重心长地对他说，以后你要加倍努力，用优异的成绩，报答这个好心人。父亲亦喜极而泣地对他说，孩子，你要好好读书，不能枉费了人家一片好心。他重重点头。

从此，他拼了命地用功，每天只允许自己睡四个小时。结果却事与愿违，每次考试，他的成绩都不尽如人意。老师们看他的眼神，越来越失望。父亲虽没有责备他，但那心痛的样子，让他过目不忘。

正在这时，捐助人又给他汇来一笔钱。随钱寄来的，还有一封信，信中写满鼓励他的话，并承诺若他能考上名牌大学，他将继续捐助他，直到他大学毕业。

这封信，如一块巨石，沉沉地压在他的心上。他上课时，开始走神。老师提问，他站起来答非所问。如此三番五次，老师愤怒了，找他谈话，告诫他，不要拿捐助人的钱开玩笑。

他跳了楼。那时候，校园里的夹竹桃开得正热烈，云蒸霞蔚。他留下遗书，满纸都是对不起，对不起捐助他的人，对不起老师，对不起父亲。

他的死，让知道他的人，扼腕叹息，都说这孩子脆弱。却没有谁去想，杀死这孩子的，不是他的脆弱，而是援助者的援助。当援助成为施舍与恩典，它不再是渡人于困厄之中的方舟，而是锁住人灵魂的枷锁。

人生悟语

"施恩慎勿念，受恩慎勿忘"，说的是当我们施恩于人的时候，最忌讳自己念念不忘；当我们接受别人的恩惠时，最忌讳轻易把它忘记。实际上，我们强调最多的是"受恩勿忘"，而忽略最多的是"施恩勿念"。如果把恩惠当做一种施舍，一定要得到回报，那这种恩惠往往就不再是助人！

（王　蕴）

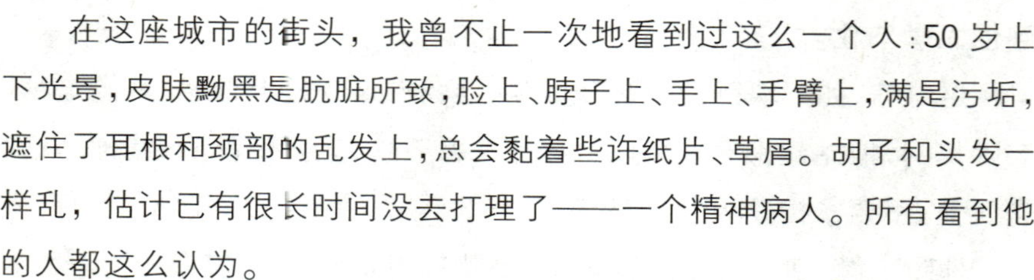

那一刻，我被深深地打动了，是为了那位演了一辈子配角的师兄。直到退休了，还在无怨无悔地为别人当着一名毫不起眼的配角。

主角和配角

许寒山

在这座城市的街头，我曾不止一次地看到过这么一个人：50 岁上下光景，皮肤黝黑是肮脏所致，脸上、脖子上、手上、手臂上，满是污垢，遮住了耳根和颈部的乱发上，总会黏着些许纸片、草屑。胡子和头发一样乱，估计已有很长时间没去打理了——一个精神病人。所有看到他的人都这么认为。

这当然是不会错的。不仅从他的外貌，单从他的穿着和举止，也明显地看得出来：他的身上斜披着一块差不多已经退去了本色的大红广告用布，腰间还系着一根深绿色的绸带。他的脸上涂满了戏剧油彩，甚至还涂上了口红。最显眼的，便是他的一头乱发上偏偏爱插上一朵花。这朵花大约是在街头的小公园里随手采来的，或红、或黄、或紫。

他常在桥头、公交站台、超市门口这类地方活动。说是活动，其实是自演自唱。一会儿演阿庆嫂，一会儿唱李铁梅，一会儿又成了玉堂春，没个闲儿。他的表演极为投入，煞有介事。如果他觉得身边没了听众，就会满大街乱跑，眼中根本就没有车辆，没有红灯。

“哪能让这种人在城市乱来？”不少人提出意见。

“相关方面都曾管过，但管不了。”有人解释。

后来，我还是陆续得到了关于他的一些信息：这位老兄原本是邻县一家剧团的配角演员，专门饰演战士甲、土匪乙、衙役丙、打手丁之类的角色。他不甘心演配角，一直企盼着演主角，而且是女主角。他找领导，要求改演旦行，无论是花旦、刀马旦，或者老旦，什么都行。领导呢，肯定是婉言谢绝了。一次又一次，不知怎的，他就有了精神病。

我没空去想他，后来干脆就忘了。在很长的一段时间里，我没再看到他。

上个月，我去了市内一处新建成的园子。这里有鲜花，有芳草，有假山，有曲径，还有喷泉。园子里，人们在抖空竹、放风筝、打太极拳、舞木兰剑，悠然自得。在一处带有遮阳棚的平台上，我发现有一群票友正在演唱京剧。这本不稀奇——哪一座城市的公园里没有热心的戏迷朋友在活动？使我感到意外的，却是那位正在演唱的人。我差一点儿叫出声来——这不就是那位“旦迷”（姑且这么称之）老兄吗！

老兄已经完全改了模样。头发理了，胡子刮了，皮肤白净了许多。衣着，也和寻常人相同。他正在演唱“同志们杀敌挂了花，沙家浜就是你们的家……”依然是那么投入，依然是那么忘情。我停住脚步，开始了对他真正的聆听和观察。他那身段虽然不敢恭维，但唱腔居然还像那么一回事。比之专业演唱，他肯定是差的，但比之业余爱好者，大约还算是可以的。

一段唱罢，周围响起了友善的掌声。

围坐的人中间站起了一位六十开外的老者。老者鹤发童颜、慈眉善目，尚未开言，已经满脸含笑。他说：“下面，请我们的主角继续为大家演唱梅派名剧《凤还巢》中的一段，大家欢迎！”

我注意到，老者在提到“主角”两字时，语调是刻意加重的。老兄在

听到“主角”这两字时，表情是异常愉悦的。

掌声响起，音乐奏起，“日前领了严亲命，命奴家在帘内偷觑郎君……”老兄又有滋有味地唱开了。

我颇为称奇，不知老兄缘何会“进化”成这般模样。一位熟悉的朋友对我说：“看到刚才那位老者了吗？——是他师兄，一个演了一辈子配角的师兄。师兄退休了，到这里寻着了他，照顾了他。师兄说了，他的病其实并不难治，很简单，满足他就行！”

那一刻，我被深深地打动了，是为了那位演了一辈子配角的师兄。直到退休了，还在无怨无悔地为别人当着一名毫不起眼的配角。

人生悟语

生活中，积极争取无可厚非，怀揣希望也是难能可贵，但是，人生不如意十之八九，当一次次的争取被拒绝时，我们可以暂时的低落，或是放慢自己追求的脚步，却绝不可彻底地放弃。不论主角还是配角，只要真正投入了自己人生的这场戏，又何尝不是另一种成功的人生呢？

（王　蕴）

智慧的头屑——生活感悟

第十四辑

一个启示，一点儿感悟，折射出的是人生的一个个侧面，推开的是一扇扇通向哲思的门。走进这一扇扇门里，我们不仅会看到一张张多彩的画面，还能够领悟到人生不同的境界。点滴的智慧，汇集在一起，就会变成思辨的海洋，托举起我们思想的航船。

“看客”是一个贬义词，是冷漠的代名词。譬如你在街头看人吵架，看邻居夫妻俩打架，看讨不到工钱的乡下人跑到高楼上自杀……

把自己当看客 流 沙

一位 90 岁的老人，对我讲他的故事：

“30 多年前，我站在乡村的戏台上，我的双手被反绑在身后，5 个戴着红袖章的人围住我，高音喇叭里正在播放革命歌曲，台下是乌泱泱的人群。我知道，那歌曲播放结束，批斗马上就要开始了。

“按住我脖子的是民兵队长，也是我的侄子，旁边拿着棒子的 3 个年轻人是我的族孙，还有一位女娃娃，是东村老王家的老小，她的名字还是我取的……”

老者说到这里，问我：“你猜猜，他们当中谁最先打我？”

我看着老人。

老者继续说：“我当时想，肯定是民兵队长最先打我。但是，我没有想到，那个女娃娃朝我的脑袋就是一棒，我就什么也不知道了……等我醒来，我后悔极了，我怎么这么笨呢，没有想到这个女娃娃会先打我？我一直在说自己的判断大失水准。”

我惊讶于老人会这样来讲述自己的苦难。我问老人：“你当时的心态真是如此吗？”

老人笑道：“台下有上千看客，其实我也是看客。”

“看客”是一个贬义词，是冷漠的代名词。譬如你在街头看人吵架，看邻居夫妻俩打架，看讨不到工钱的乡下人跑到高楼上自杀……因为我们不是当事人，所以是旁观者。但当这一切发生在自己身上时，你还能从苦难和不幸中挣脱出来，当自己的“看客”吗？

南方某杂志社有一位女记者，因其个性使然，将个人私密情事变成了网上文字，在媒体的爆炒下，她成为众矢之的。在网友的谩骂之下，她的精神一度到了崩溃的边缘。近日看了她的一个专访稿，她袒露了自己度过那个危险的办法，她说：“在那个网络癫狂时期，我猛然发现，被网友骂的那个人，不是自己，而是别人。我甚至跟帖也骂了那个已不是自己的‘自己’，我突然发现，自己也成了看客，这真是一场闹剧。”

我欣赏她那种超然自我，拯救自己的好心态。一个人在绝境中学习生存，把自己也当成看客，超然一点，豁达一点，这是一根拯救自己的最后救命稻草。

人生悟语

所谓“当局者迷，旁观者清”，自己深陷局中，肯定看不清自己；别人冷眼旁观，才能知道是非。我们欠缺的，常常就是一份超脱的心态，如果能跳出自我的圈子，时时以旁观者的目光审视自己，便能看透人生。看透了人生，还有什么痛苦可以打败我们？ （王　蕴）

评价一个人是否有追求，是看其有没有去“追”，而不是看其“追”到了什么。

智慧的头屑
——生活感悟

佚　名

1. 人们都知道的，是生活；人们不知道的，才是艺术。

2. 很多时候，展现自我靠的不是实力，而是勇气。

3. 有个词叫“爱屋及乌”，由于彰显了人类博爱的美德，而被人们所接受；倘若是“恨屋及乌”的话，就未免太狭隘了，不好。

4. 倘若一个人对某件事（通常是“不好”的事）战战兢兢，谈之色变，不能自持，假设不是摆道学家的架子，那就是不够理性，不够成熟的了。

5. 同坐了三年图书馆而没有说过一句话，正如通了三年书信而互不相识一样，彼此拥有的是一种慰藉、一份守候，或者说是一种美。

6. 把一件事情想简单一点，不是你的错；把一个人想简单了，就不对了。

7. 签合同就像是在拔河，尽最大的力把最大利益向自己的方向拔过来。

8. “万事俱备，只欠东风”，如果“东风”不“东”的话，那么“万事”也就“备”不了；天气是个陷阱，人们稍不留意就会掉进去，前功尽弃不说，心情总是不好的。

9. 人们总喜欢很明了地把事物的本质告诉别人（只限于文学艺术，科学领域除外），在我看来，其实这是对别人智商的诬蔑，或者说是对自己的学问洋洋得意，自我感觉良好而已。

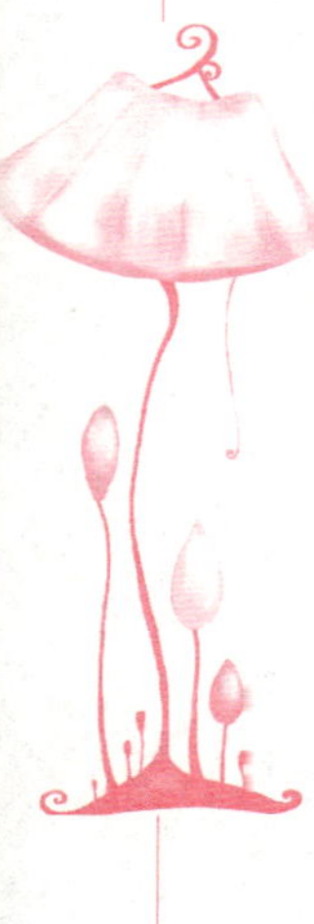

10. 有一种服务比较好：打个电话，然后就上门服务。如果把打电话这个环节省去，该多好啊，直接送服务上门，既解决了问题，又融洽了经营者和消费者之间的感情，“双赢”。

成功的商业都是这样运作的——等着服务，不如主动服务。

11. 火车的长度跟它的利益是成正比的；跟速度则成反比。

12. 做理论是质，做试验是量；我们说一个人的脾气的质重量是——500N。

13. 红军两万五千里长征都走过来了，洗个冷水澡算什么？寒冬腊月里，不要命的哥们如是说。

14. 评价一个人是否有追求，是看其有没有去“追”，而不是看其“追”到了什么。

15. 音乐是很讲究节奏的，就像人要讲道德一样；而且后者的要求更加严格。

16. 我深信，最美丽的诗句不是写出来的，而是她本来就在某个地方，然后你发现了她——你便成了最伟大的诗人。正如在科学领域，某个规律、某个定理本来是存在的，然后某个人发现了，那么某个人就成了最伟大的科学家。

17. 每次看成功人士的传记，都会被他们的很多气质所感动、所激励；然而回过头来一想，竟都是如此的稀疏平常，只是没有上心而已。

想到这一点，我就觉得很羞愧。

18. 其实，读者是最容易满足的：

一首诗，只要有一两句比较好就行了；

一篇文章，只要有一两段比较好就行了；

至于其他的，只要随便糊弄一下就行了。

19. 诈骗之所以成功，很大程度上是缘于人们罪恶的本能：自私和贪婪。

20. 逝去的生命如同冷冷的风，钻入细细的毛孔，把整个心灵都冻僵了。

21. 整容，就像是天气预报：说好了明天是大晴天，结果却是下雨；至少，太阳的脸是阴沉沉的。

22. 有一种人很有原则性，说一是一，说二是二；有一种人也是如此，说一是一，说二也是一，原则得有些笃定。

23. 世界这么大，你不可能处处停留。但是，如果在某个地方，有一处你的风景，有一份你的思念，有一种你的牵挂，有一束你的鲜花，有一次你的守候，有一个你的人……那么，你就没有理由不驻足——尽管它在天涯，或者海角。

24. 炎炎夏日，居一斗室，奋笔疾书，一丝不挂，汗如雨下……这是一种比较下流的说法（相对于不下流的人来讲）；然而，一想到还有很多美女作家在用身体写作，也就心安理得了——相对来讲，女人的玉体是隐私，是美好的艺术品，拿出来展览、拍卖，就有些那个了；而"一丝不挂”则显得理直气壮、心平气和，对得住广大观众朋友。

25. 要比，就得跟美国比；要学，就得跟美国学；要跑路，就得跑到美国；要养老，就得到美国；要旅游，就得去夏威夷；要赌博，就得去阿拉斯加……归根结底，还是由于我们国人的眼睛带有某种颜色；具体地讲，是红色，是红眼病。

26. 众所周知，原子核的能力是巨大的，它可以摧毁一座城市，一个国家，甚至整个世界；然而，有一种东西的能耐更大，它可以决定原子弹爆不爆发，在哪里爆发，爆发多少……那是一枚小小的印章，上面刻着“权力”两个字。仅仅是两个普通的汉字，就抹杀了原子弹的威力和作用。如果伟大的科学家爱因斯坦知道了这一点，他肯定会伤心死的，并且还会后悔不迭，当初干脆造“权力”好了，既轻松又实惠，还不伤害大脑细胞。

27. 现代人的困惑：上班不是很累，可上下班的路上却累得让人喘不过气来。

28. 法国输了，雄鸡不再啼叫，齐达内的黯然退场让我明白了一个显而易见的道理：并不是你优秀就能取得成功，首先还得遵守游戏的规则。

29. 电影再怎么搞怪、搞笑，也不能搞周星驰的电影，因为他的电影已经达到搞笑的顶峰了；文学再怎么剽窃、抄袭，也不能抄郭敬明的书，因为他的书已经是抄得“不亦乐乎斯基”了，再抄的话就真的“狗不理”了；毕业论文再怎么 copy，也不要 copy 学校图书馆的书，因为你的前面还有师兄师姐，师兄师姐的前面还有师兄师姐……

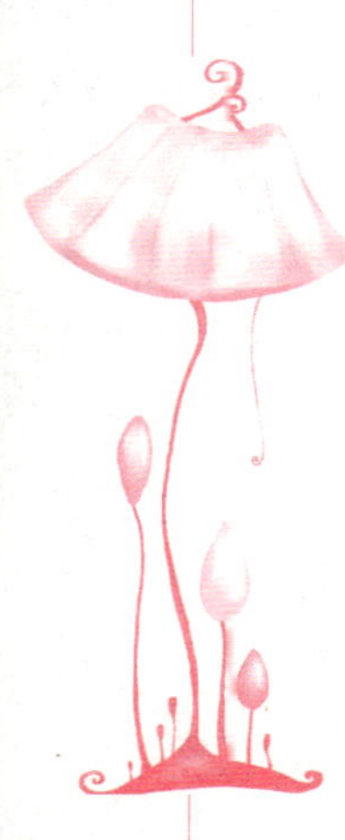

30. 人的一生是由很多很多的心愿所构成，但完成一桩心愿的同时，又会产生很多很多的心愿……人生，其实是一个许愿和还愿的过程。

31. 人生中必定会有很多的人和事触动你的心弦，捡拾一个个美丽或丑陋的音符，奏响你的人生之歌。

人生悟语

生活中总有那么多哲理，如同洒落在沙滩上的细碎珍珠，只要我们具有睿智的目光，敏锐的思维，便会将它们一一捡拾。这些哲理告诉我们，会思考的人生最闪亮！（王　蕴）

惯例和例外相伴而行，然而我们真正忧伤的是，当例外来临的时候，我们心里依然可以见到那个商标下并不存在的疤痕。

商标下的疤痕　戒　嗔

我们山下有个小镇叫淼镇，也有人叫这里庙镇。庙镇附近的寺庙有三座，除了我们天明寺，还有一座叫宝光寺。宝光寺是近几年才建的，建在风景区里面，规模也比我们寺大很多，香火也旺，庙里的法师也是佛学院毕业的，他们寺的禅房比我们寺的大很多也华丽很多。师父说宝光寺的师父佛法很好，不过我觉得他的佛法未必比我师父的好。禅房的大小和华丽程度可能和修为是无关的，就好像个头很大的山果未必会甜，掉在树边的小果子，其实已经熟透了，这和只上过三年学的戒嗔也可以写故事是一个道理。

淼镇是我们去得最多的地方，镇上有位姓蔡的施主，他经营着镇上最大的水果摊，把各样式的水果摆成一排放在摊位前，我们经常去他那里买水果。蔡施主人很好，他每次对我说："戒嗔小师父，我给你的价格已经是最低的了。"可是有几次师弟买的价格比我买的还低。

有一些施主说蔡施主喜欢扣秤，不过他从来不扣我们的秤，或者是

因为我们没有还价吧。

蔡施主的水果有两种，一种贴着商标，另一种没有，我们通常只会买那些没有贴商标的水果。因为有几次我们买了贴着商标的水果后，揭下商标，发现贴商标的地方，都有不同程度的疤痕，那些漂亮商标的作用只是掩盖疤痕而已。

有时候我们能一眼看到美丽，却难以看到美丽背后掩藏的东西。

寺里的人几乎都知道这个规律，所以不买带商标的水果成为一个惯例。有一天宝光寺的一位法师来我们寺，那位法师人很随和，还给我们带了一些水果作为礼物。

这些水果应该全是法师在蔡施主店里采购来的，因为我们看到了水果上那些熟悉的商标。

宝光寺的法师离开后，师兄弟们都笑话他没经验，这次吃亏了，然而揭下商标后，我们才发现这次水果几乎都是完好的。

智缘师父说，惯例和例外相伴而行，然而我们真正忧伤的是，当例外来临的时候，我们心里依然可以见到那个商标下并不存在的疤痕。

人生悟语

点点滴滴的生活在潜移默化中改变着我们每个人习惯和经验，于是我们常常认为某些事情是理所当然的。但是，生活又往往会在不经意间向我们宣示例外的存在。其实，生活中的惯例和例外是相伴而行的。惯例外必有例外，否则我们的人生又怎会如此丰富多彩呢？

（王　蕴）

学习包容不完美的世界，你就会拥有一个完整的世界了。

二分之一的智慧

慧禅

雅纯在佛光丛林学院念书，对训导老师非常不满，总是抗拒并排斥老师的要求与言教。

一日，院长星云法师将她找来，问道："听说你对训导老师不以为然，说说看，你对她有什么不满？"

雅纯抓住机会，开始数落老师的不是，一说就说了半个小时。法师并没有因为忙碌而打断她的说话，却不断要求雅纯再举几个例子来说，直到她想不起来还有什么例子可以举证老师的过错时，法师就说："你讲完了，现在可以换我讲了吗？"雅纯点点头。

法师说："你的个性是属于黑白分明、疾恶如仇的。"雅纯满意地点头说："师父，您说得真准，我正是这样的人呢！"

法师又说："你知道，这世界是一半一半的世界。天一半，地一半；男一半，女一半；善一半，恶一半；清净一半，浊秽一半。很可惜，你拥有的是不全的世界。"

雅纯听了之后，愣了半晌，问道："你为何说我拥有的是不全的世界呢？"

法师说："因为你要求完美，只能接受完美的一半，不能接受残缺的一半，所以你拥有的是不全的世界，毫无圆满可言。"

雅纯顿时好像失去了重心，不知所措，问道："那我该怎么办才

好呢？”

法师慈悲地说道：“学习包容不完美的世界，你就会拥有一个完整的世界了。”

人生悟语

世界就像一个磁体，永远存在着矛盾的两极。战争与和平、罪恶与善良、喧嚣与宁静、忧愁与欢乐……追求和平、善良、安静和快乐无可厚非；忘记战争、罪恶、喧嚣和忧愁也是世间常态。“学习包容不完美的世界，你就会拥有一个完整的世界了。”是的，当我们学会了去包容一个不完美的世界，我们就会拥有一个完整的世界！

（王　蕴）

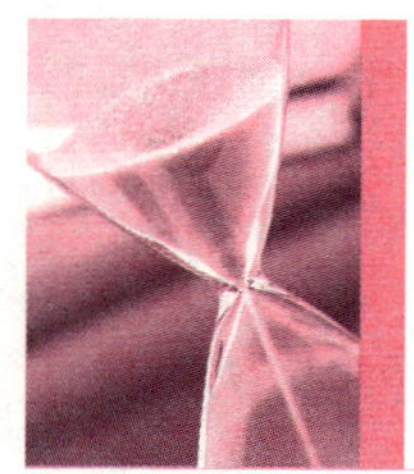

智慧老人知道，把一个难以达到的要求分成两个，便能引导别人一步一步达到他的目的。

智慧老人

王溢嘉

辅佐刘邦建立大汉王朝的张良，有一则妇孺皆知的故事：他替圯桥上的一位老人家黄石公穿鞋，黄石公称赞他“孺子可教”，而送给他一本兵法书，张良后来就靠这本兵法书帮助刘邦夺得天下。故事似乎是在倡导人要敬老尊贤，因为不仅是好事一桩，而且还善有善报。但从另一个角度来看，张良之所以会替黄石公穿鞋，除了他宅心仁厚外，还有一个重要的前行因素，就是黄石公先要他将掉到桥下的鞋子捡起来，

在张良照做后，他才又提出穿鞋这个更苛刻的要求，张良答应第二个要求，其实是在反映一种叫做“登门槛效应”的人性。

“登门槛效应”原意是指推销员只要能让对方答应开门，把脚踏进门槛，那就有很大的机会能推销成功；现在则用来泛指先让对方答应一个较小的要求，然后再提出一个较大的要求，那么较大要求被接受的可能性即大为增加的现象。它也叫“得寸进尺法”。

心理学家弗利曼在加州小镇做过如下实验：由乔装为小区交通安全协会的成员询问小区住户是否愿意在住家窗户上贴一张“做个安全驾驶者”的三寸见方的贴纸，很多人都答应了。两个礼拜后，另一个乔装的协会成员又来到同一小区，问住户是否愿意在住家的草坪上插一块看起来不太美观的“小心驾驶”标语牌。结果，第一次听到这个令人有点儿为难的请求的住户只有17%答应；而已经在窗户上贴了交通安全贴纸的住户则有76%答应。其差别就是来自是否用了得寸进尺法。

黄石公如果直接要求张良：“你把桥下的鞋子捡起来，然后替我穿上！”这样的要求就显得太过分，张良会不会答应很难说。但黄石公显然不会这样说，他知道必须将它拆成两个要求才能被接受，因为他是一个“智慧老人”。

人生悟语

小故事里得出大智慧。智慧老人知道，把一个难以达到的要求分成两个，便能引导别人一步一步达到他的目的。我们的人生中，有许多看似难以达到的目标，如果也能分成一个一个的小目标，一步一步地去实现，它最终会累积成大收获！ （王　蕴）

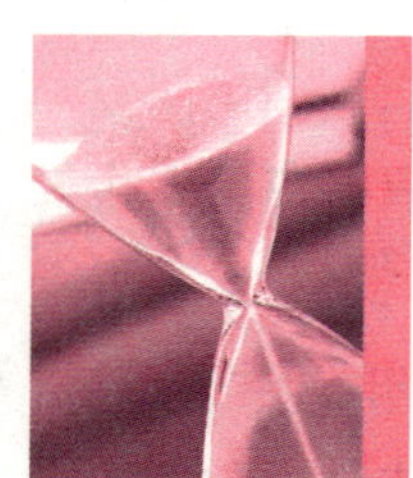

贪念产生于一瞬间，如果付诸行动，就有可能在瞬间把原本拥有的一切输得精光！

只撞三次钟 清 山

一行人到苏州观赏园林，于亭子间小憩时，看到亭中悬挂一口巨钟。

同行的一人手痒难耐，咨询了看钟人撞钟的价格，看钟的老者回答：撞钟一次两元钱，你就撞3次吧！

他把6元钱交到看钟人的手里，然后运足力气用那根悬挂的圆木撞钟，他每撞一次，钟声悠扬间，看钟人跟着喊一声：一撞身体棒……二撞保平安……三撞财运旺……

心花怒放间，已经撞完3次钟的他，见看钟人正与游人闲聊，便乘其不注意，多撞了一次。暗自窃喜中，看钟人闻声喊道：撞钟怎么能撞4次呢？这个便宜是不能赚的，你刚才那3次等于白撞了！

他一脸不解地问道：撞4次有什么说法吗？

看钟人笑道：四大皆空嘛！

围观的人全都哈哈大笑起来，只有他讪笑着，面红耳赤地呆立一旁。

撞钟只撞3次，这句话的警醒作用是振聋发聩的，贪念产生于一瞬间，如果付诸行动，就有可能在瞬间把原本拥有的一切输得精光！

人生悟语

人是一种有需求的动物，正是各种需求推动着人类的进程。但是，很多人在追求的过程中忘记了适时止步，任由贪念作祟，最终落得个一败涂地的下场。记住啊，人生路上不学会适时刹车，就可能坠入前功尽弃的悬崖！（王　蕴）

忘记荣誉，不再想着大家的是非毁誉对我们有多么重要；忘记自己，人其实只有达到忘我之境，才可以做到更好。

最佳状态

于丹

庄子在《达生》篇里，讲了一个木匠的故事：

鲁国木匠梓庆削木做悬挂钟鼓的架子两侧的柱子，上面雕饰着猛兽。他作成的柱子，看见的人都惊讶不已，以为鬼斧神工。

鲁侯召见梓庆，要问一问他其中的奥秘。梓庆对鲁侯说：我准备做这个的时候，不敢损耗自己丝毫的力气，而要用心去斋戒。斋戒的目的，是为了“静心”。

斋戒到第三天的时候，我就可以忘记“庆赏爵禄”了。斋戒到第五天的时候，我就可以忘记“非誉巧拙”了，也就是说，大家说我做得好也罢，做得不好也罢，我都已经不在乎了，也就是忘记名声了。到第七天的时候，达到忘我之境，我可以忘记是在为朝廷做事了。大家知道，为朝廷做事心有惴惴，有杂念就做不好了。

这时，我就进山了。静下心来，寻找我要的木材，观察树木的质地，看到形态合适的，仿佛一个成形的就在眼前。我就把这个最合适的木材砍回来，顺手一加工，它就成为现在的样子了。

木匠斋戒七天，其实是穿越了三个阶段：忘记利益，不再想着用我的事情，去博取一个世间的大利；忘记荣誉，不再想着大家的是非毁誉对我们有多么重要；忘记自己，人其实只有达到忘我之境，才可以做到更好。

人生悟语

生活中，我们往往会发现，决定成败胜负的不是一个人的技术水平，而是一个人的心态。当我们患得患失，当我们心有所虑时，我们所有的经验和技巧都将得不到最好的发挥，只有当我们心无旁骛时，我们才会做到最好的自己。 （王 蕴）

完美主义者，最容易犯的错误，就是要求自己“全知道”。

你不可能全知道

星竹

师父让小和尚惠云看管寺里的经书，惠云看管得仔仔细细，边边角角如有破损，他都会用黄纸补上粘齐，完完整整的。不曾想6月雨季的一天深夜，寺庙的房顶漏了雨，经书一半被雨水打湿，损失惨重。小和尚惠云懊恼不已，并且深深地自责。

惠云主动去向师父检讨，承认自己的错误。没想到师父听了，反而很生气，问他:你知道夜里要下雨吗?

惠云说不知道。

师父又问:就算你知道下雨，能知道屋顶要漏雨吗?

惠云回答不知道。师父说，好好去修炼吧，修佛讲经，就是要去除人生的苦难，你怎么反而要增加自己的烦恼呢?

老和尚的话让惠云费解。他不知道自己错在哪里。一条鱼习惯性地在河里觅食，它发现了一只虾，便本能地开始追逐，不小心落入了渔民布下的围网，于是成了网中鱼。一匹狼在丛林里东跑西颠，不小心掉入了猎人的陷阱。

无论是鱼还是狼，要是人的话，一定会后悔，并要深深地自责。人生做事，谁能不后悔呢。

赵杰就因为一件事后悔了 17 年，也自责了 17 年，检讨了 17 年。17 年前，赵杰与几个朋友相约去爬北京昌平的野长城。傍晚时候，他们迷了路，那是冬天，太阳被群山挡住的一刹那，整个长城便黑成了一片。惊慌中的他们反而爬上了更危险的山峰……

半夜，他们选择了向北的方向下山，没想到走了不到 20 米，队友李玉鹏便一脚踏空，跌到了山崖下边，虽经抢救，李玉鹏还是不幸身亡。为此，赵杰后悔终生，因为这次的探险行动是他发起并组织的。

刘滨 9 年前步入股市，并做权证交易。他十分幸运，半年时间里，他梦一样赚了 4500 万元。在整个中国，能赚到如此之多的人几乎没有。那时他 30 岁出头，算得上是天下少有的有钱人了。只要他懂得收手，他就是最大的赢家。谁想，后来的股市一路狂跌，不到十几天的工夫，他不但赔净了 4500 万元，反而还背上了 1000 多万元的债务。沉重的包袱让他后悔至今，那次他还险些自杀。

生活中，除了这样的典型例子，其实大多数人的一生都离不开后悔，为生活中犯下的错误，为一次次判断上的失误，为不小心说错了的话……除了这些关键的时刻，人还要为更多的小失误、小错误经常后悔。

据美国心理机构统计，人在一生中，会有1/10的时间，为每天大大小小的事情后悔，有时是为自己的一言一行，有时是为自己的一个态度，有时是为自己的一个选择……

在进一步的调查中，科研人员还发现，世界上竟然有3%以上的人，一生都在为自己曾经做过的某件事情后悔，并常常在心里要暗暗地自责。

而心理研究却表明，人类大部分的后悔和自责，实际上都是没有道理的，有一句名言:你的不幸，不是在于你做错了什么，而是由此引发的后悔。

据心理研究提供的参数表明:人要想做到不后悔，就得做一个"全知道"的人，既知道自己的一切，也知道别人的一切；既知道天下的一切，也要知道天下所有变数的来去，即你要做到一个"全知道"的神人才能避免后悔。

只是人类的缺陷就是不可能"全知道"。人是在许许多多"不知道"的情况下生存的。而常常后悔和自责的人，其实不是在责怪某一件事，而是在责怪自己没有"全知道"。这是一种对自己要有"先知先觉"的苛刻要求，因此，一个总爱后悔的人，也一定是一个完美主义者。

完美主义者，最容易犯的错误，就是要求自己"全知道"。

小和尚惠云并不知道天要下雨，就是知道，他也不知道屋子要漏雨。因此，他的后悔和自责就全无道理可言，老和尚指责他，并不是因为屋子漏雨，而是因为他不该为这类事情谴责自己。

人要快乐轻松地过一生，就要学会不被烦恼所束缚，人生一世，没有必要为那么多不知道而发生了的事情去负责，更没有必要为不知道而发生了的事情去后悔。这同样是一种悟的境界。

人生悟语

每个人的人生旅程中，难免会犯各式的错误，有的可以在事后弥补；而有的却是"一失足成千古恨"。于是，我们往往用大量的时间去忏悔昨天。其实，这又有什么必要呢？与其拿昨天的错误惩罚自己，不如踏踏实实走好今天的路，免得给明天再留下遗憾！（王　蕴）